U0472660

Jasper Griffin

荷马史诗中的生与死

Homer on Life and Death

[英] 加斯帕 · 格里芬 著　刘淳 译　张巍 导读

上海文艺出版社
Shanghai Literature & Art Publishing House

中译本导读

未知死，焉知生？

张巍

Homer on life and death ——“荷马论生死”：格里芬的这部名著初版于 1980 年，由北京大学英文系老师刘淳完成的中译本，收入北京大学出版社的“西方古典学研究”丛书（第一辑）面世于十年前，如今上海文艺出版社决定重印，令人欣喜。刘淳的译文明白晓畅，颇得原文之神韵。她将中文书名略作变通，改为《荷马史诗中的生与死》（以下简称“格著”），可谓用心良苦。用“荷马史诗”取代“荷马”，用“史诗中的生与死”取代“论生死”，貌似寻常，其实更符合时下通行的学术表述。然而，译名也与颇有挑战意味的原名制造了一种间距——荷马从有所论说的主体转变为研究对象的文本——而正是这一间距促使读者返回原作诞生之际的历史情境。

*

就学术谱系而言，格里芬的荷马研究恰与风行二十世纪上半叶的“帕里-洛德理论”反向而行。这一理论在二十世纪二十年代末，由帕里（Milman Parry）对“荷马名号”（Homeric epithets）

的系统研究发其端绪，再由洛德（Albert Lord）及其追随者将研究推展到荷马文本的其他方面。嗣后，又有纳什（Gregory Nagy）一军突起，注重探究文本的形成过程。这一派的学者积几代之功得出的根本结论是：史诗文本的来源即史诗的口头创作与传承方式，决定其文学特质。因此，基于文人书面创作的文学评论原则与手法，并不适用于荷马史诗。他们主张建立一种全方位的“口头诗学”，从口传文学的角度考察史诗是如何组建起来的。这一学派发展到七十年代，已问鼎荷马研究的主流地位。同样在七十年代，反对的声音开始集结，一些学者呼吁走出“口头诗学”，回归“文学”。他们虽然承认“帕里-洛德理论”的贡献，但又坚信，荷马史诗的背后有通盘的预先设计，而非像“口头诗学”所构想的，是以局部的、零散的即兴创作方式连缀成篇，最终的产物只是一种非艺术性的叠加。这些学者反对将史诗的“诗性”化约成某种外缘因素（如创作或传承方式、社会历史背景），并且强调，只有史诗文本内部的“诗性”才是文学研究的主要对象。

格著正是“回归文学”潮流里的一部经典之作。原书以“荷马论生死”为名，意在引发读者如下疑问：荷马作为两部史诗《伊利亚特》与《奥德赛》的叙事者，是否以及如何有所论说？读者又怎样一窥其论说之堂奥？荷马如若有所论说，也是见诸史诗这种特殊的诗歌表演形式，我们必须掌握一种行之有效的方法，来亲临史诗表演的现场。当年的史诗表演有如乐章，时而雄浑，时而低徊，令听众-观众或悲或喜，直击他们的心坎。（早期史诗的表演有此效果，柏拉图的《伊翁篇》可以为证。）因此，格著追求一种亲临现场的体验，而非钻入故纸堆的考据。他运用的方法，更为接近荷马史诗的表演同古代受众之间的关系（聆听、观赏与传习)。他称之为“aesthetic methods”(本书“引言”,第v页),不过对此只是点到为止,并未加以申发,读者须在此种方法的实际操作里领会其实质。“aesthetic”一词源于希腊文的aesthesis,后者从其本义上而言,是“感知”,即“经由感性而认知的方式”,有别于“理性分析的认知方式”。此种认知方式近于吾国传统所言的“体悟”,故而格里芬笔下的“aesthetic methods”或可译作“体悟法”。(aesthesis的认知方式,最重要的后果是“审美观照”的生成,而俗常所谓的“审美”,并非aesthesis的出发点,倒是其结果)。格著运用此法,尤重对情感的领受并体知其中深意。如其所言,这种“诗评”方法远绍自古希腊人,可见于“大量关于荷马的希腊评注当中”(本书“引言”,第vi页),亦即古代学者抄录于文本页边或行间的评注,统称为scholia。至于现代学界,格里芬认为“二战”前后的德语地区荷马学者,最能得古代文学评论的“心法”之传,故而与他们最为意气相投。在全书的注脚里频频出现 Hermann Fränkel、Wolfgang Schadewaldt、Walter F. Otto、Karl Reinhardt、Walter Marg等人的大名,作者与他们诚可谓心有戚戚焉。

格著虽以古典学论文的面貌问世(全书六章当中有两章,即第四和第六章,曾以更长的篇幅、更为专业化的论证,刊布于古典学学术期刊),但作者在前言里自述著作的源起时却说:“写作这本书的欲望,源自我的教学。”通观全书,作者的论证风格实有别于大多数学术著作。作者以层层累积的方式立论,将荷马史诗里的相关篇章串联并置,建立彼此之间的联系,固执地奉行古人“用荷马解释荷马”的原则。这种独特的论证方式,正是“体悟法”的结果。作者匠心独运,用这一方法检视贯穿全书的主题,这便是荷马史诗如何表现情感，并传达情感的意义。例如，第一章围绕史诗里的“象征性场景和意味深长的物件”，举凡衣着、步态、肢体姿态、战前披挂、食物、食器、权杖，以及具体场所（如特洛伊城外的泉水和陵墓），无一不被用来传达特定的情感和情绪的变化。再如，第二章论及荷马史诗的“性格刻画”，除人物的个性与一致性外，尤重人物的复杂性及心理深度。作者从诗人对几个相似场景的不同处理（如《伊利亚特》里五处武士恳求饶命的场景），来观察人物言行中潜在的心理活动，特别是细微的情感变化，并借此衡量人物的独特性格（本书第62—65页）。此种“诗评”技法运用得最为酣畅淋漓之处，莫过于全书的第四章，该章也充分表明作者长于在不经意处体悟荷马史诗当中丰沛的情感。全章以音乐的类比引入：“这些莫扎特慢板主旋律的重要意义，不在于形式的完美及其感性之美，而在于它们源自其中的深切情感……虽然这种情感完全不掩饰内在的强烈激情，但它表达这种激情，却没有丝毫病态的喧扰或矫饰的自我。”（作者援引德国音乐学家H. Abert的《莫扎特》一书，中译文由笔者略作调整）读者若以这一类比为线索，会发现音乐概念实为本章的灵感来源。格里芬以《伊利亚特》里的“简短讣告”为材料，这些“讣告”看似以“冷静的”风格，在杀戮发生的那一刻，记录了许多名不见经传的战士的生平“传略”，往往为读者所忽视。格里芬从这些段落里提炼出“远离家乡”、“在家乡附近”、“生命短暂”与“美之凋零”四大主题组，每组当中还包含了若干次要主题，这些主题犹如音乐上的“主导动机”（构成特定含义的音乐片段），通过不同的拼接、组合与发展，制造不同的感情色彩，尤其是贯穿史诗的怜悯之情。荷马以此赋予这些战士地位和价值，传达了《伊利亚特》的核心事实：死亡的意义（本书第123页）。这一分析精彩纷呈，凭着丝丝入扣的情感推演，使读者悄然动容。

*

格著（尤其是第一和第二章）着力展示诗人的技艺与文学风格，背后其实隐伏着一条根本原则：文学特性乃是荷马史诗展示其生命体验的方式，前者取决于后者。评者的首要任务不是将文本拆解成未经组装的片段，而是要接契荷马史诗出乎其中的生命体验。这种生命体验，格里芬一言以蔽之为"英雄的生与死"。荷马论说的这一主旨在格著前两章已有所透露，譬如"《伊利亚特》的伟大主题是英雄的生与死"（本书第52页），或者，"在《伊利亚特》中这一最引人瞩目的人格上（指阿基琉斯——笔者按），聚焦着史诗中的核心问题：英雄生与死的意义与重要性"（本书第89页），而后四章则集中从英雄与众神两方面详加阐明。首先提出的问题是："何为英雄？"（第三和第四章）英雄生涯的决定性因素恰恰是"死亡"。这一观点可证之以两部史诗的主题。《伊利亚特》与《奥德赛》分别以一位最伟大的英雄为核心，前者可谓"英雄之死"的史诗，而后者不啻为"英雄之生"的史诗。在西方，《伊利亚特》虽然被誉为"战争史诗"之冠，甚至被直呼为"暴力之诗"（西蒙娜·薇依语），但在格里芬看来，"史诗对死亡的关注远远超过对战斗的关注"（本书第111页）。"死亡"的核心地位在《伊利亚特》的"序诗"里已然道出："阿基琉斯的忿怒"带来的后果是"无数的苦难"，特别是许多战士的阵亡，让他们的亡灵去往冥府，而尸体则暴露野外，为野兽所凌虐（《伊利亚特》第1—5行）。

从史诗“序诗”宣告并展开主题的功能来看,《伊利亚特》的故事以“阿基琉斯的忿怒”发端,以“赫克托耳的葬礼”终结,着眼点并非“特洛依战争”的本末,而是死亡以及与之相伴的苦难。“英雄之死”的主要脉络,尤见于史诗诗人将四位大英雄的死亡构筑成一个环环相扣的因果链条(并衬之以众多相对次要的武士之死)。这也是“阿基琉斯的忿怒”主题的一个关键转折点,阿基琉斯的挚友帕特罗克洛斯代友出战,杀死了支援特洛依一方的宙斯之子萨尔佩冬(第十六卷),导致他自己命丧特洛依主将赫克托耳之手(同卷),并由此激起阿基琉斯复仇的滔天怒气(第十八卷),与赫克托耳单打独斗,将其杀死并凌辱尸首(第二十二卷),而阿基琉斯的大限之期在赫克托耳死后也接踵而至。虽然《伊利亚特》并未述及阿基琉斯之死,但这个主题其实贯穿了整部史诗,尤其在史诗的后半部成为不时奏响的“主导动机”。阿基琉斯得知自己将会英年早逝,必须用“短暂的生命”来换取“不朽的荣光”,而且随着战事的推移,他对自己的死亡到来的准确时刻和具体情形也有了越来越清晰的认识。

德国学者玛格(Walter Marg)曾把《伊利亚特》称作“死亡之诗”,格里芬认为,“把它称作生与死之诗更为恰当:史诗中描述的是生与死的对比和生死间的变换”(本书第111—112页)。倘若我们把《奥德赛》也纳入考察范围,那么两部荷马史诗确乎以“死”与“生”为各自的关注焦点。《奥德赛》以“奥德修斯的归家”为主题,这位英雄归途迢递,历经艰险,总算劫后余生,返回故土并以巧智和勇力重新夺得王位,与家人团聚。不过,奥德修斯的生还与归家,若是没有“英雄之死”的映衬,便会黯然失色。这种“生与死”的互衬关系,深刻地体现在两部史诗的互文性当中（遗憾的是，格著对此面向鲜有关注）。奥德修斯与阿基琉斯构成两种不同的英雄典范，“奥德修斯的归家”与“阿基琉斯的忿怒”也讴歌了两种不同的英雄主义。事实上，《奥德赛》的史诗传统与《伊利亚特》的史诗传统形成了一种竞比的关系。最突出的例子便是奥德修斯入冥府的经历（第十一卷），在那里遭遇其他阵亡的战友，特别是阿基琉斯的亡灵。阿基琉斯对他说道（第488—491行）：

> 光荣的奥德修斯，请莫把死亡说得轻轻松松。
> 我宁愿做农奴，受他人役使，
> 即便他并无地产，家财微薄，
> 也不愿统领所有亡故者的魂灵。（笔者试译）

这番话并非由史诗诗人叙述，而是奥德修斯在自述其经历。我们不要忘记，这位狡黠的英雄善于编织谎言，所以不能轻信，认为阿基琉斯的亡灵果然有如此枉自菲薄的言论。事实上，奥德修斯（或是《奥德赛》的诗人）造作此语，很可能是让奥德修斯借“阿基琉斯”之口，抑“死”扬“生”，意在以《奥德赛》的传统与《伊利亚特》的传统争锋。但从另一个角度看，也正是基于入冥府的体验，与阿基琉斯为代表的亡灵相谈所产生的对死亡的更深入的认知，促使奥德修斯勇于“英雄之生”，经受“无尽的哀痛”而绝不放弃一丝生还的希望。

古希腊以降，世人皆谓，《伊利亚特》出乎前而《奥德赛》继乎后。这种评断，不仅关涉两部史诗的创作年代，而且更重要地是针对它们的经典地位；换言之，作为史诗，《伊利亚特》比《奥德赛》更胜一筹。基于此种评断，或许我们可以说，要肯定“英雄之生”（“英雄之生”也只有其饱尝苦难与艰辛的部分才值得肯定），就必须首先肯定“英雄之死”，故而“英雄之死”的史诗必居首位。从《伊利亚特》对“英雄之死”的肯定与颂扬，生成一幅本原性的悲剧世界图景：悲剧性为荷马英雄存在的基调，只有饱受苦难，直至经历终极的苦难——死亡——英雄才能证成自己；因此，死亡具有优先的存在意义，只有悲剧性的“英雄之死”才成就人类存在的最高意义。同样是《伊利亚特》的诗人（而非《奥德赛》的诗人），巧妙地用这幅世界图景把英雄“悲剧”的“两重观众”——内部和外部观众——联结起来，促成他们的视域融合。悲剧的内部观众乃是荷马的众神。格著的最后一部分（第五和第六章）致力于阐明荷马众神的特性。这些神明并非史诗使用的文学或修辞手法，亦不能还原为某种社会事实。他们强大有力，令人敬畏，史诗里的英雄对他们虔信有加。他们形态多样，每一尊都有鲜明的特征，但作为一个整体，“荷马诸神是为了展示荷马中凡人的本质而设计的”（本书第 207 页）。与凡人相较，他们可谓美化了的、更强大的种族。凡人与神明的本质性差异在于“死亡”及与之相伴的“苦难”：众神免于真正的愁烦，以及凡人生命的有限性。英雄则介于凡人与众神之间：芸芸众生当中，英雄是最具有“神性”的凡人，故而英雄与众神得以彼此映照，两者的本质相互界定，相互衬托。《伊利亚特》的众神虽则有时也单独行动，对于个别的英雄有着特殊的关切（在《奥德赛》那里成为定则），但他们更经常地居于光明璀璨的奥林坡斯山上，从那里作为一个整体观望尘世发生的事件，特别是英雄的悲剧，有如神界的悲剧观众（见格著第六章“旁观的诸神与《伊利亚特》的宗教”)。英雄的行为、成就和苦难成为诸神热切关注的对象。这种神界观众的视域，也是史诗要传达给（表演当下和后世的）外部观众的视域。这些外部观众，正如史诗的内部观众（众神）那样，从更高的境界来观照“英雄之死”，也就是从天界崇高的视角，最终获得了悲剧的“审美直观”，得以收摄世界之整全与生命之真相。

*

阅读中译本的过程中，我的脑海里逐渐浮现出两个场景。第一个场景出自《论语·先进》：孔门弟子仲由，性耿介好勇，有一次向老师问起服事“鬼神”的方法，被夫子反驳了一句：“未能事人，焉能事鬼？”仲由并不甘休，斗胆又问死后之事，夫子的回答如出一辙：“未知生，焉知死？”师徒间的这番问答虽然简赅，但孔门精神已跃然纸上。孔子重“人事”而轻“鬼神”，以人生为本，事死如事生。他对于现实人生采取奋发有为的态度，但将“死”和“鬼神”视为“不可知”，对弟子的求知欲望予以当头棒喝。第二个场景出自柏拉图的《斐多篇》：临刑前的苏格拉底，在狱中与众弟子作别，神态自若地进行了最后一次哲学讨论，话题是灵魂的不朽，苏格拉底对之予以详细论证，并以一篇道说“死后”灵魂命运的神话作结。苏格拉底对待“死亡”安之若素，恰恰因为他知之甚深。这个场景虽由柏拉图的妙笔所造，必定描摹了乃师的真面目。后来，柏拉图更是将“死后”的遭遇铺展成像《理想国》篇尾“埃尔的故事”那般洋洋洒洒的伟大神话。苏格拉底与柏拉图这两位古希腊的哲学师徒，为何孜孜于探究“死亡”，认为

“死亡”不仅“要知”，而且“可知”？读罢格里芬的名著，我更加确信，他们对待“死亡”的执着精神其来有自，早就伏根于荷马史诗“未知死，焉知生”的精神当中。从对比的视角来看，我以为这也是此书的中译本将会带给今日中国读者的最大启示。

译者说明

本书译自 Jasper Griffin, *Homer on Life and Death*（Oxford: Clarendon Press, 1980; Reprinted 2009）。作者格里芬教授在正文和脚注中，多处引用了古希腊文、拉丁文、德文、法文和意大利文内容。这些内容，有些作者同时也译成了英文，有些则没有翻译。作者翻译过的地方，译者根据英文译作中文，并附上所引原文。作者没有直接翻译的部分，如果在上下文已经概述或者转述了引文的意思，我不再另作翻译；如果没有相关意思的概述或转述，则将我的翻译写在原文之后的［］中。在翻译的过程中，译者发现原书中的若干刊印错误，在译注中标出。

格里芬教授引用荷马史诗，大多附上他自己的英译。这些英译符合作者行文的需要，但意思上常与原文略有不同。译者在翻译的过程中，尽量遵从作者的英译。作者有时会在不同章节重复引用同一段史诗，但英文小有出入；译者也根据每处的英文进行翻译，没有刻意保持一致。涉及荷马史诗的部分，译者的中译参考了傅东华和罗念生两位先生翻译的《伊利亚特》，杨宪益、王焕生两位先生翻译的《奥德赛》，并作了适当修改，在此统一说明。正文和脚注中所引用的其他欧洲文学作品，如果采用了已有中译本，都标注在文中。

复旦大学历史系的张巍教授校读了全部译文，并提出许多宝贵的修改意见。本文的翻译过程中，德文引文部分求教于德国柏林自由大学博士候选人黄晶，得到了她的耐心回复。英文部分的疑难处，曾得到中国社会科学院外文所吕大年先生和周颖老师的指点。本书译者谨在此向以上诸位表示衷心的感谢。译文中的错误和不妥之处，仍由译者本人承担。

刘淳

2015 年 11 月

纪念

我弟弟杰佛里（1940—1962）

他新婚燕尔，尚无子嗣，就被银弓之神阿波罗击倒

τὸν μὲν ἄκουρον ἐόντα βάλ᾽ ἀργυρότοξος Ἀπόλλων νυμφίον

目录

前言

写作这本书的欲望，源自我的教学。聆听了许多关于荷马的论文后，我意识到，写作这些论文的本科生们，在他们所阅读的书籍和文章的影响下，不得不一步步变得单调乏味；而这种乏味无法恰如其分地表现《伊利亚特》和《奥德赛》的好处。迈锡尼的土地所有制，青铜时代的考古发掘，程式化用语的纷繁细节：这些专门且技术性的问题，好像差不多已挤掉了诗歌的位置。结果是我自己开始讲授荷马。

我要感谢许多前辈与同辈，他们的研究令我受益匪浅。我尤其高兴能在此感谢身边朋友们给予我的帮助。巴格夫人（M. Bugge）、罗斯夫人（C. Ross）和史密森夫人（L. Smithson）为本书手稿打字，精准又耐心。贝利奥尔学院的学生总令我产生新的思考，我关于荷马的想法，在与他们的许多讨论中变得轮廓清晰。我的同事奥利弗·莱恩博士阅读了校样，此君眼光锐利，且不仅仅针对排印错误。休·劳埃德-琼斯教授为人宽厚，大力襄助，既惠我以敏锐博学的批评，也给我敦促和鼓励。我想向他们所有人表达诚挚的感激之情。

J. G.

牛津

1979 年 9 月

缩略表

AJP	*American Journal of Philology*
A und A	*Antike und Abendland*
ANET	*Ancient Near Eastern Texts related to the Old Testament*
AOAT	*Alter Orient und Altes Testament*
ARW	*Archiv für Religionswissenschaft*
BICS	*Bulletin of the Institute of Classical Studies, London University*
CAH	*Cambridge Ancient History*
CJ	*Classical Journal*
CQ	*Classical Quarterly*
GRBSt.	*Greek, Roman and Byzantine Studies*
HSCP	*Harvard Studies in Classical Philology*
HZ	*Historische Zeitschrift*
JHS	*Journal of Hellenic Studies*
NJbb.	*Neue Jahrbücher*（该年鉴在不同时期的完整标题不同）
Philol.	*Philologus*
REG	*Revue des Études Grecques*
Rh.Mus.	*Rheinisches Museum*

TAPA	*Transactions of the American Philological Association*
WS	*Wiener Studien*
WüFbb.	*Würzburger Jahrbücher*
YCS	*Yale Classical Studies*

在引用荷马史诗的文本时，阿拉伯数字表示《伊利亚特》的卷数，罗马数字用于《奥德赛》：所以，7.64 表示《伊利亚特》卷七第 64 行，vii.64 则表示《奥德赛》中的该卷该行。

荷马的英文翻译，本书作者参考了朗格、里夫和迈尔斯的《伊利亚特》译本，以及布彻和朗格的《奥德赛》译本，在其基础上有所改动；也有些地方是作者自己的翻译。古代评注此前从未被译作英文，文中引用的翻译都是作者自己的。

引言

xiii 任何一位讨论荷马的作者，都不曾读完从古至今所有关于其诗作的著述。我们每一个人都会觉得，前辈的著述，有些更有启发、更有帮助，有些则稍差。本书有个特点或许值得一提：它甚少谈及荷马史诗创作中的“程式化用语”理论。最近四十年中，由米尔曼·帕里的工作开始，这一理论日益主导了英语世界的讨论。这一领域的大量工作，在其自身的技术层面固然令人印象深刻，但我想，也许会有人和我一样，因它给诗作本身带来的启示之少而感到失望。我想，已经证明，《伊利亚特》和《奥德赛》很可能代表了口头诗歌传统的终结。这个论断有一定的重要性：它提供了一种方法，用以解释荷马史诗的某些特征——重复的诗行、固定而反复出现的特性形容修饰语（epithet）、典型场景。从另一个方面讲，它排除了某些十九世纪分析的可能性：那些分析对词语的重复和些微的不雅穷究不休，从而将史诗割裂成碎片；它也应令我们慎重对待基于此类重复所做出的其他论断。也就是说，它的作用在于检验主观的研究路径，却并没有，也不能在原则上完全排除这样的可能。

即使荷马史诗代表了口头诗歌传统的终结，这也并不能告诉我们，现有的史诗当时是如何产生的。已经有人宣称，“在极深的层面上，帕里-洛德假说定然从根本上改变所有关于荷马史诗的文学批评”；[1]甚至说，我们要研究这些史诗，必须先有一个新的“口头诗学”，否则就是无稽之谈。[2]然而，事实证明，创造一个新的“诗学”并非易事，而关于程式化表达的一些新近的研究，对 xiv
审美理解的贡献，亦未能达到我们的期望。已故的亚当·帕里为其父的论文合集写下了难能可贵的导言，其中谈道：“对于志趣在文学的学者，或是普通文学学生和文学爱好者，全部论证都可能显得狭隘地技术化，以至于未能触及根本的问题——荷马的诗歌……”[3]过度专注于这些问题，已使一些学者无视在另一传统下所做的宝贵工作。另一方面，认为口头诗歌从本质上与书面诗歌大相径庭的观念，现在也越发显得站不住脚。在《口头诗歌》（*Oral Poetry*）（剑桥，1977）一书中，露丝·芬尼根揭示了实际文本的研究如何消弭了二者的截然分别（而对新诗学的吁求恰是以此分别为据的）：“在‘口头’和‘书面’文学之间并没有泾渭分明的界限”（页2），“我认为，要对马荀恩、帕里等人所设想的口头文体的本质做出精确的概括，这种希望定然破灭”（页130）。我想，我们将不得不继续那些并未在根本上鼎新革故的、审美的方法。我们要保持审慎，避免那些已被作品的口头来源排除掉的论断；同时，我们处理这些史诗的方式，要并不迥异于古希腊人自己曾

1　C. Moulton, *Similes in the Homeric Poems* (1977), 12.

2　例如 J. A. Notopoulos in *TAPA* 80 (1951), 1,“荷马学界必须认识到，该是为一种文学批评奠定基础的时候了，这种批评有着非亚里士多德式的特征，并因口头文学的状貌得以生发（口头文学在风格和形式上都不同于书面文学）。”从状貌生发出来的基础；这种风格的确是够新。

3　参见 Milman Parry, *The Making of Homeric Verse* (1971), l。关于南斯拉夫材料一些有益的保留意见，参见 F. Dirlmeier, *Das serbokroaische Heldenlied und Homer*, *SB Heidelberg*, 1971；另见 A. Dihle, *Homer-Probleme* (1970) 49ff.。“尽管比较研究日趋繁盛，荷马仍是一个非常特别的例子”，这一明智论断来自 J. B. Hainsworth, *JHS* 90 (1970), 98。“当下占统治地位的理论（口头诗歌）仅仅解释了一半”，引自 B. C. Fenik, *Homer, Tradition and Invention* (1978), 90；这也许已经是慷慨的估量了。

经对待它们的方式。

其实，较之现代南斯拉夫，古代世界提供的启示更为丰富。首先，大量关于荷马的希腊文评注中，虽然也有不少无价值的材料，但确实包含了许多敏锐而又有建设性的意见；而我对这些材料的利用，比大多数近年的著者都更为全面。除了它们本身的价值，这些评注对检验我们自己的观点也有一定的价值：如果我们在古代评注作品中找到了对这些观点的支持，这往往表明，这些观点至少在古代晚期说得通，在此范围内不算年代误植。

xv 其次，近东的古代文学有类似的作品。显然，荷马和赫西俄德都受到东方源头的影响：[4]这种影响在“黑暗时代”之前和之后都曾引起注意，而近年的研究倾向认为，与黎凡特相隔绝的“黑暗时代”，是一个更短暂的间隔，并非像人们从前认为的那么久。[5]在神话的层面，诗人们所熟知的乌拉诺斯、克罗诺斯和宙斯的故事，是由胡里安和赫梯源头演化而来的；诸神群会于奥林波斯山的观念，在荷马史诗中至关重要，却在后来的希腊宗教中不见踪迹，这观念则类似我们在美索不达米亚和乌加里特文学作品中看到的情景。《旧约》虽看似寻常，其实却是更有价值的比较文献来源。说起来简直有点荒谬：普里查德编辑（1969年第三版）的《旧约相关古代近东文本》（*Ancient Near Eastern Texts related to the*

[4] 例如 T. B. L. Webster, *From Mycenae to Homer* (2nd edn., 1964); P. Walcot, *Hesiod and the Near East* (1966); A. Lesky, *Gesammelte Schriften*, 36, 400; F. Heubeck, *Die homerische Frage* (1974), 167 ff.; 以及 W. Burkert 近年的作品 : “Von Amenophis II zur Bogenprobe des Odysseus”, *Grazer Beiträge*, I (1973), 69–78; “Rešep-Figuren”, ibid., 4 (1976) 51–80; *Griechische Religion der archaischen und klassischen Epoche* (1977), esp. pp.282 ff.; “Das hunderttorige Theben und die Datierung der Ilias”, *WS* 10 (1978), 5–21。L. A. Stella, *Tradizione micenea e poesia dell'Iliade* (1978) 也论及这个问题。

[5] A. M. Snodgrass, *The Dark Age of Greece* (1971), 238, 246。斯诺德格拉斯认为，希腊只在不到一个世纪的时间中真正与东方隔绝，起止时间“最早不过公元前1025，最晚不过公元前950年”。

Old Testament），是个大部头，价值很高，使用方便；但这部书的存在，却令古希腊学者往往从中引述，以至忽略了《旧约》本身。《旧约》作为受其他近东文化影响的作品集，[6]其相关程度不逊于其他作品；何况它所包含的一些篇章，更具文学特质和文学意义。在关于荷马中宗教之真实性和严肃性的问题上，《旧约》似乎尤其值得关注。

日耳曼和爱尔兰文学中也有一定数量的类似作品。和处理东方的材料一样，我们的目的是通过比较和对照，揭示出荷马的独有特质。相关文学和毗邻文明之文学中习见的主题和观念，必须经历特质上的转变，才能融入荷马史诗的独有风格。通过这种比较，我们确有可能深入理解荷马的风格。

最后，我得以在近些年德文作者的荷马研究作品中，找到很 xvi
多观点契合又有所助益的内容。有迹象表明，在德国，口传理论终于流行了起来；但我认为，我们往往忽略了大量能令我们受益良多的作品。

在荷马史诗研究的领域里，作者和源起的问题是如此经常地主导着讨论，甚至到了凌驾于史诗本身的地步，那么，我多次提及“诗人”甚至“荷马”，也许会显得几近挑衅。在一定程度上，这是种简略的提法：我想要讨论荷马史诗，但不想每一次都把有关史诗创作的观点表述一遍。这样的提法，也反映了我希望借此书解释并论证的观点：《伊利亚特》是一个整体，尽管大家有时也承认这点，但我认为其整体性体现在更深的意义上，在于它清晰而独特地体现了关于世界、关于英勇、关于生死的观念。如果我

---

6 例见 *The Cambridge History of the Bible*, I (1970), 68 ff.。

们同意这点，那么这种观念本质上应该属于同一个人，很难想象除此以外的情况；而且，我们或许会感到，这部最伟大的希腊史诗，与那个被古代世界奉为最伟大的史诗诗人的名字，二者无法割裂。同样，《奥德赛》也有其自身特有的风格，我已努力将其与《伊利亚特》对比阐释；尽管《奥德赛》的后半部会带来些困扰，把这部史诗也看作一个统一而伟大的创造力的产物，应该是合乎情理的。

第一章

象征性场景和意味深长的物件

> 许多物品的巫术意义，常常与它们的象征性意义紧密相联……要将巫术和象征性的意义决然分开，往往是不可能的。[1]

《伊利亚特》的诗人所创作的这部诗，比他同时代的寻常史诗 1
规模更大，同时，对作品的组织和整合，也采用了不同的原则。[2]诗人没有直截了当地叙述一个明显重要的事件——诸神与提坦之战、忒拜之战的全程、特洛伊的陷落——而只是选取了一个开始于战争进程中、结束于战争完结前的主题。他用阿喀琉斯的愤怒及其后果来代表整个故事。我们看到，卷二至卷四重述了战争伊始的情景，讲述了阿开亚人的首次进攻，[3]帕里斯与墨涅拉奥斯的决斗，以及潘达洛斯的恶行——此举令诸神震怒，令特洛伊万劫不

---

1 F. J. M. de Waele, *The Magic Staff or Rod* (1927), 23.

2 关于荷马与英雄诗系，参见拙文“The Epic Cycle and the Uniqueness of Homer”, *JHS* 97 (1977)。《伊利亚特》中的“离题话”是遵循范式的，而且也相当的切题：N. Austin in *GRBSt.*7 (1966), 295–312。

3 2.780 ff.，用一位女神来宣布阿开亚人的到来，她的原话是（2.796）：“你说起话来好像还是太平时候那样，然而无可避免的战争已降临到我们身上……我从未见过这样一支军队……”；据此，显然，从某种意义上来说，我们看到的是阿开亚人的首次进攻。卷三开头，帕里斯漫不经心地提出挑战，也表明他尚无与阿开亚人十年战争的经验。

复。[4] 赫克托耳之死则代表了特洛伊城本身的陷落；他以一己之力保卫特洛伊（6.403），而在他死时，“简直像是这城陷落了，像整个高耸的特洛伊由踵至顶着了火”（22.410 ff.）。这样的构想，复杂精微而远非一目了然；它很自然地表明，诗人创造并强调的情节，
2 有着更深远的意义，并不仅仅是对所发生事件的描述。在赫克托耳之死的例子中，诗人明确了这种深意，这一点非常重要；此举令人确信，以上观点对于一首口传史诗的文学批评来说并非过于细微，也不是不合时宜；相反，荷马自己也明显持有这样的看法。但是，更多的时候，在类似事件中，荷马并不这样表明其意义，而是留待观众自己领会。我来举一个例子，它肯定带有这样的深意，却并没有明确表达。

当赫克托耳被杀死时，安德洛玛刻正在家中履行妻子的义务，一如他们分别时赫克托耳所吩咐的那样——“回家去吧，操持你自己活计，在纺车旁织布，也督促仆人们各自劳作不辍；至于战争，那是男人们操心事情，特别是我，责无旁贷。”她听话地去纺织，并命人准备热汤，以待丈夫回家沐浴；然而，城墙上的尖叫惊动了她，她冲上去，却只见到死去的赫克托耳，尸体拖拽在阿喀琉斯的战车后。她昏倒了，此时“绚丽的束带从她头上甩落……还有她的头纱，那是闪亮头盔的赫克托耳从她父亲伊厄泰翁家中迎娶她的那天，金色阿芙洛狄忒的馈赠”。很明显，这并不仅仅是陈述事实；我们刚刚还看到安德洛玛刻幸福地履行妻子的职责，现在她却已失去了丈夫，失去了婚姻；她扔掉的头纱是成婚那日得到的，

---

4 H. Fränkel, *Wege und Formen*, 3; Codino, *Introduzione*, 52 ff. Adam Parry, *YCS* 20 (1966), 193, 提到“一连串全面评估人类境况的场景”。

此时生动地象征着她的哀丧。[5]正如沙德瓦尔特指出的，她在挽歌末尾的哀恸之辞也如出一辙："如今你赤身躺在那里，群犬将餍足 3 于你的血肉，随后蛆虫将吞噬你的身体；而你家中存放着许多妇人手制的精致衣服。现在我要把它们付之一炬——它们对你再没有用处，因为你再不会穿着它们躺下了；烧掉它们，好在特洛伊人面前给你荣光"（22.508–514）。精心保存的衣服代表了主妇的美德和她对丈夫的关爱；尽管她一直满怀爱意地照看他的衣服，现在他却一丝不挂地袒露于食腐的野兽面前，而那些代表着她爱恋的衣物，则已失去了它们的意义，大可付之一炬了。

这里我们须注意到荷马是如何巧妙达意的。实际上，早期希腊人确实认为，焚烧死者的衣服，目的是将他们交给死者，以便在冥间穿用——同样的自然观念也令他们向死者馈赠宝剑、爱宠的犬、仆人和食物。[6]荷马总是迫切地强调死者与生者世界的绝对界限，故而不能容许任何此类描述。赫克托耳不会因焚烧他的衣物得到丝毫好处，所以纯粹的心理动机代替了迷信。安德洛玛刻

---

[5] "回家去吧"，6.490；安德洛玛刻之劳作，22.440；她的头纱，22.468。W. Schadewaldt, *Von Homers Welt und Werk*,[4] 331，讨论了"unwillkürliche Symbole"［无意而成的象征］。我不同意 M. N. Nagler, *Spontaneity and Tradition* (1974), 49 中所认为的，这里所象征的是"欧里庇得斯在其特洛伊剧目中不停渲染的、性侵犯的感觉"。衰老的赫库芭也丢掉了自己的头纱，22.406，这一情节当然并不支持以上无根据的观点，而荷马谈及安德洛玛刻的命运时，也很注意排除这种观点，比较 6.454 ff. 和 24.727 ff.。"它表明这是个基于爱情的结合，并且新娘美貌"，M. M. Willock 关于阿芙洛狄忒馈赠的头纱如是说，*BICS* 17 (1970), 50；我更倾向于古代评论者的意见，见 *ΣT* in 468：εἰς μνήμην ἄγει τῆς παλαιᾶς εὐδαιμονίας ὅπως τῇ μεταβολῇ αὐξήσῃ τὸν οἶκτον，"他提醒我们记起她从前的幸福，从而可以通过这种变化增加引人同情之处"，比较 *ΣT* in 22.500 对阿斯蒂阿纳克斯这个名字一针见血的评论：τὸ ἀπὸ τῆς εὐδαιμονίας αὐτῷ συμβὰν ὄνομα λέγουσα πλέον οἰκτίζεται. καὶ ἐπαναλαμβάνει αὐτό，"她提起富足时给他取的名字，以此达到更令人同情的效果；接着她又把这个名字重复了一次"（即第 506 行）。

[6] 最经典章节（*locus classicus*）是希罗多德 5.92，其中佩利安多洛斯为妻子焚烧衣物，因为她抱怨说，自己在另一个世界又冷又无衣物蔽体；比较 E. F. Bruck, *Totenteil und Seelgerät*, 28, E. Weiss, *Gr. Privatrecht*, I, 146。

展示了赫克托耳家室的富足，展示出她自己生活遭到的彻底毁灭；特洛伊人钦佩赞叹，这便是一个充满英雄荣光的举动。[7]

当然，我所选择的例子，对于任何敏锐的读者来说，都是非常显然易见的。在这些场景中，我们看到，某个姿势或者画面，会将事件的涵义和重要性充分表达出来；我们也注意到，诗人通过简单的行动或物品（一件头纱，或某人的衣服），来传达情感的意义。实际上，这种技巧比比皆是，不仅见于《伊利亚特》，也通过另一种方式体现在《奥德赛》中。我将在举例论述后，继而讨论这一技巧的关联和涵义。

衣着非常适合用于这种技巧。在《伊利亚特》卷三开始时，两军在全诗中首次相遇，帕里斯“以首领身份步出特洛伊的阵列，
4 肩披豹皮，挎着弯弓和剑……”他在挑战阿开亚人的首领们。墨涅拉奥斯欣然接受了挑战——而帕里斯一见他就被吓住，悄悄溜回了队列；“就像一个行路人碰到了蛇……神一样美貌的帕里斯见到阿特柔斯之子，就吓得缩了回去”。帕里斯出场前紧邻的两个段落表达了同样的意思。在卷二末尾，诗人介绍了特洛伊盟军中的加里亚首领纳斯忒斯，“这愚蠢的家伙，去打仗时还佩戴黄金，像个姑娘；那东西并不能抵挡阴森的死亡，捷足的阿喀琉斯在河畔杀死他，取走了他的金子”。[8] 实际上，要到卷二十一才有纳斯忒斯

---

[7] 同样，以活人祭祀死去的帕特罗克洛斯，也被荷马描述为纯粹世俗的报复行为，见 18.336, 21.27, 23.22, 175；作为牺牲的人引人哀怜（21.27 ff.，以及 ΣT in 21.31），阿喀琉斯则在盛怒之中。

[8] 帕里斯出列，3.15；他溜回去，3.33；纳斯忒斯，2.872；比较《尼伯龙人之歌》（*Nibelungenlied*）中那个服饰华丽的年轻匈奴人，他“身着华服，好似贵族家的年轻媳妇”。这人很快被沃尔克所杀，“长枪直穿过那个装束华美的匈奴人”（企鹅译本，第 234 页）。这种武士之所以存在，只是为了被真正的英雄杀死。《亨利五世》中也有一个类似的对比，一边是法国人的华丽，一边是英国“当兵的老粗”。

之死，此处却特别提及，勾勒出他的死亡结局。接下来是对军队
的描写（3.1–9）。特洛伊人向前推进，尖叫嘶喊一如鸟声，阿开亚
人则“默默行军，呈现勇武之貌，决心彼此支援”。这些段落是相
互映照的。特洛伊人在全诗甫一登场，就表现得华丽、轻率、喧
闹；与他们相反，阿开亚人则严肃又认真。这种对比全诗皆有，
一如古代评论者所说：“他刻画了两军的性格，而且全诗从未背离
这种笔法。”[9]特洛伊人提议决斗，阿开亚人胜出（卷三、卷七）。特
洛伊人衣饰华美：被墨涅拉奥斯杀死的欧福尔玻斯，“血污浸染了
他那美惠女神般秀丽的头发，还有那金银线编起的发辫”（17.51）。
甚至他们的步态也揭示出他们是何等人——吹牛皮的俄斯鲁俄纽
斯被击中时，“他正高高举步”；[10]波吕多罗斯“正愚蠢地炫耀自己
快捷的脚步，在最前方的战线间来回奔跑，直到他死”于阿喀琉 5
斯之手。阿西奥斯称宙斯是骗子，俄斯鲁俄纽斯扬言要单枪匹马
将阿开亚人从特洛伊赶走，赫克托耳奢望杀死阿喀琉斯：“要是阿
喀琉斯真的从战船间现身，那他就要吃更大的苦头了；我绝不会
从他面前逃走——不，我要留下来面对他，要么吃败仗，要么赢
得无上荣光……”[11]帕里斯挑战之后，若非受了兄长的羞辱还不肯
出战，旋即又被女神救出；而一番鼓动人心的豪言之后，赫克托

---

[9] *ΣT* in 3.2, ἄμφω δὲ τὰς στρατιὰς διατυποῖ καὶ μέχρι τέλους οὐκ ἐξίσταται τοῦ ἤθους. 可比较的评论，例见 G. Finsler, *Homer*, 1.142, W. H. Friedrich, *Verwundung und Tod in der Ilias*, 21。

[10] 欧福尔玻斯，17.51；俄斯鲁俄纽斯，13.371；καὶ βάλεν ὕψι βιβάντα τυχών 以及 Σb οἰκεῖον τῷ ὑψηλόφρονι καὶ τὸ βάδισμα，“就连他的步态都与他的傲慢相符”。同样还有得伊福玻斯（13.156），“大步向前，傲气满满，迈着轻快的脚步，在圆盾掩护下前行”。对比埃阿斯的步态（7.212）：“脸上绽出令人生畏的笑容，大跨步前行”，以及古代评论 Σ 对此处的评论：“他身体的行动展现了内心的勇气。”

[11] Eustathius, 1144.30 恰当地指出了 18.305 对 18.278 的应和，τῷ δ’ ἄλγιον αἴ κ’ ἐθέλῃσιν。他将此称为 ἀστεισμός，狡黠的一笔。波吕多罗斯，20.410；阿西奥斯，12.164；俄斯鲁俄纽斯，13.367；赫克托耳，18.305。

耳也无力对抗阿喀琉斯，夺路逃生。

这一模式在《伊利亚特》中至关重要，它并不仅仅是希腊沙文主义。阿开亚人赢得了战争，因为诗中明确告诉我们，他们的军纪更好；他们的沉默和对统帅的服从即属此类。特洛伊人战败，因为他们正是这样的人——漂亮、莽撞、轻率、缺乏纪律。而特洛伊人的典型代表即是帕里斯。他愿意的话，也能把仗打得不错，但多数情况下，他并不情愿；在卷三开头，他穿着豹皮出战，所以还得换上合适的甲胄才能厮杀——我们该补上其中的缘故：因为穿豹皮才好看。赫克托耳责备他外表太美，耽于曲乐，引诱女子，而帕里斯回答："不可藐视金色阿芙洛狄忒的惠赐。"[12] 就是这样一个帕里斯，被女神从战场上摄走，而当墨涅拉奥斯四处寻之欲杀时，他则在家中卧室等待海伦——"俊美夺目，装束华美。没人会以为他刚从战斗中归来，反倒觉得他正要去参加舞会，或者刚刚跳过舞，坐下来休息。"[13]

要知道，正是帕里斯令特洛伊注定灭亡，因为他选择了阿芙洛狄忒和享乐的生活；[14] 又因为帕里斯是典型的特洛伊人，特洛伊城亦深深牵涉到帕里斯的罪行中。特洛伊人或许"恨他如仇恨死亡"（3.454），但他们却无法撇清，就像海伦虽然憎恶他，想摆脱
6 他，却仍不得不让自己继续与之同床共枕（3.395–420）。在卷三中，诗人通过与赫克托耳的对比描写帕里斯，而在卷六中，则通过与海伦的关系来一并描绘兄弟二人。在卷六，诗人还展示了两

---

[12] 阿开亚人的纪律，17.364；服从，卷三开头，4.430；帕里斯，6.520；赫克托耳责备帕里斯，3.54。史诗中给赫克托耳挑毛病的人会说他"长得太好看"，17.142；就连赫克托耳到底也还是个特洛伊人，尽管他在某些方面令人钦佩。

[13] 3.392–394. W. F. Otto, *The Homeric Gods*, 96 ff. 对此有很好的讨论。

[14] K. Reinhardt, *Das Parisurteil* = *Tradition und Geist*, 16–36.

桩婚姻间的对比：即帕里斯与海伦之间虚假的婚姻，对比赫克托耳与安德洛玛刻真正的婚姻。一边是建立在享乐基础上的私通，罪孽而无所出，海伦恨帕里斯不死；另一边是婴孩的双亲，满怀爱意：安德洛玛刻坦言，赫克托耳是她生命中的全部，而赫克托耳所谈则是爱与责任。这些都是典型的场景。我们知道，以上正是这些人物一直以来的样子，也正是这些情节的意义和内在模式。我们认识到帕里斯在对特洛伊做些什么，赫克托耳又在做什么，以及他的死将意味着什么。古代评注者常论及荷马“绘声绘色”的本领，他刻画令人难忘的视觉场景的技巧，[15] 这当然是荷马作品首先打动读者的一个特点；但这些场景却不只是生动。我们注意到，诗人利用实物实现了表达意义的效果。

当赫克托耳来召唤帕里斯重返战场时，他依次遇到了三位爱敬他的女性：他的母亲、海伦和他的妻子；每个女子都试图让他留下，不再重返战场。[16] 赫库芭是位真正的母亲，她要求给他弄点喝的；海伦则邀请他坐下跟自己谈话。安德洛玛刻在城墙上敦促他留在自己身边，免得他逞一时之勇，让他们落得孤儿寡母的下场。这三处情节设计精巧，既有变化又渐入高潮，但都代表了同样的诱惑：避开那可怕的、战斗和死亡的世界，逗留在亲爱的女性之间——她们的陪伴令人愉快，她们给出的理由也颇为正当。

---

[15] 故此，*ΣT* in 6.405，γραφικῶς，“有如图画”：Eustath.655.52 评论 6.467 ὡς ἐν γραφικῇ ὄψει，“仿佛画在图里”：*ΣT* on 22.80，赫库芭在城墙上的评论，κιντικὸν καὶ γραφικὸν τὸ σχῆμα，“场景是流动的，且很有图画感”等等，贝特则如此评论卷六中的场景：“Dieser Dichter hat mehr gewollt, als nur erzählen... Alles, was diese Menschen tun und sagen ihr Gang, ihre Tracht, ihr Haus... ist Ausdruck ihres Wesens［诗人想要做的不仅仅是讲述……所有这些人物的所言所为，其步态、衣着、居所……都是其本质的表现］”（*Homer*, 1, 236）。另比较 C. A. Trypanis, *The Homeric Epics* (1977), 66。

[16] Schadewaldt, *Von Homers Welt und Werk*, [4] 212 ff.。赫库芭，6.258；海伦，6.354；安德洛玛刻，6.431。

赫库芭提供的佳饮，海伦安设的座位——这些都表现了听从女性
7 劝说、拒绝英雄主义的引人之处。但是，从海伦对帕里斯的轻蔑
和安德洛玛刻对赫克托耳的爱慕中，我们了解到，一个女子真正
想要在男人身上见到的，是他拒绝自己，出迎飞矛的力量。

安德洛玛刻抱着儿子来看望赫克托耳；我们已分析过，孩子的存在，标志着他父母的结合，与帕里斯和海伦的结合，截然不同。他还太小，不会说话；但他在那里，就令对话有了自己的特色。这体现在安德洛玛刻最初的几句话里，“请可怜你年幼的儿子，也可怜我……”；体现在赫克托耳的祈祷中，他盼望儿子成长为胜过父亲的勇士，但这愿望注定不会实现；而尤其体现在那个打动人心的时刻，赫克托耳靠上前去抱那婴孩，孩子却被父亲可怕的头盔吓到了。[17] 做父亲的摘下头盔，夫妻二人隔着婴儿，向对方展露笑颜。这场景令他们再次感到融洽无间，而且有着一望而知的人情味，[18] 但我们还需从中读出更多。甲胄的作用是威慑，这一点我会具体论述；但它并不用来吓唬自己的孩子。如此，一方面，我们看到荷马此处将英雄诗歌中一个普通而又常见的特征，变成某种有人情味又令人意外的东西；具体说来，他将新的用途赋予那个寻常的程式化头衔——“头盔闪亮的赫克托耳”，κορυθαίολος。另一方面，我们看到，履行男人义务、护卫妻儿的赫克托耳，在这样做的同时，也在儿子眼中变得陌生而可怕，[19] 就

---

17 “请可怜”，6.408；赫克托耳的祈祷，6.476。关于这个场景，参见 H. Herter, *Grazer Beiträge*, 1 (1973), 157 ff.。

18 Σb in 6.468，λαβὼν τοῦτο ἐκ τοῦ βίου ὁ ποιητὴς ἄκρως περιεγένετο τῆς μιμήσεως，“这段场景是诗人从生活中得来”。

19 J. M. Redfield, *Nature and Culture in the Iliad*, 123. 有关 κορυθαίολος 的保留意见：J. B. Hainsworth in *Homer: Tradition and Invention*, ed. B. C. Fenik (1978), 47。

像所有的东西一样，它们都变了，不同于“从前的样子，在太平的年月，阿开亚人的子孙到来之前”。

诗人还设计了另一个意蕴十足的时刻，即赫克托耳与帕里斯之间的对手戏。离开母亲后，“宙斯宠爱的赫克托耳走进帕里斯的宫室。他手里拿着长枪，有十一个肘尺那么长，青铜的枪尖在他面前闪光，上面箍着一个金环。他在卧室找到帕里斯，后者正忙着摆弄他华丽的甲胄、盾牌和胸甲，擦亮他的弯弓，而阿尔戈斯的海伦坐在侍女们中间，给她们各自的工作下达指令”（6.318– 8
324）。这也是一个象征性场景。[20] 赫克托耳的到来，先有长枪闪亮——来的是真正的勇士；他发现帕里斯并没呆在什么体面的地方，而是在闺房中与女侍为伴；他正向她们炫耀自己的武器，并给器械再上一层光。这清楚地展示了两个男人的本质。古代评注者对此目光如炬，深谙其味，他们评道：“作为帕里斯的榜样和激励者，赫克托耳以武士形象出场，他的到来先有长枪为示，”而说到帕里斯，“他被描绘成一个向妻子炫耀的纨绔公子，简直可以说，他拥有武器不过是为了显摆。而且，他甚至不在庭院里，而是呆在侍女中间”。[21] 我们再次看到了同样的技巧，那就是，使用实物——赫克托耳的长枪，帕里斯的盔甲——来凸显事件的意义；实际上，通过本质上相同的东西——勇士的武器，这种技巧得以阐明两个截然不同的论点。我们还会再谈到它。在我们结束对卷六这一场景的讨论之前，我们还得注意到，它的作用

---

[20] H. Schrade, *Götter und Menschen Homers*, 244.

[21] Σb*T* in 6.319, πρὸς ὑπογραμμὸν καὶ προτροπὴν Ἀλεξάνδρου θρασὺς φαίνεται Ἕκτωρ διὰ τοῦ δόρατος προμηνύων τὴν ἄφιξιν.Σb*T* in 6.321, τὸν καλλωπιστὴν δηλοῖ καὶ ἐναβρυνόμενον τῇ γυναικὶ καὶ μόνον οὐχὶ πομπῆς χάριν κεκτημένον τὴν σκευήν· ἄλλως τε οὐδὲ ἐν τῇ αὐλῇ ἐστιν ἀλλὰ ἐν μέσαις ταῖς ἐρίθοις.

贯穿始终。古代评注者说："我们可以看到互相对照的人物：赫克托耳以襄助同胞为重，而不是享乐当先；而帕里斯则坐在海伦身边。"[22]

对卷六场景的讨论已占据了不少篇幅。我们已经知道，这一场景的象征意味在古代就已得到公认（这番核查让我们确信，精巧的手法并不与那个时代相悖），这里，荷马持续而有效地利用了这些场景和物件的表意力量。这个场景是为了展示特洛伊城和特洛伊战争之本质而存在的，我们看到，荷马在其中运用了这种
9 手段；[23] 正是这个漂亮却轻浮的帕里斯，在对三位女神的裁判中选择了享乐，由此招致赫拉与雅典娜的怒火，为特洛伊带来灭顶之灾。[24] 史诗就是这样通过间接的手段来阐释特别重要的内容，并默认观众能够理解。我们现在可以有条不紊地进行下一步，将这种解读应用到其他段落。

在第二卷，宙斯遣来制造谎言的梦境，阿伽门农为之所误。他召集阿开亚大军全体（*en masse*），试图激发他们的战斗热情，可策略却不够高明：由他来提议放弃希望、溜之大吉，同时由其他首领来敦促大家坚持下去。这样做的预期效果，是令大军激愤不满地抵制撤军的主意，因为正如阿伽门农在那番令人泄气的演说中一再重复的（2.122–130），敌军在数量上远远居于劣势——如此撤军真是耻辱。可事实上，回家的念头让全军上下欣喜万分，在混乱喧嚷中冲向战船。阿伽门农没有预料到这种后果，完全没有阻止他们

---

[22] Σb*T* in 6.390：... καὶ ἔστιν ἰδεῖν ἀντικείμενα τὰ πρόσωπα,Ἕκτορος μὲν προτιμήσαντος τῶν ἡδέων τὴν βοήθειαν τῶν πολιτῶν, Ἀλεξάνδρου δὲ τῇ Ἑλένῃ παρακαθημένου.

[23] 与此对比，P. Vivante 在 *CQ* 25 (1975), 11 说："ὁμιλία（译按：指赫克托耳与安德洛玛刻的交谈）对行动并无辅助……"

[24] 5.24–67, 18.358, 20.313–317.

的法子。当阿伽门农出场讲话时，诗中是这样描述他的：

> 强大的阿伽门农站起身来，手握权杖，那权杖是赫菲斯托斯精心制造。工匠之神将它送给克罗诺斯之子、众神之王宙斯；宙斯将它送给杀死阿尔戈斯的传信之神赫尔墨斯；王者赫尔墨斯将它送给驭马者佩洛普斯，而后者又把它送给民众的保护人阿特柔斯。阿特柔斯死时将它留给了富有的提埃斯特斯，而他又将其留给阿伽门农接管，用以统治许多岛屿和阿尔戈斯全境。他倚着权杖，对阿尔戈斯人说……

我们从前文已经知道，阿伽门农刚刚从不实的梦境中醒来，就穿戴整齐，拿起“他祖传的权杖，不朽的宝物”（2.46）。那么，这根权杖得到了反复的强调；这样做的目的是什么呢？正如在披挂场景（见下文页 36 及以后），某个物品被提前特别提及的话，我们就期待它会起到某种作用。首先，认为权杖的来历大有况味，是合乎情理的。它来自宙斯，而宙斯一旦将权杖赐予某个王，他同时也赐予了荣耀与特权：涅斯托尔告诉阿喀琉斯不要与阿伽门农争执，“因为相较之下他的荣耀更大，是一位手握权杖的王者，由宙斯赐予他荣光”（1.278）。这是一种古老的观念。在近东的伟大帝国中，统治者声称他们的权杖来自最高神明的赐予。[25]我们知道， 10
在《伊利亚特》的这个时刻，阿伽门农所倚赖的宙斯（1.174，“我

---

[25] 故此，亚述的阿舒尔纳西尔帕说：“当我让自己安坐在权威的皇室宝座上，当阿舒尔将统帅各族的权杖放到我的手中……”（Luckenbill, *Ancient Records of Assyria and Babylonia*, I [1926], 141）；在巴比伦，*ANET*^{2}, 332.243，“马尔杜克……将无瑕的权杖交给崇敬自己的国王……”；比较 Dirlmeier, *Philol.*90 (1935), p.75。“Le sceptre n’est pas seulement le signe, mais le siège d’une force religieuse［权杖不仅仅是个符号，也寄寓着某种宗教力量］”：

还有别人给我尊荣，首先是谋略者宙斯”）正谋划要羞辱他、欺骗他。赐他权杖以志威权的神明，也正是那个给他送来不实梦境的神明。这样，强调他的地位源自宙斯，就有着无情的讽刺；[26] 他所依靠的东西象征着王权，而王权已被削弱。

计策失败后，阿开亚人冲向他们的战船，似乎特洛伊终究是不会陷落了。此时，阿伽门农只是无助地旁观；奥德修斯则在雅典娜的召唤下采取了行动。“他来到阿特柔斯之子阿伽门农那里，从他那里接过那根祖传的权杖，不朽的宝物”；他用这权杖责打那些力主逃归的下级，也用它惩罚犯上的特尔西特斯。他还手握这权杖进行演说，重振士气，全军为之喝彩。此处的意义是明确的：这才是为君之道，[27] 阿伽门农在这一角色中的失败，通过对有着内在深意的物品——王者的权杖——的处理，得以象征性地表达。这一点在卷九和卷十四中得到了印证。阿伽门农因为失利而彻底气馁，两次提议阿开亚人返航回乡——这时他没有任何背后的动
11 机。而每一次他都遭到了反驳，情势都得到了逆转——一次是通过狄奥墨得斯那番坚决的讲话，一次是奥德修斯的。在卷九，狄奥墨得斯告诉他的王，宙斯所赐的权杖令他有傲人的荣耀，却并不曾给他勇气；在卷十四，奥德修斯则说“拥有如此众多臣属的

（接上页注）L. Gernet, “Droit et prédroit en Grèce ancienne”, *Anthropologie de la Grèce antique*, 205，并提到 L. Deubner, *ARW* 30 (1933), 83 ff.。亦参见 F. J. M. de Waele, *The Magic Staff or Rod* (Nijmegen, 1927)，以及 A. Alföldi, *AJA* 63 (1959), 15 ff., L. A. Stella, *Tradizione micenea e poesia dell'Iliade* (1978), 54 ff.。

26　F. Jacoby, *SB Berlin*, 1932.589 = *Kleine Schriften*, 1.74 谈到，此处对阿伽门农的庄重介绍和他将要扮演的丢脸角色之间，“肯定是有意的对比”。

27　2.186, 199, 265, 279, K. Reinhardt, *Die Ilias und ihr Dichter*, 113. 不过，G. Gschnizter（*Studien zum antiken Epos*, ed. Görgemanns, 8–12）认为卷二的“保守”诗人意在将阿伽门农表现为一个地位久已稳固的统治者，而奥德修斯则是在国王授权下（*sub auspiciis regis*）行事；但是，如果我们要在阅读史诗中获取政治信息，就必须考虑到诗歌逻辑的本质。Codino, *Introduzione*, 86 认为，在奥德修斯手中，“权杖仅仅就是一根棍子”。

权杖之王”不该让自己说出这样一番话来。我们看到，二位讲话人都自然而然地谈到了权杖，也自然地对比了阿伽门农拥有权杖的事实和他作为王者的不称职。同帕里斯和赫克托耳的盔甲一样，诗人在此处阐明的亦是《伊利亚特》中非常重要的一点。阿伽门农的烦恼和失败来自他的地位；他虽地位至高（拥有权杖），却并非最伟大的英雄。这样的处境是不稳定的，也导致了他与阿喀琉斯的争吵。荷马用权杖说明了这一点。[28]

除了阿伽门农那根独一无二的祖传权杖，此物的另一个功能是代表群体的威权。[29] 传令官们都手执权杖；此外还有使臣和公共集会中“获得发言权”的讲话人。这就让诗人得以创造出另一种引人注意的象征性动作。在争吵中，阿喀琉斯想尽其所能，做出最强有力的陈述，拒绝再为阿开亚人征战；他说：“我要发言并立下庄重的誓言：我凭这根权杖起誓；这权杖自它从山上被砍下后，就不再生长枝叶……现在，阿开亚人的子孙中，法官们手握这权杖，捍卫着宙斯建立的法则；这是个郑重的誓言：总有一天，阿开亚人的子孙们个个都会思念不在场的阿喀琉斯……”（1.233 ff.）阿喀琉斯发完誓，就把权杖丢在了地上。在他这番意气用事的誓言里，有六行都在描写权杖的历史，接下来，他才明确了要凭它赌誓的内容——用这种手法进行强调，非常有效。这种做法，令阿喀琉斯以明确的形式，摒弃了自己在阿开亚人中的全部身份。手执权杖的应当是那些施行公义的人：而他此时正遭受不公。权杖是这个群体

---

[28] 亚当 · 帕里指出，甚至《伊利亚特》1.7 中指称二人的方式——Ἀτρείδης τε ἄναξ ἀνδρῶν καὶ δῖος Ἀχιλλεύς——也表达了同样的要点：阿伽门农是“人间的王者”，这是对他地位的界定；阿喀琉斯是“神样的”，这是对他本质的描述。*HSCP* 76 (1972), 2.

[29] G. Finsler, *Homer*^{2}, 1, 209: *Iliad* 1.28, 3.218, 7.277, 18.505, 23.567. L. Gernet, *Anthropologie de la Grèce antique*, 239–241.

12 及其神圣义务的象征，他拒绝这一群体，从中退出，回到自己的船队。阿喀琉斯选择这样一个动作，清楚地表达了以上所有的意图；他之所以能做到这点，正是因为有这样富于象征性力量的物件。

《奥德赛》提供了一个例子，其场景相类，但本质不同。年轻的忒勒马科斯受到雅典娜的激励，终于对求婚人采取了行动，在伊萨卡召开了二十年来的第一次集会。他端坐在父亲的位置上，长老们也为他让路（ii.14）——这行诗含义深重；王子给出了明确的信号：他在要求自己父亲的王者地位。他讲了话，敦促求婚者离开他的家宅，也恳请公众对他们进行谴责。最后，“他把权杖丢在地上，突然流下泪水；所有人都对他深感同情。”在古代，人们就已将这一场景与阿喀琉斯的那个场景相对比。[30]《伊利亚特》中是一位大英雄的骇人威胁；而雅典娜已向他保证，阿伽门农一定会让步服输；《奥德赛》中的则是个非常年轻的男人，在无望的处境中，第一次尽力显示自己的权威。忒勒马科斯的眼泪，对比着阿喀琉斯强烈的自信。《奥德赛》中的效果更温和，几乎是感伤的——但自有其令人难忘之处；它也有助于展示这类物品所能适用的范围。

我再给出一些《奥德赛》中的例子。奥德修斯乔装成乞丐回到家乡，在二十年后第一次望见了自己的家；此时，他握住欧迈奥斯的手说，“欧迈奥斯，这确是奥德修斯的良宅；要认出它来可不难……”他接着详述微末，最后谈到，“许多人在其中宴乐无度，我闻到了肉香，听到了竖琴的乐声”。即使看到了一直向往的家园，英雄仍必须控制自己的情绪，只允许自己抓住伙伴的手：

---

[30] Σb*T* in 1.245，并比较 R. von Scheliha, *Patroklos*, 184。

英雄返家的哀痛之处，表达得十分精妙（xvii.266 ff.）。另一个类似的例子是有关忠犬阿尔戈斯的著名段落。因为主人不在家，忠实的家犬被丢在粪堆上等死，这是带有象征性意味的小插曲，它告诉我们，奥德修斯的缺席意味着什么。而且，这一段令人心生同情，近于感伤，超过了《伊利亚特》所能允许的程度（xvii. 290 ff.）。从更大的范围来看，奥德修斯的弓和床也都被用来表达这种效果。当 13
弓被取出后，先是佩涅洛佩坐下为之垂泪，接着，忠诚的老仆因见到主人的弓而哭泣（xxi.55, 82）；我们看到了同样的情感。至于那张床，忒勒马科斯曾想象母亲的再婚，曾询问它是否已“被蛛网覆盖”；这张床于是成了一个至关重要的东西，也是夫妻最终彼此相认的关键。它是家宅的一部分，由奥德修斯亲手建造；没有任何外人见过它、挪动它，它象征着他们的结合亲密无间，完好无损。

在《伊利亚特》中，特洛伊人的第一波胜利带来了另一种对比。当太阳落山，阿开亚人完全撤退后，赫克托耳在露天的战场上，向集合的特洛伊大军致辞，“在一片空场，那里的尸体已被清空”（8.491）：“他手握一支十一肘尺的长枪……他靠着长枪，对特洛伊人说了这样一番话……”我们记得，在卷二中，阿伽门农曾倚着他的权杖讲话；在此处这个极端的场景中，赫克托耳使用的不是文明秩序的标志，而是直白地象征着军事力量的长枪。“令人印象深刻的是他讲话时没有手执权杖，而是拿着武力的象征”，古代评论者敏锐地注意到，[31] 而他的讲话也并非建议和征询，而是充满军事命令——这些命令即刻被执行，没有任何回答。这里用了

---

[31] Σb*T* in 8.494, καλῶς οὐ σκῆπτρον κατέχων δημηγορεῖ ἀλλὰ τὰ τῆς ἀνδρείας σημεῖα προβαλλόμενος; Reinhardt, *Die Ilias und ihr Dichter*, 182.

长枪而非权杖，此外，某个集会的环境或集会者的姿势也能表达它的情绪和目的。卷八中，特洛伊人聚集在战场上，因为他们正将阿开亚人围困营中，提防着他们要趁夜色远航。卷十——即多隆之诗（*Doloneia*）——的作者渲染了这一主题，颇符合他对恐怖和奇异效果的一贯喜爱；[32] 他让阿开亚人的首领们中夜起身，离开防卫森严的营帐，从而让统领们集会于“一片空场，那里倒下的尸体已被清空［原文如此］，[33]强大的赫克托耳曾在那块地方停止了对阿尔戈斯人的杀戮”（10.199）。本来直截了当的内容，于是变得
14 诡异而气氛特别，这是刻意为之的安排；为什么阿开亚人的头领们要离开营帐，在这个地方碰面？而在阿喀琉斯现身并扬言重返战场后，特洛伊人又举行了集会，“他们尚未思及晚饭，便聚在一起商量；会议站着进行，没有一个人敢坐下……”（18.245）身体的姿势以及对食物的无视，刻画出他们的情绪和状态。

诗人常常使用食物主题，来表达意愿和象征意味；当代学者往往忽略这些。首先，食物可以将荣誉的概念具体化。萨尔佩冬对格劳科斯大谈了一番有关“位高则任重”（*noblesse oblige*）的话题，他一开头就说：“格劳科斯，为什么在吕底亚我们特别享有尊荣，得到荣誉席位、头等肉肴和满斟的美酒？……我们因此理应站在吕底亚人的最前列，直面战火，好让吕底亚人的步兵说：‘虽然我们的首领享用肥腴的羊肉，畅饮上乘的美酒，但他们不无荣耀地统治着吕底亚；他们威武勇敢，战斗时冲在吕底亚人的最前列。’”（12.310–321）赫克托耳也这样羞辱撤退的狄奥墨得斯：

---

32 F. Klingner, *Hermes*, 75 (1940) 337 = *Studien zur gr. und röm. Literatur*, 7–39.

33 τάφρον δ’ ἐκδιαβάντες ὀρυκτὴν ἑδριόωντο | ἐν καθαρῷ, ὅθι δὴ νεκύων διεφαίνετο χῶρος | πιπτόντων· ὅθεν αὖτις ἀνετράπετ’ ὄβριμος Ἕκτωρ ὀλλὺς Ἀργείους.

“提丢斯之子，阿开亚人曾敬重你，给你上席、肉食和美酒盈樽；可现在他们将收回这尊荣……”（译按：8.161–163）而阿伽门农敦促伊多墨纽斯奋起战斗时，说自己一直对他尊荣有加，战斗中如此，宴饮时亦然；他的酒杯总是和自己的并列，斟满美酒，“和我一样，想饮便饮，随心所欲”（4.277–263［译按：当为 4.257–263］）他又是这样敦促雅典的首领们：“你们总是最先从我这里听说宴会的。”（4.343）[34] 值得一提的是，在古老的忒拜史诗中，俄狄浦斯诅咒自己的儿子，令他们注定死去，正是因为儿子们给他送来的那块肉所体现的敬意不够；后来的希腊观念已不再那么自然地共鸣这种象征性举动，故此认为这个动机太不充分。[35] 确实，我认为，荷马史诗的创作者们应该不会太愿意让这一点来支撑情节的大幅进展，15 但他们很熟悉肉块切分的尊荣观念。[36] 故此我们知道，食物是荣誉的一种形式，看得到、摸得着；正如一位古代评论者所说，“他谈论的不是吃的，而是荣誉”。[37] 财产也跟“荣誉”的概念不可分割，

---

[34] 这是日耳曼史诗中的常见主题；例如，《贝奥武甫》，2605，《尼伯龙人之歌》，34，“埃策尔不该再给他们恩惠，”沃尔克说，“我能看到他们在这里，成群结队，膝盖发抖；这些人曾无耻地享用主公的供养，现在却将他弃置不顾……” 波斯王公也从国王那里得到食物报酬：D. M. Lewis, *Sparta and Persia* (1977), 4 ff.。比较塔西佗《日耳曼尼亚志》14.4，“epulae… pro stipendio cedunt［食物供养即是服役的报酬］”。

[35] *Thebais*, fr.3 Allen；Σ 关于索福克勒斯《俄狄浦斯在科罗诺斯》第 1375 行的评论：... ὁ δὲ μικροψύχως καὶ τελέως ἀγενῶς ὅμως γοῦν ἀρὰς ἔθετο κατ› αὐτῶν δόξας ὀλιγωρεῖσθαι.

[36] 例见 7.321, viii.476, ix.160, 550。在爱尔兰《布立克立乌的宴席》中，有人故意在三位英雄间挑起纷争，所争论的问题就是，哪一位应该得到那份留给最佳武士的肉；这是厄里斯金苹果故事的男性版本。参见 E. Knott and G. Murphy, *Early Irish Literature* (1966), 119。带有英文翻译的原文本，见 *Irish Text Society*, 2 (1899)。此卷引论部分提到波塞多尼乌斯被阿忒纳乌斯引述的那个著名片段（Athen.154 b = 87 FGH 16），讲到凯尔特人之间为了最有荣耀的那块肉，在宴会上争斗至死。

[37] Σb*T* in 4.343, οὐ περὶ βρωμάτων ἀλλὰ περὶ τιμῆς ὁ λόγος.

而且，“荣誉”一词经常只是表示“礼物”或“财产”。[38]但更有意思的是，对食物的享用被用来作为道德观的具体表现。

我们常在早期文学中找到禁食的主题。扫罗立誓说以色列人将在战役中禁食，此举带来了灾难性的后果；齐格弗里德被谋杀后，所有他的追随者都绝食；还有其他例子。[39]禁食尤其常发生在死亡之后。在卷十九中，阿喀琉斯拒绝在出战前进食，还试图阻止阿开亚大军进食。通情达理的奥德修斯则指出，打仗之前最好还是吃顿饭，结果，人人都吃了东西，除了阿喀琉斯——而他则得到雅典娜带来的超凡滋养。丹尼斯·佩吉[40]嘲弄地评论这一细节
16 （“自从午餐抢过风头，已过百八十行矣”），但我认为，我们得参看卷二十四，才能理解此处的用意。在卷二十四，阿喀琉斯一定要普里阿摩斯与自己同食后，才把赫克托耳的遗体交还。阿喀琉斯不杀赫克托耳就不肯进食，而即使在他不情愿地停止了禁食之后（23.43 ff.），他仍拒绝洗去身上的血污，直到帕特罗克洛斯的尸体被焚化。他躺在海滩上哀叹，“在一片空地之上，那里海浪击打着沙滩”，[41]直到睡眠降临。甚至在葬礼竞技之后他也无法入睡，独

[38] 比如，9.155=9.297, οἵ κέ ἑ δωτίνῃσι θεὸν ὣς τιμήσουσι: 9.602, ἀλλ’ ἐπὶ δώρων | ἔρχεο· ἶσον γάρ σε θεῷ τείσουσιν Ἀχαιοί. 15.189, τριχθὰ δὲ πάντα δέδασται, ἕκαστος δ’ἔμμορε τιμῆς。比较 M. I. Finley, *The World of Odysseus*, 140 ff.。甚至在极为哀恸的上下文中，诗人还会想着提起“远亲分割了他的产业”，给丧子的父亲再添一份愁苦，见 5.158。

[39] 《撒母耳记上》14：24 ff.,《尼伯龙人之歌》17；比较 E. Samter, *Homer* (= *Volkskunde im altsprachlichen Unterricht*, I [1923]), 116 ff.，给出了其他类似例子。

[40] *History and the Homeric Iliad*, 314. 持同样观点的还有 G. S. Kirk, *Song of Homer*, 360：“关于阿喀琉斯要不要吃点东西的讨论令人厌烦……”更具洞察力的讨论参见：W. Schadewaldt, *Iliasstudien*, 133。同样不理解阿喀琉斯的奥德修斯，在《奥德赛》中就很会强调胃口的迫切要求，见 xvii.473, xviii.53。J. Trumpf, *Studien zur griechischen Lyrik* (Diss, Cologne, 1958), 8–24，对希腊及其他印欧传统中饮食的意义，都做了很有意思的论述。

[41] 23.61. W. Elliger, *Landschaft in griechischer Dichtung*, 68，对这一“无必要”的诗行进行了讨论，引人关注。

自在海边漫步（卷二十四开头）。与此完全一致的是，在卷十九中，阿喀琉斯无视阿伽门农送来作为赔偿的“巨额厚礼”，告诉他只管把东西拿来或者自己留着，凭他喜欢（19.147）；此时他仍未和解，不肯与对方共同进食。

共同进食缔结了联系，是举世公认的结盟的象征。[42]吕卡昂徒费唇舌地恳求阿喀琉斯饶他性命，理由是他曾作为俘虏在后者家中吃饭；《奥德赛》中，奥德修斯不肯与刻尔克共食，除非她先解救那些被变成猪形的同伴。阿喀琉斯心存报复、满怀仇恨，不肯遵从这一公认的习俗，直到全诗最末一卷的和解。这时，我们在一幅辛酸的场景中看到这位“弃绝怜悯”且“性如雄狮般残忍”[43]的英雄，普里阿摩斯跪下亲吻他的双手，应对合宜。阿喀琉斯对客人以礼相待，与之共食，随后二人相互凝视，彼此赞叹对方的高贵与美。[44]这给诗人提供了一个隐喻，它使阿喀琉斯在死去之前得以重回人性。禁食从某种禁忌或宗教仪式的做法，变成阿喀琉斯极度哀伤的个人表达；与年迈的普里阿摩斯一同进食，消解了英雄情绪化的自我孤立，而在此之前，似乎什么都没法终止这种 17
孤立。[45]同样的象征手法在诸神那里也很有效。卷一有个怒气冲冲

---

[42] 如果需要例子的话，有一个埃及铭文很好地表达了这一点，它记录了将一位赫梯公主嫁给拉美西斯二世（Rameses II）的过程，*ANET*^{3}, 258：“他们一起吃喝，同心一意，有如兄弟……他们之间是和平与手足之情。”

[43] 吕卡昂，21.75 ff.，刻尔克，x.373 ff.；阿波罗评论阿喀琉斯，24.41–44。

[44] 24.621 ff.，对比 H. J. Mette, *Glotta*, 39 (1961), 52。

[45] 最重要的西班牙中世纪史诗《熙德之歌》中，有个有趣的类似例子。我所引用的是 W. S. Merwin 的译本（1969），第 62 章，第 71 页。熙德令他的俘虏拉蒙伯爵吃饭；伯爵一连两天都拒绝了。最后，熙德说：

> “伯爵，如果您不好好吃东西，/ 让我称心如意，
> 您就要留在这里，/ 咱们再不分开。”
> 伯爵说：“我要吃东西，/ 我要起劲地吃。”
> 他和那两个骑士一起 / 吃得狼吞虎咽。

的场景，赫拉抱怨不休，宙斯恐吓威胁，但一切都在他们的共同饮宴中得到化解。在最末一卷，忒提斯被传召上奥林波斯山，宙斯将通知她，阿喀琉斯必须放弃赫克托耳的遗体。她上场了，身着丧服；雅典娜为她让座，让她挨着宙斯坐下，赫拉则把一只高脚金杯递到她手中，让她饮了酒。这两位女神曾是她的宿敌，在卷一中她就曾暗中谋划，与她们作对。我们看到，现在她们都做出了和解的举动，这种举动是无声的，却很雄辩。

提到高脚金酒杯，就自然引出了其他出现在重要时刻的金杯。当帕特罗克洛斯辞别阿喀琉斯，率领密耳弥多涅人出兵时——我们知道，他做出这英勇之举后，再未返还——阿喀琉斯走进他的营房；“打开一只漂亮又华丽的箱子的顶盖，这是银脚的忒提斯交给他带上船的。她在里面满满装上衣服，挡风的斗篷和柔软的毯子。里面有一只精美的酒杯；再没有别人曾用它啜饮闪亮的酒浆，他也不曾用这杯子祭奠天父宙斯之外的神明。他把这杯子从箱中取出，先用硫磺清洗，接着用清亮的流水漂洗……”他用这杯子奠酒，祈求宙斯让帕特罗克洛斯从战场平安归还。这是情节的转折点，帕特罗克洛斯将被杀死，而他的死将主导《伊利亚特》中
18 余下的行动。阿喀琉斯的举动标志着他死亡的重要意义，我们也从中再次看到，一个看似普通的仪式行为，对阿喀琉斯来说，则

（接上页注）

我的熙德坐在那里看着，/ 十分满意，
因为拉蒙伯爵 / 原来是个食客中的行家。
“如果你满意了，我的熙德，/ 我们随时可以走；
告诉他们把牲口还给我们，/ 这样我们就即刻动身：
自从我当伯爵以来，/ 还从未吃得如此尽兴；
这顿饭的美味 / 我将永远铭记。”

接着，伯爵获赠礼物，并被释放，对熙德的慷慨无法置信。这段故事有趣又朴实，它展示了被荷马发挥为严肃悲剧的主题，可以如何用一种全然不同的情绪去处理。

是纯粹的情感表达。[46] 这只特别的杯子，只为这个时刻而存在，彰显了这一场合的重要；而且，就像卷二中阿伽门农的权杖一样，有着强烈的反讽意味：阿喀琉斯用这珍贵的酒杯向宙斯祈求、致敬，而这位神明却已决定了帕特罗克洛斯的死亡（15.65）。于是，人类所珍爱的物品再一次用来展现凡人的无助，这是在宙斯意志之视角下的无助，听众分享了这个视角，但诗中的人物却没有。我们也不难领会忒提斯的哀痛：这位细心的母亲为将死的儿子打包温暖的衣物，这是给凡人带来舒适的东西。一如安德洛玛刻之料理家务，这些衣物，即使在史诗最高潮处也是值得一提的，因为诗人指望自己的听众能明白，它们并不仅仅是洗衣单上的物品，而是深厚情感的寄托。研究这种含蓄的笔触，令我们深入理解了在荷马那种看似不动声色的风格下所达到的情感和哀恸。[47]

涅斯托尔也有一个特别的杯子，我们知道它，是因为最初人们认为它与谢里曼在迈锡尼一处竖穴墓中发现的某个杯子相仿。[48] 它上面镀了金，有四只柄，每只柄上有两只鸽子。我们看到，他只在卷十一中用过它，在这个场景中，帕特罗克洛斯来访，涅斯托尔使出所有的本事，希望帕特罗克洛斯能劝说阿喀琉斯重返战场，或者至少派出他的伙伴。这又是一个关键的场景；这里，没有主见的帕特罗克洛斯大为所动，打算恳请阿喀琉斯允许自己出战。负伤的欧律皮洛斯正在涅斯托尔帐中，一个女俘为他们备下

---

46 众神宴饮，1.601；忒提斯饮酒，24.100；阿喀琉斯的酒杯，16.221，比较 R. von Scheliha, *Patroclos*, 260。

47 关于这个问题，参见本书第四章。

48 例见 G. S. Kirk, *Songs of Homer*, 111n.4。杯子：11.632，比较 T. B. L. Webster, *From Mycenae to Homer*, 33, A. Heubeck, *Die homerische Frage*, 222, L. A. Stella, *Tradizione micenea e poesia dell'Iliade* (1978), 39。普里阿摩斯的杯子，24.234。

药饮。我们得知，涅斯托尔的杯子，旁的人很费力才能从桌上拿起；可年迈的涅斯托尔毫不费力地拿起了它。这一点出人意料，因为涅斯托尔上了年纪，也常常抱怨自己的虚弱。所以，里夫建议删去这几行。无疑，这几行的目的是在杯子上再耽搁一会儿，
19 拖延重要对话开始前的休息时间。或许它们也在试图表达涅斯托尔要做的事情有多么重要：说动帕特罗克洛斯出战，正是《伊利亚特》中涅斯托尔的英雄业绩，即他的 ἀριστεία。在此之前对涅斯托尔的描写，类似于某个普通英雄重大武功业绩（ἀριστεία）前常常出现的披挂场景。最后，普里阿摩斯也有一只心爱的杯子，是他出使色雷斯人时获赠的。“这是件珍贵的宝物，但普里阿摩斯毫不犹豫地要将它送出，因为他是如此急切地想要赎回儿子。”在普里阿摩斯带给阿喀琉斯，以求赎取赫克托耳遗体的丰厚礼品中，这只杯子成了礼单上的高潮，也明确表达了普里阿摩斯的感情。他放弃了自己最珍爱的财产，以此让赫克托耳获得荣誉。

对饭食的描写也是出于象征意义而非营养方面的趣味。人们在古代就曾注意到，英雄们被刻画为只吃烤牛肉，[49] 食物中最具英雄气概的；即使挨着“鱼类丰富的赫勒斯滂托斯”扎营，他们也从不会以鱼类为食。对食物的描述从未依据真实生活经验的实情，他们的意义在于赋予在场者尊荣，以及分配的公平——我们常常读到，“在公平分享的盛宴中，他们心中并无缺憾”。那么，诗人

[49] 阿忒纳乌斯最早长篇大论地讨论了英雄的饮食；比较 H. Strasburger, *SB Heidelberg*, 1972, 28。另比较莎士比亚《亨利五世》第三幕第七场：“你给他们牛肉——那最了不起的好东西，再给他们刀和枪，那他们就会狼吞虎咽，会像恶魔般拼命打一仗。”——“啊，可是这些英国人连牛肉都没得吃了。”（译按：引自朱生豪中译。）

所关心的，是伦理层面及其重要性；[50] 这些人品味简单，富于英雄气概，他们共同进食，形如兄弟。

而且，有意义的并不仅仅在于英雄们吃什么，他们不吃什么也同样重要。英雄们被反复喻为 ὠμοφάγοι 的野兽，即食生肉者；实际上，这个形容词只见于荷马史诗中有关武士的比喻中。食腐的犬和鸟类食用被杀死者的尸体，他们也是 ὠμησταί，食生肉者。[51] 20
这个词也被赫库芭用在阿喀琉斯身上："食生肉的人不可信赖，他不会饶过你"——ὠμηστὴς καὶ ἄπιστος ἀνὴρ ὅγε, οὔ σ'ἐλεήσει| οὐδέ τί σ' αἰδέσεται，她对普里阿摩斯如是说，试图说服他不要冒险出行，到杀子仇人那里。实际上，阿喀琉斯对将死的赫克托耳说（22.346），"我恨不得心中的怒火令我斫尔身、生食尔肉，以报复你对我的所作所为"；赫库芭那边，也希望自己能把阿喀琉斯的肝脏抓在手中生吃，以报赫克托耳被杀之仇；而宙斯则问赫拉是不是只有生食普里阿摩斯和他的儿女，才能平息她对特洛伊的仇恨。《奥德赛》中真的出现了食人族——莱斯忒吕戈涅斯人和独眼巨人。而在一部早期史诗《忒拜纪》中，英雄提丢斯曾被敌人墨拉尼波斯所伤，故此咬噬墨拉尼波斯的头骨以平心头大恨；本想赐

50　A. Roemer, *Homerische Aufsätze*, 123 n.1; H. Fränkel, *Dichtung und Philosophie*, 31. "Wahrscheinlichkeit im naturalistischen Sinn ist nicht homerisch［自然主义意义上的可能性并不是荷马的特点］", G. Finsler 在 *Homer* 一书 1.320 评论道；而在 1.326 他又说，"überhaupt ist alles Sachliche dem poetischen Bedürfnis durchaus untergeordnet［一切事实性的东西与诗意的需求相比，都是次要的］"。οὐδέ τι θυμὸς ἐδεύετο δαιτὸς ἐίσης 1.468 等。ΣbT in 19.231, τοσοῦτον εἰς ἀρετὴν ὁ ποιητὴς ὁρᾷ, ὅτι καὶ τὴν ἀναγκαίαν τροφὴν ταύτης ἕνεκα δεῖν προσφέρεσθαί φησιν, "诗人是如此看重勇武之能，故此他说，就连必要的食物也应当用于这个目标"。亦比较 *JHS* 97 (1977), 47。

51　7.256, 11.479, 15.592, 16.157: 11.454, 22.67.

给提丢斯永生的雅典娜见此生厌，掉头而去。[52] 我们知道，这种食人行径中有种迷信的意图，要借此令自己获得对手的勇气和力量；在《伊利亚特》中，这种行为仍具有诱惑力，却被避开了；如果真的允许这种事情发生，就会太过惊悚。

日耳曼民族的类似例证有力地说明，这一行为，以及与之相关的生食动物肉的做法，都反映了古代印欧人的观念；他们真的认为，这就是骇人英雄们的行为方式。早期维京人吃生肉："这种野蛮的行为遭到后世的谴责。" [53] 据《埃达》记载，杀死齐格鲁德的人以蛇肉和狼肉为食，以求磨砺自己，好完成那可怕的行径。在《尼伯龙人之歌》中，勃艮第人被围困在埃策尔殿中，水米皆无，便痛饮敌人的鲜血。品达知悉的一个传说讲到，年轻的
21 阿喀琉斯靠生吃野兽的内脏长大。[54] 日耳曼传说中的狼人有着同样的意蕴，齐格鲁德将雷金和法夫纳食心饮血这样的情节，大约也是如此；而希腊神话中食人的故事则不胜枚举。[55] 但我们也记得，ὠμοφαγία——生食人肉，仍是狄奥尼索斯狂热祭仪中的一个特色，而Ὠμηστής正是狄奥尼索斯诸多名号中的一个。[56] 同生食人肉一样，狄奥尼索斯祭仪中的忘我狂喜也被小心地排除在荷马史诗之外，但狄奥尼索斯的名字出现在皮洛斯的泥板上，而荷马了解关于他及其女祭司们的一切（6.130 ff., 389; 22.460）。《伊利亚特》所允许

[52] 赫库芭对普里阿摩斯的话，24.207；阿喀琉斯对赫克托耳，22.346；赫库芭关于阿喀琉斯，24.212；宙斯对赫拉，4.305；莱斯忒吕戈涅斯人，x.114；独眼巨人，ix.289。提丢斯，Σ Gen. in 5.126，比较 E. Bethe, *Thebanische Heldenlieder*, 76, A. Severyns, *La Cycle épique*, 219；这一场景被表现在一个阿提卡红绘钟形巨爵上，比较 J. D. Beazley, *JHS* 67 (1947), 1–9。

[53] L. M. Hollander, *The Poetic Eddas*[2], 192 n.13.

[54] Hollander, loc.cit., 244；《尼伯龙人之歌》第 261 页（企鹅英译本）；D. S. Robertson, "The food of Achilles", *CR* 54 (1940), 177–180。

[55] W. Burkert, *Homo Necans* (1972), esp. 119–123.

[56] 见 E. R. Dodds 对欧里庇得斯《酒神的伴侣》第 139 行的论述，以及他的导言，p. 14 ff.。

的唯一一种狂喜是与战斗相关的，食人和食生肉也必须遵从这点，仅仅与战斗的激情相关。我们再次看到，生活中的实物细节，能够承载象征性的价值——不仅在于英雄们做什么，也在于他们不做什么；[57] 毫不夸张地说，英雄们想象敌人的尸体被食腐的走兽和鸟类所食，为此洋洋得意，深感快活，其中相当的原因是，对这种既让人着迷又令人作呕的行为，他们自己也怀着亲历亲为的愿望，尽管这种愿望是隐秘的。[58]

通过实物来达到情感的作用，我再举一些更简单的例子。当阿喀琉斯绕着特洛伊城墙追杀赫克托耳时，他们经过斯卡曼德罗斯河的流水，一冷一热两处泉水；“那里，在他们旁边，是宽大的洗衣场地，砌有石头，十分漂亮，在阿开亚的男儿们到来之前，从前的和平岁月里，特洛伊人的妻子和美丽女儿们，曾来这里清洗她们闪亮的衣裳”：

ἔνθα δ᾽ ἐπ᾽ αὐτάων πλύνοι εὐρέες ἐγγὺς ἔασι
καλοὶ λαΐνεοι, ὅθι εἵματα σιγαλόεντα
πλύνεσκον Τρώων ἄλοχοι καλαί τε θύγατρες
τὸ πρὶν ἐπ᾽ εἰρήνης πρὶν ἐλθεῖν υἷας Ἀχαιῶν. (22.153–156)

当然，这一切都是假想；斯卡曼德罗斯高踞艾达山上，而热
泉冷泉都不存在。无疑，并不曾有特洛伊人洗衣场地的传说—— 22
为什么要有呢？[59] 正如巴赛特所说，这是为了形成悲剧性对比而杜

[57] 比较 ΣbT 关于 1.449 的评论 οὐ γὰρ μόνον τί εἴπῃ ἀλλὰ καὶ τί μὴ εἴπῃ ἐφρότισεν。

[58] 例如，11.393, 452; 21.122; 22.354。

[59] 22.153；斯卡曼德罗斯，12.21。比较 W. Elliger, *Landschaft in gr. Dichtung*, 43, S. E. Bassett, *The Poetry of Homer*, 138。见下文第 112 页。

撰的。特洛伊城的伟大英雄、唯一的护卫者，此刻正在它的城墙下被追杀；而这一刻，细说起乡间曾有的和平，描绘健美女子日常劳作的宜人图景，则渲染出赫克托耳命运的残酷。此处的技巧与对安德洛玛刻的描述相类：当阿喀琉斯的战车拖拽着她丈夫的尸体时，她仍忙碌于家务。

《奥德赛》中有一处可供比较的例子，与之相似却仍不同。饱经磨难的奥德修斯艰难地上了岸，浑身赤裸，奄奄一息，在灌木丛下一堆落叶中过了夜。他被女孩们的尖叫声惊醒了。这个早上，她们洗了衣服又野炊，现正在海滩上打球，宛如宁芙。这个令人陶醉、无忧无虑的场景，突然闯入了坚忍多难的英雄，模样吓人，浑身沾着海水，遮蔽身体的只有一根树枝。女孩子们都跑开了——弄错了方向，跑向大海——只有瑙西卡公主例外[60]：οἴη δ᾽ Ἀλκινόου θυγάτηρ μένε，“只有阿尔喀诺俄斯的女儿站着不动”（vi.130–140）。《伊利亚特》中，英雄之苦难与女性世界里的愉悦，二者的对比是悲剧性的。赫克托耳死了，而安德洛玛刻的幸福也永远结束了。在《奥德赛》中，这种对比是有趣而感人的；因为只有瑙西卡没有跑开，诗人赋予她一个“象征性”的地位——她是公主，而她们只是仆人和朋友。这位饱经磨难的英雄，被诸神迫害，被怪兽恐吓，是同伴中唯一的幸存者；他突然出现在费埃克斯的精致少女中，出现在瑙西卡面前；而她则有父母对她关爱有加，能够在优雅和享受中度过年华。不过，现在，他的苦难结束了，这里的对比只是装点，并不悲情，它特有的方式引人瞩目。

---

[60] F. Cauer in *NJbb.* (1900), 599. 他在这里读出了幽默的笔法，很是正确。有关公主与仆从之间的对比，比较 *ΣT* on 24.538。

在 11.164 中，阿伽门农大开杀戒，这是他扬眉吐气的 ἀριστεία［英雄业绩］。他追击溃退的特洛伊人："赫克托耳被带走了，远离飞舞的箭矢、尘土、杀戮、流血和争斗；而阿特柔斯之子猛烈进 23
攻，激励阿开亚人。特洛伊人在奔逃中经过先祖达尔达诺斯之子伊洛斯的陵墓，经过平原中部，逃过无花果树，而阿伽门农一直高喊着，紧紧追赶，不可战胜的双手溅满鲜血。"伊洛斯是特洛伊早期历史上的祖先，伊利昂由此得名（《伊利亚特》也是）；这是个令人肃然起敬的名字，但也仅止于此。他的墓地本应一片祥和，现在却陷入"箭矢、尘土、杀戮、流血和争斗"中，因为阿伽门农正在屠杀他的子孙。这再次提醒我们特洛伊失去的幸福；[61] 就在它的圣地之间，它的子孙遭到屠戮。在这一卷稍后，帕里斯背靠墓碑，向狄奥墨得斯射箭。他轻伤了后者，于是欣喜若狂，指望自己已成功射杀狄奥墨得斯，解救了特洛伊人："他们害怕你，就像咩咩叫着的羊群害怕狮子。"（11.383）然而那只是微不足道的小伤，狄奥墨得斯轻蔑地回答："这东西就像妇人孺子的飞镖；可要是我击中了哪个男人，他立马就会死——他的妻子会撕扯自己的脸颊，他的孩子会成为孤儿，而他自己则会烂掉，鲜血浸透土地，围在他身边的不是哀悼的妇女，而是食腐的鸟类。"这里，我们看到，在死去的先人面前，尽管"背靠墓碑"，帕里斯仍做不出任何有英雄气概的事情，[62] 特洛伊人只是阿开亚人的弱小牺牲。

最后，全诗末卷有些迥然不同的内容。普里阿摩斯带着赎取

---

[61] 在 18.288 很明显，"从前，世人都说普里阿摩斯的城池富有黄金和铜块，可现在所有的华美宝物都已消耗殆尽"，还有 24.543，"还有你，老人家，我们听说你曾经富足……"

[62] *ΣT* in 11.372：ἐπὶ δὲ τῷ μνήματι τοῦ παλαιοῦ προγόνου ἔστη, μηδὲν ἄξιον ποιῶν："他驻足在远古祖先的陵墓旁，却没有做出任何配得上他的事。"对比伊达斯和林叩斯在他们父亲的墓地对狄俄斯库里进行最后的抵抗：Pindar, *Nemean* X; Theocritus XXII。

儿子遗体的财物，踏上拜访阿喀琉斯的险恶之旅。在伊洛斯墓旁，普里阿摩斯停下来饮骡；夜色正缓缓降临。赫尔墨斯突然出现了，宙斯派他来帮助这位老人。普里阿摩斯顿感无助和恐惧。[63] 赫尔墨斯是引领亡魂的神明；普里阿摩斯趁夜出行，事关逝者，而神明又恰好在墓地出现。很明显，这是完全合理的；但这时其中并无反讽，或者说，这里的反讽是非常不同的：普里阿摩斯并没认
24 出赫尔墨斯，却仍说“某位神明眷顾着我，令我遇到了你这样的旅人”。总体上说，这种反讽在《奥德赛》中最为典型。而我们在 21.405 见到的内容，与之前的例子，或者特洛伊女人洗衣场地的例子，更为相似。在这场基本落空的诸神之战中，雅典娜把阿瑞斯打倒在地，用的是“一块躺在地上的黑色石头，粗粝、硕大，先辈人曾把它放在地头，作为界址”。它曾是和平年代的界石，标志着农庄的宁静产业；现在，气恼的女神把它掷向愤怒的战神，接着，她就把他打翻在地。诗人再次给出了令故事明朗化的细节；我们于是理解了战争的实质与后果——对和平生活中秩序与意义的混乱颠覆。[64]

我一直在强调对荷马史诗具有重要意义的两个方面：一是具有象征性意义的场景，它们勾勒出人物的重要本质与相互关系；二是对物件的使用，这些物品行之有效地承载了象征性的意义。接下来我将论述，以上这些绝不仅仅是文学风格的问题，而是源自诗人看待世界本身的方式。象征性、有意义的物件和举动，是从那些原本被当作巫术、充满迷信力量的东西进一步发展而来的。

---

[63] 24.349 ff. 比较 H. Schrade, *Götter und Menschen Homers*, 217, W. F. Otto, *The Homeric Gods*, 116。

[64] Schrade, 142.

有时，完全不可能将二者区分开来。

首先，史诗中包括了许多意味深长、有象征意味的行动。一
个乞求者想要乞求活命或是什么要紧的恩惠，必须做出妥当的肢
体姿态。所以，我们看到忒提斯伏在宙斯脚边，左手握着他的
膝，右手伸出，去触碰他的下巴。一开始，宙斯没有回应她的恳
求，忒提斯就保持着这个姿势：“她这样说着，汇集云气的宙斯
没有回答。他坐在那里长久地沉默着，而忒提斯牢牢抱住他的膝
盖，一如她开始握住它们时那样。接着，她再次恳求……”通过
保持哀求的身姿，她坚持要不情愿的神明接受自己那不受欢迎的
请求，也迫使他不得不给出答复。同样，身处斯刻里亚的奥德修
斯被告知，他要想获赐归家之旅，就必须“拥抱”阿瑞忒王后的
“膝盖”。他这样做了，接着坐在炉边的灰烬里，等待答复。一阵 25
尴尬的沉默之后，在场最年迈的长者指出“让一个外乡人坐在地
上，坐在炉边的灰烬里，不好看也不应当”，应该让他站起来，得
到他们的款待。炉火是家中的神圣之地，奥德修斯以这样的姿势
出现在炉边，便约束了费埃克斯人，迫使他们做出答复。另一方
面，奥德修斯意外地遇见瑙西卡公主时，赤身裸体，毫无体面；
他是出了名的谨慎之人，知道自己样子吓人，便考虑到，她应该
不乐意让自己抱她的膝。于是，他决定不去遵从乞求者的惯常做
法，尽管这意味着放弃那种做法所带来的权利。相反，他在安全
距离之外向她讲了一番话，极有教养，却也极尽恭维之能事。他
通过这番话让她明白，自己是个真正的绅士，而她美得简直超越
凡人——总而言之，他懂得该怎样表现，如何说话。听完这番
话，瑙西卡接受了他，却并不把他当作乞求者，“因为你似乎既不
低贱，也不愚蠢”。也就是说，因他所展示的品质的力量，她把他

当作一个男人来接纳；而她的父母则是将他当作乞求者来接纳的，因为他刚刚做出的那个姿势。[65]

另一个特别的乞求方式出现在赫库芭对儿子赫克托耳做出的姿势：“她流着泪，揭下衣服的胸襟，用另一只手托起乳房。她泪如雨下地说，‘我的儿子，如果我曾向你送上慰安的乳房，请敬重我给你看的东西，也请可怜我……’”这个姿势简直不依赖言辞，就自有其力量。[66] 物品也同样可以取得效果。老祭司克律塞斯来
26 哀求赎还女儿时，“手中的金杖上有远射神阿波罗的花环”，这说明他是个祭司，隶属于一位强有力的神明；同时他又是个乞求者。阿伽门农让他走开，“免得你那杖子和太阳神的花冠也护不了你”（1.28）；他看到了这些东西所代表的力量，却选择无视它。

立誓与议和这样的行动，也要求有正确的姿势。在《伊利亚特》卷三中，我们看到有关议和的完整描写。须从特洛伊城中请出普里阿摩斯本人；贡献牺牲；双方各取美酒混合——这是个象征性的行为。[67] 酹酒于地时则祷祝如下：“宙斯，最伟大最光荣的神啊，还有其他的众神啊，最先违背这盟誓的人，愿他们肝脑涂地，一如此酒之滴沥。”（3.299–301）在带有象征性力量的行为中，这可能是最为明确的一例，在实际操作中，赫梯人和希腊人一样

---

[65] 参见 J. Gould, “Hiketeia”, in *JHS* 93 (1973)。忒提斯与宙斯，1.500ff.；阿瑞忒，vi.310；奥德修斯在炉火边，vii.142；对瑙西卡的话，vi.141–85, esp.164, πολὺς δέ μοι ἕσπετο λαός；瑙西卡的回答，vi.187。

[66] 一个爱尔兰的同类例子：*Fianagecht* (ed. K. Meyer), 73.20：“接着是 Juchna Armdhor……她从头上扯下格子花的头巾，散开浅黄色的头发，露出双乳，接着说，‘我的儿子，背叛高贵的 Finn……就是毁弃荣誉……现在赶紧离开客栈’。”有关德国人的例子，塔西佗，《日耳曼尼亚志》8.1：据说女人们曾在战斗中制止男人们的溃退，*constantia precum et obiectu pectorum*［不断祈祷，袒露胸脯］。Kirk 教授把这称作“天真的举动”（*Songs of Homer*, 383）。

[67] “Le mélange, dans le même cratère, des vins apportés par les deux partics contractantes est une des modalités expressives du serment chez Homère［在同一个酒爵中混合缔约双方带来的酒，是荷马表达誓言的一种生动的方式］”，L. Gernet, *Anthropologie de la Grèce antique*, 209。

熟知这种做法。[68] 当墨涅拉奥斯责备安提洛科斯在驾车竞赛中作弊时，他要求对方起誓来洗脱嫌疑："来吧，安提洛科斯，按照习俗，站到你的马匹和车驾前，手握你赶马用的细鞭子，然后手按战马，凭波塞冬起誓，说你不曾故意对我的车驾捣鬼。"[69] 以这样的姿势，起过这样的誓，安提洛科斯就会将自己置于立誓所凭的神明那毁灭的怒火之下，也可能会将自己的战车付于毁灭——而战车本身又是王权的象征。很明显，实际的姿势是至关重要的，宙斯接受忒提斯的恳求，垂首示意，震动了宏伟的奥林波斯山；此刻，这种正式的行为被提升到叹为观止的高度。象征性姿势与超 27
自然的力量合二为一（1.528–529）。[70]

类似的好客行为都有象征性的一面——这些行为包括接纳客人、列置饮馔、询问身份（必须在客人进食之后），还有要花大篇幅详述的沐浴，因为"行旅之人直到洗去旅途的尘埃，才算完全适意，感到彻底被接纳"；还有分别时的赠礼，它标志着主客之间的联系将常存不衰，今后仍会诉诸这种联系，而且，一旦有机会，就会理所当然得到回报。[71] 礼物的赠予和接受建立了 ξενίη，即宾主

---

[68] 赫梯人：*ANET*², 207。"在一只沥青碗里装满水，将它洒给太阳神，并祈祷如下：'不论是谁，若他以不洁的方式做事，给王献上污染的水，神明啊，请你们将这人的灵魂洒出，一如此水！'" Ibid., 353.(5)，（有关假誓）。希腊：Gernet, loc. cit.。

[69] 23.581ff. 比较 R. Hirzel, *Der Eid*, 28, Gernet, 241。同样，赫拉主动要求以她的婚床起誓，"凭着它我不会起假誓"，15.40。她向睡眠之神起的誓被夸大到了宇宙规模。她一只手放在广袤的大地上，另一只手放在闪光的大海上，14.272。

[70] 比较乌加里特宗教：*ANET*³, 135 (vii)，"群山因巴尔神的声音而震撼"，等等，此外又如《诗篇》144：7（译按：当为 114：7）："大地啊，你因见主的面，就是雅各神的面，便要震动。"

[71] 沐浴，"Die Epen reden nachdrücklich von diesem Akt wegen seiner über das Praktische hinausreichenden Bedeutung: der Wanderer gilt erst dann als recht eigentlich angekommen und aufgenommen, wenn der Staub der Fremde abgespült ist［史诗强调了这一行为，因为其具有超出实际功用之外的意义：只有当异乡的尘土被洗去，漫游者才算真正到达并被接纳］", H. Fränkel, *Wege und Formen*, 98。关于礼物，比较 M. I. Finley, *The World of Odysseus*, 73 ff.。

之谊，它可以在几代之后仍有效力。所以，狄奥墨得斯热情地把格劳科斯称为世交故友，并马上提出礼物的证据：

> 他这样说着，无畏的狄奥墨得斯心生欢喜。他把长枪插在肥沃的土地上（这本身也是个象征性的举动，表示“我们之间不再打斗了”），对民众的牧者好言以对：“不错，你正是我祖上的积年故交。俄纽斯曾在他家中款待英俊的柏勒洛丰，留他住了二十天，他们还互赠了华丽的礼物。俄纽斯赠送了一条染成绯红的闪亮腰带，而柏勒洛丰则送他一只双把金杯；我出门时把它留在了家中。”

在那个场合下赠送的礼物经年保存在狄奥墨得斯家，说明这种关系能够拥有持久不变的生命力。对于任何史诗读者来说，还有个相关的事实，显而易见，那就是：财物与荣誉不可分割；被剥夺礼物就意味着蒙羞，而广有财货，则是一个王者要成为王者所必须做到的。

要充分领会《伊利亚特》卷十八中强有力的场景，我们就得理解这个充满各种举动和姿势的世界；它有着人人都能理解的固定程式。在尽情哀悼帕特罗克洛斯时，阿喀琉斯躺在地上；他的母亲在众姊妹——海仙女们——的陪伴下来到他身边，“伴着尖
28 锐的哀声，她抱起儿子的头”。这正是葬礼上，领头的哀悼者抱持死者的姿势，稍后我们会在《伊利亚特》中见到，此外也见于几何风格的瓶画。《伊利亚特》不会讲述阿喀琉斯之死，但正如史诗没讲到特洛伊陷落却也设法描绘了那个情景一样，仍在人世的阿喀琉斯被抱持、被哀悼，好像他已不在人间。哭泣的海仙女

们充当了惯常葬礼上哭丧妇女的角色，同样，在他真的死后，她们也从海中浮出，为他哀悼，令阿开亚人血液冰冷。赫克托耳在世时也曾被哀悼，诗人在这里做出了明确的表述，“赫克托耳的女眷在他家中为其哀哭，尽管他还活着；因为她们认为他不会再从战场归来”；而在卷十八中，诗人通过姿势语言来达到同样的目的。

对阵前披挂的描述及其意义，我们则更有话说。雅典娜参战前更换装束的情景更为直白，也更像我们讨论过的例子：“持帝盾的宙斯的女儿雅典娜，把她亲手制作、绣着花儿的长袍（*peplos*）放在他父亲的门槛上；她穿上集云之神宙斯的短袖外衣，用她上战场的武装装束了自己。”[72] *peplos* 是女性特有的上装，女神作为艺术与手工技艺的保护神，像娴淑的凡人女子那样亲手绣制自己的长袍。此时，她脱下长袍换上武士的男装，因为她将要行使的是自己本性中的另一面，它与女性装束及其所意味的一切都格格不入。《奥德赛》中对这一观念进行了别样的使用。当乔装成乞丐的奥德修斯被人撺掇，要跟伊罗斯打架时，他“把破烂衣服缠在腰间，露出美好健壮大腿，显出宽阔的肩膀、胸膛和有力的胳膊……”在雅典娜的帮助下，英雄的真实面目展露出来，在褴褛衣装和年纪的勉强遮掩下，是威猛的奥德修斯，而这一刻他展露 29

72　ἵνα δὲ μηκέτι πόλεμος εἶναι δοκῇ καταπήγνυσι τὸ ξίφος ὁ Διομήδης, *ΣAbT* in 6.213. 柏勒洛丰的杯子，6.212；忒提斯，18.71；抱持死者的头部，23.136，24.724。海仙女在阿喀琉斯的葬礼，xxiv.47；赫克托耳，6.500；雅典娜的服饰，8.384。概括的论述，参见 C. Sittl, *Die Gebärden der Griechen und Römer* (1890), 129 ff.，*Rechtssymbolik* 一章，以及 G. Neumann, *Gesten und Gebärden in der gr. Kunst* (1965)，例如其中第 3 页：“Diese konzentrierten Gebärden bekunden eine tiefe Schicksalsverhaftung ... als Abbreviaturen menschlicher Grundsituationen und Grundverfassungen ...［这些意蕴丰富的动作展示了一种深刻的命运之禁锢……作为人类基本境遇和基本状况的简略表达……］”

了自己的本性。[73]他的本性也以另一种方式表现出来：当他对家中的坏仆人和求婚者讲话时，声音高昂，这是王者应有的声音，他所扮作的乞丐却不该如此（xviii.313 ff.，这段以极具反讽意味的一句结束，“我是个历尽艰辛的人”，πολυτλήμων δὲ μάλ’ εἰμί，xviii.366 ff.［译按：当为 xviii.319］）。终于，当复仇的时刻到来时，宝弓在手的奥德修斯“脱去他的褴褛衣衫”（xxi.1）——旧的身份已被抛弃，英雄展示了自己的真实身份。这是个激动人心的举动，因其象征性意义而显得正当又必不可少。这里，《奥德赛》的诗人找到了一个表现手法，以展示奥德修斯不得不经历的命运变化有多么彻底。他花了十年的功夫也没能回到伊萨卡的家中，又被一个愤怒的神明沉了船，孤身一人飘零世间，于是奥德修斯必须脱去女神卡吕普索赠他的“清洁且熏了香的衣服”，接受沐浴，身无寸缕——他的赤裸既是身体上的，也在于他被剥夺的身份与地位；而在一个陌生的国度里，他将靠自己的智慧与才能一路向上，并最终回到自己的王国。[74]

一如宙斯之首肯，在以下两个段落中，如果我们考虑战斗中出现的信号，就会再次看到，象征性的行动与超自然的力量，是怎样地紧密相关。卷八中，特洛伊人驱赶跑在前面的阿开亚人。在宙斯的帮助下，赫克托耳在战船边包围了他们，情势危急。此时，阿伽门农走向泊在船列中部的奥德修斯的战船，手持一件深红色的披风；他声音尖锐地呼喊阿开亚人还击。这里的效果纯粹是写实：阿伽门农通过自己明显的徽帜和呼喊吁求，来吸引他们的注意。在卷十一开头，宙斯派纷争女神厄里斯到阿开亚人的战

---

[73] 奥德修斯和伊罗斯，xviii.67。

[74] 卡吕普索的衣服，v.264, 321, 372；比较 R. Harder, *Kleine Schriften* (1960), 153。

船去，“手执战斗的号令（τέρας）。她在奥德修斯深黑色的战船边停步……”这里完全重复了卷八的五行诗来描述奥德修斯战船的位置：它正在特拉蒙之子埃阿斯与阿喀琉斯的战船之间。我们接着读到，“女神站在那里，发出洪亮又可怕的叫声；她将勇气注入 30
每个阿开亚男儿，令他们能不知疲倦地战斗。于是，他们觉得，比起乘着空心的战船驶回家乡，战争更令人愉悦”。女神的干涉更令人敬畏。描述的重点在于她的巨声嘶吼——诗中没有告诉我们她讲话的内容——如果她讲了什么的话；而阿伽门农讲的话却逐字给出了。此外，“战斗的号令”是个什么样子，也任由我们猜想。然而，重复的诗行表明，这一场景与完全是凡人的场景有多么相似。[75] 而且，尽管阿伽门农这番不短的谈话似乎完全是凡人的言辞，我们也注意到了它的超凡后果：宙斯遣来一只抓着幼鹿的鹰，这是支持的征兆，结果阿开亚人“向特洛伊人冲击，记起了他们的战斗精神”（8.252），这是那番言辞与那个征兆带来的——也就是说，神与人共同的行动带来的。

于是，我们可以自然地过渡到荷马史诗的另一个常见特点：对武器——以及其他一些本身就包含了意愿、行动和力量的物品——的使用。神明们拥有一些充满力量的物件。阿芙洛狄忒佩在胸前的κεστὸς ἱμάς，[76] “刺有花纹的束带”，曾被赫拉借去诱惑宙斯；此物“蕴藏着她的全部魅力：其中有爱恋、欢欲和求爱时的

[75] 阿伽门农的呼喊，8.221；厄里斯，11.3。米尔曼·帕里的工作应该说有一个重大的结果，那就是，当两个段落中出现相同的诗句时，我们不必再去讨论哪一个直接影响了另一个；而这种讨论不仅见于冯德穆那样的旧式分析（*Kritisches Hypomnema Ilias*, 190），也见于沙德瓦尔特（*Iliasstudien*, 32）和卡尔·莱因哈特（*Dichter der Ilias*, 178）。

[76] Campbell Bonner, “The κεστὸς ἱμάς and the Saltire of Aphrodite”, *AJP* 70 (1949), 1ff. 他在文中提出了有趣的论点，认为这条腰带原本是个X形的饰物，从公元前3000年之后，女神伊丝塔、阿斯塔尔特和阿芙洛狄忒都曾佩戴过它。

甜言蜜语，哪怕智者也会为之失去理智”。佩戴它的人会变得无法抗拒，因为其中包含的所有力量都会被释放出来，施加于对方。宙斯瞥见赫拉时，“他一见她，心里立刻充满欲望”。

宙斯的帝盾也是如此。在雅典娜披挂帝盾时，史诗给我们进行了完整的描述：“她把那带流苏的帝盾披在肩上，这是个吓人的东西，周遭环绕惊惧；里边则饱含争斗、勇力和令人血冷的溃逃，还有戈尔工的头，她是个可怕的怪兽，骇人而恐怖，这是持帝盾的宙斯的凶兆。”我们又一次看到，这里所描述的帝盾的力量并不
31 仅仅呈现在表面，它更是内在的；当然，可以想象，戈尔工的头无疑会被真的刻画出来，正如它也出现在阿伽门农的盾牌上。诗人认为，一方面，帝盾上的戈尔工头像一目了然，它刻画了戈尔工被割下的头，这东西出现在盾牌上时，本就是为了威慑敌人；[77] 另一方面，帝盾确实也有恐吓对手、令人惊慌以致溃退的力量。以下是使用帝盾后的效果：

> 只要福玻斯阿波罗将那帝盾拿在手中不动，双方的枪矢就不住地往来纷飞，人们纷纷倒下；可当他在阿开亚骑手面前晃动帝盾，并且自己也放声大喊的时候，他们胸中的勇气就被迷惑了，他们就忘记了自己的战斗的勇力。有如牛群或羊群，在暗夜之中被两只突然袭击的猛兽追赶，而牧人又不在场；阿开亚人也是这样丧了胆，陷入恐慌，因为阿波罗令他们心生恐惧，却把胜利给了赫克托耳和特洛伊人。

---

[77] κεστὸς ἱμάς，14.215；它的效果，14.244；帝盾，5.738；阿伽门农的盾牌，11.36，比较里夫对 5.739 的评注。

同样，当雅典娜终于向求婚人举起帝盾时，“他们心神惊惧，沿着大厅逃窜，如同春天长日里的牛群，被掠过的牛虻攻击，陷入一片混乱”。波塞冬大步走在得胜的阿开亚人前列，“强健的手中握着一把可怕的长剑，犹如闪电；凡人无法靠近，恐惧攫住了他们”。赫尔墨斯有把魔杖，既能令凡人合眼酣睡，又能随其所愿将他们唤醒。在《奥德赛》中，我们见到刻尔克手中有把寻常巫师的魔杖。[78]

《奥德赛》中还有一些别的神异之物：摩吕（moly）是唯有神明才知晓的奇草，它能抵御法术；洛托斯（lotus-plant）令人失去回家的意愿；女神伊诺的头巾（κρήδεμνον）令人不致溺死。像海伦这样的老练女子，还能给别人的饮料下药，饮下的人“那一天再不会流泪，哪怕他双亲就要死去，哪怕他的亲兄弟或亲儿子被人用剑杀死，而他就在一旁看着；这正是宙斯的女儿所拥有的神 32
秘药剂，它大有裨益，是托昂的妻子波吕达姆娜所赠；在埃及肥沃的土地上生长了大量的药剂，很多配制后对人有益，也有许多则有害”。[79] 埃及拥有许多不同凡响的东西，这里的描述完全可以适用于真的药剂，只是，此时我们距离刻尔克那种不加掩饰的巫药，也只有一步之遥了：这又是一位 *femme fatale*［红颜祸水］，能用她的巫药将人变成牲畜。不过，《伊利亚特》倾向于将这种描述限制在战斗背景中（史诗中，赫拉那超凡的妆扮是她成就的一部

---

[78] 帝盾的效果，15.318，xxii.298；波塞冬的剑，14.384；赫尔墨斯的魔杖，24.343，v.47，xxiv.2；刻尔克的魔杖，x.238, 389。比较 F. J. N. de Waele, *The Magic Staff or Rod in Graeco-Italian Antiquity* (1927), 34 ff., 132 ff.。

[79] 摩吕，x.305；洛托斯，ix.94；伊诺，v.346；海伦，iv.223。尤斯塔修斯记录了一条令人愉快的评论（关于 6.363）：“人们可以说……这药剂正是女主人公自己的谈话”——εἴποις ἂν ὅτι… ὁ τοιοῦτος κρατὴρ τῆς ἡρωΐδος ὁμιλία ἐστίν。

分，但它的目的也在于击溃特洛伊人，有着军事上的目的）。[80] 神明们把武器送给他们偏爱的英雄，对古代近东、[81] 特别是亚述的国王，他们也曾有同样的做法。即使像潘达洛斯这样的二流勇士，也有阿波罗赠弓，[82] 而神明为阿喀琉斯打造铠甲，更是诗中的重要主题。不过，这里以及其他地方，都可以见到希腊神话，特别是荷马史诗中十分典型的“英雄化”（heroization）。[83] 在东方的原始文献中——在我看来，荷马传统很可能对此有所了解——神将自己的武器赐予某个国王，以保证他战胜神的敌人，成为自己的被
33 保护人。这是个国家主义的概念：我们的王不可战胜。或者，在关于阿格哈特的乌加里特故事中（*ANET*^{3}, 151–155），神赐的弓能够令女神阿娜特杀死阿格哈特，接着，他“被归还给自己的父亲——或许只有半年——丰产的那半年。这是我们所熟悉的阿多尼斯–塔穆兹主题”。[84] 这二者都算不上是人类英雄主义的故事，也不能像阿喀琉斯的故事那样成为悲剧：阿喀琉斯作为接受神赐武器的人，即使在获赐的那一刻，也深知自己注定要死去；而且，

---

80 赫拉自行妆饰，14.169 ff.，类似于武士在进行伟大功业前进行披挂；比较 H. Erbse in *A und A* 16 (1970), 93, H. Patzer, SB Frankfurt (1971), 31。

81 亚述的提格拉特帕拉沙尔一世，约公元前 1100 年，声称“我主阿舒尔将一件伟大的武器交付到我手中，它能征服不顺从者”（Luckenbill, *Ancient Records*, i.77, cf. ii.195）；阿淑尔纳西尔帕说，“相信伟大的神明阿舒尔，以及阿舒尔交给我的骇人利器……” ibid., i.149；萨尔贡声称“阿舒尔和伊丝塔给了我不可战胜的武器”。大英博物馆的一块方尖碑表现了提格拉特帕拉沙尔从阿舒尔那里得到一张弓的情景。比较 H. Schrade, *Der verborgene Gott*, 74 ff.。更早以前，汉谟拉比（公元前 1728—前 1686 年）声称曾经“铲除敌军……凭着札芭芭和伊南娜交付给我的武器”，*ANET*^{3}, 178.24。《以西结书》30∶24 “我必使巴比伦王的膀臂有力，将我的刀交在他手中；却要打断法老的臂膀……我将我的刀交在巴比伦王手中，他必举刀攻击埃及地。他们就知道我是耶和华。”

82 2.827.4.106 说他亲手做弓，与这个论述并不矛盾，比较 Kullmann, *Das Wirken der Götter*, 58, Willcock, *BICS* 17 (1970), 3。

83 G. S. Kirk, *Myth*, 178 ff., 205.

84 H. L. Ginsberg in *ANET*^{3}, 155.

荷马中的交战双方所祈求的是同样的神明，宙斯对赫克托耳和特洛伊的惠爱，不亚于他对阿伽门农和阿开亚人的恩宠。在我们现有的《伊利亚特》背后，本有诸多的版本，在这些版本中，阿喀琉斯的神赐铠甲是无法穿透的，[85]故此在卷十六中，得把铠甲从帕特罗克洛斯身上击落，才能杀死他。但《伊利亚特》压制了这一观念，因为史诗有个规则，即所有的英雄都得面临死亡；这种观念则会使某个英雄成为例外。诗人只肯说，让凡人打破神明的杰作"并不容易"（20.265），而这其中又饱含反讽。

不过，尽管神赐的武器不再意味着连续不断的胜利，也不会把人从必死的普遍规律中解脱出来，荷马史诗仍残存着这些既可怕又富于力量的上古观念。我们已谈论过帝盾和波塞冬的剑。史诗提到了宙斯的神鞭，它能慑服失败的一方；还有阿瑞斯挥舞巨枪时，埃尼奥所使用的"喧嚣"，κυδοιμός。[86]同样，凡人仅靠身着戎装就能带来恐惧，而他们的武器自有某种非人的生命。诗人说到某支箭从弓上"跃"起，或者某支长枪"飞"向目标，抑或箭矢"尖叫着"行进，这些似乎都只是最自然不过的比喻；然而古

85　P. J. Karkridis, "Achilles' Rüstung", *Hermes*, 89 (1961), 288–297.

86　Διὸς μάστιγι［宙斯的鞭子］12.37, 13.812：

ἡ μὲν ἔχουσα κυδοιμὸν ἀναιδέα δηιοτῆτος,

Ἄρης δ' ἐν παλάμῃσι πελώριον ἔγχος ἐνώμα, 5.593–594.

κυδοιμός在这里是一种武器，请原谅我的观点与里德尔和斯科特词典（Liddell and Scott）不同：参见W. Theiler in *Festschrift Tièche*, 129=*Untersuchungen zur antiken Literature* (1972), 15; Wilamowitz, *Ilias und Homer*, 182.1评论说，"auch da ist das ein Attribut ihres Wesens, ein Symbol ihrer Tätigkeit... Die Attribute, welche die Götter in der ältesten Kunst führen, werden alle einmal ähnliche Bedeutung gehabt haben［在那里，这也是他们本质的一个标志物，他们活动的一个象征……诸神在最古老的艺术中所持有的标志物都将具有类似的意义］"。

34 代评论者却颇能赏鉴这类隐喻的价值，而且从来不忘加以评论。[87] 更为突出的情况是，同一个动词既用于武器，又用于使用该武器的勇士。既可以说战士们“急切地冲”向敌人，也可以用同样的话来形容长枪：比如在 17.276，Τρῶες...ἱέμενοί περ，“尽管特洛伊人急切地冲出去”，还有 20.399，αἰχμὴ...ἱεμένη ῥῆξ᾽ ὀστέα，“长枪急切地冲出，击碎骨头。”同样的情况还有动词 μαιμάω，“十分急切”；说某勇士 ἦ καὶ μαιμώων ἔφεπ᾽ ἔγχει（15.742），“他十分急切地以长枪进攻”，或者形容长枪本身，“枪尖急切地穿过他的胸膛，向前冲击”，αἰχμὴ δὲ στέρνοιο διέσσυτο μαιμώωσα | πρόσσω ἱεμένη（15.542）。二者在荷马中同样典型。我们常常读到，长枪“渴望人类的血肉，以满足自己的胃口”，“插在土地里，还未曾享用白花花的人肉”，或者“急切地想要饱食人类的血肉”；[88] 我们记得，英雄自己也曾面临这种可怕的诱惑，我们也看到战神阿瑞斯将“饱

[87] 4.125, 15.313, 470, 16.773; 5.282, 13.408, 20.99, 22.275; 1.46; *ΣT* in 1.46, ἔκλαγξαν . . . οἰστοί: ἐπιστρέφει πρὸς εὐσέβειαν τὸ καὶ τὰ ἄψυχα αἰσθάνεσθαι τῆς θείας δυνάμεως; *ΣT* in 10.373 ἔξεστιν εἰπεῖν ὅτι καὶ τὰ βέλη ὡς ἔμψχα τῷ ποιητῇ συναγωνίζεται; *ΣbT* in 2.414 ἔμφασιν ἔχει ἡ ἀπὸ τῶν ἐμψύχων μεταφορά, etc. 尤斯塔修斯喜欢评论说，这种做法会带来一种效果，他称之为 γλυκύτης，他似乎用这个词来指“朴拙的魅力”（例如，579.3, 699.36, 112.45）。总体说来，古代评论者都遵从亚里士多德（《修辞学》1411 b 22），认为这只是风格问题。关于这个问题的有趣讨论，见 W. Marg, *Die Antike*, 18 (1942), 169。在盎格鲁－撒克逊诗歌《威兹瑟斯》，第 70 行，“长枪常常喊叫着飞向敌人，伴着尖锐的嘶吼”。爱尔兰语作品中我们则读到 *Cath Maige Turedh*，《摩伊图拉的第二场战斗》（*Rev. Celt.*12 [1891], 56 ff.）*1* 162：“那个时候，一把剑出鞘后会讲述由它所成就的事迹。恶魔之所以曾一度从武器上讲话，是因为那时候的武器被人类所崇拜……”

[88] 正如在 21.168，阿喀琉斯的枪 γαίῃ ἐνεστήρικτο, λιλαιομένη χροὸς ἆσαι：11.574，15.317，许多长枪 πάρος χρόα λευκὸν ἐπαυρεῖν | ἐν γαίῃ ἵσταντο, λιλαιόμενα χροὸς ἆσαι：21.70 ἐγχείη ... ἔστη ἱεμένη χροὸς ἄμεναι ἀνδρομέοιο。比较 W. Marg in *WüJbb* 2 (1976), 9。

食鲜血”，αἵματος ἆσαι Ἄρηα。[89] 阿瑞斯可以说是“战争欲永不满 35
足”，ἆτος πολέμοιο（5.388, 863, 6.203）；英雄们也一样（阿喀琉斯，13.746；赫克托耳，22.218；特洛伊人，13.621，等等）。英雄们常被荷马比作阿瑞斯，尤其是在战斗的怒火方面。[90] 战争是一种疯狂，而战神则是个疯子，这甚至已成了一句谚语——ἐπιμὶξ δέ τε μαίνεται Ἄρης，“阿瑞斯肆行无忌”（xi.537）显然已是老生常谈。“我们是否应该让阿瑞斯如此疯癫肆行？”赫拉问道（5.717）；她又称之为“不知律法的疯子”，ἄφρονα τοῦτον ... ὅς οὔ τινα οἶδε θέμιστα（5.761）。而阿瑞斯则又说雅典娜“疯狂”（5.875）。一个暴怒中的勇士正像阿瑞斯一样——我们读到，赫克托耳“狂暴震怒，一如勇士阿瑞斯，又如山上蔓延的毁灭之火”（15.604）。勇士的疯狂也来自神明，“他如此狂暴，不会没有神明的作用”，潘达洛斯这样评论狄奥墨得斯（5.185）。在战斗中发怒时，他的手可以被形容为发了狂（16.244）；最后，也可以这样形容勇士的武器。“我的长枪也在我手中发狂”，狄奥墨得斯说（8.111），而之后阿

[89] 5.288, 20.78, 22.266. 东方有大量类似的例子：关于人的，见发表于 *Archaeologia*, 79 (1929), 132 ff. 的九世纪亚述泥板；在第 44 行，我们读到，“每一个勇士都在饱餐死亡，好像那天是个斋戒日”。关于神明，*ANET*³, 320，提到摩押的米沙石碑（Moabite stone of Mesha，约公元前 830 年）：“我攻下城池，屠尽所有的居民，以飨基抹和摩押。”《申命记》32∶41，“我将磨我闪亮的刀（比较波塞冬的剑，14.386），……我将使我的武器饱饮鲜血，我的剑要吃肉，它将饱食伤者的鲜血。”《以赛亚书》34∶5，“因为我的刀在天上已经喝足……耶和华的刀满了血，用脂油……滋润的”。关于作为神的法老，*ANET*³, 254 (a)“至于好的神明”（即塞提一世），“他因参加战斗而兴高采烈；他高兴有人进攻他；看到鲜血他心生满足”。

[90] 这似乎是把荷马中的比喻与埃及碑铭中常见的比喻区分开了；在后者中，像图特摩斯三世、阿蒙霍特普二世和拉美西斯二世这样的法老们（约公元前 1490—前 1436，前 1447—前 1421，前 1301—前 1234 年）将自己比作战神孟特；这些比喻都更为庄重，并非充满狂暴者的怒火（*ANET*³, 240, D.-C.8, 244 b 12, ibid., 17,253 (ii) 4, 255 (ii), etc.）。但同样的的碑铭中也有类似的微妙表达；阿蒙霍特普二世也称自己“面容可怕得像芭丝特（杀人的猫女神），动怒的时候像塞特神”（*ANET*³, 245）。亚述国王们将自己比作天气之神阿达德：*ANET*³, 279（Shalmaneser），“我用这把剑杀死了他们 14000 个武士，降临到他们之上，犹如阿达德令一场暴雨降临”；ibid., 277, (b)。

喀琉斯又说，“提丢斯之子狄奥墨得斯的长枪没有在他手中发狂”（16.74），因为此时英雄负了伤，没法上战场。

这种战斗的疯狂并不仅仅是修辞。在宙斯的驱策下，赫克托耳迸发出不可抑制的暴怒，战斗中的他口吐唾沫，双目闪闪，头盔骇人地颤动。λύσσα 一词常常用于英雄的震怒，而这个词形容的是疯狗的癫狂——透克洛斯正是把赫克托耳当作疯狗。披挂甲胄的武士发起怒来是骇人的：他头盔上的羽饰狰狞地晃动，他盾上可能带有戈尔工，他周围青铜碰撞，手中长枪震怒，他的面部因癫狂而扭曲，他发出一声吓人的叫喊，他的马匹“带着阿瑞斯的恐怖”。[91]

36 我们反复读到，对手面对这样的进攻，吓破了胆，夺路而逃。每个读者都会想起赫克托耳，他在阿喀琉斯扑向他时，突然被恐惧攫住。[92] 武器与英雄本人是如此紧密地联系在一起，所以，说“你有胆等着我的枪”就等于说“你直面我的勇力”，说“他们惧怕他的巨枪”就等于说“他们惧怕神样的赫克托耳”。很自然的，阿喀琉斯会说，特洛伊人很自信，“是因为他们没看到我的头盔前端闪亮，近在咫尺”；而赫克托耳则会呐喊，“紧跟上来，我们有望得到涅斯托尔的盾牌……并从狄奥墨得斯肩上剥下那赫菲斯托斯锻造的胸甲；要是咱们夺到这两样，我猜阿开亚人今夜就会登

---

91 15.607; 8.299。用于形容甲胄之碰撞——比如在 12.151 中——的动词 κομπέω，此处用于形容野猪用獠牙将树木连根拔起的喧嚣。阿瑞斯的恐怖，2.767。

92 例见 22.130 ff.，以及 16.278，“特洛伊人一看见勇敢的墨诺提奥斯之子，看到他本人和他的侍从都铠甲闪亮，就人人都胆战心惊；他们乱了阵线，……个个都四处张望，看哪里能躲避死亡。”以上译出部分的最后一句，πάπτηνεν δὲ ἕκαστος ὅπῃ φύγοι αἰπὺν ὄλεθρον，亚里士多德认为是“荷马中最可怕的一行”（fr.129=ΣT in 16.283）。4.419–421 是另一处突出的例子。

上他们的快船”。[93]

展示某个英雄披挂甲胄，则意味着他将在接下来的战斗中扮演突出的角色；*aristeia* 越是丰伟，之前的披挂场景就越详尽。这一点是确定无疑的，所以，诗中描写帕特罗克洛斯穿戴了阿喀琉斯的全副盔甲，只没有拿他那根巨大的长枪——遗漏的这件东西代表着接下来他 *aristeia* 的缺憾，也标志着他将注定以悲剧收场。不止如此：令敌人充满恐惧的盔甲，也令穿戴它的英雄充满力量和怒火。当赫克托耳从帕特罗克洛斯的尸体上剥下阿喀琉斯的铠甲，自己穿上后，“可怕的战神阿瑞斯进入了他，铠甲中的四肢充满了本事和力量，他大步走向著名的盟友，高声呐喊”。当阿喀琉斯拿到他的新铠甲时，“女神忒提斯把它们放在阿喀琉斯面前，它们撞击有声，全部是精心制成。所有的密耳弥多涅人都颤抖不已，没有一个敢直视那铠甲，只是躲避着它；可阿喀琉斯愈看那铠甲，怒火愈炽，双目骇人的闪耀，在眉下有如火焰”。而当他穿戴好后，“牙齿格格有声，双目炯炯似火，满心痛不可当……”这里的 37
“痛”（ἄχος）是对帕特罗克洛斯深切的悲悼和强烈的报复欲。

在紧要时刻，重要勇士得到抬升，远远超出他寻常的样子，甚至头顶放出火光。在狄奥墨得斯开始他傲人的功绩时，雅典娜在他的头盔和盾牌上放了一把火；而在卷十八中，阿喀琉斯的盔甲落在赫克托耳手里，无法参战；可实际上，他却能毫发无伤地干预战事。在这段意味深长的文字中，雅典娜给他的肩膀披上帝盾，又在他头上笼上一层金雾，随后在他身体上点起一团火。英雄们常常被比作火焰，我们得知，赫克托耳“肆意横行，有如火

---

[93] 6.126–127; 5.790, 15.652; 10.70; 8.191.

焰”，而把英雄的眼睛形容成闪耀“如火”还是“带火”，显然都关系不大。[94] 火焰般的其实是勇士的本性。

当阿喀琉斯身披帝盾、头顶云火地出现在特洛伊人面前时，他发出一声巨吼，而雅典娜也远远地嘶吼应和。与我们一直在考量的许多东西一样，我们看到，对某个勇士或神明之嘶吼的描写，既是“写实的”描写——也就是说，这种描写遵从了我们看来可信的限度——也是不加掩饰的超现实描写。二者之间没法划一条清晰显著的界线。在卷四中，阿波罗从珀耳伽摩斯上疾呼，以振奋溃退的特洛伊人；他所说的也正是一个特洛伊将领此刻可能会说的东西，诗人也没有描写这番话的任何效果。诸神大战前，他们动身前往战场，厄里斯奋然现身，而雅典娜高声尖叫，“时而站在壁垒外的壕沟边，时而向那有回声的海潮，发出悠长的战吼，而在另一边，阿瑞斯像乌黑的雨云一般，向特洛伊人呐喊，有时
38 从特洛伊城的堡垒高处，有时跑在西摩伊斯河岸边的卡利科罗涅山上。”[95] 这是个力求宏大的段落，接着又描写了宙斯的雷响，波塞冬震动大地，连死者之神也担心他那可憎的王国会暴露于诸神和凡人面前。这里，诸神的吼叫似乎仅仅为了诸神而存在；特洛伊人和阿开亚人都无动于衷，继续战斗，同时他们也无视波塞冬带来的地震。一番敦促之辞能给听到它的勇士们带来新的勇气

---

[94] 比较 H. Patzer, *SB Frankfurt*, 1972, 28 ff.; G. Strasburger, *Die kleinen Kämpfer der Ilias*, 116; R. S. Shannon, *The Arms of Achilles and Homeric Compositional Technique* (1975), 26 ff.。阿喀琉斯的铠甲，19.12；他穿上铠甲，19.365；狄俄墨得，5.4；阿喀琉斯头顶冒火，18.202；赫克托耳被比作火，9.238；眼睛闪耀如火 19.366；带火，12.486。比较 H.Fränkel, *Die homerischen Gleichnisse*, 50, C. H. Whitman, *Homer and the Heroic Tradition*, 129 ff., C. Moulton, *Similes in the Homeric Poems*, 100 ff.。

[95] 关于雅典娜在 18.217 的呐喊，比较 E. K. Borthwick in *Hermes*, 97 (1969), 390n. 1，提起雅典娜出生时发出的“巨声呐喊”，Pindar, *Ol*, vii.35。阿波罗的疾呼，4.507；雅典娜和阿瑞斯，20.48。

（μένος, σθένος）（5.784, 11.10, 14.147），而不论讲话者是凡人还是神明，用来描述这一效果的语句是完全一样的——ὣς εἰπὼν ὄτρυνε μένος καὶ θυμὸν ἑκάστου，见 5.792 之赫拉，15.50 之赫克托耳，15.514 之埃阿斯。

最后，我们来看这些场景中最不同凡响的那个。此处，阿喀琉斯出现在特洛伊人面前，雅典娜美化了他，令他浑身发出火光：他以这样可怖的外表，独自冲向壁垒外的战壕，高声吼叫，而此时帕拉斯雅典娜也以吼叫应和。这里的效果令人震怖：

> 他们听到阿喀琉斯的震耳吼声，不由得心神俱丧，长鬃的马匹预感到灾难将至，掉转战车；驾车人望见勇武的佩琉斯之子，头上是雅典娜燃起的不熄火焰，也都吓破了胆。神样的阿喀琉斯三次把巨声嘶吼送过战壕，特洛伊人和他们的著名盟军三次陷入混乱：他们最好的勇士中，有十二位就在此时死于自家的战车和箭矢。（18.222–231）

战争中神明的可怕声音，在近东有许多近似的例子，[96] 而印欧则有

---

[96] 埃及：*ANET*³ 253 col.1，“向你致敬，努特之子塞特，伟大的力量……伟大的战吼……”；ibid., 249 col. ii，关于法老，“他的战吼就像巴尔在天上的（吼叫）”。巴尔神本不是埃及本土所有，乌加里特文本中也赞颂了他的战吼，故此 *ANET*³, 135 (vii), 29，“巴尔发出他神圣的声音，巴尔的双唇吐出声响。他神圣的声音令大地痉挛……令山川震撼”。在旧约中，如《以赛亚书》42：13，“耶和华必像勇士出去，必像战士激动热心，要喊叫，大声呐喊要用大力攻击仇敌”；《约珥书》3：16，“耶和华必从锡安吼叫，从耶路撒冷发声，天地就震动”；《撒母耳记下》22：14，《诗篇》46：6，47：3–5，《耶利米书》25：30。在阿卡德有关祖神的故事中，*ANET*³，112.62，马尔杜克受到命令：“让你以战吼的恐惧将他击倒，让他经受黑暗……” *ΣT* in 20.48，荷马更喜欢让他的英雄们吼叫，而不是使用号角，τεραστιωτέρας οἰόμενος τὰς τῶν ἀνδρῶν καὶ θεῶν μεγαλοφωνίας，“认为勇士和神明的大声吼叫更为可怕”。

39 许多关于英雄之超凡震怒[97]和惊悚呐喊的例子。荷马谨慎地将英雄的怒火保持在有限的范围内。不同于库丘林，这样的英雄还是凡人；怒火将他一贯的英雄品质提升到特别的高度和强度。进攻中的英雄有一个骇人之处，即他的声音，而这里，阿喀琉斯的声音和外貌，通过特殊的力量达到其效果。诗中强调，令特洛伊人胆寒的不是女神的呐喊，而是英雄的嘶吼；而那十二个人的死也是通过合理"正常"的方式：突如其来的恐慌带来一片混乱，于是他们被自己人的兵刃所伤。毫无疑问，这个段落背后的东西，也有像武士库丘林之吼那样的效果，能令战士仅仅因为恐惧而丧命；[98]或者是我们在冰岛作品《尼亚尔传奇》（*Saga of Njal*, 156）中读到的：在决定性的克隆塔夫战役前，滚烫的血雨从天而降（与这一主题紧密相关的是荷马中的"血露"，宙斯以此预示了儿子萨尔佩冬的死），兵刃自相搏击，"每条船上各殒一人"。荷马中的兵刃与使用它们的武士同气交感，但诗人并不允许它们自行运作。

---

[97] 在爱尔兰传说中，库丘林的"变形"是一个极端的例子，而对比之下则可见荷马的节制和"人性化"；例如，《夺牛记》（*The Tain*）（T. Kinsella 译自 *Táin Bó Cuailnge* 1969, 150）："变形的痉挛第一次攫住了库丘林，把他变成了个可怕的怪物，恐怖骇人、奇形怪状、闻所未闻……他皮肤里的身体疯狂地扭曲了一下，于是他的双脚、双胫和双膝都扭到了后面，他的足跟和腿肚扭到了前面……他的脸和五官变成了红色的凹陷；他把一只眼睛深深吸进脑袋……另一只眼则掉下来，垂在脸颊。他的嘴巴奇怪的扭曲了……在他头顶翻腾着的雾蒙蒙的云朵，其中有邪毒的雾气和一股股火焰……在血红地闪烁……"我已经省掉了这段中的许多怪异的细节（出处同上，亦比较 77 和 195，此外还可参见《布立克立乌的宴席》（*Bricriu's Feast*, Irish Text Society, 2 [1899], § 27）；我所引用的最后一句话，与阿喀琉斯头顶的火焰形成了鲜明的对比和反差。

[98] 《夺牛记》，第 141 页，"库丘林从喉咙里发出勇士的叫喊，喊声之骇人，令幽谷中的魔怪精灵与空气中的妖精竞起应和……惊悸与恐怖令一百个勇士丧命"；亦参见第 238 页。但是，如果让阿喀琉斯也吼叫得这样"恐怖"，却不是荷马的风格。这位诗人在描述阿喀琉斯冲向赫克托耳、做出致命一击的 16 行诗中（22.312–327），五次使用了形容词 καλός，"美丽的"，这样一位诗人更愿意简单而有力地说，他在"大吼"。《贝奥武甫》，第 2550 行，"接着，盛怒中的贝奥武甫从胸膛迸发出一声吼；他勇敢地进攻；他的声音在战斗中清晰可辨，鸣响在灰色的岩石下。仇恨被点燃了……"

所以，以上两个例子，更为明确地展现了处理材料的超人化手法，也说明荷马中的情景处理得多么精准。

接下来我将谈论其他几种方式，这些方式表明，荷马史诗中 40
一个极有影响的观念是，世上充满了超自然的力量和意义。有时候，对动物的描述方式，说明它们并未被当作与人类截然不同的生物；杀死一头公牛是 βουφονεῖν，而它的词根 *phon* 实际上意指对人类的杀戮；这令人联想起，某些祭仪中，对待公牛之死一如对待人的死亡。我们听说，蹂躏公共土地的野猪会遭到敲去獠牙的惩罚。无生命的物品也可能有意识。费埃克斯人的船就有自我意识，此外，还有赫菲斯托斯制造的金属少女和阿尔喀诺俄斯宫殿外的金银犬。[99] 我们常常见到自然“心领神会”般地应和诸神的举动和情绪。故此，宙斯垂首，震动奥林波斯山（1.530）；而脚注 96 中东方的例子，也足以表明，这与异教崇拜的实际描述有多么近似。波塞冬阔步行走人间时，“当他走过，高山和森林在他不朽的足下震颤”，而他驾着金色战车穿过大海时，“海中生物从四面八方的巢穴中来到他脚下嬉戏，认得他是自己的主人；而海水愉快地分出路径”。[100] 当宙斯拥抱赫拉时候，“他们身下的大地献上新生的绿草，带露的百合，番红花与风信子，它们浓密又柔软，将他们高高托起。于是他们躺在上面，身上盖了一块美丽的金云彩，

---

[99] βουφονεῖν, 7.466，参见 W. Burkert, *Homo Necans* (1972), 154 ff.；συὸς ... ληιβοτείρης, xviii.29；船只，viii.556；少女，18.376；门卫犬，vii.91，比较 Schrade, 78.

[100] 13.18–29，对比《士师记》5∶4：“耶和华啊，你从西珥出来，由以东地行走。那时大地震动。” J. T. Kakridis, “Poseidons Wunderfahrt”, in *WS*, *Beiheft* 5 (1972) = *Festschrift W. Kraus*, 188–197，试图将神异的内容从这个场景中排除出去，认为大海只是像在船只后面那样分开。在我看来，γηθοσύνη 一词似乎与这种简单化的论断相悖。此处的描写是节制的，而《阿芙洛狄忒颂歌》（*Homeric Hymn to Aphrodite*）第 69 行以下的场景则进行了更完整的铺陈——当爱神经过时，百兽前驱奉承，感受欲望，接着成对离开，在荫蔽的幽谷中结合。

从那里落下晶莹的雨露”（14.347–351）。二位重要神明的结合，真正是天空与大地的神圣婚礼，大地因此富饶而丰产。当波塞冬带领阿开亚人参战时，海水冲向他们的营帐和战船（14.392）。宙斯悲
41 悼自己的儿子时，落下血露，当他谋划下一日的惨烈战斗时，雷声经夜，人们被这个险兆吓得脸色苍白（7.478）；而他被人们的暴行与不义激怒时，暴雨和洪水破坏他们的庄稼（16.384 ff.）。[101] 当阿瑞斯想要帮助特洛伊人时，迷雾和黑暗降临，[102] 而当宙斯筹划阿开亚人的溃败时，狂风挟裹灰尘，打在他们的脸上。奇异的黑暗笼罩着帕特罗克洛斯尸体的争夺战，“因为他也是宙斯宠爱的人”，而后宙斯又接受祈求，驱散了这片黑暗。水手们想要的风，听凭神明或予或夺；“雨雪也都有神的驱使，若非如此，星星也不会出现”，[103] 神明甚至能让太阳早落晚升，以便利他们所保护的凡人。[104]

凡人的行止和意愿也受神明的干涉。诸神会令某个勇士的长枪直行无碍（5.290, 17.632），却让别人的走偏（4.130, 541, 20.98）；他们也能弄坏射手的弓或勇士的枪（15.263, 6.306）。[105] 神明欺骗凡人（卷二中的阿伽门农，卷四中的潘达洛斯，卷二十二中的

---

[101] 从这个角度看，这个令人争论不休的段落，看上去也不像有些人认为的那么独特了。参见以下出色讨论：Lesky, “Homeros”, *RE, Suppl.* xi.40, H. Lloyd-Jones, *The Justice of Zeus*, 6, W. Elliger, *Landschaft in gr. Dichtung*, 78, W. Burkert, *Griechische Religion der archaischen und Klassischen Epoche* (1977), 375.

[102] 5.506. B. Fenik, *Typical Battle Scenes in the Iliad*, 53 ff.，讨论了此段以及类似的段落。

[103] 12.255; 17.268, 370, 648; 1.479. S. E. Bassett, *The Poetry of Homer*, 168.

[104] 18.239, xxiii.243. 比较《约书亚记》10：15，上帝令日头和月亮为约书亚停驻，以及《以赛亚书》38：8，《列王记下》20：9–11。

[105] 汉谟拉比祈祷说（*ANET*^{3}, 179）“愿伊库尔的头生子、行进在我右手边的勇猛武士札芭芭在战场上击碎他的兵刃！……愿伊南娜在战斗场上损坏他的兵刃！”亚述的阿萨尔哈东夸耀道：“伊丝塔……站在我这方，毁掉他们的弓，击溃他们的战线。”（Luckenbill, *Ancient Records*, ii.202）《耶利米书》49：35：“万军之耶和华如此说：我必折断以拦人的弓。”《以西结书》30：24，“我必要打断法老的膀臂。”在《沃尔松格传说》（*Völsungasaga*, 11），奥丁用长枪击毁了西格蒙德的剑。

赫克托耳）；他们“蛊惑”凡人，θέλγειν，令他们不由自主地上当（12.254, 13.434, 15.594, 21.604）。他们会把想法注入凡人的头脑，就像赫拉“令阿喀琉斯想到”召开集会，找到阿波罗发怒的原因（1.58，比较 8.218）；神明也令他们充满各种情绪：欲念、荒唐、恐慌、较量的喜悦、战斗的勇气、忍耐的力量、继续战斗而不是回家的决心——我们发现，所有这些都是神明“注入”凡人的（3.139, 19.88, 13.82, 5.513, 2.450 ff.）。神明能令人四肢轻灵，让凡人拥有更快的速度（5.122, 22.204）。在凡人中行走时，众神改易形貌，他们可能完全不被打交道的凡人认出，也可能在离开的一 42
刻揭示身份；再或者，凡人直到后来才意识到那是个神明（例如，卷四中的潘达洛斯，13.66 ff., 22.297）。英雄们指望能从事件背后推断神迹，比如埃阿斯喊道：“哪怕是傻子也看得出来，是宙斯亲自在给特洛伊人助阵。他们掷出的家伙总能命中目标；不管是不是好手，投出的东西都有宙斯引导；可我们投掷的家伙却落到地上，一点用处也没有”（17.629 ff.）。诗人甚至向我们展示了一个英雄的内心活动：他实际是受了阿波罗的驱使才去面对阿喀琉斯的，但他却对此一无所知，最后在冗长的独白后做出自己的决断。[106]

此外，迹象与征兆揭晓或暗示了未来。飞鸟的行迹，响雷一声，吞食雏鸟的蛇，偶然的言辞，一个喷嚏[107]——任何此类事件都可能有进一步的意义，必得那些拥有技能和洞察力的人才能觉察。“‘那条蛇吞食了八只雏鸟和它们的母亲，而我们亦将鏖战同样多的年份，之后的第十个年头，我们才将夺取这街巷宽阔的城池。’

---

[106] 21.544 ff.，比较 G. Petersmann in *Grazer Beiträge*, 2 (1974), 153。

[107] 13.822.15.376, 2.299 ff., xviii.117, xvii.541. 诚然，后两个例子在英雄氛围较弱的《奥德赛》中更为典型，而不是《伊利亚特》。

这就是卡尔克斯的预言，而现在它就要应验了。”这番话表明，说话人脑海中有某种意识，类似于后来被称作“感应”的东西，宇宙有如某种生命有机体，其中的任何方面都紧密关联；[108]重要事件全都在神示、征兆和梦境中得到预示。

大约正是在以上两种观念中，出现了命运的概念，或者说，神明“召唤”或“引领”凡人走向死亡的观念。《伊利亚特》中死去的英雄中最重要的两位，帕特罗克洛斯和赫克托耳，都说过这样一句话：“诸神召我赴死”。比起其他人，史诗将他们的死描述得更为详尽，于是诸神的责任也更显而易见；这正是“宙斯的意愿”，在毁灭特洛伊的全盘谋划中，包含他们二人的死亡：这是彻头彻尾奥林波斯山的计划。在《奥德赛》中，有关那位还算不错的求婚人安菲诺摩斯的段落，也很类似。奥德修斯警告他在杀戮
43 开始前及时离开，“可即便如此，他也没能逃脱厄运；雅典娜把他和其他人缚在一起，他将死在忒勒马科斯手中，倒在他的长枪下”。诸神给阿尔克洛科斯“谋划了死亡”，而波塞冬“给阿尔卡托奥斯的眼睛施了咒，又困住了他轻快的双腿，这样，他就没法逃走，也不能躲开那长枪，只能像塑像或是树木一般立住”，等着伊多墨纽斯将他杀死。还有一些措辞，因其神秘而更为不祥，但它们与诸神的关联却不那么明显，也没有被完全拟人化。珀尔科忒人墨洛普斯警告儿子不要出征特洛伊，但两个儿子却无视父亲的预言，κῆρες γὰρ ἄγον μέλανος θανάτοιο，“因为死亡的恶灵正引

[108] 2.326–330. 我当然是指波塞多尼乌斯。比较 K. Reinhardt, *Kosmos und Sympathie*。

导它们前进”。[109] 诗人对这些死亡的 *kēres*［恶灵］着墨不多；然而，简直与诗人意愿相违的是，它们的数目成千上万，缠缚凡人的生命，而没有哪一个凡人能最终逃脱它们。死去的人被它们“携走”，它们同别的精灵——争斗与骚乱——一起出没于战场；而在阿喀琉斯的盾牌上，“可怕的 κῆρ［死神］”正攫走还活着的人，一个刚刚受了伤，另一个甚至连伤也没有；他又拖起第三个人的尸体，抓着他的脚穿过混战的人群。[110] 而已死的帕特罗克洛斯的话总结了这幅令人毛骨悚然的图景：“我出生时就已注定的可怖 κῆρ［命运］已将我吞噬。”命运，μοῖρα，也能“将凡人引向死亡”，说得更恐怖些，是“缚住”凡人（4.517 ἔνθ Ἀμαρυγκείδην Διωρέα μοῖρα πέδησεν），令他被杀死。最后，*kēr*（死神）吞噬死者的可怕情景太吓人了，所以诗人一般不去描述它。[111] 在以上例子中，不管是有关精灵的粗糙图景，还是经过美化的、奥林波斯山上宙斯的谋划，人们都得认识到，无论如何，凡人目力有限，正在发生的事情远非他们所见的样子。看上去好像是赫克托耳充满希望，相信亲爱的兄弟要帮他对付阿喀琉斯，真正的情况，却是诸神在召唤他奔赴死亡。当墨洛普斯的儿子们意识到事情的进展全然不 44
出父亲所料时，已为时太晚；他们的死亡从开始就已注定。宙斯

[109] 帕特罗克洛斯和赫克托耳被召唤赴死，16.693 以及 22.297；宙斯的谋划，8.470, 15.53；安菲诺摩斯，xvii.155；阿尔克洛科斯，14.464；阿尔卡托奥斯 13.345；墨洛普斯之子，2.831=11.332。κήρ 很难翻译。我尝试使用了与 L. Malten 的“Schadegeist”对等的词汇，参见 *RE*, *Suppl.* iv.884.4。

[110] 成千上万的 *kēres*，12.326；将人带走，2.302，xiv.207；拖走死者，18.535ff.。有些学者认为，最后提到的这几行是从托名赫西俄德的《赫拉克勒斯之盾》（*Aspis*）中插入的，例见 F. Solmsen in *Hermes*, 83 (1965), 1 ff. = *Kleine Schriften*, 1, 16ff.；但正如里夫所说，“并不能说他们与史诗中的观念格格不入”。

[111] *Kēr* 已将我吞噬，23.78；命运引向死亡，5.613，13.62；缚住（译按：此处原文为 birds，参考正文引用的荷马原文，当为 binds 之误），4.517，比较 iii.269, xi.292。

允许赫克托耳和帕特罗克洛斯拥有荣耀和胜利，但它们实际上属于另外一种模式——一种以战败和死亡为结局的模式。

正是这样一系列的信念和观念，令荷马史诗中的人物以及荷马诗人，都很自然的从发生在自己身上的事情中去寻求意义和规律。进攻战船的赫克托耳用剑砍断了埃阿斯的长枪，而这支枪正是埃阿斯一度用来保卫战船的；此时，埃阿斯不仅仅是失去了一只好用的枪："他高贵的心里意识到了神的参与，于是他打了个寒战：宙斯要阻断他们全部的战斗计划，让特洛伊人得胜。他从飞舞的箭矢中退出来，而特洛伊人则将火把投上战船……"埃阿斯"看出"了事件的象征意义，而诗人也赞同他：宙斯确实在激励特洛伊人前进，同时阻止阿开亚人的努力抵抗。焚烧战船是整个行动中注定的转折点，这个重要段落的风格既凝练又有力，[112]诗人之所以能如此，正是因为使用了有特别意义的行动。对于诗中许多重要且令人难忘的场景，这一点同样至关重要——面对阿喀琉斯的吕卡昂，普里阿摩斯面对阿喀琉斯，忒提斯抱住阿喀琉斯的头，赫克托耳同他的儿子，帕里斯与他漂亮的武器，等等。现在我将要讨论最后一种用途。

《伊利亚特》的伟大主题是英雄的生与死。而何为英雄，则展现在这二者的可怕对比中：一方面是"看见天光与日头"、"双腿充满动力"，另一方面则是死亡那冰冷而黑暗的虚空。与此一致的是，尸体及其处理方式的高度重要性，主导了史诗中整整数卷的内容——这正是死亡最为明确、最不隐晦的形式。从卷一开始——阿喀琉斯之怒"将无数豪杰的英灵送入哈得斯，把他们变

---

[112] 埃阿斯的洞见，16.119，比较 15.467；这个段落的风格，参见 E. Bethe, *Homer*, 1, 31。关于吕卡昂，*Eustath*.1224.3, γραφικῶς τὰ κατὰ τὸν Λυκάονα，等等。

成野狗和飞鸟的食物”（1.3–5），到致力于描述赫克托耳遗体最后命运的末卷，这个主题从未远离我们的脑海；[113]而在萨尔佩冬和帕 45
特罗克洛斯的尸体上，战斗呈现出最惨烈、最无情的一面。“宁可死在这里，葬在特洛伊，也不能让特洛伊人把帕特罗克洛斯的尸体夺进城去，赢得荣誉”，阿开亚人如是说（17.416），而诗人甚至说，“他们的争斗激烈如火，你没法说太阳安然无恙，月亮也不会……”（17.366）[114]

威胁将敌方或是自己一方懈怠者的尸体扔给肉食的猛兽，在史诗通篇都很常见。与本章中讨论过的许多内容一样，这也是亚述人钟爱的观念。“我禁止埋葬他们的尸体”，阿萨尔哈东傲然说起战败的敌军；“我没有将他的尸体掩埋。我令他比之前死的更彻底”，这是纳布贝尔舒玛特的骇人之言。亚述巴尼拔说，“我将他们支离破碎的尸体喂给猪狗鹰狼，喂给天上的飞鸟和深泽的鱼群”；他甚至挖出以拦国王们的骨殖，并夸耀道，“我已令他们的阴魂永无宁日”。[115]这些亚述暴行的每个细微之处，几乎都与《伊利亚特》最后几卷类似，共同之处是如此明显，所以自然会有人认为诗人受到了影响。让这个观点更有说服力的是18.175以下的段落，这里，伊里斯告诉阿喀琉斯，赫克托耳打算“从帕特罗斯柔软的脖颈上砍下他的头，钉在尖桩上”，以激怒阿喀琉斯出战。这同样是戕害尸体的情景，而赫克托耳想象中的作为，结合了亚

113　C. P. Segal, *The Theme of Mutilation of the Corpse in the Iliad* and J. M. Redfield, *Nature and Culture*, 183 ff. 在我看来，这些作品的缺陷在于忽视东方的材料。另见 M. Faust, “Die künstlerische Verwendung von κύων ‘Hund’ in den homerischen Epen”, *Glotta*, 48 (1970), 9–31。

114　里夫认为“这段全无说服力”，参见 D. Bremer, *Licht und Dunkel*, 68。

115　Luckenbill, *Ancient Records*, ii.210, 304, 310, 312. 旧约中的例子有《申命记》28：26、《撒母耳记上》17：44–6、《诗篇》79：2，等等。

述人最爱用的惩罚手段：砍头和钉桩都是经常用在战败者身上的
46 法子。[116]我们这里读到的，可能受到亚述人“可怖”之传闻的影响，因为公元前七世纪和前八世纪中，这一传闻给整个近东都留下了深刻印象，[117]在那一时期，亚述人所毁灭的地方包括巴比伦、以拦、古埃及的底比斯，所到之处留下废墟和成堆的人头。

但是，就像荷马史诗中其他与近东相类的内容一样，这一主题要符合荷马的风格，也得发生质的改变。“阿舒尔的魔力和可怕的兵刃”曾令亚述崇高的王战胜并毁灭敌人；在荷马史诗中，它们成了各位英雄威风凛凛的武器，而这些英雄每一个人都有自己独立的命运，既有成就，也包括最终轮到他头上的死亡。同样，亚述人对死者的报复行为，目的本是为国家进行宣传，并震慑国王潜在的敌手；在荷马中，这种行为则转而表达了高贵勇士对死亡的最后恐惧，以及英雄在深刻仇恨下最极端的举措。英勇的猛士成为食腐动物的盛宴：这是对战争之恐惧的终极表达，而英雄们必须冒这样的风险。对报复的追求则超越了死亡；正像阿喀琉斯说的那样，“哈得斯殿堂里的死人没有记忆，可我就算到了那里，也会记得我亲爱的伙伴”（22.389），他坚持凌虐曾是他敌人的“无知觉的泥土”（24.54），说明就连死亡这种令一切平等的东西，他也同样激烈地拒绝接受。作为最勇武也最易怒的英雄，阿喀琉

[116] 例见 Luckenbill, i.156，“我剑杀他们的八百斗士，并砍下他们的头颅……我把七百人钉上尖桩”（阿淑尔纳西尔帕）。Ibid., 168，“在他城门前，我用人头堆成台柱，活着的人则钉上尖桩”。这两种惩罚亦常见于亚述艺术作品。其后的温泉关战役之后，薛西斯砍下斯巴达王列奥尼达的头，钉在杆上（希罗多德，vii.238）；希罗多德写到，普拉提亚战役后，有人劝诱包萨尼亚斯凌虐马铎尼斯的尸体，以此报复并作为威慑；但包萨尼亚斯高贵地拒绝了，因为这种行为“与其说适合于希腊人，不如说更适于异邦人——即使发生在异邦人那里，我们看来也觉得厌恶”（希罗多德，ix.78–79）。

[117] 比较 W. Burkert in *WS* 10 (1976), 5–21，《以赛亚书》37：18：“耶和华啊，亚述诸王果然使列国和列国之地变为荒凉。”

斯常常得到这两方面的刻画。

从比较简单直白的层面说，武士们想要拥有敌人的披挂，无
非是因为那东西有着明确的价值。他们也想要夺取阵地和死者的
尸体，因为那是取胜的明显标志。但还有一些更深入、更隐秘的
欲望。剥夺死者的坟墓，就等于抹去了关于他的记忆，[118]令他成为
仿佛从未存在过的人一样；故此，荷马中的强烈关怀是，人死后
要留下坟墓，以此向后代铭志一个人的存在与意义。此外，我们 47
通过帕特罗克洛斯的鬼魂得知，未获掩埋的死者不能跨越冥河，
进入哈得斯的大门，而必须远离别的鬼魂，“永无休止地游荡”
（23.71 ff.）。我们已经看到，亚述人曾经刻意将这种死后的苦难加
诸他们的敌人；鉴于荷马知悉这种观点，我想我们得承认，这是
荷马中的勇士希望看到敌人不得安葬的动机之一。跟其他可怕的
事物一样，诗人将这一点置于背景中，但它的力量并未因此减少。
最后是想让死去的敌人彻底无助的愿望。我们稍后会看到杀人者
残虐死者尸体的可憎行为，μασχαλισμός，即断去尸体的四肢，令
死者不会再追杀凶手。[119]阿开亚人围在赫克托耳的尸体四周时，每
个人都在他身上留下伤痕。很自然，这一举动背后，是迷信在发
挥作用：如此多的伤口将保证死去的赫克托耳真的死掉了（就像
一个亚述人多半会说，让他比之前死得更彻底）。然而荷马并不愿
把这些恐怖的事情表面化；我们现有的场景中，引人怜悯的东西
和打动人心的效果，很大程度上是来自这样大胆的对比：一边是
赫克托耳无知无觉的尸体，一边是阿开亚人卑鄙的恶意行为，而
这些人曾被活着的赫克托耳吓跑，只在他确实死去之后才敢来面

[118] 例如 7.84–91, 6.418, 16.676, 23.245–248, 24.798, iv.584, iii.256, i.239, xxiv.32。

[119] 比较 E. Rohde, *Psyche* (Eng. trans.), 582 ff.。

对他。“这是卑下暴民的（得胜）情绪，它彰显了死者的伟大”，古代评论者所言极是。[120] 事件往往仅被赋予英雄主义方面的特点，但听众仍会意识到，英雄主义背后其他强有力的潜流；它们不需展现在表面，却仍打动了听众。

最后，荷马式的战斗，往往让英雄间的决斗占据显著的位置，而其中未能详尽的方面，则可利用尸体来传达。关于《伊利亚特》中战斗的新近研究，往往聚焦于决斗和主要勇士的个人英雄业
48 绩，[121] 所以人们会得到一个印象，认为诗人之意趣仅仅在于这些勇士。[122] 要想以英雄风格来描绘大规模的战斗和屠戮更为不易，但诗人为达到这个目的使用了明喻，[123] 他还利用了被杀者的尸体。事件发生在“尸体之间清理出地面的空场”，勇士们“穿过屠杀场，越过那些尸体，走在武器和黑色的污血间”。他们的战车经过死者的遗体，“车下的横轴和四周的栏杆都沾满了马蹄和车轮溅起的血”。那里有“被杀者的尖叫，混着杀人者的自夸，血流遍布大地”。兵刃从他们手中落下，血流遍地，人们倒在追击的车轮下，疾驰的战车碾过身体，鲜血染红了大地，陈尸成堆。[124] 晨曦初现时，战斗的双方都集合起来收殓死者：“很难认出每一个人，但他们还是用水洗去凝结的血块，流着热泪，把尸身抬上车子。普里阿摩斯禁止人们大哭；于是特洛伊人沉默着将死者放上火堆，悲戚满

---

[120] Σb*T* in 22.371: δημώδους πλήθους τὸ πάθος, αὔξει δὲ τὴν ἀρετὴν τοῦ κειμένου.

[121] B. Fenik, *Typical Battle Scenes in the Iliad* (1968); T. Krischer, *Formale Konventionen der hom. Epik* (1971)，以及其中第 159—160 页列出的作品。

[122] 人们曾认为这体现了荷马中的战斗是如何“不现实”；但比较 H. P. Varley, Ivan and Nobuku Morris, *The Samurai* (1970), 22，其中论及封建日本的战斗，“一个典型的战场可能更类似于一组组单独打斗的集合，而非两军之间的笼统交战”，以及 ibid., 84。

[123] 比较 H. Fränkel, *Die hom. Gleichnisse*, 21 ff.。

[124] 8.491 = 10.199, 10.298, 11.534 = 20.499, 4.450 = 8.63, 15.707 ff., 16.378, 17.360.

怀……”（7.423–431）[125] 荷马关于英雄主义的概念还包括一点，即战斗中受的伤，要么很轻，要么致命——不能有伤残或极其痛苦的勇士，因为英雄之生与英雄之死之间的界限压倒一切，不可含糊。死者的尸体既是那个人，又不是那个人。[126] 它代表了死者，对它的处理，令诗人得以充分展现战争和死亡，除此之外别的办法都不能包含在史诗之中。当然，最首要的是，荷马拥有从物品本身发掘意义的才能，令他能够达到以上效果。

---

[125] περιπαθὲς τὸ δρᾶμα，“充满悲悯的一幕”，这是 Eustathius 688.58 对这一段的洞见；我也觉得此段极其感人。而冯德穆对这段的最好评价只是 “ein solches Thema mochte die Hörer kriegerischen Heldensangs interessieren［此类主题也许会令战争史诗的听众感兴趣］”。

[126] 《伊利亚特》1.4 中，尸体被等同于“英雄们本人”，并与 ψυχή，“灵魂”，形成对比；后者在人死后进入哈得斯。对比 23.50 ὅσσ’ ἐπιεικὲς | νεκρὸν ἔχοντα νέεσθαι ὑπὸ ζόφον ἠερόεντα，24.35 νέκυν περ ἐόντα, 24.422–423, x.10, xx.23 f.。

第二章

性格刻画

荷马有种本事，可以用一个词揭示某人的全部性格。

（Scholiast D on 8.85）

50 至此，我们已讨论了一些方法，通过这些方法，诗人给史诗中的行为、场景和重要时刻赋予了意义。有些场景，如卷三中赫克托耳、帕里斯和海伦的会面，或卷二十四中，普里阿摩斯与阿喀琉斯的对谈，都不仅仅是记录事件；它们代表并展现了人物之间的全部关系。它们也令听众认识到，所发生事件的意义，在于它既是人生整体模式的一部分，也是这个既有凡人，又有神明的世界的一部分。

荷马史诗中性格刻画的问题，也宜用同样的视角来处理。关于这一话题已有很多著述，它们中的大多数是多么主观，只要看看学者们的意见是多么截然相左，就昭然若揭了。[1] 我希望证明，我们

---

[1] 我只举一些例子。F. Codino, *Introduzione a Omero* (1965), 137，认为阿伽门农和阿喀琉斯算不上独立个体，甚至二者可以互换（比较 Lesky 理由充分的异议，*Gnomon*, 95 [1973], 6）；而 Finsler, i, 327 认为，比起卷九中的阿喀琉斯，“文学作品中从未有哪个人物得到更出色的性格刻画”。亚历山大 · 蒲柏写道，“他的每一个人物都自有某种特别的独到之处，诗人靠他们的举止令人物各有千秋，没有哪个画师能靠描绘他们的长相做得更好”；J. A. Notopoulos则谈道，

有可能就史诗中存在的性格刻画建立一些基本的观点，并研究两部 51
史诗如何通过对性格刻画的不同运用，达到同样的目的。

有些人倾向否认荷马史诗中有可能存在任何统一的性格刻画。老派的解析派和现代口头理论学者在这一点上达成共识。前者将二部史诗解析成很多部分，对他们来说，寻求心理上的一致性是不可能的；在后者看来，由于程式体系的严格限制，可以说，歌者肯定没法让人物在言辞和想法上彼此不同。还有一个重要问题：既然诗人未做明确的描述，对史诗中的故事引入心理上的解读，在多大程度上是正当的？解析派学者冯德穆[2]申明的原则是："在文本客观存在的措辞之外，描写人物，既非荷马的本意，亦非其能力所及"；后解析派学者卡克里蒂斯[3]则反对有人为荷马人物的性格提供心理动机，他坚持认为"诗中除了写在那里的东西，别无他物"。科克从口头创作的角度警告说，"对英雄人物的描写受两方面的限制，一是口头诗歌的技巧和目的，二是单纯的英雄式的善与恶"，如果即便有这些限制，也还能找到真正的性格刻画时，他认为应当以一种特别谨慎的态度来表达它："这些人物所达到的复杂性，看上去（原文如此）是在每部史诗的形成过程中连贯地发展而成的。即便如此，我们仍要小心，不可对主要诗人们的方

（接上页注）"荷马之人物缺乏个体真实性，现代观念对此感到失望"（*TAPA* 80 [1951], 29）。Bethe 说阿喀琉斯的性格结合了"两个伟大却根本对立的诗人之根本对立的创造"，而且，要让同一个诗人自己脑海中有这两种概念，"心理上讲完全不可能"（*Homer*, 1, 74 ff.）；沙德瓦尔特则认为阿喀琉斯的性格是愤怒和温和这"两极"的统一（*Iliasstudien*, 135）；维拉莫维茨更在 1912 年嘲讽说，"谈论什么荷马中阿喀琉斯或奥德修斯的性格根本就是愚蠢之举，因为对同一个英雄，不同诗人有着不同的构想"（*Kultur der Gegenwart* 1, 8, 12）。如此种种。关于荷马人物的现代论著目录，参见：A. Heubeck, *Die homerische Frage* (1974), 197。

[2] *Kritisches Hypomnema zur Ilias*, 286: "Über den sachlichen Wortlaut hinaus Charaktere zu zeichnen, lag nicht in B's Absicht und Vermögen."

[3] *Festschrift W. Schadewaldt* (1970), 60: "In der Dichtung existiert nur, was 'recorded' ist, sonst nichts."

法和操作范围过度演绎……”我们变得如此谨小慎微，最后，似乎除了质疑史诗表面没有的东西之外，质疑明明就在那里的东西，也好像是很应当的。[4]

52 本章中，我希望论证三个相当普通的观点，它们将有助于我们思考这一棘手的问题，它们也将揭示出，诗人致力于给自己的作品赋予深度和含义。首先，史诗中的人物可以各有千秋；第二，人物可以有自己的打算，但并不明确表达出来；第三，人物可以是复杂的，而复杂的表现方式，在两部史诗中又大不相同。

不谙世故的读者初读《伊利亚特》，往往会确信无疑地认为，诗中的人物各自不同、面目清晰。我还是个六年级的男生时，就毫不费力地看出，阿伽门农和阿喀琉斯之间的争吵不过是任何一群年轻人之间吵闹和争斗的美化版本，这群人中，领头的和最勇敢的并不是同一个人。最开始的称呼就对二人进行了简洁而含蓄的对比：1.7，“阿特柔斯之子，人间的王，和神样的阿喀琉斯”[5]——一个以头衔和地位确定身份，另一个则靠个人素质。阿喀琉斯让预言者卡尔克斯放宽心时，也是如此：没人会伤害他，哪怕他指的是阿伽门农，“如今自称是阿开亚人中佼佼者的那个人”（1.91）。如卷一第 7 行看上去是程式化的，却完美地对比了

---

[4] G. S. Kirk, *The Songs of Homer*, 265. 似乎从事口头理论研究的学者特别受到这一诱惑。例如，M. W. Edwards, *TAPA* 97 (1966), 130，讨论了 16.104，这个极好的段落三次重复了 βάλλειν，“抛”这个词：“也许可以引用这一段，作为缺乏技巧的例子，亦可将其看作为了特别的诗歌效果而特意打破规则的杰出例证……”比较同一出处第 153 页对 23.182–183 的评论。G. S. Kirk, *Homer and the Oral Tradition*, 84：“荷马会认为自己对人类、特别是女性的心理有细微的体察吗？没法给出确定的答案……”对前一论点的反驳，见 *ΣT* in 16.104–105：“重复是为了制造张力，这种效果比绘画或雕塑中的模仿要高明。”对后一评论的反驳，见柯勒律治（Coleridge, *Literary Reminiscences*，转引自 J. W. Mackail, *Coleridge's Literary Criticism*, 139）：“希腊人除了令女性不像女性，似乎就没有法子让她们有趣起来——也许只有荷马例外……”某种批评竟对自己的讨论话题如此紧张，真有些令人吃惊。

[5] 亚当·帕里极佳地论述了这一点。*HSCP* 76 (1972), 2 ff.

二位英雄，同样，第 91 行使用了常见的 εὔχεται εἶναι，“声称是”；它在荷马中往往只表示“是”的意思，但在这里，它却有种特别的尖刻，这一点等我们读到第 244 行时会得到确认。那里，阿喀琉斯发誓退出战斗，在结束发言时，他对阿伽门农说：“你将会满心困扰，痛悔自己羞辱了阿开亚人中的佼佼者”，而他在结束自己对母亲的请求时又说：“要让阿特柔斯的儿子、伟大的国王阿伽门农，看到自己不敬阿开亚人之佼佼者的愚蠢。”（412）在任何别 53
的英雄口中，“阿伽门农，阿开亚人的佼佼者”都不会有任何别的意思；涅斯托尔说这句话也不带任何讥讽（2.82）。但是，阿喀琉斯相信，也很快要说出的是，他自己才是他们中最棒的人，而这也正是二人之间争执的缘由。我认为，在第 131 行中也可看到同样的心理；这里阿喀琉斯提议稍后补偿阿伽门农，而后者拒绝了：“别拿手腕儿哄我，神样的阿喀琉斯，虽然你很能干。你骗不了我，也没法儿说服我。”ἀγαθός περ ἐών，“虽然你很能干”，这个短语在《伊利亚特》中出现了四次（两次是对阿喀琉斯说的），但是，说“你没法欺瞒我、哄骗我，虽然你很能干”却逻辑不通，因为能干的人并不一定是花言巧语的骗子。这个被稍微误用了的短语说明，正是阿喀琉斯的超凡勇猛，真正引发了阿伽门农怒不可遏的过激反应；阿喀琉斯被阿伽门农视为狂暴的下属，而他的本事一直令阿伽门农担心。在第 178 行，他明确提到了这点，“就算你很有本事，也是神明赐予你的”，而在接下来的第 290 行：“就算神明将他造就成一个武士，难道他们也因此让他满口谩骂之辞？”[6]

---

[6] 对于费解的第 291 行，我用了朗格、里夫和迈尔斯三人的译文。

这些例子表明，程式化的表达可以怎样巧妙地用来营造独一无二的特别效果。这样的例子不胜枚举。在更大范围里，我们可以看出，诗人会根据所涉及的人物，变化对某一固定场景的处理。例如，《伊利亚特》里有五处武士恳求饶命的场景，每一处，乞求者最后都被杀死。安提马科斯的两个儿子向阿伽门农许诺，饶了他们的性命，就会有丰厚的赎金；他们软语哀求，得到的回答却毫不仁慈："你们若果真是安提马科斯的儿子，现在就得为他不光彩的行为付出代价了——墨涅拉奥斯出使的时候，他曾主张让特洛伊人将他杀死。"阿伽门农不仅杀死了他们，还砍下其中一位的头颅和手臂，让他的躯干滚过战场，像块圆鼓石。这个事件既戏剧化又很讽刺——有钱老父的名字没能救下他们，反而让他们遭
54 殃——而阿伽门农的残暴也很符合他别处的行为。[7] 相比之下，心软的墨涅拉奥斯[8] 则更容易被打动，要不是阿伽门农跑上前来提醒他阿德拉斯托斯的恶行，墨涅拉奥斯差不多就要饶过这位乞求者了；后来，墨涅拉奥斯把他推开，阿伽门农杀死了他。在多隆之诗描述的深夜奇遇中，阴险狡诈的内容比诗中其他部分都要多，[9] 与此相应，其中也包含了此类场景中欺骗性最强的一个。多隆被狄奥墨得斯和奥德修斯抓住后，奥德修斯告诉他"打起精神来，别

---

[7] W. Schadewaldt, *Iliasstudien*, 50; B. Fenik, *Typical Battle Scenes in the Iliad*, 85. 可以同样使用的另一种场景是，某个人物被人带信得知另一人物的死——参见 G. Petersmann in *Rh. Mus.*116 (1973), 6，他很好地比较了这种类型的场景。亦比较 B. C. Fenik 关于独白的讨论：*Homer, Tradition and Invention* (1978), 68 ff.。

[8] 安提马科斯的儿子们，11.130 ff.；阿德拉斯托斯，6.64–65。比较 H. Spiess, *Menschenart und Heldentum in Homers Ilias* (1913), 158; J. A. Scott, *The Unity of Homer* (1921), 173; A. Parry in *HSCP* 76 (1972), 16; Σ in 4.127, 4.146; Barck in *WS* n. F.5 (1951), 5 ff. 。C. R. Beye, *Iliad, Odyssey and Epic Tradition*, 117 认为墨涅拉奥斯"完全是第二流的人物"，令我感到莫名其妙。

[9] 比较 F. Klingner, "Uber die Dolonie", *Hermes* 75 (1940), 337–368=*Studien zur gr. und röm. Literatur* (1964), 7–39; Reinhardt, *Der Dichter der Ilias*, 247。

担心死亡”。在这样的鼓励之下，多隆回答了他们的问题，背叛了自己正在熟睡的战友；接着，狄奥墨得斯却杀死了他，因为“如果我们放了你或是让你走，你总有一天会跟我们战斗”（10.372–453）。于是狡猾的奥德修斯没有辜负自己的名声，既哄骗了俘虏，又算不上真的撒谎。

最后我们来看看有关阿喀琉斯的例子。英雄告诉我们，过去，在帕特罗克洛斯被杀之前，他更愿意用俘虏索取赎金，或将他们发卖，比如他曾卖掉吕卡昂，而不是将其杀死（21.100 ff.）；宙斯也亲自证明了这点（24.156）。然而，在复仇的黑暗怒火之下，他决定把俘虏统统杀死。我们首先看到的是阿拉斯托尔之子特罗斯，他试图抱住阿喀琉斯的膝盖乞命；当他刚刚摸到膝盖时，阿喀琉斯从上刺穿了他的肝部，于是肝脏被刺了出来，他的膝头浸透了血。当时阿喀琉斯正在进行一系列的杀戮，速度极快且不停歇；对于特罗斯，这位英雄甚至不屑理会他的姿势。当然，这些场景中最著名的一个是吕卡昂的乞求。他可怜兮兮地说了一番话，最后几句如下：“现在我是注定要死在这里了，命运又把我交付到你手上，所以我想，我不会逃出你的掌心了。——可我还是想对你说上几句话；请你仔细考虑：不要杀我，因为是赫克托耳杀死了 55
你那善良又勇猛的伙伴，可我跟他并非同母所生。”这最后三行，在解析派学者看来，既不妥当又自相矛盾，他们很想以这样或那样的琐屑理由将它们删去；[10]但我们的确应该听听吕卡昂在惊恐中孤注一掷的即兴说辞，这是他确知死亡将临时的最后恳求：“我还是想对你说上几句话……”阿喀琉斯的回答将这一场景提升到

[10] 特罗斯，20.463 ff.；吕卡昂，21.36 ff.，21.94–96 应当删去，持此意见的有贝菲尔德、里夫和冯德穆。

极致。

> “自从帕特罗克洛斯死后，没有哪个特洛伊人能从我手里逃脱性命。所以，我的朋友，你也必须死；为何还要如此哀叹？帕特罗克洛斯已经死了，他曾是个比你强得多的人。你难道看不到我是怎样的人，多么高大、多么俊美？我有个高贵的父亲，母亲是个女神。可死亡和征服一切的命运也逼近了我。会有某个早上，或是黄昏，或是正午，我的生命也会被战场上某个人夺取，也许是用一支枪，也许是靠一支箭。”他这样说着，吕卡昂不由得四肢瘫软，心志涣散。他放开那支长枪，摊开双臂，蹲坐在地上……

如同战斗中所有其他的乞命者，吕卡昂被杀死了。他死去的方式展示了对手的性格。墨涅拉奥斯心软而无决断；阿伽门农冷酷无情且不假思索；阿喀琉斯在愤怒的复仇中杀人，却并不是盲目的暴行。他从凡人生与死的整体角度来看待自己的行为，这种视角把杀人者和被杀者置于同一层面；这样说来，他杀死吕卡昂时把他称作“朋友”，也就不仅仅是个口头语。此外，还有一组同样的对比：一边是阿伽门农，他拒绝年迈的克律塞斯的恳求，方式粗鲁又不假思索；另一边是阿喀琉斯，他与年迈的乞求者普里阿摩斯有着共同的人性（“现在我坐在特洛伊城边，远离家乡，给你和你的子女带来哀痛”）。阿喀琉斯看得更远；他与阿伽门农的争执，令他痛苦地反思了英雄主义式的人生；宙斯允诺了他的祈求，阿开亚人因战败而被迫求他回归，但这却带来了强烈的幻灭感；而他在胜利和屠戮中的成就，也令他意识到，自己与被自己杀死的人，本质相类。[11]

这些乞求的场景表明，诗人会将某个既定场景加以变化，变 56
化的方式也足以彰显众位英雄的性格。但这并不是全部：我们所看到的人物，并不是日常生活任意场景中的样子，而是他们在面对生与死这一重大问题时的样子。狡诈和无情都是有意思的性格特点，并得到巧妙而连贯的描绘；但真正重要的人物是阿喀琉斯，而他所领悟到的东西是这样深刻而真实，于是单纯的杀戮故事变成对死亡本身的洞察。所以，在对人物的描摹中，诗人的主要兴趣也在于给事件赋予重要性，并展示它们蕴含的意义。帕里斯和赫克托耳与各自妻子共处的场景，不仅向我们展示了他们各自的性格，也表现了他们行动的意义和史诗整体的意义；同样，这些恳求和恳求遭拒的场景，有条不紊地渐入高潮，彰显了有关英雄生与死的重要内容。[12]

一如既往，《奥德赛》中则既有相似点，也有不同之处。奥德修斯被卡吕普索和刻尔克两位女神款待并爱慕，他得让自己分别从她们那里脱身；他还要与瑙西卡作别。在魅力十足的刻尔克那里，奥德修斯愉快地滞留了整整一年，“尽情享用应有尽有的肉肴和甘甜的美酒”。最后还是伙伴们催促他，到了该离开的时候；于是他抱住刻尔克的双膝哀求她放自己离去：伙伴的哀叹让他软了

---

[11] “我坐在特洛伊城边”，24.541；英雄主义，9.316 ff.，尤其 327，“跟那些保护他们妻室的人作战”。“宙斯已满足了我的祈求，但我在其中又有什么欢乐可言”，18.79；“我本人也要死”，21.99 ff.；“普里阿摩斯就像我自己的父亲佩琉斯”，24.544 ff.。

[12] 卡尔·莱因哈特指出，《伊利亚特》中描写的杀戮是有发展变化的，史诗前半部中的死亡不能简单地与后半部中发生的死亡对调，*Der Dichter der Ilias*, 13。同样，吕卡昂那个场景，是这一系列战斗中乞命情景的高潮，所以只能放在最后；如果这之后再加个普通的，就会成为刺眼的反高潮。在它之后，我们只有最极致的普里阿摩斯的恳求（卷二十四）。对于荷马史诗里究竟存在技巧性的安排还是只有无技巧的叠加这一问题，这些事实也许不是没有意义的。

心肠，只是她当时并没在场亲见。刻尔克马上回答：“拉埃尔特斯之子，宙斯的后裔，多谋的奥德修斯，你不必违心地在我这里停留下去……”接下来她便为他们谋划归程。

爱意盈盈的卡吕普索则完全不同。奥德修斯在她的岛上被囚禁了七年，毫无逃走之法；她希望能跟他成婚，并给他永生；可
57 他坚决不答应。日复一日，他坐在那里，凝望大海，泪流不止。终于，神明们插手了，派赫尔墨斯来告诉卡吕普索，她必须让奥德修斯回家。她向赫尔墨斯倾诉了对诸神的不满；接着她找到奥德修斯，告诉他，如果愿意，他可以离开了，“因为我将全心全意地送你启程”。英雄自然感到惊讶，于是她用微笑让他安心，还说“我见解公正，亦不是铁石心肠；不，我心肠好得很”。两人最后的会面，描述得十分细腻动人。她问他是否真的那么急于见到自己的妻子，“你每一日都在思念的人”，又暗示说，作为女神，自己的美貌应该远胜于她。机智的奥德修斯马上承认，佩涅洛佩容貌确实比不上女神，可“即使如此，我仍每天企盼，渴求返回家园……”卡吕普索从未说明自己放他走的缘故，奥德修斯也不会知道；她把这归功于自己的好心肠；在他面前，她仅仅暗示了自己的不满和真正的原因：“我会为你送去顺风，让你能平安抵达故土——如果这就是天上神明的意愿；无论谋略还是施行，他们都强过我。”[13] 看得出，她这番话里已透露出事实：若不是众神，她才不会让他离开；但奥德修斯并没有注意到这层意思。

最后是瑙西卡。在遇见奥德修斯的前一夜，她梦见自己结婚。他刚刚出现的时候，并没给瑙西卡特别深刻的印象；可当他洗过

---

[13] 与刻尔克分别，x.460 ff.；卡吕普索，v；奥德修斯从不知道她的动机，vii.263；“诸神强过我”，v.170。

澡，又被雅典娜美化之后，她对侍女们说："我希望这样一个男人能成为我的丈夫，住在这儿，并且乐意留下来！"接着她又明白地暗示奥德修斯："要是你跟我一同进城，会有不怀好意的人说闲话：'跟瑙西卡一起的那个高大俊美的外乡人是谁？她从哪儿把他弄来的？这人就要当她的夫婿啦。'"就连她父亲也对两人的结合颇有意向。当然，奥德修斯还是回到了家中妻子的身边，瑙西卡并没有任何可能。然而她却设法出现在他去晚宴的路上，并跟他讲了最后的话："再见，外乡人，等你到家之后，请时常想起我，
记得是我最先救了你的命。"奥德修斯答道，若是他平安还家， 58
"我会永远把你敬奉如神明，因为是你救了我，公主。"[14] 这三个分别的场景都有爱情点缀，却又非常不同。

与相恋女子分别的场景，是艰难且情绪化的，意在展现双方的真实性情。这种情景在后来的文学作品中前程远大；维吉尔的狄多，奥维德的《拟情书》，皆在此类。《奥德赛》中这一主题的变化，向我们展示了三种完全不同的女性：对精明老道的刻尔克来说，这不过是场找乐子的风流事，没有什么理由要拖延下去；在瑙西卡那里，什么都没说出口，却一切尽在不言中，无其实却有其质；而痛苦的卡吕普索在保住尊严的同时失去了爱人。每个女子各自代表了一种类型，带来一种不同的关系，而流浪的英雄本可以放纵其间，将妻子和家乡忘怀。而他却把她们都拒绝了，这一事实表现了他无可征服的决心，而这正是《奥德赛》的核心内容。

---

[14] "我希望这样一个男人"，vi.244。P. Cauer, "Homer als Charakteristiker", *NJbb* (1900), 599，评论了此处转折之微妙："这样一个男人……我希望……""人们会说"：vi.275；阿尔喀诺俄斯对于这桩亲事，vii.311 ff.；告别，viii.461。

奥德修斯见到刻尔克之前，赫尔墨斯送他一种神奇的草药，令他能够抵御刻尔克的法术。一旦她的咒语不起作用，奥德修斯就应该拔出剑，作势欲击，好像要杀死她；“她就会吓得邀你同床共枕”。接下来这真的发生了。刻尔克企图将英雄变成猪猡，却没得手；她认出他就是预言中多次提起的奥德修斯，于是说：“来吧，把剑收入剑鞘，咱们到床上去，云雨欢爱，同寝共眠，彼此信任”。这可不是真正人类的做法。从充满敌意的巫术到共行欢爱——而且这之后的刻尔克确实是诚实可信——这一突兀的转折有如梦幻，令人想起童话故事中的转折。很明显，不加掩饰的巫术故事变成关于真实人性的复杂故事，因为刻尔克对英雄说，保护他的不是神奇的草药，“你的头脑才是抵御法术的保障”。奥德
59 修斯和他的伙伴从没能理解强悍的刻尔克。“现在我满心渴望离开，我的伙伴们也是一样。他们围住我哭泣，让我软了心肠，而你那时不在场”，他对她这样说，恳求她允许自己离开；[15] 其实她可一点勉强的意思都没有。她说，他们必须得去地府一趟，这消息令他们心摧神伤。而当他们向船只走去时，她带着他们要献祭给魂灵的牺牲，“从容地经过他们”，没人看到她经过；就像奥德修斯说的，“神明来来往往，若是他自己不愿意，哪个又能看得到？”[16] 她自始至终都是神秘的，而他们也心知肚明。

再看卡吕普索，我们会发现，她的不可思议之处表现在不同的地方。与刻尔克不同，她的基本动机没有什么可疑或神秘的地方：她把奥德修斯当作自己的东西，将他从海上救起，也希望能

[15] “你的头脑”，x.329；对比 Reinhardt, *Tradition und Geist*, 82。“让我离开”，x.485–486。G. Beck 对这几行的处理十分牵强，见 *Philologus* 109 (1965), 18 ff.。

[16] x.569–574. D. L. Page, *The Homeric Odyssey*, 32 的严厉批评则无视这些。

永远拥有他，令他不死。我们已经谈到，她隐瞒了放他离开的动机——这与阿喀琉斯在《伊利亚特》最后一卷的行为构成了鲜明的对比。阿喀琉斯曾告诉奥德修斯，他厌憎口是心非的人，犹如厌憎地府之门；故此他将赫克托耳的遗体归还普里阿摩斯，并不想居功："我已决心将赫克托耳交还给你，因为宙斯已派我母亲做使者，来传话给我……"[17] 她隐瞒了自己的动机；而赫尔墨斯也避免直接威胁，免得她会决意违拗宙斯的命令。当她问起"来此有何贵干"时，他答道："宙斯遣我来此，并非我心所愿。谁愿意越过这片咸涩浩瀚的汪洋？偌大一片水面，没有一座城池，更无凡人向神明献祭百牲。可是，持帝盾的宙斯的意旨，没有哪位神明能拂逆或是阻挠。他们说你这里有个男人……"古代评论者对这 60
一段评道："虽然看上去他是在为自己辩护，说自己不得不服从宙斯，实际上，他是在帮她做好心理准备，好接受现实。因为违抗宙斯是决不可能的。"[18] 他也足够殷勤，绝口不提卡吕普索对奥德修斯的爱意，却只说"海风海浪把他带到这里。现在宙斯则命你将他送走"。[19] 倒是郁郁不乐的女神说起自己的爱恋和期望——说给赫尔墨斯，而不是英雄本人。

他们最后的对话，以其言外之意而著称。

---

[17] "我厌憎那种人……"9.313；宙斯派来使者，24.561。v.190–199 这几行中，有着微妙的讽刺。卡吕普索让奥德修斯认为她的决定出自她自己的好心肠，接着，她把他领进山洞，他坐的位置，"赫尔墨斯刚才从那里起身"——这一细节令我们回忆起她之前受到的催迫；奥德修斯不知道这一点，但这个细节对我们来说是有意义的。他们随即一同用餐。他吃喝的是"有死的凡人的饮馔"，而她享用的则是玉液仙肴。这里的象征意义是：他们属于不同的世界，马上到来的分别，将把他们送回各自的所在。

[18] Σ in v.103: τῷ μὲν δοκεῖν ὑπὲρ ἑαυτοῦ ἀπολογεῖσθαι, ὅτι ἀναγκαῖον ἦν ἐπακοῦσαι Διί, ἔργῳ δὲ κἀκείνην παρασκευάζει δέξασθαι τὰ πράγματα. οὐ γὰρ δυνατὸν παρακούειν Διός. 读作 ἀπολογεῖται 可能更好。

[19] Σ in v.110: δαιμονίως τὰ τοῦ ἔρωτος ἐσιώπησεν.［神意使然，爱欲之事未被谈及。］

> 你真的那么急切，要即刻启航回家？那么，我祝你一路顺风；可是，假使你知道归家之前一路有多少苦难等着你，你就会留下来，跟我在一起，永生不死——不管你有多么想见到日思夜盼的妻子。——实际上，我想我的容貌和身材都不会比她逊色，因为凡人的女子，无论身姿美貌都不可能比过不死的神明。

这样的对话，令人不由得把它看作是有着复杂心理活动的段落，而这么做也是值得的。女神说的是："你想走就只管走，不过你最好还是留在我身边；我能为你做那么多！我猜你想走只是因为你的妻子，你总不肯忘记她；可我不明白你为什么选择她却不要我，因为我比她好看多啦。"这番话可不好作答。可以说，奥德修斯的回答，给尴尬的男士们做出了典范。他一开始就先认同并强调了她的最后一点。"伟大的女神，不要对我生气，我深知谨慎的佩涅洛佩容貌身材都比不上你，因为她不过是个凡人，而你是永生之神，青春常驻。"他坚持说，她是个非凡的女神，与一个区区凡人有天渊之别；至于自己的妻子，她当然远不如卡吕普索迷人。"即使如此，我每日期盼渴求的仍是重返家园，亲历回家的那一天……"古代人从这番话中读出了心理活动，他们指出，奥德修斯一开始就精明地给自己撇清，不承认怀恋妻子的指责，"因为最
61 伤害卡吕普索的，莫过于因为比不上她而被冷落"；而且，奥德修斯小心地向卡吕普索保证，他并不是为了妻子才急于离开，而只是想要"回家"。[20] 奥德修斯回避了可能招致不满的、将两位女士

---

[20] Σ in v.215: ἄριστον τὸ περὶ πρώτης ἀπολογήσασθαι τῆς περὶ τὴν Πηνελόπην φιλοστοργίας. οὐδὲν γὰρ οὕτως ἥπτετο τῆς Καλυψοῦς ὡς ἡ παρευδοκίμησις. Σ in 220: ἐπ' ἄλλα τρέπει τὸν πόθον. ἡ μὲν γὰρ ἔφη, ἱμειρόμενός περ ἰδέσθαι σὴν ἄλοχον· ὁ δὲ ὁμολογῶν τὴν ἐπιθυμίαν οὐκ ἐπὶ τὴν Πηνελόπην πεποίηται τὴν ἀπόστασιν ἀλλὰ ἐπὶ τὰ οἴκοι : 亦参见尤斯塔修斯 1530.39。

相较的问题，也没有直接回绝她格外微妙隐晦的恳求；于是，他令她保全了尊严，这也正是赫尔墨斯努力做到的。这种心理上的细腻之处，诗人并未明确强调，那么，是否真的应该从史诗中阐释出这些？在考虑这一原则性问题之前，我们先看看与瑙西卡分别的场景。

我们已经知道，瑙西卡遇见奥德修斯那天，心里就想到了婚嫁，他父亲也想到了这件事，二人都想到要让奥德修斯做她的丈夫。后来事情有了不同的进展，他即将离去，于是她则设法出现在他经过的地方，最后一次跟他谈话。“当你身在远方时，记住我”——“我会记得你，心怀感激，因为你救了我的性命”。表面看去，这番话毫无结果，可读者却觉得它令人满意，完美无缺。这是因为我们自然地补全了未尽之言，那些本可能讲出的话；瑙西卡曾有意与奥德修斯相爱，现在则希望自己至少能留在他的记忆里。她从这位充满魅力的外乡人那里得到了临别的最后一语，她也能确信，他的话会很动听。《奥德赛》的风格更为温和，在这方面，与之类似的是安德洛玛刻在赫克托耳死后的悲情心愿。安德洛玛刻希望，他至少“在死去时向我伸出双臂，说些难以忘怀的话，好让我在日夜悲泣时永远怀念”（24.743）。《伊利亚特》中的情境是悲惨不幸的，而《奥德赛》中则是感人但温和的哀婉。

现在我们该来面对原则的问题了。我们已经知道，有些人不相信可以在文本的区区字句间阐释或挖掘出任何心理活动。阿道夫·基希霍夫曾花了极大力气支持这一观点，他所论及的章节，
不妨用作讨论的案例。在《奥德赛》卷六中，瑙西卡告诉奥德修 62
斯不要随她一同进城，因为他们若一同出现，难免会有闲话，甚至会有成婚的谣传。奥德修斯依从她的建议，独自一人找到他父

亲的王宫。当她的父王说，“我只有一事对女儿不满，就是她没有和侍女们一起把你带回我家”，奥德修斯答道：“请不要怪您无辜[21]的女儿，她确实让我跟着侍女们一同进城，但我出于胆怯和尊重拒绝了，免得万一您见到后会心生恼怒；我们这些凡世间的人，是易生怨憎的。”[22]我们该如何看待这些？从古代以降的许多学者都把这一段理解为奥德修斯善意的谎言，免得瑙西卡的父亲对她不满。甚至卡克里蒂斯在他那篇强调“诗中只有写在那里的东西”的文章中，也这样评论此段：“史诗作者相信听众可以察知这一谎言的目的：避免女孩的父亲生她的气”。只有基希霍夫坚持认为，“如果荷马打算让奥德修斯表现得体贴殷勤，他会说出来的；这算不上微妙的心理描写，只能说是草率马虎”。[23]

当然，诗人确实会在《奥德赛》的某些段落中，明确告诉我们某个人物的隐含动机。最直接的是如欧吕马科斯那样的虚伪人物。他向佩涅洛佩发誓说，只要他活着，就不会有人能伤害忒勒马科斯，否则这人会血溅他的长枪；他还记得自己小时候，奥德修斯曾善待他。“他说着这番安慰的话，可同时却在亲自谋划，要把忒勒马科斯杀死。”[24]奥德修斯以善于隐藏自己的感情著称，而读

---

[21] 这似乎应该是 ἀμύμονα 一词在这里的意思，尽管 A. Amory Parry 有不同的意见。参见 *Blameless Aegisthus* (1973), 121 ff.。

[22] vii.299–307，对比 Σ in 303, τεχνικῶς ἄγαν ὁ Ὀδυσσεὺς ἀπολογεῖται ὑπὲρ τῆς κόρης. πλέον γὰρ προενόησε τοῦ τῆς παιδὸς εὐσχήμονος ἢ τοῦ ἰδίου ξυμφέροντος，以及 305, ψεύδεται μέν, ἀλλ' ἀναγκαίως，等等。

[23] Kakridis in *Festschrift W. Schadewaldt* (1970), 53; A. Kirchhoff, *Die homerische Odyssee*[2], 210—“nicht psychologisch fein, sondern einfach flüchtig”——不用说，这是“史诗最后编定者”的杰作；“ihm diesen Fehler durch gezwungene Interpretation in ein Verdienst zu verwandeln, haben wir gar keine Veranlassung［我们完全没有理由通过牵强的解释，把他的这个缺陷变成优点］”。我们注意到，基希霍夫的方法也使得他删去了 v.103–104，这让赫尔墨斯那番话变得毫无意义。

[24] vi. 448（译按：应为 xvi. 448），亦比较 xiii.254, xiv.459 = xv.304, xviii.51, xviii.283，此外《伊利亚特》10.240 中，阿伽门农想要阻止兄弟出去承担危险的任务，却说了些掩饰自己真实目的的话。

这部史诗有一个不变的乐趣，就是观察他做一些事情；这些事对 63
他自己来说有着隐秘的意义，却不为其他人物所知：从隐姓埋名时要求听木马计的歌吟，“奥德修斯带进特洛伊的木马”，到在自己家中扮作乞丐一样的食客，宣称“我也曾富甲一方，拥有精美的房舍”。[25] 阿喀琉斯本人总是直言心声，不过他知道，别人未必如此。

更具体说来，史诗中有些例子，以老练和细腻为明显的标志。雅典娜在瑙西卡梦中显现，告诉她，应当带上一群侍女和伙伴，到河边去洗上一天的衣服：“你的婚期就在眼前，那时你得有干净的衣服穿用……费埃克斯年轻人中的精英都在追求你……”自然，女神真正的动机是让瑙西卡和她的伙伴来到那个偏僻的地方，因为奥德修斯在那里，急需她的帮助；但女神更愿意采用间接的方式。瑙西卡喜欢这个外出的主意，于是向父亲讨要这天需用的骡车。她没提自己的婚事，却说自己的兄弟们常去参加舞会，父亲需要穿得好，而她自己也有许多脏衣服。“她这样说着，羞于向父亲提及欢乐的婚事，但他却会意了一切……”[26] 我们看到，许多未曾出口的情感交织着无言的缄默。雅典娜没有直接行动，瑙西卡不曾将心事和盘托出，她的父亲看穿了她的掩饰，却并没有道破。

接下来的段落就不那么明确了：缪斯启示德摩多科斯唱给费埃克斯人的第一支歌，是奥德修斯与阿喀琉斯在特洛伊城的争吵。这支歌取悦了别的听众，可奥德修斯本人却把脸埋在衣服里，流下眼泪，因为这支歌对他有着意外且私人的意义。“其他费埃克斯人都没有注意到他在流泪，只有阿尔喀诺俄斯发觉了，因为他坐

---

[25] viii.494, xvii.419 = xix.75. A. Roemer, *Homerische Aufsätze* (1914), 90 中讨论了这种反讽。

[26] 卷六开头的数行，尤其 vi.66–67；比较 H. Erbse, *Beiträge zum Verständnis der Od.*, 21–23。

在奥德修斯身边，听到他深深的叹息。阿尔喀诺俄斯马上向使桨的费埃克斯人说道：‘费埃克斯的首领和统帅们，听我说：我们已
64 经尽享酒食，也听足了伴奏的音乐。现在让我们出去来点竞技’……”[27] 如果我们一定要强调那个原则，认为只有明确说出的东西才存在，那么诗人并没有告诉我们，阿尔喀诺俄斯这样做是因为他既不想伤害奥德修斯，同时又想做得圆通得体。诗人并没有明确给出阿尔喀诺俄斯行为的任何动机，可是，这里的意思是清楚无疑的，如果哪位读者仍要执拗下去，可真的要挑战我们的耐心了。奥德修斯关于瑙西卡的“善意谎言”属于同一种情况；此外，卷一中也有微妙的一笔，与此类似。

雅典娜来到伊萨卡，以激励忒勒马科斯采取行动。她说，奥德修斯仍然在世，生活在海上的某个小岛上，“在一群凶猛的人手里，身与愿违，被这些残暴的人禁锢”。其实，奥德修斯当然是在卡吕普索的岛上，被一位深情款款、想让他永生的仙子滞留。这些“凶猛的人”又是谁？即使是在解析派研究大行其道的时候，也没有人把此处的不一致，用作故事其他来源和不同版本的证据；因为，很明显，女神在回避事实，若是忒勒马科斯知道了实情，他一定会陷入绝望。[28] 这些段落都有助于我们理解卷十九中一个更有争议的段落。主人公扮成乞丐，与佩涅洛佩私下交谈；他对她说，她的丈夫很快就会回家。[29] 他又给她概括了奥德修斯的经历，

---

[27] viii.73–100. 关于这支歌，参考 W. Marg in *Navicula Chiloniensis* (1956), 16 ff., K. Deichgräber, “Der letzte Gesang der Ilias”, *SB Mainz*, 1972, 18。

[28] i.198.

[29] xix.269 ff. 关于第 305 行 τοῦδ’ αὐτοῦ λυκάβαντος 的意思，见 H. Erbse, *Beiträge zum Verständnis der Odyssee* (1972), 91。F. Cauer 对这段有精当的分析，见 *Grundfragen der Homerkritik*[3] (1923), 539 ff.；但他也不得不遗憾地问：“非得把它讲清楚吗？”（“War es nötig, das auszumalen?” p. 540, n. 24)。他还解释了为什么 xxiii.333 ff. 与这种观点并不矛盾。

声称这是从塞斯普罗提亚的国王那里听来的；而这段概述完全略去了卡吕普索，让奥德修斯沉船后直接到了费埃克斯人的国度。解析派抗拒不了此处的诱惑，炮制出大量“早期版本”之类的东西。经过我们的讨论，可以看出，主人公是为了不让佩涅洛佩伤心。她不会愿意从一个无名乞丐那里得知，自己的丈夫与一个女神之间的私情，成了塞斯普罗提亚的谈资。

以上的简短综述表明，在《奥德赛》的一些段落中，诗人明 65
确告诉我们，应该去注意人物言行中潜在的心理活动。此外，史诗中也有些段落，虽然不曾明确表达这点，但本质上与前一种相近；所以，如果听众在这些地方做出本能的反应，从人类心理的角度去解读它们，我们没有任何理由认为这种做法不应当。我们不必担心对荷马史诗的这种解读，会招致原则上的异议。当然，这不是说，靠别出心裁、故意曲解得出的任何可能的微妙阐释，都真的存在于文本中；也不是说我们会在说得通或是说不通的解读之间难以抉择。与别处的文学研究一样，在这里，审美与鉴赏的标准必须继续；我们无法摒弃它们，也不能代之以某个能给审美问题带来客观肯定之答案的规则。

我们之前用在《奥德赛》中的方法，要应用到《伊利亚特》上，却不太容易。然而，值得注意的是，《伊利亚特》中最打动人心的例子都是女性说的话。安德洛玛刻恳求赫克托耳不要到战场上冒生命危险，她说，应该“留在城墙上，免得万一你让儿子成为孤儿，妻子成为寡妇。让战士们站在那棵无花果树旁，因为那儿的城墙最易摧毁……阿开亚人的好手已经三次在那里进攻了……”这段话引起了许多讨论，有些评论因安德洛玛刻竟然提出详细的策略建议而不满，有些评论则认为她说的不对。有一位古代评论者做出了正确的解读："这是编出来的，目的是让丈夫远离战场；赫克托耳正是因此未作回应。"（ΣT in 6.434）描写赫克托耳逗留特洛伊城，其目的中很重要的一部分，在于展示英雄所面临的女性世界的诱惑；这样一个建议真是太合适了，而它本身就很巧妙，也很像《奥德赛》中许多段落所用的技巧。那么，这种含蓄而复杂的特性似乎特别适合女子；但它的存在，说明诗人确实理解凡人角色的思想深度和复杂性。雷德菲尔德这样的说法是讲不通的——"荷马史诗中的人物，不带感情，没有内心世界……
66 他没有隐藏的深度或者私密的动机；他本来怎样，就怎样说、怎样做"。[30] 此外，《伊利亚特》中，痛恨特洛伊的两位女神从未解释她们仇恨的缘故，这点很重要（特别参考 4.30 ff. 和 20.313 ff.）。她们因在帕里斯的裁判中落败而懊恼，但这个动机被隐藏了——而这样所达到的效果也是符合女性特质的。[31]

幸运的是，《伊利亚特》中确有一个较长的片段，其中，这种女性的含蓄非常明确，也非常重要，这就是赫拉对宙斯的诱惑。赫拉非常想干涉宙斯的禁令，她望着坐在艾达山上的宙斯，"对他满心怨憎"。直接干涉是不可能的，所以她打算去诱惑他；只要他睡着，她就能去帮助阿开亚人。她悄悄地打扮自己，门关着，除了一把特别的钥匙谁也打不开。接着她劝诱爱神把法宝借给她，这东西能令她拥有无尽的魅力。爱神支持特洛伊人，所以赫拉当然不会说出她的真实目的。她扯了个谎，说古老的大神俄刻阿诺斯和忒苏斯一直争吵，不再同眠；赫拉想要让他们和好。阿芙洛

---

[30] J. M. Redfield, *Nature and Culture in the Iliad* (1975), 20； 亦参考 F. Codino, *Introduzione a Omero* (1965), 137，以及下文注释 37 中的文献。

[31] K. Reinhardt, *Das Parisurteil*.

狄忒把法宝借给了她，说了句很反讽的话，尽管她自己不明底里：“你是睡在强大宙斯怀里的人，拒绝你的要求是不应该的。”赫拉以率真无害的姿态来到宙斯面前，告诉他自己要动身去劝和俄刻阿诺斯和忒苏斯的夫妻关系。宙斯却提议共赴巫山；狡猾的女神惺惺作态，含羞推托了一番（“克罗诺斯可怕的儿子，你在说什么！就算你真的想要……”），也就同意了。宙斯睡着后，波塞冬得以击溃特洛伊人……整场戏[32]表明，诗人完美地把握了含蓄的技巧，对远非一目了然的心理，也完全能掌控。而那些过于疏略的“历史”理论，认为荷马人物没有感情、“尚未”拥有复杂性，则与此格格不入。[33]

《伊利亚特》并不涉及神秘难解的人物。阿喀琉斯和阿伽门农 67
都非常清楚地表达自己的态度和感受。不过，有些重要的段落向我们展示了相类的东西；虽然它们有不同的特点，却都符合两部史诗的本质。在《奥德赛》卷四中，忒勒马科斯和涅斯托尔年轻的儿子裴西斯特拉托斯来到斯巴达。他们赞叹墨涅拉奥斯的财富与煊赫；墨涅拉奥斯则答道，若能让死在特洛伊的人活过来，他很乐意失去三分之二的财产；他常常想起那些人，落下眼泪，之后再停止哭泣。海伦出场了，认出忒勒马科斯是奥德修斯的儿子。墨涅拉奥斯说，若非某个神明心怀不满，不肯让奥德修斯回返家园，他是情愿为奥德修斯做许多事的。“他说完这番话，引得众人

32　这个故事肯定是《伊利亚特》结构的一部分——尤其参见 H. Erbse 于 *A und A* 16 (1970), 93–112 的评论——A. Dihle 试图说明它其实另有来源，但我赞同为 Dihle 一书撰写书评者对此的保留态度：A. Dihle, *Homer-Probleme* (1970), 83 ff.；参见 J. B. Hainsworth in *CR* 22 (1972), 317, M. W. Edwards in *AJP* 95 (1974), 70.

33　同样，伊里斯也以社交谎言为借口，推掉了众风神的邀请；见 23.206 和 Σb*T*；此外，对女性心理的讨论，见 *ΣT* on 15.22, 18.429.

都想落泪：宙斯的女儿阿尔戈斯的海伦哭了，忒勒马科斯哭了，阿特柔斯之子墨涅拉奥斯也哭了；涅斯托尔的儿子也眼含泪水，因为他想起了勇武的安提洛科斯，他被晨曦女神那出色的儿子杀死……”于是，他们为各自不同的悲哀而恸哭，裴西斯特拉托斯又向他们说起自己死去的兄长，直到大家都觉得已经哭够了；接着，他们重享盛宴，海伦又悄悄在酒中放了药，令众人忘却悲伤。墨涅拉奥斯评论说，“悲凉的哀痛很快令人腻烦”，所以“我们应该停止哭泣，让心思重归晚宴”。这一段很吸引人；墨涅拉奥斯哀悼死去的战友，却又达观地说，人总是很快就哀悼得够了；裴西斯特拉托斯提醒在场的人，他自己也有哀悼的对象；而海伦则见多识广，让大家又高兴起来。这些人物很容易落泪，却又很快得到了安慰；他们怀旧地回忆起旧时的哀痛，而这哀痛似乎并不深重。

在《伊利亚特》中，我们也看到几个与此类似的场景。在卷十九中，布里塞伊丝被阿伽门农送还给阿喀琉斯，她一回来就见到了死去的帕特罗克洛斯。她在他的遗体旁悲泣；死者本该有亲族的妇女为之哀哭，但帕特罗克洛斯在特洛伊没有亲人，于是诗人让布里塞伊丝携其余被掳的女子来为他哀悼。那些女子也悲吟
68 着，应和她的悼词。[34] 她不是亲属，所以诗人必须得让她有理由为帕特罗克洛斯之死哀悼。诗人是这样做的——他让布里塞伊丝说道：

“当阿喀琉斯杀死我的丈夫、摧毁神样的米涅斯的城邦

---

[34] ΣT in 19.282: ἐπεὶ γὰρ ἐπ’ ἀλλοδαπῆς τέθνηκε Πάτροκλος, ἔνθα μὴ τάρεισι συγγενεῖς γυναῖκες... χορὸν αἰχμαλωτίδων πεποίηκε θρηνοῦντα, ἐξάρχοντος ἐνδόξου προσώπου.

> 时，你让我不要哭泣；你说你会让我成为阿喀琉斯的合法妻子，会带我回到佛提亚，在密耳弥多涅人中举行婚礼。你总是对我那么和善，现在我要为你的死而痛苦哀哭。”她这样说着，流着眼泪，其他的女子也随之举哀；她们为帕特罗克洛斯而伤怀，但每个人也为各自的不幸哭泣。[35]

在《伊利亚特》中，赫克托耳和帕特罗克洛斯两位英雄的死，都有妇女正式“为其举哀”，二人也都有和善的特点；而诗人又根据人物的特点，设计出必要的内容，让布里塞伊丝有为之伤心的动机。其余的女子也都因战争肆虐而被俘为奴，她们也为自己死去的主人哭泣。他本性和善，所以她们会哀悼他的死；可既然有了这个哭泣的场合，每个人也都为各自的命运哀哭。这里的哀痛，比《奥德赛》中要深重得多。就像阿喀琉斯说的，他再不会感到比帕特罗克洛斯之死更惨痛的哀伤了。于是，他所做的远非从宴饮中寻求慰藉，而是拒绝进食；而对于这些女子来说，身为女奴的她们不得不隐藏自己的情感，只有在主人也有理由哭泣时，才能为自己掉泪。

在同一卷稍后，阿开亚人首领们试图安慰阿喀琉斯，却徒劳无功。他说了一番哀悼之辞，最后提到了自己的父亲佩琉斯，猜测他要么已不在人世，要么则在垂暮之年，虚弱不堪、奄奄一息，时刻等待着儿子战死的悲惨消息。“他哭着说完这番话，长老们也随着他发出悲叹，人人都想起了自己留在家中的牵挂。”这又是同

---

[35] 19.295–302. 里夫坚持认为 Πάτροκλον πρόφασιν 并不意味着她们对帕特罗克洛斯的哀悼不真诚；我认同里夫的观点。赫克托耳之和善：24.767 ff.。“我不再会有更惨痛的遭遇了”，19.321。

样的情感；阿喀琉斯确实将要死去，而所有的人都有理由含泪想起家园。

最后讨论卷二十四中的两个段落。普里阿摩斯痛悼赫克托耳
69 的死，在庭院中牲畜的粪便中翻滚。“在宫殿里，他的女儿和儿媳们在大放悲声，忆起所有那些倒下的勇士，他们被杀死在阿开亚人手里。”最后，普里阿摩斯出现在阿喀琉斯面前，恳求他归还赫克托耳的尸体；这番话唤起了阿喀琉斯对自己父亲的怀念，他也像普里阿摩斯一样，年迈而不幸：“他这样说着，使得阿喀琉斯也想为自己的父亲哭泣；他碰了碰老人的手，轻轻地把他推开。两人都想着各自的亲人：普里阿摩斯蜷伏在阿喀琉斯脚边，为杀敌的赫克托耳痛苦，阿喀琉斯则在哭自己的父亲，有时也哭帕特罗克洛斯；他们的哀声充满了房间……”在前一个场景中，妇女们为各自丈夫的死而哀哭，普里阿摩斯这些勇武的儿子，都死在了战场。她们的悲伤与普里阿摩斯的哀恸形成了对照，对于后者来说，赫克托耳一个儿子的死，足以抵过其他所有孩子带来的伤痛。普里阿摩斯说，赫克托耳之死带来的哀伤将把他拖入哈得斯，一如阿喀琉斯说，哈得斯中人人遗忘旧事，可他自己就算到了那里，也仍会记得亲爱的伙伴帕特罗克洛斯。[36] 众人一同哭泣，但每个人心里都想着各自的哀伤与痛苦，这在《奥德赛》中带来了纵情悲痛的场景，虽感人却并不沉痛，甚至几乎是愉快的；而在《伊利亚特》中，这种场景却带来更多的东西。不仅人物感受到的哀痛

---

[36] 普里阿摩斯的女儿们，24.166；普里阿摩斯和阿喀琉斯，24.507 ff.；“我对他们所有的哀痛也比不上赫克托耳”22.424；“对赫克托耳的哀痛将杀死我”，22.425；“我会记得帕特罗克洛斯”，22.390。没有任何埃及秘药能够消解《伊利亚特》中的苦难，它们是没法减轻的，所以诸神只能让人忍耐：“命运赐予凡人一颗忍耐的心”，24.49，τλητὸν γὰρ Μοῖραι θυμὸν θέσαν ἀνθρώποισιν，阿波罗如是说。

更深切、更持久；而且，当女奴们在主人的葬礼上为各自的命运而悲泣时，尤其当普里阿摩斯和阿喀琉斯两个仇家深夜相会、一同流泪时，我们看到，共同的苦难将所有的凡人联系在一起，哪怕是征服者与俘虏，杀人者与被杀者的父亲。作为史诗中一处令人印象深刻的“性格刻画”，它令人短暂地窥见幕后的动机，这种动机在表面上似乎一直很隐晦（阿开亚人的首领或是女俘们到底为何哭泣，我们又怎能确知？）；它也有助于实现史诗整体的重要目标：即通过带有象征意义的场景，向我们表明人类厄运的普遍性及其意义所在。

荷马史诗中的人物简单而缺乏深度，一切皆浮于表面[37]—— 70
学者们若持有这样的观点，往往会觉得史诗中描绘的人物常常自相矛盾。对斯科特来说，“《伊利亚特》中帕里斯这一人物常常会自相矛盾”。在阿喀琉斯身上，贝特找出了“两个伟大却本质不同的诗人，他们进行了两种本质不同的创作”，要让一个诗人二者兼容，“心理上完全不可能”；而维拉莫维茨则称，卷九中的阿喀琉斯与卷一中的他相比，“完全是另一个人”。至于阿伽门农，莱因哈特认为，“墨涅拉奥斯焦虑的兄长，睿智涅斯托尔的赞赏者，与那个情绪激动、盛气凌人，对阿喀琉斯不公的家伙，简直判若两人”，而这两方面无可调和，源于各自独立的故事。狄奥墨得斯在卷五与众神交战并连伤两位神明，可在卷六开头又说“如果你是一位神明，我才不会与天上的神交手”，故此冯德穆认为此处“毋

---

[37] 比较 H. Fränkel, *Dichtung und Philosophie* (1962), 83 ff. = *Early Greek Poetry and Philosophy*; J. M. Redfield, *Nature and Culture in the Iliad*, 20; E. Auerbach, “The Scar of Odysseus”, in his *Mimesis* (1953)。对奥尔巴赫的反驳：H. Erbse, *Beiträge zum Verständnis der Od.* (1972), 23 n.46; R. Friedrich, *Stilwandel im hom. Epos* (1975), 55 G. S. Kirk, *Homer and the Oral Tradition* (1976), 104, A. Köhnken in *A und A* 22 (1976), 101–114。

庸置疑地蹩脚，且令人失望”。迪尔迈尔认为，在卡吕普索这一人物身上有两种不同的观念，他不肯试着将二者调和起来，理由是，我们不知道诗人是否真的想要创造前后一致的人物。[38]

实际上，就算对人生和世人并无十足的阅历，也不会觉得阿伽门农这样的人物有什么问题。他是个优秀的战士，志在必得时会傲慢无礼，卷一中对阿喀琉斯就是如此，卷四中对阿开亚人首领们的呵斥亦是如此。他容易上当，也常常误会别人，残忍地对待年迈的克律塞斯，在战场上也是一样；要是他发现普里阿摩斯在阿喀琉斯帐中，一定会索要巨额赎金才肯放他走——阿喀琉斯两次对普里阿摩斯这样讲。他很疼爱自己的兄弟墨涅拉奥斯，但这其中又掺杂着担心，因为要是墨涅拉奥斯战死，他的远征就会
71 一败涂地，他自己也会成为一个笑话。这样一个人，在生活中很可能容易绝望，而诗中展现的阿伽门农正是如此。在卷二，他对大军用计不成，就一下子不知所措了；而卷八中的溃败令他哭得“如同水流幽深的泉水”，甚至提议完全放弃远征，即刻逃回家园。在卷十四中，他再次提出这个建议。我们已经谈到（第 52 页开始），他与阿喀琉斯的关系紧张，令他的自尊心受到困扰。当他最终决定与阿喀琉斯言归于好时，史诗以极为典雅精炼的方式再次表现了这一点，同时也展示了阿伽门农对自己君王地位的过分强调。阿喀琉斯再三以头衔称呼阿伽门农，而阿伽门农则设法避免对阿喀琉斯直呼姓名。在整个卷十九中，阿伽门农直接说给阿喀琉斯的话只有六行，而在此之前，他讲了很长一番话，这番话以

---

[38] J. A. Scott, *The Unity of Homer*, 227; E. Bethe, *Homer*, 1, 74（引述的句子以斜体出现）; Wilamowitz, *Die Ilias und Homer*, 251; Reinhardt, *Der Dichter der Ilias*, 18; Vonder Mühll, *Kritisches Hypomnema zur Ilias*, 113; F. Dirlmeier , “Die schreckliche Calypso”, in *Festschrift R. Sühnel.*

“我的朋友们，阿开亚人的勇士”开场，大部分都在详尽描述某个神话。与此非常一致的是，在帕特罗克洛斯的葬礼竞技中，慷慨的阿喀琉斯给没有参赛的阿伽门农也颁发了奖品，他说，“阿特柔斯之子，我们清楚，你比所有人都优越得多，投起枪来的力气和威力没人比得上……”阿伽门农对这个慷慨举动未作回应；要有风度地认错，他可做不到。

幸运的是，诗人确实设计了一段话，一口气结合了阿伽门农自信满满和失败主义两个方面。墨涅拉奥斯被人奸诈地射伤后，阿伽门农说：

> 亲爱的兄弟，我刚才宣誓停战，却简直要了你的命……特洛伊人已经破坏了盟誓，伤到了你；他们将要为此付出代价——宙斯定会惩罚违背誓言的行径。可墨涅拉奥斯，要是你真的死了，我会因此大为伤心。我会蒙羞回到阿尔戈斯，因为所有的阿开亚人都会立马想要回返家园。那时，我们就得把阿尔戈斯的海伦留在这儿；普里阿摩斯和特洛伊人会拿她夸口；而你则功败垂成，让尸骨腐烂在特洛伊城。还会有傲慢的特洛伊人跳上你的坟墓说，“但愿阿伽门农所有的目标都这般收场……”那样的话，我只盼大地张口把我吞下。

两种情绪直接并置的结果是，许多十九世纪学者都砍掉其中之
一，以重塑单一人格；然而这是非常出色的一段描写，完全吻合 72
本章所概括的阿伽门农整体的性格特色。不仅如此（对某些人来说也许更为重要的是），它也酷似赫克托耳的一次情绪变化，即从 6.465 中对特洛伊城及家人命运相当绝望的预言，到 6.476 中

乐观的祈祷。[39]

实际上，这种复杂性是荷马史诗中的心理活动的典型特征。我们也在格劳科斯对狄奥墨得斯的长谈中见到了它。高贵的勇士狄奥墨得斯质询对手的姓名和家世；格劳科斯作答时，一开始语气颇为沉郁："为何询问我的家世？世世代代的人生，短暂如树叶之荣枯"（希腊文中 γενεή 一词有着双重意义，[40]不过我想，英文的"generation"一词没法把两层意思都表达出来）。接下来，格劳科斯叙述了他引以为豪的家世：他是勇武的柏勒洛丰的后人，从小受到的教养都是要奋勇争先，不可辱没了煊赫的祖上："这便是我的家世、我出身的血统。"这番话的情感变化，从谦逊到自豪，那个一开始婉言拒绝讲述家世的人，最后却以此为傲。只有这样的复杂性，才能充分表达荷马式的英雄观：家族的荣耀与社会的责任，振奋并敦促着英雄，但他仍能意识到无可避免的死亡。同样的效果也见于埃涅阿斯与阿喀琉斯对阵的场景。埃涅阿斯先讲述了自己出身的种种荣耀，接着，在以"这就是我的家世、我出身的血统"作结后，马上接着说："宙斯令凡人的勇力增减，他是最强有力的神明，一切皆凭他所愿。"萨尔佩冬讲出的那番话也与这

---

[39] 阿伽门农斥责阿开亚诸首领，特别是马上将在下一卷立下奇功的狄奥墨得斯，4.336 ff.；战斗中的残忍，比较上文注释 7；"如果阿伽门农知道"，24.654 和 688；哭泣，卷九开头，比较 14.65 ff.；单独对阿喀琉斯讲话，19.139，比较 D. Lohmann, *Die Komposition der Reden in der Ilias* (1970), 76 n.133；阿喀琉斯颁奖，23.890；墨涅拉奥斯受伤，4.155 ff.。有些学者对这段精彩的对话大刀阔斧地删减，若需相关文献，可参考 Ameis-Hentze, *Anhang zu Homers Ilias*, 2. Heft (1882), 15。阿伽门农之喜怒无常形成了一贯的风格，参见 H. Spiess, *Menschenart und Heldentum* (1913), 147, Lohmann, 44 n. 72 and 178（"在各个例子中，阿伽门农的行动都源自错误的预判"，等等）。H. Gundert 谈到"他本性中内在的不安全感"："Charakter und Schicksal homerischer Helden", in *NJbb* 3 (1940), 227。我认为这些都比科克的观点更接近事实；科克谈到，"对阿伽门农的态度是转寰不定，时而将他刻画成一位伟大且值得敬佩的领袖，时而又把他描绘成一个躁狂的抑郁症患者"（*Songs of Homer*, 265）。

[40] 比较 H. Fränkel, *Die homerischen Gleichnisse*, 41, W. Marg in *WüJbb* 2 (1976), 18。

种观念一致，他那番话最完整、最清楚地陈述了位高则任重的道 73
理：“我们出身高贵，家资丰饶，故此理应战斗在前列”，他接着又说：“要是今天不死我们就能永生不灭，那我不该去战斗；可我们总有一天会死去的。所以，出发吧，要么为自己赢得荣光，要么就把这荣光拱手他人。”[41]驱使这些人前进的，并不是未加思考、与生俱来的英雄品质。在面对死亡时，他们既看到了责任，也看到了恐惧，而他们的言辞完全反映了他们的处境和他们的回应。通过与其主旨的关联，《伊利亚特》再次展现了它掌控丰富心理的娴熟技艺。

至于阿伽门农，我们认为，宙斯的意旨之所以能如此发展，正因为这位君王有如此的性情：[42]对阿喀琉斯动辄发火，专横跋扈，可又很快泄了气；他向罢战的英雄派出使者，可事件真正的转折点还远远未曾到来，阿开亚人还没有被彻底击垮。[43]与此相关，阿喀琉斯拒绝妥协，接着才有了帕特罗克洛斯之死和余下的情节。

帕特罗克洛斯特有的性格——温和仁善——也对情节的展开至关重要。阿喀琉斯派他去打听消息，问问自己望见的伤者是不是马卡昂；正因为帕特罗克洛斯性格如此，他才在涅斯托尔那里流连良久，聆听老者的一番长谈——那番话其实意在并不在场的阿喀琉斯。接着，他又坐在负伤的欧吕皮洛斯身边，“说让他开心的话，又把草药敷在他的伤口，以平息那黑压压的痛苦”，直到帕特罗克洛斯耳闻目睹阿开亚人的败绩，再也无法忍受，才不得不奔回阿喀琉斯身边，流着泪恳求他，要么亲自去拯救他们，要么

[41] 格劳科斯，6.145–211；埃涅阿斯，20.200–242；萨尔佩冬，12.310–328。

[42] 在我看来，较之将阿伽门农看作“一个自私、怯懦、卑劣可鄙的小人”，这种态度更为有益（Bassett, *Poetry of Homer*, 196）。

[43] J. M. Lynn-George 先生在其未发表的博士论文中论及这点。

就采纳涅斯托尔的建议，派自己代他上阵。这些都令宙斯的意图得以实现。[44]

阿喀琉斯的性格，更是如此。年迈的菲尼克斯说，要不是阿伽门农主动提出补偿他的傲慢行径，不管阿尔戈斯人多么需要，
74 我也决不会来劝说你止息怒火，施以援手；他接着又说，“到此为止，没人能怪罪你这番愤怒。我们也听过古时候豪杰的故事，他们中若是有人愤怒狂暴，也总能被厚礼收买，被好言劝服”。埃阿斯也不能理解阿喀琉斯为何恼怒不休，因为阿伽门农提出的补偿完全符合英雄规范的要求；而阿喀琉斯只是答道：“特拉蒙之子埃阿斯，军队的领袖，你说的这些都颇合我的心意，可我一想起阿特柔斯之子曾对我何等傲慢，心中就涌起愤恨……”[45] 我们至少无法怀疑菲尼克斯对阿喀琉斯的忠诚，若是他自己不相信的东西，也不会说给阿喀琉斯；实际上，我们看到，阿喀琉斯本人也不得不承认，劝他回返战场的理由无可辩驳。阻止他的正是强烈的愤怒，是他易怒的本性。[46] 正因如此，阿伽门农一开始说出那句盛气凌人但又模棱两可的话时（“要是他们不补偿我失去克律塞伊丝的损失，我就会自己去取，要么从你那里，要么从埃阿斯或者奥德

---

[44] 11.596 ff., 15.393, 11.796, 16.1–45; 比较 W. Schadewaldt, *Iliasstudien*, 88。宙斯的谋划：15.63 ff.。

[45] 菲尼克斯，9.515–526；对埃阿斯的回答，9.644。关于阿喀琉斯的性格，A. Lesky, *Gesammelte Schriften*, 75 ff., D. Lohmann, *Die Komposition der Reden*, 279 n. 118, C. Whitman, *Homer and the Heroic Tradition* (1958), ch.9.

[46] 阿喀琉斯在 16.52 再次给出同样的解释：“因为他（阿伽门农）要侮辱一个与他一样高贵的人，嫉妒的痛苦涌上我心头……” J. M. Redfield, *Nature and Culture in the Iliad* (1975), 106 认为，“阿喀琉斯是他自己道德规范的牺牲品”。在我看来，这一论点提醒我们，如果过度地把人类学的观点应用到史诗的分析中，会有怎样的风险。“阿喀琉斯对武士职责的拒绝正是对武士道德标准的肯定”——尽管这种说法很巧妙，但阿喀琉斯自己其实已经说得很清楚：并非他的道德规范阻止了他的回归，相反，是他自己激动的情绪压倒了道德规范，而若按照这种规范，无论对他还是对其他英雄，他的回归都是恰当的举动。这种解读方法也歪曲了史诗中诸神的作用；见下文第 145 页及以后。

修斯那里；不管我光顾谁，他都不免动气。不过我们还是以后再商议这个……”)，阿喀琉斯的反应不会像狄奥墨得斯那样：诗人告诉我们，当后者在卷四当众遭到阿伽门农不公正的谴责时，并没有马上抗议，而是后来在卷九中坚定却又平静地显示了自己的权威。[47] 也正因如此，阿喀琉斯无法像“过去的豪杰”那样，听从劝说，平息怒火。要是阿喀琉斯也跟狄奥墨得斯一样，恐怕根本不会有《伊利亚特》了；如果他跟普通闹意气的英雄一样，帕特罗克洛斯也不会被杀死，史诗就不会有这样的悲剧性。要让《伊 75
利亚特》成为现在的样子，就必须得有现在这样一个易怒的阿喀琉斯。

他的性格不仅体现在行动，也表现在言语。他在话语中使用的明喻比史诗中其他人物都要多，有些还非常令人难忘。他还大量使用诗中其他地方都不曾用到的词汇。有时候，他说的话比别人的都短，节奏上的断续也更多；也有些时候，他的言辞展开宽广的节奏，并提及遥远的地方和巨大的空间。“我来这儿打仗可不是因为特洛伊的长枪手，他们从没做过对不起我的事情，从未赶走我的牛群和快马，也不曾在孕育子民、土壤深厚的佛提亚掠夺过庄稼；说真的，我们之间隔着许多投下阴影的高山和呼啸不已的海洋……”阿喀琉斯在卷一如是说。最后一行的节奏，οὔρεά τε σκιόεντα θάλασσά τε ἠχήεσσα，突然间打开了一个辽阔而非人类的视野，呈现出一个远离特洛伊纷争、有着广袤空间的世界。当他对着奥特伦透斯之子伊菲提昂的尸身得意夸口时，又一次达到了类似的效果：“你倒下了，奥特伦透斯的儿子，最可畏惧的勇

---

[47] 阿伽门农：1.137；狄奥墨得斯：4.401, 9.33。狄奥墨得斯这个场景的存在，显然是为了与阿喀琉斯的行为形成对比：R. von Scheliha, *Patroklos*, 184。

士。这里是你的死地，尽管你生在古盖亚湖边，那里绵延着你父亲的土地，还有许洛斯鱼群丰饶，赫尔摩斯漩涡湍急”，"Υλλῳ ἐπ' ἰχθυόεντι καὶ Ἕρμῳ δινήεντι。在这些伟大的诗行中，对称安插着长长的特性形容修饰语，仿佛令行动停了下来，以取得一刻永恒的沉思；我们知道，这并不仅仅是诗意的装饰，因为这里谈到的是阿喀琉斯，他看待事物的角度令他反复强调特洛伊与家乡之间的物理距离。在家里，他的老父正徒劳无望地等待着他；同时，也
76 只有阿喀琉斯质疑并批评了战斗和死亡模式下的英雄命运。[48] 正因其易怒的性情，阿喀琉斯无法接受那足以令其他豪杰满意的补偿；他对补偿的回绝，也迫使他进行了比其他人都更深入的内省，因为他的处境是与众不同的。于是，激烈的回绝和深刻的内省在他身上合二为一。这并非把本质不同的性格特征简单地叠加。在《伊利亚特》中这一最引人瞩目的人格上，聚焦着史诗中的核心问

[48] 阿喀琉斯言语中的明喻：9.323, 16.7, 21.282, 22.262，占《伊利亚特》十四个明喻中的四个（3.60, 31.196, 4.243, 6.146, 12.167, 13.101, 17.20, 20.252, 21.464, 24.41）。他的言辞独树一帜，充满意象和明喻：H. Spiess, *Menschenart und Heldentum*, 103。关于他独有的词汇，我希望能够就此问题单独发表一个详尽的综述。在 823 行中，他使用了 128 处特有的词汇；对比之下，阿伽门农使用的独有词汇只有他的一半多，尽管言语总行数是他的三分之二还要多：即 588 行中的 64 处。不过，这些原始数据仍有待完善。言语中的节奏断续，比较 ΣbT in 9.374，“四行之中有八个独立的句号”。关于遥远的地方：1.157，比较 1.349 ff., 9.360, 9.381, 9.395, 16.233, 18.208, 20.390, 22.390, 23.144, 24.615，比较 A. Parry, in *YCS* 20 (1966), 195，以及他更早的文章 “The Language of Achilles”, *TAPA* 87 (1956), 1–7 = “Language and Background of Homer”, ed. G. S. Kirk, 48–54。投下阴影的高山，1.157；许洛斯，20.392。“远离家乡”，9.359 ff., 16.233, 18.99, 23.150, 24.541。对英雄行为之本质，阿喀琉斯的见解比其他人更深刻，并对其提出质疑，见 9.310 ff., 400 ff.，尤其 24.518–542。但是，并不能说他拒绝了英雄主义；对帕里的反驳，参见 M. D. Reeve in *CQ* 23 (1973), 193–195, G. S.Kirk, *Homer and the Oral Tradition*, 51。德昆西在其论文 “Homer and the Homeridae” 中，坚持认为阿喀琉斯这一人物 “不可能是不断润饰逐渐积累的成果，是某种突然闪现的创造性的想象令它达到这一高度……”

题：英雄生与死的意义与重要性。[49]

我们已经知道，《奥德赛》中的人物特别的晦涩难解。与此一致，这部史诗中的女性角色更为突出——虽然女性即便在《伊利亚特》中也比男性更不可思议、更难以捉摸。若考虑其他方面，也是如此。举例说来，奥德修斯一路漂泊遇到的那些非人或超人的角色，举动完全超乎常理；这样的角色不仅有刻尔克，还有莱斯忒吕戈涅斯人的王后。奥德修斯派出的哨探遇到了她的女儿，一个貌似寻常、在井边汲水的姑娘；他们向她询问此处国王的名字，于是她指引这些人来到自己父亲的王宫。他们在那里发现王后“硕大有如山峰，令他们望而生厌。她召唤自己的丈夫……而他当即抓起我的一位伙伴，将他做了美餐……”这一事件的结果是，“不似人类、有如巨人”的生物毁掉了奥德修斯所有的船只，仅有一艘幸免。这些都突如其来又出乎意料，幸存者直到遇上假装好客的刻尔克，还仍对这骇人的一切历历在目。我们再一次看到童话故事中那种有如梦境、难以理喻的逻辑，尤为惊人的是， 77
与之并列的是奥德修斯这样更为真实、更有人性的人物。很明显，埃俄罗斯的心理也不能按照人类常理来分析：他生活在浮动的岛屿上，六个儿子与六个女儿婚配；他赠给奥德修斯装满风的皮袋，可当后者在绝望中返还时，埃俄罗斯又将其辱骂、赶走。比起简单的欺骗，这种谜一样的特性更深不可测，更令人困惑；当然，奥德修斯的历险中亦有许多欺骗，甚至塞壬们也懂得如何让自己

[49] 在这个问题上，狄奥墨得斯也同样展示了其复杂性（而并非不一致：比较注释 34）。参见 H. Erbse, *Rh. Mus.*104 (1961), 188，此处颇具说服力地表明，狄奥墨得斯在雅典娜的驱策下攻击神明，然而神启的冲动褪去后，他仍能敏锐地意识到，自己是个凡人，屈从于死亡的局限；这样一位英雄特别清楚地摆出了这个世界中英雄的地位：处于诸神与普通人之间，宛若神祇，却又十分脆弱。

听上去友好又和善。[50]

这样的人物渐次淡出，史诗转而呈现更具人性的人物。在斯巴达的晚宴上，已与海伦和好的墨涅拉奥斯，作为深情款款的丈夫，带着显而易见的满足，聆听妻子的故事：那时，奥德修斯乔装潜入特洛伊，城中唯有海伦认出了他；奥德修斯杀死了许多人，“别的特洛伊女子都放声大哭，但我却衷心地喜悦，因为那时我心意已转，渴盼回返家园；我痛悔阿芙洛狄忒带给我的迷狂，她带我离开自己的国度，抛弃自己的婚床和夫君，而我的夫君头脑容貌都毫无缺憾”。这番话颇有教化意义，出自悔悟了的妻子之口；墨涅拉奥斯听完答道，奥德修斯确实才智非凡、意志超群。比方说，大家都藏在木马中时，“你恰好来到此处，无疑，定是某个为特洛伊筹划胜利的神明把你带来。你身后跟着神一样俊美的得伊福玻斯。你绕木马走了三圈，摸着它，喊着我们每个人的名字，模仿各人妻子的声音”。奥德修斯不让任何人出声作答，还强行用手掩住安提科洛斯的嘴巴，让他安静下来。“于是奥德修斯救了所有阿尔戈斯人的命，他紧抓着安提科洛斯，直到帕拉斯雅典娜将
78 你带走。”[51] 从古代以降的读者一直为此感到困惑，不知该如何解读。海伦是不是真的要欺骗自己的丈夫和别的阿开亚人，将他们引上死路？墨涅拉奥斯现在讲起这个故事，有什么目的，要达到

---

[50] 刻尔克，参见第 58 页。莱斯忒吕戈涅斯王室，x.105–116；埃俄罗斯，x.1–76；塞壬，xii.184。

[51] 海伦和墨涅拉奥斯，iv.259–289。关于这两个故事和整个场景，论述颇多。F. Cauer, *NJbb* (1900), 608，从越来越多的微妙含义中解读出心理的复杂性；另参见 A. Maniet in *Ant. Class.*10 (1947), 37–46；R. Schmiel in *TAPA* 103 (1972), 463–472。此外，J. T. Kakridis, *Homer Revisited*, 40 ff.，倾向认为“海伦性格的不一致，可以用神话的特殊情况来解释”（45），也就是说，认为“这两个故事并不处于神话故事发展的同一阶段”，而关于海伦流传着许多独立的故事。但这并不能解释海伦与《奥德赛》中其他人物的相似之处。比如，这种解释就很难套用在阿瑞忒身上。

什么效果？故事中的人物未置一词，而在十六行之后，墨涅拉奥斯已在床上，“身边躺着裙裾长长的海伦，那神样的女子”。海伦实际是神秘难解的，我们无从调和她和丈夫各自讲述的故事，也没有法子通过他们各自的性格来分析这一情景。海伦的历史若说不大光彩，却也富于魅力；无论是认出客人还是解读征兆，她都比丈夫要聪敏；墨涅拉奥斯赠给忒勒马科斯的礼物太荒唐，不得不更换；而她的礼物则充满暗示意味，这是给他新娘的结婚礼服，“好让你记得海伦的手艺”。她还从埃及得来令人忘忧的药剂。[52]她是不忠的妻子的典型，同时她又是宙斯的女儿。我们读不懂她的想法。

如果我们想想那位同样保持神秘的、费埃克斯人的王后阿瑞忒，以上这些也并不那么惊人了。瑙西卡和雅典娜都让奥德修斯去央告她；没有哪个凡人女子像她那样得到丈夫的尊崇，她的支持就意味着成功。可当他真去恳求她时，结果却是一片尴尬的沉默，最后还是一位老臣先开口。阿瑞忒王后在整整八十行中都不曾讲话，而她一旦开口，问题又令人颇感意外。我们很想为她的行为做出更多种心理解释，却得忍住这种欲望。对我们来说，重要的是我们找到了另一位深不可测的人物——并且是女性人物，而诗人也不曾阐明她的性格。奥德修斯觉得女神雅典娜在神秘程度上也毫不逊色；当乔装的女神出现在面前时，刚刚回到伊萨卡的奥德修斯就曾这样不满地抱怨。[53]同样神秘的还有佩涅洛佩。对

---

[52] 客人，iv.138；征兆，xv.160–178；墨涅拉奥斯的礼物，iv.600 ff.；海伦的礼物，xv.125；药剂，iv.220。

[53] 瑙西卡的建议，vi.303；雅典娜的建议，vii.53。比较 U. Hölscher, “Das Schweigen der Arete”, in *Hermes* 88 (1960), 257–265; B. Fenik, *Studies in the Odyssey*, 5 ff. 。阿瑞忒发言：vii.237；奥德修斯对雅典娜的话，xiii.311 ff.。

乔装的奥德修斯，她的态度暧昧不明，所以不少人认为，她其实
79 一直都知道他的身份。还有一处场景令许多读者感到困惑：佩涅洛佩盛妆出现在求婚人面前，诱使他们给自己献上礼物，而此时奥德修斯则为她的举动而欢喜。直到最后，她还让我们大吃一惊，因为在奥德修斯大获全胜之后，她却不肯将这得胜的男人认作自己的丈夫。[54]

欺骗是史诗的重大主题之一。奥德修斯以其谋略和狡诈闻名；佩涅洛佩诡计多端，超过了已知神话中的任何一位女子——气馁的求婚者们正是这样抱怨的；而忒勒马科斯也学会了如何掩饰情感、愚弄敌人。奥德修斯在伊萨卡撒了弥天大谎，并明显以此为乐。不过，并非所有的欺骗都有着这般愉快又成功的结局。奥德修斯离开的岁月中，每一个出现在伊萨卡的流浪者都会谈到他，谎称他的回归近在眼前，令佩涅洛佩和欧迈奥斯心碎不已；于是，尽管他现在已经回了家，杀死了所有的敌人，孤独的妻子也无法相信他的回归。欧迈奥斯自己一生被毁，也是因为骗人的腓尼基人诱骗了他的保姆，将还是个孩童的他带走卖作奴隶。求婚人向佩涅洛佩撒谎，设计谋杀忒勒马科斯。阿伽门农的鬼魂向奥德修斯讲述了自己被妻子和妻子的情人蒙骗并杀死的经过，他恨恨地说，“我原以为回到家里会受到孩子们和全家上下的欢迎”，接着他又敦促主人公悄悄回家，“因为他再也没法信任女人”。在这个世界里，信任成了最困难的事情。当忒勒马科斯在斯巴达流连时，雅典娜让他赶快回家，否则他的母亲就要再嫁，把他的部分财产

[54] 佩涅洛佩出现在求婚人面前，xviii.158–303，比较 U. Hölscher, “Penelope vor den Freiern”, in *Festschr. R. Sühnel* (1967), 27–33, H. Erbse, *Beiträge zum Verständnis der Od.*, 79 ff., U. Hölscher in *Homer: Tradition and Invention*, ed. B. Fenik (1978), 61 ff.。

带给她新一任的丈夫："你知道，女人的心性是怎样；她总想要为她的男人增添产业，可前夫一死，就把他和从前的孩子丢在脑后，再不问起曾经的伴侣……"而在卷一中，忒勒马科斯自己因绝望和懒散而消沉，当雅典娜问起他是不是奥德修斯的儿子时，他愤世嫉俗地答道："我母亲说我是他的儿子，可我也不知道；没有谁能确知自己的身世……"从求婚者的角度来看，他们的失败是诡 80
计构陷的结果。[55]

《伊利亚特》中的世界虽然可怕，却仍是一个英雄主义可能存在的空间。史诗围绕着一些情景构建起来，这些场景体现了对于接受死亡、爱国主义、英雄式的愤怒与耻辱这类基本问题的态度。人物的特点，也通过他们与这些问题的关系进行刻画。阿伽门农误解了他在宙斯心中的位置，以为他自己才是神明乐于赐予荣誉的人；在与阿喀琉斯的竞争中，他输掉了最高的地位；作为英雄他也未能跻身一流。赫克托耳勇武又忠诚，蒙蔽他的既有宙斯的短暂襄助，也有他自身的短视；他也误会了神明对自己的意图，而当他无法面对阿喀琉斯、转身逃避进攻的时候，才意识到自己还错误地估计了自身的英雄勇力。对帕里斯和海伦，则是通过他们对命运和责任的态度进行性格刻画；他是轻浮的，而她则有更深的悲剧性。《奥德赛》中的世界是险恶的，它没有清晰明确的英雄式的死亡，却充满各种神秘性：不公开的动机，费解的人物，撒谎者和骗子。带来灾难的不再是英雄式的震怒和对荣耀的争夺，而是不忠和欺骗；奥德修斯必须尽力克服的，不再像《伊利亚特》

---

[55] 奥德修斯，ix.19；佩涅洛佩，ii.115 ff.；向佩涅洛佩撒谎，xiv.361 ff.；欧迈奥斯，xv.403；阿伽门农，xi.430, 456；雅典娜说到佩涅洛佩，xv.10 ff.；这一场景"夸张地外化了忒勒马科斯自己的怀疑"，A. Amory Parry, *Blameless Aegisthus*, 132，比较 W. F. Otto, *The Homeric Gods*, 182。忒勒马科斯讲述家世，i.215；求婚人的版本，xxiv.123 ff.。

卷九和卷十九那样，是阿喀琉斯清楚又强烈的意愿，他争斗的对象也不再是战场上的特洛伊英豪，而是桀骜不驯的水手、冒犯无礼的仆从、不忠诚的下属，以及让英雄勇力无从施展的怪物和女神。《奥德赛》对个体有着强烈的关注，主人公所遇到的人物，甚至包括他的庇护女神和妻子，几乎无一例外都显得神秘，这并不是偶然的；与此同时，奥德修斯自己正行走于费埃克斯人之间，身份未明，神秘难解，一如他乔装改扮地活动在自己的家宅。正是人物中的这种东西，吸引了诗人。正是这种东西，令他们融入了他的世界。

第三章

死亡与神样的英雄

荷马中战斗和死亡的种种暴行……令《伊利亚特》成为令人赞叹的作品。

——维柯[1]

除去少数例外，希腊的严肃诗歌都与神话相关；而希腊神话 81
的主题则是英雄。这是两个明显的事实。史诗讲述“诸神与凡人的行动”（i.338），[2]合唱抒情诗也是如此，甚至个人抒情诗中也充满神话题材的叙事和题外话。悲剧也往往将自己限制在神话年代，尽管佛瑞尼科斯的《米利都的陷落》和埃斯库罗斯的《波斯人》表明，并不曾真的有这样一条规定。神话年代相当短暂，约合忒拜战争与特洛伊战争年间，跨越两到三代人。而过去的其他时段，不管怎样历历在目、印象深刻，总被认为是不一样的，[3]不适宜由

---

1 G. B. Vico, *Scienza Nuova*, 827.

2 纯粹讲述天神之战的史诗确实存在，比如英雄诗系中的《提坦之战》；但它们很少有人提及。而“荷马”颂诗则深受史诗的影响。“希腊人情况特殊”，因为在他们的神话中，英雄们的地位是如此突出：G. S. Kirk, *Myth: Its Meaning and Functions*, 179。比较 Wilamowitz, “Die griechische Heldensage”, *Kleine Schriften*, v. 2, 54 ff.。

3 比较 Herodotus 1.5.3 and 3.122.2, 以及 P. Vidal-Naquet, “Temps des dieux et temps des homes”, in *Rev. de l'histoire des religions*, 157 (1960), 67。

严肃的诗歌来讨论。故此，不管是裴西斯特拉托斯还是佩利安多洛斯，不管是海外移民时期还是利兰丁战争，都没有相关题材的悲剧。

那个年代有些特别的东西。我们读到，英雄们要比我们现在更高大、更强壮——荷马史诗中一个英雄可以搬起并掷出的巨石，“现今城里两个最棒的汉子也很难把它搬上车”（12.445）——但重要的还不是这一点。在那个年代，神明公然介入凡人的事务，正是他们的热切关心和亲身参与，表明了英雄事件所拥有的意义。
82 埃斯库罗斯思考战争与征服中的道德规范，于是创作了关于阿伽门农王的作品；欧里庇得斯考虑两性间的关系，于是创作了有关伊阿宋和美狄亚的作品。当诗人将克吕泰墨涅斯特拉或安提戈涅作为创作题材时，妻子谋杀丈夫这样的事件，或者非暴力反抗这样的问题，就被提升到一个可以被“看到”并严肃对待的高度。在史诗中，神的存在和关注，令帕里斯和海伦的故事成为悲剧，而不只是风流韵事，[4]也使得特洛伊的陷落不仅仅是一场灾难，而是有着道德意义的事件。神明们觉得，再没有什么比凡人的英雄行为和凡人遭受苦难的情景更有吸引力的了；[5]他们的关注表明了这种场景的重要意义，但同样，从另一个角度来说，他们高高在上的地位也彰显了这些场景的渺小。那时的英雄比后来的凡人更接近神明。“宙斯之后裔”，“宙斯养育的”，“宙斯赐予荣耀的”；这些是荷马史诗中君主王公常见的特性形容修饰语，“受宙斯宠爱的”和“神一样的”也毫不逊色。

“决策有如宙斯”，“与阿瑞斯旗鼓相当”，“可与神明匹敌的

[4] K. Reinhardt, *Das Parisurteil*.

[5] 见本书第六章。

人”，“被民众崇敬有如神明”——这些，还有其他此类的修饰语，在两部史诗中都很常见，对于任何荷马的读者，这一点都不言而喻。[6] 同样，杰出的女性“有着来自女神们的美貌”，或者“面貌有如女神”，也会被比喻成阿尔忒弥斯或阿芙洛狄忒。[7] 某个英雄则可能同时被比作好几位神明，就像阿伽门农被形容为“双目和头颅有如喜悦雷震的宙斯，腰围恰似阿瑞斯，胸膛好比波塞冬”（2.478 ff.）。普里阿摩斯谈到自己的儿子赫克托耳“曾是凡人中的神明，仿佛不是有死的凡人所生，而是神明的儿子”（24.259）。不过，这些段落也带来了一些难题：阿伽门农当时正被宙斯引向灾祸，而赫克托耳当时已经死去，遗体还落在无情的敌人手中。“神样的”又是怎样？

诸神与凡人之间，有一个巨大的差异。诸神不死、不老，而凡人皆有死。当阿波罗迫使狄奥墨得斯重回自己必死的界限时，
他喊道：“提丢斯之子，反省一下，退回去吧！别妄想与神明旗鼓 83
相当。不死的神族与扎根尘泥的凡人，从来就不在同一个水平。”当被误导的阿喀琉斯想要攻击阿波罗时，日神说道：“佩琉斯之子，你为何要追击我？你只是个凡人，而我是不死的神”（5.440, 22.8）。阿波罗也不肯“为了必死的凡人，这些繁盛一时、另一刻又凋谢的可怜虫”而与波塞冬交战（21.462）。“神样的”英雄仍要屈从于死亡，而我们看到了他们的死。他们所拥有的英雄的修饰语和他们作为凡人的命运形成强烈的对比。有时候，这种效果非常轻微，我们不能确定是否该这样感受；就像在拳击比赛中，

---

[6] Διὶ μῆτιν ἀτάλαντος, ἶσος Ἄρηι, ἰσόθεος φώς, ἀντίθεος, ἐπιείκελος ἀθανάτοισιν, δῖος, θεοειδής, θεὸς δ’ ὣς τίετο δήμῳ. L. A. Stella 认为类似的表达是“relitti di una fraseologia aulica［一种高雅措辞的残余］”，*Tradizione micenea e. poesia dell’ Iliade* (1978), 68。

[7] θεῶν ἄπο κάλλος ἔχουσα, viii.457；比较 3.158, vi.102, 19.282。

唯一挑战壮硕的厄帕俄斯的是“欧吕阿鲁斯，那个可与神匹敌的人”——可他很快就被击倒，朋友们帮他离场，“拖着两条腿，口吐黏稠的血浆，脑袋垂在一侧”。与之类似的是布里塞伊丝讲述自己悲惨人生的段落，其中，也有类似的细微强调：阿喀琉斯杀死了她的夫婿，毁掉了“神样的米涅斯的城池”。敏锐的听众能感到某种轻微的回响，第一层是反讽，第二层则是同情。

更为突出的也许是这样一些段落。年迈的涅斯托尔让自己纵情回忆年轻时的英勇事迹：“要是我还年轻，就像当年杀死神样的厄鲁萨利昂的时候那样”，以及“那时厄鲁萨利昂是他们的首领，一个可与神明匹敌的人……他是我杀过的人中最高大最强壮的”。厄鲁萨利昂是个歌利亚式的人物，除了年轻时的涅斯托尔，没有人敢迎战他；而这位杀死他的人详细讲述了他巨大的身躯和骇人的力量，还加上一句：“他倒在地上摊开四肢，两个方向都伸出好远。”他有如神明——但我杀死了他。我认为，在关于帕里斯的段落中，诗人显然做了有意为之的强调。帕里斯贸然挑战任何一位阿开亚人的首领，于是墨涅拉奥斯挺身迎战。“俊美如神的帕里斯一见他的身影就泄了斗志；他悄悄溜回阵列，以逃避死亡……就这样，为了躲避阿特柔斯之子，俊美如神的帕里斯溜回了骄傲的特洛伊人的阵列。”诗人的意思很清楚，俊美是帕里斯的特点，而与此不甚协调的是他英勇气概的缺失。赫克托耳责备他时，既说
84 他是“可恶的帕里斯，俊美非常的女人狂、诱骗犯”，又添上一句：“一旦墨涅拉奥斯把你打倒在泥尘里，你的音乐和来自阿芙洛狄忒的恩宠，你的头发和美貌，都帮不了你。”这清楚地表明，Ἀλέξανδρος θεοειδής，“帕里斯，俊美如神”，这样的表述，并不只是没有特殊意义的“程式化特性形容修饰语”：这些意味深长的诗

句概括了一个人的整个性格和当时的整个情境，而 δείσας Ἀτρέος υἱὸν Ἀλέξανδρος θεοειδής［神样的帕里斯惧怕阿特柔斯的儿子］正是这样的诗句之一。

不过，诗人还能通过这种方式，表达更为深入的怜悯之情和重要意义。在“神样的萨尔佩冬”死后，两军争夺他的尸体。“那个时候，一个人有多目光锐利也认不出神样的萨尔佩冬了，因为他从头到脚都掩盖着武器、血污和尘土”。他的父亲宙斯目光闪耀地凝视着争夺尸体的战斗，尽管儿子的尸体已在血泊和泥尘中无法辨认；曾经的英俊勇士萨尔佩冬只落得了这个样子，尽管他活着的时候有如神明。此处的特性形容修饰语不仅有助于引发人们的同情，也强调了凡人与真正神明之间的对比——哪怕是最强大最迷人的凡人。阿喀琉斯杀死赫克托耳后，俯视他的尸体，赞颂自己的胜利：“我们已赢得卓绝的胜利，杀死了神样的赫克托耳；在特洛伊城中，人们对他敬若神明。”这里的特性形容修饰语，以及他深受本邦人尊崇的情况，都成了得胜者嘲弄的对象；涅斯托尔的夸耀中那些很大程度上并未明言的东西，在这里得到了完全的渲染。而赫库芭对儿子的哀悼则明显带来同情：“曾经你是我日日夜夜的骄傲，曾经你护佑全城的男男女女，他们敬你有如神明。你在世的时候是他们最大的荣耀；可现在死亡和命运已带走了你。”[8] 其死之重，其伤之恸，都表现在这段动人的言辞中。

鉴于以上段落，我认为，当特性形容修饰语“神样的”用在阿喀琉斯羞辱赫克托耳尸体的语境时，我们也应读出其中的力量。

---

[8] 欧吕阿鲁斯，ἰσόθεος φώς［与神匹敌］，23.677；πόλιν θείοιο Μύνητος［神样的米涅斯的城池］，19.296；厄鲁萨利昂，4.319, 7.136, 155；厄鲁萨利昂和歌利亚，比较 Mühlestein, “Jung Nestor Jung David”, in *A und A* 17 (1972), 173 ff., E. B. Smick in *AOAT* 22=*Essays C. H. Gordon* (1973), 177 ff.；帕里斯，3.30–37；萨尔佩冬，16.638–640；赫克托耳，22.393–394，432–436。

85 在阿喀琉斯得意洋洋的赞歌之后，诗人告诉我们，“他将羞辱之举加诸神样的赫克托耳”，[9]刺穿他的脚踝，拖着“他那曾经俊美的头颅”滚过他自己家园的尘土。[10]“神样的赫克托耳”紧接着“羞辱之举”，这就让诗人能够不带伤感地引发怜悯之情：这是一个凡人所能经历的最大限度的衰亡，从神样的高度跌至屈辱和无助。我发现，《伊利亚特》最后一卷中反复使用了同样的技巧。“盛怒中的阿喀琉斯凌虐神样的赫克托耳，所有的神明都在旁观，为他心生怜悯。”“他先是杀死了神样的赫克托耳，又把他拴在战车后，拖起来绕着好友的坟墓。这么做既不恰当，也对他没有任何好处；尽管他很了不起，却有可能惹我等神明生气；因为他还在狂怒中凌虐没有知觉的泥土”——阿波罗如是说。我们在日神这番话中读出了凡人的全部本质，他可以同时是“神样的”，又注定化作“没有知觉的泥土”。最后是一个颇为不同的例子：阿喀琉斯召唤帕特罗克洛斯去办事，这份差事将令他重回战斗，殒命沙场。此时，诗人以前所未有的简洁和力度，用一行诗介绍了他：“他应声

---

[9] ἀεικέα ἔργα. 古代以降，学者们一直在争论这里的意思是“错误的”（指阿喀琉斯的行为）还是“羞耻的”（指赫克托耳的遭遇）。前一种观点，例见 Finsler, [2], i, 311，此外 C. Segal, *The Theme of Mutilation of the Corpse*, 13 还给出了其他文献。同样的问题还出现在 23.176，κακὰ δὲ φρεσὶ μήδετο ἔργα。我认为正确的无疑是另一种观点（例见 Bassett, *Poetry of Homer*, 203 以及 Schrade, *Götter und Menschen Homers*, 199）。比较 22.336 σὲ μὲν κύνες ἠδ’ οἰωνοὶ | ἑλκήσουσ’ ἀικῶς，这里不可能有阿喀琉斯斥责自己的意味；2.264 中奥德修斯以 ἀεικέσσι πληγῆσι 威胁特尔西特斯，此外还有如 7.478 παννύχιος δέ σφιν κακὰ μήδετο μητίετα Ζεύς 和 21.19 ὁ δ’ ἔσθορε δαίμονι ἶσος, | φάσγανον οἶον ἔχων, κακὰ δὲ φρεσὶ μήδετο ἔργα 这样的诗句。所有这些例子中，坏处都是对受害者而言的，而非对施加者。最后一例，还可参考 *The Battle of Maldon*, 133 中说到的两位勇士：*aegper hyra odrum yfeles hogorde*，“每一位都对另一个心怀恶意”。参见《奥德赛》viii.273, ix.316, xvii.465; iv.340.

[10] 22.395, 403. 对赫克托耳之俊美的评论仅出现在他尸体被污损的时刻，这样的手法毫不唐突，又很有力，见于 18.122 和 19.285：仅在哀恸的布里塞伊丝用指甲撕扯脖子和脸颊时，才提到她脖颈之柔软、脸颊之可爱。比较 Wehrli in *Gnomon* 28 (1956), 577。

出帐，样貌有如战神，而这便是他命定劫数的开场。”[11] 他的不凡与脆弱交相呼应，互为衬托。

神明对凡人的爱意也毫不逊色，可以承载一系列情感上的弦外之音。伟大的神明“钟爱”伟大的君王，这种观念年深日久，是埃及和黎凡特诸王国信仰的一部分。[12] 在那里，它曾是一种简 86
单清晰的概念。神明会在我们一方，并击溃敌人的狡诈伎俩；我们的君王受到非凡力量的钟爱，反抗他是罪恶，正如与之为敌是徒劳。在荷马史诗中也可找到这样的观念，比如奥德修斯警告阿开亚人，不要向他们的君王阿伽门农挑衅：“王者的震怒非同小可，他们受宙斯养护：他们的荣耀来自宙斯，受到善谋的宙斯的钟爱。”然而，这部史诗的主题却并不像亚述或埃及的历史碑铭那样，仅仅是对“我们”君王征伐大业的单方面陈述。宙斯自己告诉我们，他给予特洛伊城的荣光，超过星空下任何别的城池；[13] 对特洛伊一方的赫克托耳和自己的儿子萨尔佩冬，他的喜爱毫不逊于杀死他们的阿喀琉斯和帕特罗克洛斯。此外，他钟爱阿伽门农的对手阿喀琉斯，更甚于他钟爱执权杖的君王，阿伽门农也不得不领教了这一点。[14]

宙斯钟爱赫克托耳和萨尔佩冬，帕特罗克洛斯与阿喀琉斯；可在《伊利亚特》结束时，他们四人中的三个已经死去，第四个

---

[11] 众神的怜悯，赫克托耳，24.22–23；阿波罗关于赫克托耳，24.53–54；帕特罗克洛斯，11.604。

[12] 法老们自称“受阿蒙–拉神钟爱”，“受孟特钟爱”，“受拉–哈拉克赫提的钟爱”；赫梯国王们自称是“暴风雨之神的最爱”；上帝钟爱所罗门；等等（*ANET*^{3} 199, 234, 253, 318; 2 Sam. 12:24）。参见迪尔迈尔，*Philol.*90 (1935), 73–76，他认为这种观念通过史诗从以上源头传到希腊。

[13] 宙斯钟爱君王，2.196–197；钟爱特洛伊，4.44–49。

[14] 例如，16.433，Σαρπήδονα φίλτατον ἀνδρῶν，6.318 Ἕκτωρ εἰσῆλθε Διὶ φίλος，16.168 Ἀχιλλεὺς... ἡγεῖτο Διὶ φίλος，11.610 Πάτροκλε Διὶ φίλε。阿伽门农不得不领教，9.117。

也将很快被杀死。他钟爱特洛伊城，但特洛伊却将陷落。他钟爱阿伽门农，可却向他遣去不实的梦，好骗过他、击败他。的确，受到宙斯和雅典娜钟爱的奥德修斯会幸存下来，但那只是荷马史诗中的例外而非惯例；而即便是奥德修斯，也愤愤地指责自己的庇护女神不曾在他的苦难中给予保护。阿芙洛狄忒声称自己“极其钟爱”海伦，可她却不顾海伦的意愿，强迫她投入帕里斯的无耻怀抱：

> “别惹我发火，任性的女人，免得我生起气来抛弃你，对你心生厌憎一如我之前对你的格外喜爱；也免得我在特洛伊人和阿开亚人两边制造深切的仇恨，让你落得个悲惨下场。”她说完这番话，宙斯的女儿海伦心生惊惶。她用闪亮的袍子遮住了脸，一语不发地跟着她，没有一个特洛伊妇人瞧见她离开；女神给她引路。

87 被某个神明钟爱，大概就是这样一番情景了。

即使是宙斯最了不起的儿子，“凡人中最为宙斯爱宠的赫拉克勒斯本人”，也没能因此逃脱痛苦与灾难。赫拉告诉我们说，佩琉斯受到众神的宠爱超过所有凡人，所有的神明都曾出席他迎娶忒提斯的婚礼，可他现在孑然一身，愁惨凄凉，远在天边的独子再也没有回家的那一天。安菲阿拉俄斯“极受持帝盾的宙斯宠爱，阿波罗也对他眷爱有加；可他没能活到老年，却因一个妇人的礼物死在忒拜”——他的妻子贪图贿赂，出卖了他。《奥德赛》的诗人以无比客观的口吻告诉我们，歌者德摩多科斯是个盲人：“缪斯女神对他宠爱有加，赐他好处，也给他不幸；她夺去了他的视力，但赋予他甜美的歌声。”[15] 古代人相信荷马正是盲眼诗人，这一看法令诗人此处的描写又多了一分辛酸，因为史诗中这位歌者，正映照了诗人自己。

宙斯是凡人之父，而雅典娜有时照看她宠爱之人，“有如母亲”；宙斯被描述为“关心又怜悯”困境中的普里阿摩斯。[16] 荷马诸神喜爱的人强大且成功，而不是弱小又穷困，这一点常有人强调；[17] 可如果认为这就意味着荷马毫不掩饰地理想化了成功的威权和力量，那可就错了。神明喜爱出色的英雄，但这种爱并不会保护他们免遭失败和死亡。《伊利亚特》中占据诗人注意力的英雄正是那些注定死亡的——萨尔佩冬、帕特罗克洛斯、赫克托耳、阿喀琉斯；正是他们，受到诸神的喜爱，也正是他们，将以勇力和卓著换来冰冷而黑暗的死亡。他们接近那可怖的阴阳界限时，宙斯的灼灼双目愈加专注地凝视着他们；他钟爱他们，正因为他们注定灭亡。[18] 宙斯允许英雄们取得一时的胜利；所以，以凡人的无知，他们无从知晓，自己在神明的长远谋划中必须死去。从这个
角度看来，赫克托耳和帕特罗克洛斯的胜利虽然展现了宙斯对他 88
们的喜爱，却也不过是一个阶段，通向他们既定的失败和死亡。

最常被比作神明的英雄是阿喀琉斯。他不仅仅被称作“神样的”，在行动中，我们也能看出他是如何有若神明，尤其像宙斯本人。他夸耀说，自己已在特洛德洗劫了二十三座城池；他还把“攻城略地者”算作自己的程式化头衔之一：而宙斯则“曾攻陷

---

[15] 奥德修斯：10.527, 11.419, 473, iii.218–223；xiii.310 ff.。阿芙洛狄忒，3.414–420。赫拉克勒斯，18.118, xi.620。佩琉斯，24.61, 24.534–542。安菲拉俄斯 xv.244–26。德摩多科斯，viii.63–64。

[16] 雅典娜，4.130, 23.783。宙斯，24.174。

[17] 例如 B. Snell, *Discovery of the Mind*, 33。

[18] W. Schadewaldt, *Iliasstudien*, 107. 当帕特罗克洛斯临近死亡时，“宙斯闪亮的双目一刻不曾离开激烈的战斗”，16.644。

许多城池的高壁，还将攻下更多”。他与阿伽门农的“荣耀”——τιμή——之争，在天界也有呼应，因为宙斯声称自己地位更高，令波塞冬心怀愤懑。宙斯与意图违拗的赫拉争吵时，恼怒地发话：“如果你愿意，牛眼睛的女神赫拉，黎明时你会看到克罗诺斯至高无上的儿子给阿尔戈斯人带来更大的伤害。”阿喀琉斯用同样的语言答复阿伽门农的使者；尽管他们极力恳求，他还是要回家去：“如果你们愿意，并且也关心的话，明天你们就会看到，拂晓时分，我的船就已驶在赫勒斯滂托斯。”他有只特别的酒杯，除了他自己没有旁人用它饮酒，它也不曾被用来向宙斯之外的神明酹酒。别人也敦促他“要像神明那样”，因为即使神明们拥有无上的力量，也并没因此就不会大发慈悲，向乞求者让步。然而阿喀琉斯性若神明，却表现在另一层意思上。比任何人都更了解他的帕特罗克洛斯说，“你知道他这个人有多可怕。他可能无缘无故就指责别人的”。我们记得，伊里斯说过，宙斯如果被违拗会是怎样：“他会来到奥林波斯山收拾咱们；他会挨个儿把有错的和没错的都逮起来。”诗人甚至还创造出这样一组对比：一边是哀丧中的忒提斯，出现在奥林波斯山的众神面前；一边是哀丧中的普里阿摩斯出现在阿喀琉斯面前。在这两个场景中，来者都身着丧服，从黑暗中出现，见到对方正在光明中闲坐宴饮。诸神把一杯酒塞到忒提斯手中；阿喀琉斯则坚持让普里阿摩斯与自己同食共饮。[19]

不过，君王与神明之近似，最首要的在于他们都不负责任、
89 任性多变。我们已看到，阿喀琉斯常怪罪无辜之人。在两部史诗

[19] 9.328–330; 8.372, 15.77, 21.550, 24.108（绝大多数都被阿里斯塔克斯任意删改过）；2.117；波塞冬和宙斯，15.185 ff.，尤其 15.186 和 16.53，“你会看到……”，8.470 和 9.359；杯子，16.225 ff.；“像神明那样”，9.497；有错的和没错的，11.654 和 15.137（也这样说过赫克托耳，13.775）；卷二十四中的两个场景，93–102, 471 ff.。

中，人们对君王的行为都有同样的预期，也都抱有同样的恐惧。卡尔克斯先取得免责的保证，才指出瘟疫的祸首是阿伽门农，“因为对位卑者动怒的王者太过强大：就算他一时咽下怒火，此后也总会怀恨在心，要找他算账的”。我们听到，宙斯也被这样形容：“奥林波斯山的大神若不马上实施惩处，最终也会把账算清，那些人是要重重付一笔代价的。”佩涅洛佩形容王者的惯常做法，唯有奥德修斯是个例外：“神样的君王们一贯如此：憎恨这一个，喜爱那一个——但奥德修斯从未向任何人施暴。”[20] 神明拥有至高的权力，故此能肆意独行。而身处凡人力量顶峰的君王，则试图模仿神明。阿伽门农试图这样用暴力对待阿喀琉斯，正如他曾试图这样对待乞求者克律塞斯。在这两个例子中，都有更强大的力量击败了他。阿喀琉斯被要求像神明一样，做出让步；他大可这样回答：至少在拒绝听从恳求这方面，他做得跟神明一样。在《伊利亚特》中，我们看到，宙斯接受献祭，却拒绝了阿开亚人早获胜利的祈祷，也拒绝了双方谈判和解的祈祷，对阿西奥斯的热切恳求置之不理，还为阿开亚人筹划灾祸——尽管他们整夜都迫切地向他酹酒；我们也看到，雅典娜拒绝了特洛伊妇女们的祈祷。[21] 促使神明们干涉凡人事务的动机都出于私心，也很随意，[22] 实际上简直太像凡人了。凡人想要以同样的方式行事，于是遭遇不幸；阿喀琉斯比任何别的英雄都更像神，他放纵自己强烈又任性的意愿，

---

[20] 1.80, 4.160–161, iv.691–693, cf. ii.230–234.

[21] 2.419 ὣς ἔφατ’, οὐδ’ ἄρα πώ οἱ ἐπεκραίαινε Κρονίων | ἀλλ’ ὅ γε δέκτο μὲν ἱρά, πόνον δ’ ἀμέγαρτον ὄφελλεν. 3.302, 12.173, 7.467 ff., 6.311.

[22] 比较 K. Reinhardt, *Das Parisurteil*, 29; H. Fränkel, *Dichtung und Philosophie*, 70; vi.188 Ζεὺς δ’ αὐτὸς νέμει ὄλβον Ὀλύμπιος ἀνθρώποισιν | ἐσθλοῖς ἠδὲ κακοῖσιν, ὅπως ἐθέλῃσιν, ἑκάστῳ: 17.647, 24.527, iv.236 以及 O. Tsagarakis, *Major Concepts of Divine Power*, 13 f.。

拒绝明知是正当的恳求，结果带来了帕特罗克洛斯之死，令他恨不得以身代之。

英雄活着时，像神明一般，也受到神明的钟爱。战场上的暴
90 怒是他存在的巅峰和精髓，这时，他像雄狮，像野猪，像暴风雨，像泛滥的河水，肆虐的林火，像乌云衬托下的明星；他的铠甲熠熠发亮，有如太阳，双目闪耀火光，胸中充满不可遏止的暴怒，四肢轻健敏捷。光是望见他出战，听见他的巨声怒吼，就足以让敌方的勇士满怀惊惧。神明们鼓舞他，甚至有“宙斯的巨手推他向前”；于是他扫平对手，就像麦地里的收割者，就像风儿吹散海面的浮沫，就像一只巨大的海豚吞食细小的鱼儿。倒下的人被他战车的车轮碾碎，而他仍继续前行，战车从他们身上疾行而过。[23] 他羞辱对手，激他与自己单打独斗，又在他尸体上耀武扬威，这样，战败者死去时，耳中必然充满得胜者的嘲弄。[24] 接着，他还打算剥掉对方的甲胄，剥夺死者的葬礼，从而泯灭他的身份，最后将他的尸体留给食腐的鸟兽凌虐。

“活着，看见太阳的明光”，是荷马史诗中常见的短语，此外还有“只要我胸中尚存呼吸，双膝还有力”。相反，死去则是“离开太阳的光芒”并“进入黑暗”，或者四肢和膝盖“酥软”。[25]《伊

---

[23] 狮子，例见 11.113；野猪，17.282；风暴，11.746；河水，5.87；明星，11.62；太阳，19.398；双目闪耀火光，12.466，宙斯的手 15.695；收割者，11.67；浮沫，11.306；海豚，21.22；战车车轮，16.378.

[24] οὐ γὰρ ὁ θάνατος δεινὸν ἀλλ' ἡ περὶ τὴν τελευτὴν ὕβρις φοβερά. πῶς δὲ οὐκ οἰκτρὸν ἰδεῖν ἐχθροῦ πρόσωπον ἐπεγγελῶντος καὶ τοῖς ὠσὶ τῶν ὀνειδῶν ἀκοῦσαι; Aeschines 2.181.

[25] ζώειν καὶ ὁρᾶν φάος ἠελίοιο，例见 18.01（译按：应为 18.61）；εἰς ὅ κ' ἀυτμὴ | ἐν στήθεσσι μένῃ καί μοι φίλα γούνατ' ὀρώρῃ, 9.609. λείπειν φάος ἠελίοιο, 18.11; νέεσθαι ὑπὸ ζόφον ἠερόεντα, 23.51; τὸν δὲ σκότος ὄσσε κάλυψε, 4.461; λῦσε δὲ γυῖα, 4.469; ὑπὸ γούνατ' ἔλυσεν, 11.578。比较 D. Bremer, *Licht und Dunkel*, 48。H. Lloyd- Jones in *CR* 15 (1965), 2 and in *Dionysiaca* (*Festschrift D. L. Page*), 54，讨论了哈得斯一词从 α-ιδης 而来的词源；诗人们似乎相信这点。

利亚特》中充满了对勇士死亡那一刻的细节描写。诗人不喜描述人受了重伤却并不死去；伤者要么迅速死去，要么恢复体力重新战斗。无可治愈的菲洛克忒忒斯被留在远离特洛伊的地方，在利姆诺斯岛上呻吟不休；卷十一中受了伤的阿开亚人首领们则获痊愈，行将重返战斗。与此一致的是，英雄可能的死因中排除了偶然性（荷马英雄不会像亚哈或哈罗德那样碰巧被流矢伤了性命），阴谋诡计基本被抑制了；而且在这部史诗中，也不再有战俘，所 91
有的乞求者都被杀死了。[26] 所有这种程式化的效果，使注意力尽可能地完全集中在英雄的处境上；他因另一位英雄而直面自己的命运：要么杀死对方，要么被杀，以一种英雄的方式死去。

英雄死去时，黑夜笼罩了他，可憎的黑暗攫走了他；他被剥夺了甜美的生命，他的灵魂从伤口涌出；他坠入冥府，痛哭着自己的命运，将青春和气力抛在身后。死亡的阴翳遮蔽了他的双眼和鼻孔，他身上甲胄轰鸣，他在尘土中呼出命息，可憎的命运将他吞噬，他用鲜血饱饲战争之神。[27] 他背部受创，躺倒在尘埃中，向伙伴们伸出双手；或伤在膀胱，佝偻着身体咽下最后一口气，四肢伸展地倒在泥尘里，好像一只爬虫。或者是长枪刺穿了眼球，他瘫倒在地，双臂大大张开，而杀死他的人砍下他的头颅，耀武扬威；或是他仰面朝天躺在尘土里，呼出最后一口气，同时肚肠从伤口流了一地；再或者，他在痛苦哀号中死去，要么抓着染血的土地，要么紧咬斩断自己舌头的冰冷青铜，要么是伤在肚脐与命根之间，“对可怜的凡人来说，那地方的伤最是痛苦”，于是他的身体绕着枪扭

[26] H. Fränkel, *Dichtung und Philosophie*, 40，比较 W. H. Friedrich, *Verwundung und Tod in der Ilias*, and G. Strasburger, *Die kleinen Kämpfer der Ilias*。

[27] 5.659, 16.602, 10.459, 14.518, 16.855, 16,502, 5.42, 4.522, 5.289.

动，好像被绳子拴住的公牛。[28] 他的双眼被敲出来，鲜血淋漓地落在他脚前的尘土中；他在哀告求饶时被刺中，肝脏滑了出来，膝上沾满了自己的血；长枪刺入口中，击碎他的白骨，鲜血溢满眼眶，从口鼻喷洒；头脑受创，鲜血和脑浆从伤口涌出。[29] 伤在手臂，他就更加无助地等待对方的屠刀，眼睁睁地看着死亡迫近；一旦求生的恳求遭拒，他便瘫倒在地，两臂伸展，等待着死亡的一击。[30] 在他死后，尸体也许会被战车碾过，双手和头颅也许会被砍下，所有的敌人也许都会围在周围，随意刺戳他的尸体；尸体还可能被扔进
92 河里，被鱼群咬噬，又或是面目全非地躺在一片混战中。[31] 他的魂魄下降到一个黑暗而没有慰藉的世界，成了一个幽暗且没有知觉的存在，永远被排除在这生命的光明、温暖与 活力之外。

这就是一个英雄每次走上战场时所要面对的一切。很明显，总体说来，荷马史诗中的士兵宁可不战。[32] 不仅阿开亚人一有机会就冲向战船回家，对普通士兵还得不断进行苦口婆心的号召和命令，他们才会留在战场上。甚至英雄们有时也得说服自己进入战斗状态。还有些时候，他们会被自己的头领和同伴呵斥。女人们试图挽留他们别上战场，比如我们在卷六读到，赫库芭、海伦和安德洛玛刻轮番试图将赫克托耳留在安全而舒适的女性空间，[33] 但是，像赫克托耳这样的真正的英雄，一定会抵制诱惑，走向战场。无论真实的迈锡尼武士是怎样的，我们在荷马的篇章中遇到的都

[28] 13.548, 13.652, 14.493, 4.524, 13.393, 5.74, 13.570.

[29] 13.617, 20.470, 16,346, 17.297.

[30] 20.481, 21.115.

[31] 11.534, 11.146, 22.371, 21.120, 16.638.

[32] H. Strasburger , *HZ* 177 (1954), 232.

[33] 6.258, 354, 429; Schadewaldt, *Von Homers Welt und Werk*[4], 218. 在《奥德赛》中，卡吕普索、刻尔克和瑙西卡代表了这一主题的一系列变体，给英雄苦难与冒险的生涯提供了避难所。

不是狂暴的武士。自尊、对公共意见的尊重、要做一个好人的清醒决心——是这些动机驱使一个英雄去冒生命的危险；[34]还有对英雄来说最大的矛盾之处：对死亡之无可避免的认识。“假使我们从此战生还，就能寿考绵长、永生不死”，萨尔佩冬对格劳科斯说，“那我自己绝不会战斗在前列，现在也不会把你送上赢得荣光的战场。可实际上，无数的死亡之灵环绕我们，没有哪个凡人能逃脱或是躲避它们：所以，咱们走吧，要么将荣光输给旁人，要么把
它赢归自己”。[35]如果英雄能真的像神明一样，免于衰老和死亡， 93
那么他根本就不会成为一个英雄。正是必死的压力强行驱使凡人去拥有美德；而免于这种压力的诸神，拥有完美的永恒，却比凡人少了“美德”。他们不需要人类的至高美德——勇气，因为即使他们在战斗中负伤，也能马上痊愈，又因为他们不会像赫克托耳和奥德修斯那样，为了自己的妻儿，彼此做出牺牲，他们的婚姻似乎也缺少人类婚姻的深度和真实。我们看到，奥林波斯山上的任何一对结合，都没有一点儿赫克托耳或奥德修斯婚姻的特质。[36]

死亡常驻英雄的思绪。赫克托耳知道特洛伊终将陷落，他只

---

[34] 奥德修斯的独白，11.407–410；赫克托耳对安德洛玛刻的话，6.441–446。

[35] 萨尔佩冬，12.322–328。不同传统中的英雄都提出这一理由，作为它们情愿面对死亡的原因。例如，当恩奇都试图劝阻他与可怕的胡瓦瓦交战时，吉尔伽美什答道：“我的朋友，谁能凌霄登天？只有那些太阳下永生的神明。至于人类，他们寿数有限……要是我倒下，我也要留下声名，直到我家中的后代出生后多年，他们仍会说，“吉尔伽美什是迎击凶猛的胡瓦瓦而死的！” *ANET*[3], 79. 巨龙法夫纳向西格德预言，如果他选择英雄伟业，就会遭受苦难。西格德答道：“如果我知道自己会永生不死，我定会骑马回归，哪怕得放弃所有的财富……” *Völsungasaga*, 18. 勃艮第人拒绝将哈根交给克里姆希尔特以求苟活，“我们总有一天要死去”，吉赛尔海说，“谁也不能阻止我们像骑士那样保卫自己。”《尼伯龙人之歌》，企鹅版英译本第 260 页。《贝奥武甫》1384：“我们中的每一个人都会迎来这一世生命的尽头；谁要能在死前赢得荣光，就任凭他如此吧，因为这对死去的武士来说是最好的。”

[36] Otto, *The Homeric Gods*, 242; Erbse, *A. und A.*16 (1970), 111；亦比较 Bassett, *The Poetry of Homer*, 223。

希望自己能先行死去并入葬。在与埃阿斯决斗之前，赫克托耳仔细规定了战败者将配享的葬礼和纪念。阿喀琉斯将他在特洛德奋战劫掠的生活描述为“常年在战斗中冒身家性命之险”；在对吕卡昂的一番话中，他说，“我也难逃死亡和残酷的命运：会有一个早晨，或黄昏，或正午，有人会在战斗中夺去我的生命，击我以长枪，或是离弦的箭矢。”[37] 没有哪个英雄——哪怕是最伟大的那个——能免于恐惧的可耻经历。赫克托耳逃离阿喀琉斯；埃阿斯被迫逃跑，“像野兽一般，发着抖，注视着人群”；阿喀琉斯本人也被阿革诺尔的长枪震慑，此后，他被斯卡曼德罗斯河神的攻击所迫，以为自己似乎没法避免悲惨的结局，此时波塞冬对他说：“不要抖得太厉害，也不要害怕。”[38] 我们已经知道，在某些方面，荷马史诗描述的战斗是高度风格化的，而且它略去了一些战争特
94 有的恐怖之处。然而，听众仍然相信，诗人实际已恰如其分地展示了战争的实质，它的可怖之处并未被减轻或缓和。很大程度上，能取得这种效果，是因为诗人坚持展示死亡作为终结的全部意义，没有用任何身后的慰安或回报来弱化这种意义；不带感情地完整描述它的所有形式，并展现出，即使英雄们也对它心怀恐惧和憎恨。英雄们得到了诗人赋予的独有特权，像英雄那样死去，而不是毫无尊严地胡乱死去；但死亡萦绕在他生时的思绪里，给他的存在带来了局限，也赋予了意义。

人类的生命激烈、壮丽却转瞬即逝，它的位置正处在天界的永恒光明和地府的不变黑暗之间：正是出于对这一特质的突出兴

---

[37] 6.447 ff.; 7.77–91; 9.322; 21.110.

[38] Simone Weil, *The Iliad, or, The Poem of Force*, trans. M. McCarthy, 12; 22.136 ff.; 11.544 ff.; 20.380; 21.288. 我们看到印欧的英雄传统与日耳曼英雄伏尔松格有多么不同；我们读到，在他出生之前，伏尔松格就已发誓永远不会屈从于恐惧（*Völsungasaga* 5）。

趣，荷马史诗对死亡的关注远远超过对战斗的关注。荷马中的决斗都很短暂；[39] 英雄们并不像日耳曼史诗中的勇士或马洛礼的骑士那样，不住地互相砍杀，竭尽勇力和智谋之所能。近期的批评作品已经强调了荷马中此类交锋的特点：短暂且标准化。[40] 当死亡的时刻降临时，一位英雄的勇力对他已毫无用处。帕特罗克洛斯的铠甲被一位神明从肩部击中；雅典娜悄悄地把没能击中赫克托耳的长枪送还给阿喀琉斯，“而赫克托耳，民众的保护人，并不曾留意”——至于阿喀琉斯那注定灭亡的对手，当宙斯的天平昭示了他的死亡后，“福波斯阿波罗离弃了他”。[41] 在许多杀戮中，被杀者似乎都是被动地等待死亡，而不是战斗至死。[42] 赫克托耳的阵亡是此类描述中最有力量的，他意识到“众神已召唤我赴死……而现在命运已攫住了我”，于是决意在战斗中死去。帕特罗克洛斯被剥除了铠甲，无助地暴露在死亡面前；吕卡昂双臂伸展，眼见死亡的到来。[43] 尽管史诗并未正面展示，阿喀琉斯其实也接受并面对了 95
自己的死亡；因为诗人特别感兴趣的，正是一个英雄成功直面自己死亡的情景。正是因为要创造并强调这种情景，荷马史诗中的战斗才有了这样的风格；若换作兴趣在于技术细节的行家，战斗的描写更可能是你一下、我一下的打斗记录。卷二十三中战车比赛的描写就更属于后一种风格。瓦尔特·玛格把《伊利亚特》称作“死亡之诗”。[44] 我认为，把它称作生与死之诗更为恰当：史诗

---

[39] G. Strasburger, *Die kleinen Kämpfer der Ilias*, 49–50.

[40] W. H. Friedrich, *Verwundung und Tod in der Ilias*; B. Fenik, *Typical Battle-Scenes in the Iliad* (1968); T. Krischer, *Formale Konventionen der hom. Epik* (1971), 13–90.

[41] 16.791, 22.276, 22.213.

[42] W. Marg, “Kampf und Tod in der Ilias”, *Die Antike*, 18 (1941), 167 ff., *Wüjbb*.2 (1976), 10.

[43] 22.297, 16.801 ff., 21.116；亦比较 4.517 ff., 11.136 ff., 13.435, 20.481, 21.24–32。

[44] *A und A 18* (1973), 10，比较 Reinhardt, *Tradition und Geist*, 13。

中描述的是生与死的对比和生死间的变换。这是诗人最想要强调的东西，他把自己的精力集中在这里，也让我们的视线聚焦在这里。阿喀琉斯的伟大，也部分地在于他对自己死亡的思考和接受，比任何其他英雄都更充分、更深切。

勇士的回报是荣誉。最近有评论认为，荷马背后有一部非常早的印欧英雄诗，而我们可以颇有把握地重新构建其部分特征；而且，可以很肯定地说，像“不死的荣誉”“广布的荣光”这样的短语，都属于能够追溯到该诗的表达方式。[45] 不管这些假说是否正确，有一点似乎很清楚，即不论日耳曼还是希腊，史诗的伟大主题可以追溯到遥远的过去。英雄的愤怒、复仇、骄傲与苦难，[46] 是许多其他希腊故事的主题，也是其他印欧英雄文学的主题。菲尼克斯知晓许多英雄 χόλος 的故事——他们的愤怒与退出，他还能告诉阿喀琉斯，先代的英雄也像阿喀琉斯自己那样，满腔怒火时，
96 “他们会被礼物说服，被言辞打动”。阿喀琉斯坚持不采取行动的那段时间，吟唱“先人的荣耀事迹”以自娱。[47] 我们也听到一些这样的故事：有关赫拉克勒斯、伊阿宋、提丢斯、俄狄浦斯、涅斯托尔、柏勒洛丰、墨勒阿革洛斯。即使是荷马中的人物，他们的故事也已成为行为的典范：“你不是你父亲提丢斯那样的男儿”，

---

[45] 近便的例子有：R. Schmitt, *Dichtung und Dichtersprache in indogermanischer Zeit* (1967)，特别是第 101 页之后，以及由同一学者编辑的 *Indogermanische Dichtersprache* (1967)。亦参见 M. L. West, *CQ* 23 (1973)。E. Campanile 在 *Indo-European Studies* 2 (1974), 247 给出了有益的忠告：“在两个或更多印欧诗歌语言中出现表达风格的巧合，只是推导和重构印欧诗歌语言时的一个必要却不充分的条件”。很多被认作“可比较的类似”的内容，似乎要么在语义上说并不准确，要么属于那种可以独立产生的东西，没有任何证据表明共同的源头；举例说来，就像“民众的牧者”这一比喻，不仅被用在印欧（希腊、盎格鲁-撒克逊、爱尔兰）的统治者身上，也用在阿卡德有关吉尔伽美什的史诗中，还出现在巴比伦汉谟拉比的称号中；亦比较 *ANET*^{3}, 447（埃及）。

[46] E. Norden, *Kleine Schriften*, 562.

[47] 9.525, 189.

“不要犯墨勒阿革洛斯那样的错误”，“即使是赫拉克勒斯也不得不接受死亡”。这种死后仍有重要意义、令人难以忘怀的地位，这种荷马自己的人物也拥有的状态，是靠不凡的事迹和巨大的苦难赢得的。俄狄浦斯和尼俄柏因可怕的灾难留在人们的记忆里，其他人则因伟大的成就常驻人心，尽管其中有一些，比如柏勒洛丰，同时也大大遭受了苦难。

赫克托耳一时自负，希望杀死接受自己挑战的阿开亚首领：如果他成功了，他会允许对手的伙伴在海岸边埋葬失败者的尸体，并竖起一座墓碑，这样，今后过往的水手就会说，“那是个古代英雄的坟墓，他曾与光荣的赫克托耳单打独斗，死在他的手下。”赫克托耳说，他们会这样说，于是“我的荣誉将永生不灭”。射中墨涅拉奥斯为潘达洛斯带来荣光。赫克托耳鼓足勇气、不抱希望地进攻阿喀琉斯时，最后的遗言是：“至少让我不要死得怯懦窝囊、毫无荣光；要做出些伟烈的事业，在后代人耳中留下声名。”阿喀琉斯选择了英雄的命运、短暂的一生和不死的威名，而不是漫长而默默无闻的生命；在帕特罗克洛斯死后，他接受了自己的死亡——“现在让我去赢取美名”，屠杀特洛伊人，令他们的妻子抹去泪水的同时尖叫失声。[48]

然而，在荷马史诗中，荣誉并不是简简单单、直截了当的东西，靠英雄行为赢取，并成为英雄之死的慰藉。我们读到的远非日耳曼叙事诗歌中未经反思的英雄主义。海伦将自己看作历史上的一个角色，她的罪孽给所有人带来了苦难。她请赫克托耳坐下，“因为你陷入的麻烦比谁都多，都是因为不顾廉耻的我，还有帕里斯

[48] 7.85 ff., 4.197, 22.304（比较 iii.204）, 9.410 ff., 18.121.

97 的过错；宙斯已为我们安排了罪恶的命运，在未来的岁月里，我们会成为后世人歌唱的主题。”卷三所呈现的显然是这番话的象征：有人要带海伦去观看帕里斯和墨涅拉奥斯的决斗，只见她“正在高高的纺车旁织布，织的是一块深红色的双幅布，她在上面织出驯马的特洛伊人和披铜甲的阿开亚人，因她的缘故，他们正在战神手下经受种种苦难。”之所以有这个细节来描述海伦纺织的内容，是因为她织了什么很重要；相反，当我们在织机旁见到安德洛玛刻时，只知道“她在编织许多图案。”安德洛玛刻一例的重点在于，我们上一次见到她时，她丈夫要她去照管主妇的活计，她的纺车和仆从；忠诚的妻子遵从了他，于是我们见到她执行着丈夫的指令。[49]她纺织的是什么图案，并不重要。然而在海伦那里，图案是重要的，因为这说明她意识到，自己的角色引发了所有的灾难。她在卷三中纺织的，正是她在卷六中述说的。[50]这里的海伦，和我们在《奥德赛》中见到的海伦出于同一种构想。在那里，她出人意料地给正要离开的忒勒马科斯送上一份她自己的礼物，一件她亲手制成的女子袍服。她把袍子送到忒勒马科斯手上，说：“我也要送你一件礼物，让你记住海伦的手艺，到你婚礼的欢乐日子，给你的新娘子穿上。”（xv.125）她明白，这件衣服会因为制作者而拥有特别的价值；她用第三人称来指代自己，就像称呼历史上的人

---

[49] 海伦对赫克托耳，6.355–358；她的纺织，3.125–128；安德洛玛刻的纺织，22.441；赫克托耳的指令，6.491。

[50] 同样的技巧也见于《奥德赛》卷一。在 i.153，歌者菲弥乌斯为求婚人演奏；他吟唱着，而求婚人占据了大厅，角落里的忒勒马科斯只能同客人耳语。重要的是此处的场景：合法的王子被迫在自己的家宅躲进角落。但当雅典娜把新的勇气注入忒勒马科斯后，他大步走到求婚人中间，有如神明。接着我们听到了歌唱的内容：阿开亚人的返乡和雅典娜在其间的作用。奥德修斯正在回家的路上（i.325）。同样，在 xvii.261，当奥德修斯终于见到自己的家宅时，他听到里面传来菲弥乌斯的乐声；篡夺者在尽享欢愉，而真正的王者必须乔装改扮，悄悄到来。我们不必知道这首歌的细节。

物；任何一个新娘子，穿上传说中海伦的作品，都将会倍感荣耀。而海伦之所以成为传说中的人物，不是因为伟大的成就，甚至也不像佩涅洛佩那样，是由于女性的美德，而是由于她的过错和遭遇。 98

阿尔喀诺俄斯说，阿开亚人和特洛伊人在特洛伊的全部不幸，都是神明的安排，故此，凡人在那里的毁灭，会带来后世歌吟的主题。阿开亚人离开特洛伊后那饱尝灾祸的返家之旅，正是歌吟的主题；忒勒马科斯告诉母亲，她应该听一听这支歌，这样就会明白，除了她自己，还有许多人遭受了宙斯赋予的苦难。阿喀琉斯说阿开亚人会永远记得他与阿伽门农之间灾难性的争吵，而我们在《奥德赛》中读到，阿喀琉斯与奥德修斯之间也有过类似的争吵，并成为某部史诗的主题。德摩多科斯是个盲眼的歌者；阿喀琉斯吟唱“先人的荣耀事迹”时，用以为自己伴奏的竖琴，是他洗劫忒拜时的战利品。那是伊厄泰翁的城池，我们从安德洛玛刻口中得知，在那里，阿喀琉斯杀死了她的父亲和七个兄弟，把她一个人孤零零地留在世上。苦难产生了歌吟；我们通过歌吟才明白，苦难无处不在，源自神明，只有接受。荣誉特别与死者的坟墓相关，然而，赫克托耳最终获得的光荣的死，丝毫不能安慰他无助的家人和朋友，而史诗则着力描写了他们。[51]

这种对荣誉观念的描写是成熟复杂的。由于普遍的可能性，也因为像《贝奥武甫》这样更简单的史诗的存在，我们不得不相

---

[51] 海伦对忒勒马科斯，xv.125；神明将作歌赞美佩涅洛佩，xxiv.196–198；阿尔喀诺俄斯，viii.577–580；ὁ δ’ Ἀχαιῶν νόστον ἄειδε，i.325；忒勒马科斯对佩涅洛佩的话，i.353 ff.，并参见 W. Marg, *Homer über die Dichtung*, 14；阿喀琉斯论及争吵，19.63；阿喀琉斯和奥德修斯的争吵，viii.73，亦参考 W. Marg in *Navicula Chiloniensis* (1956), 16 ff.；德摩多科斯，viii.6216 ff.；阿喀琉斯的竖琴，9.186–189；安德洛玛刻的家人，6.41416 ff.；荣誉与坟墓相关，7.91, iv.584, xxiv.33；赫克托耳之死，C. M. Bowra, *Tradition and Design*, 236。

信，在荷马背后有一个传统，而在这个传统中，对荣誉的看法要简单化得多。同时，两部史诗中有不下二十四个人物——包括男女——名字里含有 κλέος，“荣誉”一词，[52] 这一事实也有力地指向同一结论。父母给孩子赋予这样的名字，是希望他们能同某个
99 辉煌的事物联系在一起。攻克城池在黑暗时代是司空见惯、十分寻常的事件，[53] 诗人将这样一个故事转换成宏大而悲壮的特洛伊纪事，并且在复仇这一英雄主题中发掘出同样的道德复杂性；同样，诗人也允许他的英雄对荣誉进行深思。阿喀琉斯已经得知，荣誉的代价是短暂的生命；如果他选择了英雄的道路，就再不会从特洛伊回来。阿尔斯特故事中的大英雄库丘林表现了直截了当的英雄选择。他还是个男孩时就得知，在某个特定的日子，第一次拿起武器的人，就会成为一个伟大的勇士，“他的名字将在爱尔兰永存……他的故事将永远流传。”他抓住了机会。“‘好吧’，凯斯巴说，‘这一天有这个好处：头一次在这天武装自己的人，将获得声名和伟业。但他却命不长久。’‘这买卖很公平，’库丘林说，‘如果能获得名声，我便心满意足，哪怕我在世上只有一天可活呢。’”[54] 可是阿喀琉斯虽然恰当地选择了英雄的道路，想起阿伽门农如何对待自己时，却满怀愤懑。阿伽门农力图说服他，奉上大量的礼物，并许诺自己将“给他尊荣，一如对待自己的儿子”。礼物是荣誉的标志（而不仅仅是贿赂），我们可以从菲尼克斯的话中清楚地看出这一点：“如果你没有受礼又回归战斗，就不会有这样

---

[52] Ebeling, *Lexicon Homericum*, 816 列举了这些名字。亦参见 R. Schmitt, *Dichtung und Dichtersprache in indogermanischer Zeit*, 101 n. 617，其中引用的文献涉及希腊和其他印欧语言中的此类名字。

[53] 比较 K. Latte in *Hermes*, 92 (1964), 386 = *Kleine Schriften*, 458, G. Finsler, *Homer*, i, 133。

[54] *The Tain*, trans. T. Kinsella, pp. 84–85.

高的荣誉，哪怕你击退了敌人的进攻。”[55]

可是，对阿喀琉斯来说，考虑到自己在阿伽门农那里遭受的羞辱，礼物已经失去了它们的象征意义，变得只是一些物品而已。他像个真正的英雄那样行事，冒生命的危险，与那些保卫妇女的壮士战斗，却仍得到如此的待遇——既然如此，那就根本没有什么荣誉可供赢取；懦夫和勇士一样都得死去。从这种观点来看，无可避免的死亡也不再能激发英雄行为了：阿喀琉斯何不平平安安地溜回家，寿终正寝？至于那些礼物，它们不过是些物品，并不能弥补失去的生命；阿喀琉斯表示，哪怕礼物无穷无尽，数量不可思议，他也不会改变主意，[56] 这完全合情合理——“哪怕他给 100
我十倍、二十倍的东西，他所有的一切之外再多，多到俄尔科墨诺斯或是埃及的忒拜所聚敛的一切……哪怕他给我的多如海中沙、地上尘，阿伽门农也没法让我回心转意”（9.379 ff.）。实际上，阿喀琉斯并没有退回礼物，在卷十九中，他仍对礼物无动于衷；而他也再没有真正重拾自己的英雄主义信念。在最末一卷中，与普里阿摩斯同坐的阿喀琉斯，仍是从非英雄的角度来看待战争。他在卷九中愤愤地说到“与保卫自家妇人的汉子为战”，在卷十九时又说“为了争夺可恨的海伦而打仗”——如此看待这场争端，是很不够英雄气概的。而此时他对自己的评论更是感人至深。“我父亲佩琉斯曾一度幸福，受众神荣宠；但他到底只有一个注定早死的独子。他正逐渐衰老，可我甚至都没有照看他，因为我一直坐

---

[55] 9.142, 604–605, 325–327, 401.

[56] 这番话并不意味着反战主义，或者对类似英雄理想的拒绝；亚当·帕里却是这样认为的，见“The Language of Achilles”, *TAPA* 87 1956), 1–7 = *Language and Background of Homer*, ed. G. S. Kirk (1964), 48–54；比较 M. D. Reeve in *CQ* 23 (1973), 193–195, G. S. Kirk, *Homer and the Oral Tradition* (1976), 51。

在特洛伊城边，远离家乡，给你和你的子女带来痛苦。”在阿喀琉斯说起这话的时候，荣誉已经成了无足轻重的东西。普里阿摩斯令他想起了他自己的父亲——垂垂老矣，哀伤不幸；他也意识到，自己正在进行无谓的战争，对双方而言都没有好处。普里阿摩斯请求停战十一天，好为赫克托耳举行葬礼；他说，“如果我们必须打仗，那么就第十二天再战”。[57] 对于普里阿摩斯和阿喀琉斯二人来说，这已成了一场永无休止的战争，毫无回报，毫无意义，也让他们无从脱身。

《奥德赛》展现了类似的观点，但方式很不同。《伊利亚特》中的阿喀琉斯从荣誉的观念中醒悟过来，不再幻想它能给英雄带来回报；然而他仍是一个英雄式的人物。他直到最后都是个战士，即使他已在苦难中获得宙斯那样的洞察力——那“攻克了许多城市，还将攻克更多”的宙斯。在《奥德赛》中，奥德修斯在众鬼魂中见到他，并赞美他的幸运：活着时尊荣有若神明，死后亦强
101 大超群。阿喀琉斯回绝了这个赞美。什么也不能慰藉死亡；他宁可身处人世间最低微的位置，给一个穷困的人做奴仆，也不愿在死人中称王。阿伽门农攻克了特洛伊城，奥德修斯说“他获得了普天下最大的荣光，因为他攻克了如此伟大的城池，杀死了许许多多的人”，他的儿子俄瑞斯忒斯为他修建了陵墓，“这样他的荣光便可永无竭尽”。可阿伽门农本人却在地下悲苦地发问：“我坚持到战争的结束，又有什么欢乐可言？宙斯早已为我设计了残酷的归程，假手于埃癸斯托斯和我那可憎的婆娘。”墨涅拉奥斯幸福地生活在家园，拥有海伦和聚敛的财宝，可他却告诉客人，自

---

[57] 19.325, εἵνεκα ῥιγεδανῆς Ἑλένης Τρωσὶν πολεμίζω.24.534–42; 24.667, with *ΣT*, ὡς ἀπειρηκὼς τῷ χρόνῳ καὶ ταῖς συμφοραῖς, “普里阿摩斯这样说时，是个被时光和苦难搞得筋疲力尽的人”。

己宁愿放弃三分之二的财产，以求逆转特洛伊战争的后果，让远离家乡、死在那里的人重回人间；他常常坐在自己的宫殿中，为那些人流泪。涅斯托尔则只能说，特洛伊的故事是个悲伤的故事，ὀιζύς，“所有那些我们在陆地和海上所遭遇的”；“我们中的佼佼者在那里死去：那里躺着英勇的埃阿斯，躺着阿喀琉斯和帕特罗克洛斯，还有我自己心爱的儿子……神样的阿开亚人在特洛伊的遭遇啊，就算你坐在我身边问上五六年，我也没法全部讲完”。

这是一种消极的观点，仅仅通过所遭受的苦难来看待英雄的成就和忍耐，在回首过去时，则充满自怜而不是骄傲。当奥德修斯开始向费埃克斯人讲述自己的经历时，他说：“您一心想要询问我的痛苦遭遇，可这让我愈发悲伤愁苦。我该先说什么，后说什么？奥林波斯诸神赐我无数的苦难……我是拉埃尔特斯之子奥德修斯；我足智多谋，为人称道，声名上达天庭。”他平淡地对阿伽门农说，“因为海伦的缘故，我们中的许多人被杀”——要整体描述特洛伊战争的话，这可是最没有英雄气概的说法了。当他终于同佩涅洛佩团聚后，二人互相讲述各自的经历：“他们愉快地彼此述说。王后讲述了她在家中因求婚人而遭受的一切……而宙斯的后裔奥德修斯讲述了他给人们带来的所有痛苦，以及他自己的所有苦难和遭遇。她愉快地聆听着……”同样，费埃克斯人听到奥
德修斯讲述自己的遭遇时，也着了迷，恳求他继续讲下去，而他 102
则答道：“我不反对给你们讲讲那更为打动人心的事儿，我伙伴们的遭遇。”[58]

苦难产生了歌吟，而歌吟带来欢愉。《奥德赛》以一种更为哀

---

58 xi.482–491, ix.263–266, iv.584, xxiv.95–97, iv.97 ff., iii.103–116; ix.12–20; xi.438; xxiii.301–308; xi.333–334, 381.

伤的口吻展示了这一点；《伊利亚特》之中的光明更盛，但它所展示的图景并没有本质的不同。如果没有“无尽的哀痛”，奥德修斯的声名也就不会闻达天界。阿喀琉斯的怒火令许许多多的贵族英雄沦为食腐犬鸟的食物，但没有这可憎的怒火，就不会有《伊利亚特》。荷马的英雄急于获得荣誉，也面临着死亡的全部恐惧。然而，另一个世界中并没有给勇士们死后的回报，荣誉带来的慰藉也是冷冰冰的。攻掠城池的奥德修斯在流浪中“给那些居民带去许多哀痛”；就像他在自己叙述的开头所说的，“从特洛伊出发，风儿把我带到伊斯玛鲁斯，在那里我攻克城池，杀死居民”。[59] 而当他结束流浪生涯的时候，却已失去了所有赚来的利物，自己的伙伴也全都死了，一切都是徒劳无功，就好像他虚构故事中的袭击那样。阿喀琉斯“坐在特洛伊城边，给普里阿摩斯和他的儿子带来痛苦”。这些可怕的事件带来了荣誉，但对于我们所面对的英雄来说，荣誉不足作为回报。荣誉的 κλέος［声名］就只是 κλέος，是不可信赖的传说，从过去传到我们凡人耳中；与此相对，诸神所拥有的知识是确切无疑的。此外，为往代英雄的事迹赋予 κλέος，是歌者的任务。[60] 英雄死去了，并不是为了他自己的荣誉，甚至也不是为了他的同伴，而更多是为了这歌曲的荣誉：这歌曲向一群入迷的听众述说着凡人生命的伟大与脆弱。

---

[59] ix.39–40，比较 xiv.245 ff. 讲述的埃及经历。

[60] 2.484: ἔσπετε νῦν μοι, Μοῦσαι... ὑμεῖς γὰρ θεαί ἐστε, πάρεστέ τε, ἴστέ τε πάντα· | ἡμεῖς δὲ κλέος οἶον ἀκούομεν, οὐδέ τι ἴδμεν. i.338 ἔργ' ἀνδρῶν τε θεῶν τε, τά τε κλείουσιν ἀοιδοί.

第四章

死亡、怜悯与客观性

> 这些莫扎特慢板主旋律的重要意义，不在于形式的完美及其感性之美，而在于从中涌现的深切情感……虽然这种情感完全不掩饰内在的强烈激情，但它表达这种激情，却没有丝毫病态的喧扰或矫饰的自我。[1]

我们已论述过，《伊利亚特》首先关心的，是英雄生与死的对比和意义。这种兴趣带来长长一系列的杀戮；史诗的这一层面，可能令当代读者感到不安。描述战斗中一个又一个英雄的杀戮过程，用了成千诗行，而且细节客观，冷静超然。被杀死的大多是不太重要的个体，很多情况下，他们仅仅存在于即将死去的时刻。再没有什么更能代表这部史诗的特点了；[2] 如果我们去看《尼伯龙人之歌》、《罗兰之歌》，或者《熙德之歌》，我们找不到任何类似的东西，来诠释那些为了被杀而存在的次要武士。这些史诗有的，是大量无关紧要的死者，他们没有单独的描写或者身份，作用也

---

1 H. Abert, *Mozart, II*, 228.

2 本章有一个更长且更加专业的版本，详尽讨论了古代评论对于这一点以及其他审美问题的重要意义，我已将其发表："Homeric Pathos and Objectivity", *CQ* 26 (1976), 161–185。

更简单——为大英雄的屠戮充个数。

总体说来，荷马的叙事风格是客观的。[3] 他并不放任自己进行主观化的感情爆发，而这种爆发，举例来说，在维吉尔笔下有：他在描述尼苏斯和欧吕阿鲁斯惨烈的英雄之死时，自己也被深深打动
104 了。这对武士深爱着对方，他们的不幸因情深而格外生色："幸福的一对儿！只要我的歌吟能有些微的力量，你们就永不会被后世遗忘……"[4] 如果被杀的武士本身并不重要，描写的风格又不带感情，这样一长串杀戮的记述很可能会令人无法忍受。诗人如何为被杀者赋予意义？又如何在冗长地重复这种场景之后，令他们的死对观众来说有些情感意义？我将在本章论述，记录这些杀戮的那种冷静的风格，以及最为突出的、许多武士都得到的简短讣告，均非常重要且令人印象深刻，因为它们确实传递了情感，同时也为人物赋予了地位和意义。它们做到了这些，故此才留在读者的记忆里，并成为《伊利亚特》最有力、最具代表性的特点之一。

---

[3] "荷马中缺乏主观性"，柯勒律治如是说（《桌边杂谈》[*Table Talk*] 1830 年 5 月 12 日）；H. Fränkel 谈到"荷马风格的一个更为普遍的特点：节制的客观性和贵族式的孤僻"（*Dichtung und Philosophie*, 41）。我希望，本章能够表明，以上及类似的判断，虽然在某个方面是正确的，在其他很多方面却是有误导性的。

[4] 维吉尔，《埃涅阿斯纪》ix.446：同性之爱完全不见于《伊利亚特》和《奥德赛》，尽管有很多人试图找出它；最近的研究见 M. W. Clarke, *Hermes* 106 (1978), 381–395。被认为"唯一明确 [原文如此] 意味了阿喀琉斯和帕特罗克洛斯是男同性恋爱人"（388）的段落——即 24. 129–130，其实并没有这样的意味。Clarke 和 Gilbert Murray（*Rise of the Greek Epic*[3], 125）一样，过分解读了 περ 一词；在短语 ἀγαθὸν δὲ γυναικί περ ἐν φιλότητι | μίσγεσθαι 中，它的意思并不是"即使与一个女子"（与男子相对），它本质上是一个格律工具；参考 K. Meister, *Die homerische Kunstsprache*, 21 和 33。忒勒马科斯和裴西斯特拉托斯在墨涅拉奥斯家时睡在一张床上，关于这点，J. T. Kakridis, *Gymnasium*, 78 (1971) 518 ff. 有着恰当的评论："Der Gedanke, dass eine solche Sitte die jungen Leute leicht zu Unzucht verführen konnte, lag den Menschen jener Zeit fern."［当时的人远没有这样的观念，以为这种习俗会诱使年轻人淫乱。］阿喀琉斯对帕特罗克洛斯的爱常被拿来对比吉尔伽美什对恩奇都的爱；或者，如果要在人们更熟悉的时代找个对比的话，则被拿来对比大卫对约拿单的爱，它"超过了对女子的爱"。忒拜史诗很可能与此不同，参见 Wilamowitz, *Kleine Schriften*, iv, 364。

同对性格刻画的处理一样，在这里，随着讨论次序的推进，我们可能遭到更大规模的批评：我们解读出的是史诗中根本不存在的东西，武断地掺入个体情感，由此曲解了本来流畅客观的表面。我先从那些看上去没有感情内容的段落开始，希望借此表明，要把这些段落和那些无疑带有情感内容的段落分割开来，是不可能的。令人振奋的是，古代评论者曾多次在这些段落中发掘出情感与感伤的特质，这和我们正要进行的讨论是一致的——尽管近期关于荷马的著述绝少注意到他们的工作。这当然不足以证明我们是正确的，然而，以古希腊文为母语的人们与我们所见略同，105
总是些安慰；至少它们可不是二十世纪年代误植的观点。我们会发现，那些带来怜悯的重要主题，在其他地方也会表达其他情感，但它们的核心作用是传达《伊利亚特》中的核心事实：死亡的意义。

在 11.262，阿伽门农已杀死安特诺尔的两个儿子。这是个非常引人哀怜的情节（特别参见 11.241–247）。诗中总结道：

> ἔνθ᾽ Ἀντήνορος υἷες ὑπ᾽ Ἀτρείδῃ βασιλῆι
> πότμον ἀναπλήσαντες ἔδυν δόμον Ἄϊδος εἴσω.

“安特诺尔的两个儿子就这样在阿伽门农手下实现了他们的命运，去了哈得斯的宫殿。”这样的段落没有表达感情的字眼，很容易被低估。我们发现有位古代评论者说“他的描述充满感情”。我们真能确信其中带有情感吗？

为了回答这个问题，让我们继续阅读一个并无不同但更明显的段落。在 5.539 及以下诸行，讲述狄奥克勒斯的双生儿子：他们的世系；成年之后，他们航至特洛伊；在那里，埃涅阿斯杀死了他们，就像人们杀死一对狮子：

> τοίω τὼ χείρεσσιν ὑπ᾽ Αἰνείαο δαμέντε
> καππεσέτην, ἐλάτῃσιν ἐοικότες ὑψηλῇσι.

“兄弟俩也这样被埃涅阿斯强有力的手臂征服，倒在地上，就像高大的冷杉倒下。”同样，没有任何直白表示哀怜的字眼；但古代评论者评道：“通过高大的冷杉树，因它们的青春和美，这描写充满了感情。”这个比喻含蓄地、更多一点地表达了怜悯之情（一旦倒下，它们就倒地不起），一如前面一段对童年和成长的描写。

在 11.99，阿伽门农杀死了比埃诺尔和奥伊琉斯。

> καὶ τοὺς μὲν λίπεν αὖθι ἄναξ ἀνδρῶν Ἀγαμέμνων
> στήθεσι παμφαίνοντας, ἐπεὶ περίδυσε χιτῶνας.

“王者阿伽门农剥下他们的胸甲，把尸体抛下，任他们的胸膛在那里闪光。”常见的短语 στήθεσι παμφαίνοντας，意思是光裸的胸膛
106 在阳光下闪光；古代有人指出这些字眼“展示了他们的青春”。这里又是一个直陈事实、看似不带感情的短语，却让整句都很生动。

更为明确的是 16.775，这也是荷马中最令人难忘的段落之一。争夺克布里奥涅斯（Cebriones）尸体的战斗激烈地进行着：

> ὃ δ᾽ ἐν στροφάλιγγι κονίης
> κεῖτο μέγας μεγαλωστί, λελασμένος ἱπποσυνάων.

“他躺在尘埃的漩涡里，伸开手脚依旧雄壮，却没了车战的雄心。”“添上的这句引人哀怜，催人泪下”，古代评注者如是说；而有些当代学者认为，这几行太棒了，不会是为克布里奥涅斯这样的次要人物而作。[5] 同样，没有一个词是明确表达情感的。但这种反差（见下文第 134 页及以后）很有效果，只有不合格的读者，才会看不出这里的怜悯。

在 4.536，双方各有一位领袖被杀：

ὣς τώ γ᾽ ἐν κονίῃσι παρ᾽ ἀλλήλοισι τετάσθην,
ἤτοι ὁ μὲν Θρῃκῶν, ὁ δ᾽ Ἐπειῶν χαλκοχιτώνων
ἡγεμόνες· πολλοὶ δὲ περὶ κτείνοντο καὶ ἄλλοι.

“他们两人就这样并肩躺在尘埃里，一个是色雷斯人的领袖，另一个统领披铜甲的厄帕奥斯人，在他们尸体周围，许多人同样被杀死。”斯特拉斯伯格[6]提出，此处两位领袖的英勇死去代表了整场激战，因为史诗没法充分地描述激战。我想，这其中有些道理；但概括他们死去的特别方式，似乎也意在昭示一个悲剧的事实：两个人都是远离家乡地战斗并阵亡。身为对手，他们却在死后肩并肩躺着，而观众看待他们的视角一如神明，把他们看作一样的人：一样的脆弱，一样的必死，一样地逝去。

“远离家乡”的主题，在这里虽然含蓄，却在另一些段落中得 107

[5] 这样一来，即使是纯粹的审美洞见，也立刻成为溯源的工具；参见 Wilamowitz, *Die Ilias und Homer* (1920), 142；W. H. Friedrich, *Verwundung und Tod in der Ilias* (1956), 106；反之，比较 A. Dihle, *Homer-Probleme* (1970), 23。

[6] G. Strasburger, *Die kleinen Kämpfer der Ilias*, Diss. Frankfurt/ Main, 1954, 45；比较 W. Marg, *Die Antike*, 18 (1942), 168。

到了拓展。首先，它被用于责备，在16.538，格劳科斯对赫克托耳说：

Ἕκτορ, νῦν δὴ πάγχυ λελασμένος εἰς ἐπικούρων,
οἳ σέθεν εἵνεκα τῆλε φίλων καὶ πατρίδος αἴης
θυμὸν ἀποφθινύθουσι.

“赫克托耳，你把同盟者完全弃置不顾，他们为了你牺牲性命，远离亲朋，撇下可爱的故乡！”或者用作性质不同的奚落；在1.29，阿伽门农对克律塞斯说：“你的女儿我不释放”：

πρίν μιν καὶ γῆρας ἔπεισιν
ἡμετέρῳ ἐνὶ οἴκῳ, ἐν Ἄργεϊ, τηλόθι πάτρης,
ἱστὸν ἐποιχομένην καὶ ἐμὸν λέχος ἀντιόωσαν.

“她将远离故土，终老在阿尔戈斯，在我家里，纺织不辍，为我暖床。”目光敏锐的古代评注者对此评说：“他逐步增强她远离的程度，以此来伤害老人”（指第30行）：强调远离家园，是为了让做父亲的遭受他可能感到的最大痛苦。[7]这里，我们不会忘记克律塞斯是个极为可怜的人物；紧接着，史诗极为微妙地表达了这一点：

ὣς ἔφατ', ἔδεισεν δ' ὁ γέρων καὶ ἐπείθετο μύθῳ·

[7] 详尽的讨论见 J. Th. Kakridis, *Homer Revisited* (1970), 131。

βῆ δ᾽ ἀκέων παρὰ θῖνα πολυφλοίσβοιο θαλάσσης.[8]

“他这样说着，老人害了怕，只得听命；他一声不响，沿着啸吼的大海的岸边走去。”

通过这一主题带来痛苦，还有一种方式，见 20.389，阿喀琉斯在奥特伦透斯之子伊菲提昂的尸体上耀武扬威：

κεῖσαι, Ὀτρυντιάδη, πάντων ἐκπαγλότατ᾽ ἀνδρῶν.
ἐνθάδε τοι θάνατος, γενεὴ δέ τοί ἐστ᾽ ἐπὶ λίμνῃ
Γυγαίῃ, ὅθι τοι τέμενος πατρώϊόν ἐστιν.

“奥特伦透斯之子，你这恶人倒下了，死亡在这里赶上了你，可你 108
却出身古盖亚湖旁，那里有你父亲的田地。”阿喀琉斯说这话时 εὐχόμενος，“得意洋洋”：这当然不仅仅是讲述地理或者生平的题外话，而是渲染了远离家乡而死的悲苦——这比死亡本身还要糟。

这种语气也很容易逆转，把羞辱变作哀叹。在 11.814，帕特罗克洛斯看到阿开亚领袖受伤，感动地心生同情：

τὸν δὲ ἰδὼν ᾤκτειρε Μενοιτίου ἄλκιμος υἱός,
καί ῥ᾽ ὀλοφυρόμενος ἔπεα πτερόεντα προσηύδα·
ἆ δειλοί, Δαναῶν ἡγήτορες ἠδὲ μέδοντες
ὡς ἄρ᾽ ἐμέλλετε τῆλε φίλων καὶ πατρίδος αἴης
ἄσειν ἐν Τροίῃ ταχέας κύνας ἀργέτι δημῷ.

8　*ΣT* 1.33：“把他称作‘老人’而非‘祭司’很恰当，因为他受了辱又害怕，这使得他更加可怜。”

“英勇的墨诺提奥斯之子见了他很是痛心，他哀叹一声说道：‘啊，不幸的人们，阿开亚的首领和谋士们，你们真是命中注定要远离亲人和故土，用你们的光亮的嫩肉喂特洛伊的恶狗。’”这里的情感是相当明确的，同样的主题（“远离故土”）也出现在我们已经考察过的那些表面上“不带感情”的段落，而这里则用来表达说话人所感到的怜悯。如果考虑到这一点，接下来这个段落是什么语气，就毫无疑问了。

在 17.300，希波托奥斯在争夺帕特罗克洛斯的尸体时，被埃阿斯所杀：

ὁ δ᾽ ἄγχ᾽ αὐτοῖο πέσε πρηνὴς ἐπὶ νεκρῷ,
τῆλ᾽ ἀπὸ Λαρίσης ἐριβώλακος,

“他自己也在他身旁倒下，倒在那尸体上，远离土壤肥厚的拉里萨”，而且诗人接着说：

—οὐδὲ τοκεῦσι
θρέπτρα φίλοις ἀπέδωκε, μινυνθάδιος δέ οἱ αἰὼν
ἔπλεθ᾽ ὑπ᾽ Αἴαντος μεγαθύμου δουρὶ δαμέντι.

“未及报答父母的养育之恩；他生命短暂，死在高贵的埃阿斯长枪下。”诗人在这里又加上两个他最为伤感的主题：“短暂的生命”和“悲痛的父母”。二者完全放大的话，则主导了整部史诗的架构，从《伊利亚特》卷一有关阿喀琉斯和克律塞斯的场景，到卷二十四中阿喀琉斯与普里阿摩斯的会面。古代评论者评论这个段

落说，“他已令叙述足堪哀悯”，然而，这种效果并不是通过明确 109
带有感情色彩的字眼实现的。[9]

还有两个例子，一个出现在直接对话中，一个出现在诗人的叙述里。在 5.684，受伤的萨尔佩冬请求赫克托耳营救：

Πριαμίδη, μὴ δή με ἕλωρ Δαναοῖσιν ἐάσῃς
κεῖσθαι, ἀλλ᾽ ἐπάμυνον· ἔπειτά με καὶ λίποι αἰὼν
ἐν πόλει ὑμετέρῃ, ἐπεὶ οὐκ ἄρ᾽ ἔμελλον ἔγωγε
νοστήσας οἶκονδὲ φίλην ἐς πατρίδα γαῖαν
εὐφρανέειν ἄλοχόν τε φίλην καὶ νήπιον υἱόν.

“普里阿摩斯的儿子，快来救我，别让我躺在这儿，成了阿开亚人的猎物；让我死在你们的城里吧，既然我注定不能回到自己亲爱的家乡，让我的妻小欢喜。”尤斯塔修斯 594.13 对这番动人的恳求明确评论道：“这番话如此谈到自己的儿子成为孤儿，自己被葬在异乡，饱含伤感。”我想，没法不相信接下来这个段落中也有同样的哀怜，尽管前一段来自人物的言语，是直白的哀伤，而后一段是诗人的旁白。在 15.705，赫克托耳放火点燃了普罗特西拉奥斯的船，

ἣ Πρωτεσίλαον ἔνεικεν
ἐς Τροίην, οὐδ᾽ αὖτις ἀπήγαγε πατρίδα γαῖαν.

[9] 对这一点的思考，也许意味着要质疑古代（或现代）诗歌和思想研究中高度词典编纂式的方法。情感和判断并不仅仅是，或许也并非主要地，通过“最重要的价值词汇”来传达。

“（快船）把普罗特西拉奥斯送来特洛伊，却没能把他送回故乡。”普罗特西拉奥斯是头一个被杀死在特洛伊的勇士，2.700 及以下诸行已有过感情充沛的描述（比较第 132 页及以后内容），诗人本不必再为他的不幸添油加醋；之所以补上这一笔，一定是出于感伤的目的，而其风格仍是“就事论事”的。

当然，没法清楚地把不同的主题分别开来。我们提到的段落里，就已包含了好几种。但是，在接着讨论其他段落之前，我们可以观察一下“远离”主题的某些特别的描写。在 22.445，安德洛玛刻像平时一样在家中做好准备，迎接赫克托耳回来，也烧好了洗澡水：

110 νηπίη, οὐδ᾽ ἐνόησεν ὅ μιν μάλε τῆλε λοετρῶν
χερσὶν Ἀχιλλῆος δάμασε γλαυκῶπις Ἀθήνη.

“痴心的女人啊，她绝没想到，在远离热水澡的地方，明眸的雅典娜已借阿喀琉斯之手将他杀死。”这里，尽管赫克托耳死在自己的家乡，诗人仍以高超的技巧，在他身上使用了“远离家园”的主题：他被杀死的时候，远离深情妻子为他准备的那些享受。[10] 此处，诗人不再采用客观的纯叙述风格。“痴心的女人啊，她绝没想到……”这句评论是从一个确定的角度来展示她的，语气中的怜悯也更明显。类似的段落或可看作居中的情况，介于对话的直白风格和叙述的客观风格之间。[11] 如果我们比较一下萨克雷笔下的一个

[10] 沙德瓦尔特在讨论这一场景时，谈到了荷马“高超而又简单的对比艺术”，*Von Homers Welt und Werk*^{4} (1965), 328.

[11] 关于这两者的区别，参见 H. Fränkel, *Dichtung und Philosophie*^{2}, 43。

著名段落，就能感受到荷马的描写水平了；据推测，萨克雷这一段也直接或间接地源自荷马。[12] 在《名利场》第 35 章末尾，女主人公正等待丈夫从滑铁卢战场返回：“黑暗降临了战场和城市：爱米莉亚正为她的乔治祈祷，而他正俯卧在战场上，心口中了颗子弹，死了。”荷马的读者可能会觉得，对比之下，这里的效果也许显得比较粗糙，部分是因为节奏不连贯，部分是由于它是个毫无铺垫的意外。[13] 这两点都不是史诗的特性。

为了比较异同，我们可以看看《奥德赛》中两处特别的发挥，在这两处，奥德修斯的远离得到了如此多的反复强调。

首先，在 i.57： 111

αὐτὰρ Ὀδυσσεύς
ἱέμενος καὶ καπνὸν ἀποθρῴσκοντα νοῆσαι
ἧς γαίης, θανέειν ἱμείρεται.（比较 vii.224）

“但奥德修斯一心渴望能看见故乡升起的炊烟，只求一死。”这愿望的感人之处在于它的卑微：只要能望见自己的家乡，哪怕代价是死亡。

其次，在 17.312，欧迈奥斯说起忠犬阿尔戈斯：“这条狗由客

12　萨克雷记录说（*The Letters and Private Papers of W. M. Thackeray*, ed. G. N. Ray [1945], I, 207），1832 年 6 月 10 日这天他“发誓要每天读些荷马”。

13　“对朋友的命运一无所知”的主题，被再次运用在第 17.401，效果卓著。此处，阿喀琉斯对帕特罗克洛斯之死毫不知情。一个古代评论者针对这一段表达了如下看法（*ΣT* in 17.401 的评论）：“荷马常以这种方式引起同情，此时那些遭受巨大灾祸的人仍对自己的不幸一无所知，还怀有更乐观的期望，就像卷二十二中的安德洛玛刻。”这样的内容不会出现在里夫的评论中；解析派倾向于否定卷十七的那个段落，Ameis-Hentze 指出“它的内容纯粹是负面的”。Adolph Roemer 把他们称作“那一小撮伟大的解析派学者”（*das kleine Geschlecht der grossen Analytiker*）时，可不是没有挑衅意味的（*Hom. Aufsätze* [1914], 66）。

死他乡的真正英雄豢养。”这段话将反讽（欧迈奥斯正是对奥德修斯本人说这话的）与某种感伤结合在一起。一只忠犬的遭遇是不值得《伊利亚特》去关注的。从这部次要史诗中选出这两个段落，并非随意，在我看来，它们与《伊利亚特》中那些段落的关系，与这两部史诗整体间的关系一致。一个是对英雄生与死的简单怜悯；另一个则有更大的复杂性和更加接近感伤主义的手法。[14]

在《伊利亚特》中，这一主题另一个特殊的发挥，带来了 3.243 的这个惊人又难忘的段落。在此处，海伦告诉普里阿摩斯，她在阿开亚人的统帅中找不到狄俄斯库里，她那对孪生兄弟；也许他们不肯出现，是因为自己令他们蒙羞；

ὣς φάτο, τοὺς δ᾽ ἤδη κάτεχεν φυσίζοος αἶα
ἐν Λακεδαίμονι αὖθι, φίλῃ ἐν πατρίδι γαίῃ.

“她这样说着，可在他们亲爱的故土斯巴达，丰产的大地已把他们纳入怀抱。”

有关这个话题的当代作品中，一个最佳的评价来自已故的亚当·帕里。[15] 我只想补充一点：从我们当前的观点来看，这又是一
112 个例子，“死在远方”的主题被用在那些死在自己家乡的人。“对朋友的遭遇一无所知”的主题与此结合，令这里的海伦特别打动

[14] 关于两部史诗的不同特质，参见 F. Jacoby, “Die geistige Physiognomie der Odyssee”, *Die Antike*, 9 (1933), 159–194=*Kleine philologische Schriften* (1961), I, 107–139; W. Burkert, “Das Lied von Ares und Aphrodite: Zum Verhältnis von Odyssee und Ilias”, *Rh. Mus.*103 (1960), 130–144; W. Marg, “Zur Eigenart der Odyssee”, *A und A* 18 (1973), 1–14。关于《奥德赛》中 *Tränenseligkeit*（译按：一种感情充溢，几欲泪下的状态）的阐释，例见 G. Beck, “Beobachtungen zur Kirke-Episode”, *Philol.*109 (1965), 1–30。

[15] *YCS* 20 (1966), 197 ff.

人心。

还可能有另一种逆转。在异乡死去并下葬是可怕的；[16]同样可怕的是眼见自己的家园被践踏，并在家乡那些熟悉的场景中被杀死。史诗不会没有这样的主题。

在卷二十二中，特洛伊人不得不在自己的城墙上，望见赫克托耳被追赶并被杀死的过程——就像宙斯在 22.172 说的：

νῦν αὖτέ ἑ δῖος Ἀχιλλεὺς
ἄστυ περὶ Πριάμοιο ποσὶν ταχέεσσι διώκει.

“现在，绕着普里阿摩斯的城池，神样的阿喀琉斯脚步轻捷，将他追赶”，这个段落效果卓著，因为，紧跟着“普里阿摩斯的城池”，就是阿喀琉斯对普里阿摩斯儿子的追赶。

奔跑中的赫克托耳经过了 πλυνοί，“美丽的洗衣石槽，在阿开亚男儿们还没有到来的太平日子里，特洛伊人的妻子和可爱女儿们，一向是在这里清洗她们闪亮的衣裙”。英雄传统中保留了这样的细节，实在难以想象，除非这也是为了同样的感情效果：巴赛特认为，这是为了悲剧对比而虚构的；他无疑是正确的。[17]把做家务的妇女（我们想起《奥德赛》卷六的开头）与被追赶至死的特洛伊英雄放在一起，又是一个极端的例子，显示了荷马史诗所使用的、带有情感意义的对比。[18]我们必须要提一提那些“具有内在象征意义”的人物了；这里的对比也许可以算得上一个。

---

[16] ἐχθρὰ δ’ ἔχοντας ἔκρυψεν, Aesch. *Ag*.454.

[17] 22.153，见上文第 22 页。

[18] 在《奥德赛》中有一个类比，奥德修斯“在他自己家中”受辱；其特点是悲剧色彩更弱，讽刺意味更强。他终将复仇，而且不像阿喀琉斯的复仇，他的报复毫无缺憾。

我们现在从“远离家园”的主题转到“在家乡附近”的主题，而这又自然把我们带到“在朋友身边”的主题。荷马中的许多勇士都被杀死在无力营救的友伴身边。在“理性”层面上，这是再自然不过的结果了，因为《伊利亚特》中所展现的战斗方式就是大片激战中的双人决斗；但结果它却唤起了深切的怜悯之情。

113 首先是一个不明显的、“客观描写”的例子：4.522 = 13.548，一个勇士倒下了：

ὁ δ’ ὕπτιος ἐν κονίῃσι
κάππεσεν, ἄμφω χεῖρε φίλοις ἑτάροισι πετάσσας

“他一头扑进尘埃，伸出双手向伙伴们求援。”

这一主题可进一步使用明喻。在 13.652，哈尔帕利昂被长枪刺穿骨盆，倒了下来：

ἑζόμενος δὲ κατ’ αὖθι φίλων ἐν χερσὶν ἑταίρων
θυμὸν ἀποπνείων, ὥς τε σκώληξ ἐπὶ γαίῃ
κεῖτο ταθείς:

“他当即坐到地上，在自己同伴的怀抱里咽下最后一口气，像一条死虫瘫倒在地”；人们伤心地抬走了他的尸体，他父亲也在其中（第 658 行），“流着眼泪，他爱子的死没有任何偿报”。伙伴们无力营救哈尔帕利昂，也无力为他复仇。整段描述，特别是父亲这一人物，汇集了许多技巧，在同伴们的“伤心”和父亲的“眼泪”中，明确地表现了怜悯。

考虑到这点，如果把不够明确的 4.512 或 11.120，解读为确实不带感情，我认为是不妥当的。[19] 这里，阿伽门农杀死了普里阿摩斯的两个儿子，[20] 并剥掉他们的甲胄（第110行），γιγνώσκων，“认出了他们”；接下来的故事，解释了他何以认得他们；这里用了狮子杀死小鹿的明喻：

ὣς ἄρα τοῖς οὔ τις δύνατο χραισμῆσαι ὄλεθρον
Τρώων, ἀλλὰ καὶ αὐτοὶ ὑπ᾽ Ἀργείοισι φέβοντο.

“没有哪个特洛伊人能挽救兄弟俩的死亡，他们也正被阿尔戈斯人
赶得溃逃。” 阿伽门农认出他们的细节，[21] 无疑是从卷二十一中吕卡 114
昂那段插曲脱化而来。[22] 既然那一段是全诗最令人感伤的插曲之一，这里的意图肯定也是要带来哀怜；此外，狮子嘎吱做声地咬嚼无助的幼鹿，这个比喻也是一样的用意；最后，他们死在惊恐无助的伙伴眼前。

同样，在 15.650，赫克托耳杀死了佩里斐特斯：

---

[19] 这一场景沙德瓦尔特讨论过，见 *Iliasstudien* (1938) 47 ff.。

[20] 学者们常常震惊于整部《伊利亚特》中，普里阿摩斯亲族被杀死的数目。许多学者简单地认为，死在阿开亚人手中、值得记录的特洛伊人，必然得有某方面的重要性，而给不太重要的勇士赋予重要性，最简单的办法就是让他们成为普里阿摩斯之子。G. Strasburger, *Die kleinen Kämpfer*, 24 提出，与阿开亚人相反，特洛伊人被展现为一个整体，具体表现为普里阿摩斯家族。我认为，从审美上说，主要原因在于，普里阿摩斯正是诗中那个我们眼见遭遇苦难的老人和父亲（除了赫克托耳的死，比较 22.4［译按：疑为 22.44 之误］及以下诸行，普里阿摩斯谈到众多儿子的死去），并且，在他身上叠加的不幸，可以用感伤的措辞表达得生动形象，触手可及。我们了解普里阿摩斯；相较之下，其他可怜的父亲则缺少血肉。《伊利亚特》对失子的父亲特别感兴趣。

[21] “添加了极其散文化的一笔”，Platt：里夫转引并赞同这一观点。

[22] 沙德瓦尔特亦持此论。

φίλων δέ μιν ἐγγὺς ἑταίρων
κτεῖν᾽· οἱ δ᾽ οὐκ ἐδύναντο καὶ ἀχνύμενοί περ ἑταίρου
χραισμεῖν· αὐτοὶ γὰρ μάλα δείδισαν Ἕκτορα δῖον.

"他在他的伙伴们身旁杀死了他：伙伴们痛彻肺腑，却救不了他；因为他们自己也很害怕神样的赫克托耳。"这里的 ἀχνύμενοι 一词，"痛心的"，含蓄地表达了怜悯之情。

这一主题也可以表现为嘲讽。在 16.837，赫克托耳对将死的帕特罗克洛斯说，

ἆ δείλ᾽, οὐδέ τοι ἐσθλὸς ἐὼν χραίσμησεν Ἀχιλλεύς.

"可怜的人啊，高贵的阿喀琉斯也未能帮助你。"这也可以用在庇护的神明那里。在 5.49：[23]

...υἱὸν δὲ Σκαμάνδριον, αἵμονα θήρης,
Ἀτρεΐδης Μενέλαος ἕλ᾽ ἔγχεϊ ὀξυόεντι,
ἐσθλὸν θηρητῆρα, δίδαξε γὰρ Ἄρτεμις αὐτὴ...
ἀλλ᾽ οὔ οἱ τότε γε χραῖσμ᾽ Ἄρτεμις ἰοχέαιρα,
οὐδὲ ἑκηβολίαι, ᾗσιν τὸ πρίν γ᾽ ἐκέκαστο.

---

[23] 英雄诗系与荷马史诗的对比十分明显。在《伊利亚特》中，不仅斯卡曼德里奥斯和赫克托耳这样神明钟爱的人物，就连宙斯自己的儿子萨尔佩冬，都可能被杀死；英雄诗系则慷慨地派发永生。于是阿尔忒弥斯赐伊菲革涅亚永生；厄俄斯和忒提斯给各自的儿子曼农和阿喀琉斯赋予不朽，宙斯赐狄俄斯库里不死；而《泰列格尼》(*Telegony*, Proclus）中的刻尔克似乎令所有幸存者长生不死。《奥德赛》没有自堕至此，但也从伊利亚特式的严格概念中退缩了（《奥德赛》iv.561 说，墨涅拉奥斯将永生不死）；参见 J. Griffin, "The Epic Cycle and the Uniqueness of Homer", in *JHS* 97 (1977), 39–53。

“墨涅拉奥斯用尖锐的长枪刺死了斯特罗菲奥斯之子斯卡曼德里奥斯，这人是个打猎能手；阿尔忒弥斯曾亲自教导他。可现在，射手阿尔忒弥斯也帮不了他，他一向高明的弓箭术也派不上用场……”

它也可以用来嘲弄愚人，如 2.872 中的特洛伊人安菲马科斯 115

ὃς καὶ χρυσὸν ἔχων πόλεμονδ᾽ ἴεν ἠΰτε κούρη,
νήπιος, οὐδέ τί οἱ τό γ᾽ ἐπήρκεσε λυγρὸν ὄλεθρον,
ἀλλ᾽ ἐδάμη ὑπὸ χερσὶ ποδώκεος Αἰακίδαο

“他参加战斗，一身金饰，宛如少女，这愚蠢的家伙；金子没有为他抵挡悲惨的死亡，他死在捷足的阿喀琉斯手下。”

伙伴的无力援助引出了“死后无人收管”的主题。[24] 跟本章讨论的所有主题一样，这一主题可以带来非常不同的感情色彩。

首先，作为警告：18.270 就是如此；波吕达马斯警告特洛伊人不要在城外过夜，避免遭遇阿喀琉斯；不然

ἀσπασίως γὰρ ἀφίξεται Ἴλιον ἱρὴν
ὅς κε φύγῃ, πολλοὺς δὲ κύνες καὶ γῦπες ἔδονται
Τρώων.

“侥幸逃脱的人将会庆幸自己回到坚固的特洛伊，狗群和鹰鹫将会吞噬无数的特洛伊人。”

更常见的则是威胁；这可以用在自己一方的懈怠者身上，比

[24] 文本材料由 C. P. Segal 收集，参见“The Theme of Mutilation of the Corpse”, *Mnemosyne*, Suppl.17 (1971)。

如 2.392 中的阿伽门农：任何逃避战场的阿开亚人，

οὔ οἱ ἔπειτα

ἄρκιον ἐσσεῖται φυγέειν κύνας ἠδ᾽ οἰωνούς.

“从此以后，他这样的逃兵再也别想避免被野狗和飞鸟吞食。”

也可以是对敌人的威胁；比如 13.831 中，赫克托耳对埃阿斯的话：

Τρώων κορέεις κύνας ἠδ᾽ οἰωνοὺς

δημῷ καὶ σάρκεσσι, πεσὼν ἐπὶ νηυσὶν Ἀχαιῶν.[25]

“那时你将倒在阿开亚人的船边，用你的肥肉喂饱特洛伊人的恶狗和鸟群。”

116 还可以把自己这方死者将获得的更好待遇拿来对比，用以增加这种威胁；例如阿喀琉斯在 22.335 对赫克托耳说的：你以为自己可以杀了帕特罗克洛斯而苟活，但我却要为他复仇：

σὲ μὲν κύνες ἠδ᾽ οἰωνοὶ

ἑλκήσουσ᾽ ἀϊκῶς, τὸν δὲ κτεριοῦσιν Ἀχαιοί.

“恶狗飞禽将把你践踏，阿开亚人却会为帕特罗克洛斯举行葬礼。”

这一主题可以表露说话人的真心怜悯，例如 11.814（参见第

---

[25] 二者都可在旧约中找到例子；上帝也如此诅咒不服从的以色列人，《申命记》28 ： 26：“你的尸首必给空中的飞鸟和地上的走兽做食物，并无人哄赶。”战场上的歌利亚对大卫说：“来吧！我将你的肉给空中的飞鸟、田野的走兽吃。”

108 页)。

它可以与反讽的怜悯相结合，形成尖刻的奚落，例如 16.837(参见第 114 页)。

它与真诚的怜悯结合起来，于是形成了深切的警告；比如 22.86，赫库芭对赫克托耳说：

εἴ περ γάρ σε κατακτάνῃ, οὔ σ᾽ ἔτ᾽ ἔγωγε
κλαύσομαι ἐν λεχέεσσι, φίλον θάλος, ὃν τέκον αὐτή...
(但是)
Ἀργείων παρὰ νηυσὶ κύνες ταχέες κατέδονται.

“如果你被他杀死，亲爱的儿啊，你便不可能安卧停尸床，被我哀悼…… 你会在阿尔戈斯的船边被敏捷的群犬饱餐。”

尖刻的奚落还可以进一步发挥，比如在 21.122，阿喀琉斯将吕卡昂的尸体丢进河里时说：

ἐνταυθοῖ νῦν κεῖσο μετ᾽ ἰχθύσιν, οἵ σ᾽ ὠτειλὴν
αἷμ᾽ ἀπολιχμήσονται ἀκηδέες, οὐδέ σε μήτηρ
ἐνθεμένη λεχέεσσι γοήσεται. . .

“现在你在那儿跟游鱼一起躺着吧，它们会悠闲地从你的伤口吮你的血，你母亲不可能把你放在停尸床上哀悼……”但鱼群将以吕卡昂洁白的脂肪为食。这里，河战的特殊场景引出了鱼群，而非更常见的群犬和群鸟，而诗人至少成功地令阿喀琉斯的嘲讽与其他常见形式一样骇人、一样难忘。

117 在同一卷稍后，紧接着阿斯特罗帕奥斯的死，“不带感情”的叙述风格中也有着同样的主题，见 21.201：

τὸν δὲ κατ᾽ αὐτόθι λεῖπεν, ἐπεὶ φίλον ἦτορ ἀπηύρα,
κείμενον ἐν ψαμάθοισι, δίαινε δέ μιν μέλαν ὕδωρ.
τὸν μὲν ἄρ᾽ ἐγχέλυές τε καὶ ἰχθύες ἀμφεπένοντο,
δημὸν ἐρεπτόμενοι ἐπινεφρίδιον κείροντες. . .

“他把阿斯特罗帕奥斯丢在那里失去性命，躺在沙滩上任凭暗黑的河水拍浸。鳗鲡和鱼群围绕着他的尸体忙碌，啄食他的嫩肉，吞噬他的肝脏。”

冯德穆[26]认为这个场景属于诗人 B 的作品，并对它不满；他在注释中指出，鳗鱼并不会真的这样做。可是，在我们看来，“鳗鲡和鱼群”是与“群犬群鸟”对等的，这段诗是长长一个系列中的一环，而且几乎是出人意料的一环。

另一个有力的段落是普里阿摩斯对赫克托耳突然爆发、情绪激动的一番话，提醒他城破之后伴随而来的各种惨状，22.66：

αὐτὸν δ᾽ ἂν πύματόν με κύνες πρώτῃσι θύρῃσιν
ὠμησταὶ ἐρύουσιν...
οὓς τρέφον ἐν μεγάροισι τραπεζῆας θυραωρούς,

[26] *Kritisches Hypomnema zur Ilias* (1952), 317: “Noch hasslicher ist, was folgt... nach Otto Körner, *Die homerische Tierwelt* (1930), 80, geht dies, was die Aale betrifft, gegen die Naturgeschichte.” [接下来的部分更加丑恶……Otto Körner 在《荷马的动物世界》第 80 页指出，对于鳗鱼的描写违背了生物学。] 参考 Kakridis, *Homer Revisited*, 96。古代也有些人认为荷马在任何技艺和知识上都正确无误；例见 F. Buffière, *Les Mythes d'Homère et la pensèe grecque* (1956), 10 ff.。

οἵ κ᾿ ἐμὸν αἷμα πιόντες ἀλύσσοντες περὶ θυμῷ
κείσοντ᾿ ἐν προθύροισι. . .

“我最后死去的时候，贪婪的狗群将会在门槛边把我撕碎，它们本是我在餐桌边喂养的看门狗，却将吸吮我的血，餍足地躺在大门口。”普里阿摩斯噩梦般的预想，同许多别的想象一样，继续了我们熟悉的史诗主题，但不同之处在于，这里的群犬不再是无所特指的牲畜，而是普里阿摩斯自己的狗。当然，对此不满者大可认为它是“后加的”。研究荷马的学者似乎与诗歌的作者有着同样的观点，认为更早的诗人，一如更早的人，总比后来的要“好”。[27]

这些段落大多是直接对话。卷一第 1—5 行则是一个非对话形 118
式的重要段落：

μῆνιν ἄειδε θεὰ Πηληϊάδεω Ἀχιλῆος
οὐλομένην, ἣ μυρί᾿ Ἀχαιοῖς ἄλγε᾿ ἔθηκε,
πολλὰς δ᾿ ἰφθίμους ψυχὰς Ἄϊδι προΐαψεν
ἡρώων, αὐτοὺς δὲ ἑλώρια τεῦχε κύνεσσιν
οἰωνοῖσί τε δαῖτα.[28]

“女神啊，请歌唱佩琉斯之子阿喀琉斯的致命的愤怒，那一怒给阿开亚人带来无数的苦难，把许多战士的健壮英魂送往冥府，使他们的尸体成为野狗和各种飞禽的肉食。”这序曲是怎样的语气？

---

[27] “此处，诗人 B 又添加了不合宜的一段”，Von der Mühll, 333。“对惨状无必要的夸张，再加上一些其他的考虑……可以断定这几行亦非原作”，Leaf, 428。他还立即补充道：“所有怀疑都建立在有些宽泛的立场上”，并且“这些后加的段落……补得很有技巧”。

[28] δαῖτα Zenodotus: πᾶσι codd. 参见 R. Pfeiffer, *History of Classical Scholarship*, I (1968), 111。

最近的研究者似乎对这个问题兴趣寥寥；[29]但对全诗来说，它肯定是重要的。古代评注 A 和 T 认为，诗人为他那些悲剧设定了一个悲剧的序曲，τραγῳδίαις τραγικὸν ἐξεῦρε προοίμιον，而古代评注 BT 谈到第 3 行：κίνησιν οὐ τὴν τυχοῦσαν ἔχει τὸ προοίμιον, εἰ μέλλει διηγεῖσθαι θανάτους πολλῶν ἰφθίμων ἡρώων，意思似乎是，“序言的情感效果异乎寻常，[30]因为它表明，诗中会讲述许多伟大英雄之死”。在我看来，这里古人们的观点是合理的，而当代人的沉默应当谴责。这是受到诅咒的怒火：它令许多伟大的英雄，成为食腐犬鸟的果腹之物。

我们已经讨论了荷马使用这一主题的方式，也知道它被用在各个方面的情感表达中。可以不带感情地使用它吗？在卷一序言中，诗人正在吸引听众的注意，告诉他们诗中要讲些什么，将会是什么样子。它的主题是带来灾难的冲冠之怒，这怒火令阿开亚人损失惨重，几近兵败。这一主题并不会，也从来不可能适合那些仅仅“想要找个乐子”的人——尽管持这种口味的人可能会喜
119 欢《奥德赛》。接受了这部史诗的听众，一定也已经接受它是部悲剧作品。而序曲正是这样宣布的：受到诅咒的可憎怒火，伟大的武士倒地不起，未曾埋骨；这正是宙斯的意旨。它并没有把主题描述成“数番激战丁丁冬冬，致命决裂接踵而至，间不容发，九死一生，最终击败赫克托耳，特洛伊城随即完蛋”。提及那些未得掩埋的死者，令观众有情感上的回应；我们会再次看到，若非如

---

[29] 以下作品中未见讨论：M. M. Willcock *A Commentary on Homer's Iliad*, I–VI (1970); B. A. van Groningen, “The Proems of the *Iliad* and *Odyssey*”, *Meded. der kon. Ned. Ak*.9.8 (1946); W. Kullmann, “Ein vorhomerisches Motif im Iliasproömium”, *Philol*. 99 (1955), 167–192.

[30] 关于 κίνησις 一词的这个意思（LSJ 未见），参见 ΣbT in i.446... ἀλλ' οὐδὲ τοσαύτην κίνησιν ἔχει τὰ ἡδέα λεγόμενα ὁπόσην τὰ λυπηρά。

此，有些东西没法表达。结论就是：这个例子是以“不带感情”的风格，充满感情地进行描写。[31]

另一个吸引人却也容易忽略的例子，来自 24.520。此处，阿喀琉斯对普里阿摩斯说，“你怎敢独自一人到阿开亚人的船边来”：

ἀνδρὸς ἐς ὀφθαλμοὺς ὅς τοι πολέας τε καὶ ἐσθλοὺς
υἱέας ἐξενάριξα; σιδήρειόν νύ τοι ἦτορ.

“面见那个杀死你许多英勇儿子的人？你的心一定是铁铸。”很难用英文表达“你许多英勇的儿子”而完全不失其高贵的风格。大多数英译者采用了“如此之多”（so many）的说法：如查普曼（“How durst thy person thus alone/ venture in his sight that hath slain so many a worthy son, /And so dear to thee？”），里乌（“How could you dare to come by yourself to the Achaean ships into the presence of a man who has killed so many of your gallant sons？”）以及拉铁摩尔（“I am one who has killed in such numbers/such brave sons of yours”）。引入“如此”（so）一词，令这一段的感情更加明显（“我如此抱歉！”［I am *so* sorry!］），这一微小的变化有助于表达原文的特性：一个表面上不带感情的字眼，却成功地带来了情感力量。幸运的是，此处对语气的评论，不会被批评为主观，因为诗人在阿喀

[31] 也许可以用当代文学中托马斯·纳什的诗句为例进行比较：

光明从空气中堕落；
王后们在年轻貌美时就已死去；
尘埃合上了海伦的眼……

将“海伦的眼”和“尘埃”并列，充满感情，这与“伟大的英雄……犬鸟的果腹之物”是同样的效果。

120 琉斯那番话的开头，就已明确了他的意图，说阿喀琉斯站起身来时（第 516 行），οἰκτίρων，“满怀同情”，而且开口就说，ἆ δειλὲ，“啊，不幸的人……”

另一组段落向我们展示了“未能安葬、远离亲人”的双重主题，由这两种不同的风格分别描述。

在 11.391，狄奥墨得斯嘲弄帕里斯时夸口道：你的箭矢无力伤人，可若是我击中了哪个人：

> τοῦ δὲ γυναικὸς μέν τ᾽ ἀμφίδρυφοί εἰσι παρειαί,
> παῖδες δ᾽ ὀρφανικοί. ὁ δέ θ᾽ αἵματι γαῖαν ἐρεύθων
> πύθεται, οἰωνοὶ δὲ περὶ πλέες ἠὲ γυναῖκες

“他的妻子将抓破面颊，孩子会没了父亲；而他会在原地腐烂，鲜血染红了土地，身边聚集的鸟儿比哀哭的妇女还要多。”

这番洋洋得意的自夸十分吓人，它也出现在 11.159，此处阿伽门农正在追赶溃退的特洛伊人，杀戮不止，好像森林中毁灭一切的火：

> πολλοὶ δ᾽ ἐριαύχενες ἵπποι
> κείν᾽ ὄχεα κροτάλιζον ἀνὰ πτολέμοιο γεφύρας
> ἡνιόχους ποθέοντες ἀμύμονας: οἱ δ᾽ ἐπὶ γαίῃ
> κείατο, γύπεσσιν πολὺ φίλτεροι ἢ ἀλόχοισιν.

“许多脖颈强健的马匹拖着空战车，辚辚穿过战场的车道，却少了高贵的驭者；他们已倒在地上，比起他们的妻子，兀鹫对他们更感亲切。”为什么要这样提及勇士们的妻子？在《奥德赛》viii.523中，寡妇的形象被用于一个明喻，用以形容极难克制的悲痛（奥德修斯流着泪，好像一个在她丈夫尸体旁哭泣的寡妇，而这男人是为了保护城池和孩子而战死的：这个明喻有一段长长的描写）；在《伊利亚特》中，这一形象则表现在安德洛玛刻身上。在高度情绪化的内容里，这一形象很常见；在我看来，即使表达这一概念时没有精心设计的怜悯，也很难不带感情。我们已讨论过，荷马史诗中的某些事件带有象征力量，比如，安德洛玛刻一见赫克托耳已死，她的头纱就从头上滑落（22.468），“那是闪亮头盔的赫克托耳从她父亲伊厄泰翁家中迎娶她的那天，金色阿芙洛狄忒的馈赠”。也许可以把这样一个段落称为“具有内在的象征意义”，[32] 121
还有安德洛玛刻说她要烧掉赫克托耳衣服的段落（22.510）。它们使我们直接洞悉所发生事件的重要性；赫克托耳之死的意义，展现在安德洛玛刻婚礼头纱的失落，也展现在对衣物的焚毁——衣物象征着她作为妻子对他的照料，而现在这已经结束且无益了。

同样，失去勇士的妻子这一形象，也富于内在的情感，只要提起它，就会带来情感上的回应。我们可以想到，还有许多其他的事实陈述，即使用最简单的方式来表达，也少不了这样的效果；例如，“X 太太带着个小孩子，成了寡妇”，或者“我兄弟死时还是个本科生”，或者“外头路上有具尸体。”这曾是二十世纪六十年代新剧目中的常用手段：舞台上的其他人物对这样的话做出不相称的反应，或冷静，或轻浮，或疏离；因为与惯常的预期有了断裂，这会让观众打个**冷战**。在诗歌中，这种表达的朴素和简洁似

---

[32] 比较 W. Schadewaldt, *Von Homers Welt und Werk*[4], 331: “unwillkürliche Symbole”。

乎强化了它们的效果，[33] 既是一种低调的陈述，又表现了一种高尚的克制，令事件本身能够不言而喻。[34] 我们也明白了，为什么这些主题的素材如此适合不同情感方式的描写；正因为这种内容本身就充满了潜在的情感。真正不带感情的表达，倒是唯一不可能用上的方式。

122 “孤儿寡母”的概念可以用于感情深挚的恳求，求武士不要冒生命之险——在 6.431，安德洛玛刻对赫克托耳说：

> ἀλλ᾽ ἄγε νῦν ἐλέαιρε καὶ αὐτοῦ μίμν᾽ ἐπὶ πύργῳ,
> μὴ παῖδ᾽ ὀρφανικὸν θήῃς χήρην τε γυναῖκα.

“请你可怜可怜我，留在这城墙上，别让你的儿子做孤儿，你的妻子成寡妇。”在 5.684，它用于一种同样悲戚的恳求中：“既然我没法回到妻儿身边，至少……”它也可被用来强调相反的要求：

在 15.495，赫克托耳对特洛伊人说，“勇敢地战斗吧；如果有人要死在今天，那就让他死去吧——但他的妻儿将得平安”：

---

[33] Saint-Simon, *Mémoires*, ii, 48 (Bibl. de la Pléiade): “Il est des vérités dont la simplicité sans art jette un éclat qui efface tout le travail d'une éloquence qui grossit ou qui pallie ... ” [有些事实，毫无纹饰的质朴能给它们凭添一层光彩，使得那些或颂扬或贬抑的雄辩努力都黯然失色……]

[34] 还有另两个例子：

> 她是一去不回的了。
> 一个人死了还是活着，我是知道的；
> 她已经像泥土一样死去。（莎士比亚《李尔王》v.iii，朱生豪译）

> 就在半路，就在到阿伯道尔德的半路，
> 水有五十英寻深；
> 那里躺着好爵士帕特里克 斯本士
> 而苏格兰的老爷们倒在他脚边。
> （《帕特里克·斯本士歌谣》[*Ballad of Sir Patrick Spens*]）

τεθνάτω· οὔ οἱ ἀεικὲς ἀμυνομένῳ περὶ πάτρης
τεθνάμεν· ἀλλ᾽ ἄλοχός τε σόη καὶ παῖδες ὀπίσσω.

与此相对的是，鼓舞进攻者的，也正是制造孤儿寡母的希望；在 4.237，阿伽门农对手下说：

τῶν（即 τῶν Τρώων）ἤτοι αὐτῶν τέρενα χρόα γῦπες ἔδονται,
ἡμεῖς αὖτ᾽ ἀλόχους τε φίλας καὶ νήπια τέκνα
ἄξομεν ἐν νήεσσιν, ἐπὴν πτολίεθρον ἕλωμεν.

“兀鹫会去啄食特洛伊人细嫩的肉，而我们一旦拿下城池，就要用船运走他们亲爱的妻子和幼儿。”从怜悯的角度来说，安德洛玛刻在卷二十二和卷二十四中的哀叹充分发挥了这一题材；失去丈夫的妻子，正是阿喀琉斯耀武扬威，释放深切恨意的对象。在 18.121：

νῦν δὲ κλέος ἐσθλὸν ἀροίμην,
καί τινα Τρωϊάδων καὶ Δαρδανίδων βαθυκόλπων
ἀμφοτέρῃσιν χερσὶ παρειάων ἁπαλάων
δάκρυ᾽ ὀμορξαμένην ἁδινὸν στοναχῆσαι ἐφείην.

“现在让我去赢得至高的荣誉，好让某个特洛伊妇女以及某个束腰紧深的达尔达诺斯的女儿高声尖叫，同时用双手从柔软的两颊抹去泪水。”一位古代评注者说：“他已预见到敌人将遭受的痛苦，尽情想象自己的报复。”[35]

123 较之被杀武士的遗孤，一个更常见的主题是那些失去儿子的父母；[36]在武士死去的时刻，他们似乎会显得比别的时候都更年轻，或者说，比在特洛伊征战十年后实际的他要更年轻。从克律塞斯到普里阿摩斯，失去孩子的父亲都是故事中占主导地位的人物，后者又以另一个悲剧式的父亲佩琉斯的名义，向阿喀琉斯发出恳求；而且，把阿喀琉斯失去帕特罗克洛斯的哀痛（23.222）比作父亲对儿子的哀悼，似乎也很自然。[37]

“丧子的父母”这一主题出现在杀人者的嘲弄中。在 14.501，佩涅勒奥斯在伊利奥纽斯的尸体上说：

> εἰπέμεναί μοι, Τρῶες, ἀγαυοῦ Ἰλιονῆος
> πατρὶ φίλῳ καὶ μητρὶ γοήμεναι ἐν μεγάροισιν. . .

“特洛伊人，请代为告知伊利奥纽斯那亲爱的双亲，让他们在家里为自己的骄子举哀……”

我们看到，在两个敌对的英雄口中，这一主题有着不同的色彩。在 17.24 及以下诸行，墨涅拉奥斯对欧福尔玻斯说的是嘲弄：我已经杀死了你的兄弟许珀瑞诺耳，

---

[35] Σb*T* in 18.121

[36] 关于这一点，C. R. Beye 夸张地论述道：“似乎只有非常老的人（以及安德洛玛刻）才会考虑孩子……” 参见 *The Iliad, the Odyssey, and the Epic Tradition* (1968), 94。

[37] 比较第 141 页及以下提到的，早期碑铭中的类似情况。希罗多德让他笔下的克洛伊索斯告诉居鲁士：“没人会疯到选择战争而不是和平；在和平时，儿子们埋葬父亲，而在战时，父亲们埋葬自己的儿子。”（1.87.4）这种说法有谚语的味道。

οὐδέ ἕ φημι πόδεσσί γε οἷσι κιόντα
εὐφρῆναι ἄλοχόν τε φίλην κεδνούς τε τοκῆας.
ὥς θην καὶ σὸν ἐγὼ λύσω μένος...

“我说，他没能靠自己的双脚回到家园，把欢乐带给自己亲爱的妻子和高贵的父母。我也一样要断送你的性命……”

欧福尔玻斯的回答中有失去亲属的痛苦，却也表现了威胁，在 17.23：

νῦν μὲν δὴ, Μενέλαε διοτρεφὲς ἦ μάλα τείσεις
γνωτὸν ἐμὸν, τὸν ἔπεφνες, ἐπευχόμενος δ᾽ ἀγορεύεις,
χήρωσας δὲ γυναῖκα μυχῷ θαλάμοιο νέοιο,
ἀρρητὸν δὲ τοκεῦσι γόον καὶ πένθος ἔθηκας.

“确实，高贵的墨涅拉奥斯，你将为我兄弟付出代价，你杀死了他，
以此夸口；你让他的妻子还在新房里就成了遗孀，给他的父母带去 124
无以言说的悲伤和哀痛。如果我杀了你，就能将他们安抚。”我们注意到，那位妻子是在她的“新”房里：也就是说，她还是个年轻的新娘，很明显，这会令她的丧夫之痛更为打动人心。

17.300 这个例子，是个不带感情风格的“讣告”，它在“远离家园死去”的主题之外，又加上“一生短暂”和“双亲失子”的主题。5.152 及以下诸行充分描写了这二者的结合，引人哀怜。这里，狄奥墨得斯杀死了费诺普斯的两个儿子：

βῆ δὲ μετὰ Ξάνθόν τε Θόωνά τε, Φαίνοπος υἷε

ἄμφω τηλυγέτω· ὁ δὲ τείρετο γήραϊ λυγρῷ,
υἱὸν δ᾽ οὐ τέ κετ᾽ ἄλλον ἐπὶ κτεάτεσσι λιπέσθαι.
ἔνθ᾽ ὅ γε το ὺς ἐνάριζε, φίλον δ᾽ ἐξαίνυτο θυμὸν
ἀμφοτέρω , πατέρι δὲ γόον καὶ κήδεα λυγρὰ
λεῖπ᾽, ἐπ εἰ οὐ ζώοντε μάχης ἒκ νοστήσαντε[38]
δέξατο. χηρωσταὶ δὲ διὰ κτῆσιν δατέοντο.

“他去追赶费诺普斯两个最小的儿子，克珊托斯和托昂；他们的父亲已垂垂老矣，并没有别的儿子来继承他的产业。接着狄奥墨得斯杀死了他们，夺去二人的性命；给他们的父亲留下哀叹和苦涩的伤痛，因为他再等不到他们从战场活着归来，而远亲们将瓜分他的财产。”尤斯塔修斯评论道：“这番叙述十分动情。”（533.28）我们注意到，这里几乎没有写儿子们，给他们的特性形容修饰语（“费诺普斯的儿子们”，“两个最小的儿子”）[39]全部涉及他们与父亲的关系。他的感受才是真正的兴趣点，而诗人竭尽所能地利用技巧来增添悲苦之感。又如哈尔帕利昂的父亲，

μετὰ δέ σφι πατὴρ κίε δάκρυα λείβων,
ποινὴ δ᾽ οὔτις παιδὸς ἐγίγνετο τεθνῶτος—

---

38 μάχης ἔκ νοστήσαντα 一共使用了四次；很说明问题的是，它总是关于未能从战场回家的情况。其他三处都是指赫克托耳的：17.207, 22.444, 24.705。

39 此处 τηλύγετος 所指，不止一个儿子，用法特殊：LSJ 说“也许是双胞胎”，好像诗人脑海中真有一个家族谱，却未曾在此段明言，而我们则可以通过猜测来将其重建。我猜这一用法源自想要把两个怜悯主题相结合的欲望：“仅有的孩子”和“一下子失去两个儿子”。诗人并非不懂得夸张。

“做父亲的跟着他们走，边走边哭；什么也补偿不了他死去的儿 125
子”，这里，会有这种描写，正是出于怜悯之情。

既然父亲会凄凉孤寂，我们就要好奇，他曾怎样尽力照看自己的儿子。父亲可以像先知那样，预言他们的不幸；在 11.328，狄奥墨得斯和奥德修斯杀死了墨洛普斯的两个儿子：

> ἔνθ᾽ ἑλέτην...
> υἷε δύω Μέροπος Περκωσίου, ὃς περὶ πάντων
> ᾔδεε μαντοσύνας, οὐδὲ οὓς παῖδας ἔασκε
> στείχειν ἐς πόλεμον φθισήνορα·τὼ δέ οἱ οὔ τι
> πειθέσθην· κῆρες γὰρ ἄγον μέλανος θανάτοιο.

“接着他们杀死了……墨洛普斯的两个儿子。在所有凡人中，珀尔科忒的墨洛普斯最擅预言。他试图阻止儿子们参加这场送死的战争，可他们没有遵从；彼时，有黑色死亡的命运引领着他们前行。”这一主题之所以有力，是因为父亲的先见之明根本无济于事；命运注定了他儿子的毁灭；注意的焦点再次落到了遭受痛苦且不在场的父亲。

或者，一个父亲可能自己草率地犯下错误，令儿子万劫不复。在 5.59：

> Μηριόνης δὲ Φέρεκλον ἐνήρατο, τέκτονος υἱὸν
> Ἁρμονίδεω, ὃς χερσὶν ἐπίστατο δαίδαλα πάντα
> τεύχειν...
> ὃς καὶ Ἀλεξάνδρῳ τεκτήνατο νῆας ἐΐσας

> ἀρχεκάκους, αἳ πᾶσι κακὸν Τρώεσσι γένοντο
> οἷ τ᾽ αὐτῷ, ἐπεὶ οὔ τι θεῶν ἐκ θέσφατα ᾔδη.

“墨里奥涅斯杀死斐瑞克洛斯，他父亲是工匠哈尔摩尼德斯，擅做各种手艺活儿……就是他为帕里斯造出了平稳的船只，那是祸害的根源，成为所有特洛伊人和他自己的灾难，因为他并不晓得天界的预言。”这里父亲的形象仍居主导，并再次表现了命运面前人类的愚蠢和无助。

一个父亲该有预见性的时候，可能做不到这点。在 5.149，解梦者欧吕达马斯的两个儿子被狄奥墨得斯所杀：

126

> υἱέας Εὐρυδάμαντος ὀνειροπόλοιο γέροντος·
> τοῖς οὐκ ἐρχομένοις ὁ γέρων ἐκρίνατ᾽ ὀνείρους,
> ἀλλά σφεας κρατερὸς Διομήδης ἐξενάριξε.

“善于解梦的老人欧吕达马斯的儿子们；可他们离家之时，老人却没能辨识梦境，强健的狄奥墨得斯杀死了他们。”同样，我们对这两人一无所知，只了解他们父亲可悲的无知——他本该预知自己儿子的命运。

父亲可能对儿子看顾有加，但这当然于事无补。在 20.408，阿喀琉斯杀死普里阿摩斯的儿子波吕多罗斯：

> τὸν δ᾽ οὔ τι πατὴρ εἴασκε μάχεσθαι,
> οὕνεκά οἱ μετὰ παισὶ νεώτατος ἔσκε γόνοιο,
> καί οἱ φίλτατος ἔσκε, πόδεσσι δὲ πάντας ἐνίκα.

δὴ τότε νηπιέῃσι ποδῶν ἀρετὴν ἀναφαίνων
θῦνε διὰ προμάχων, ἧος φίλον ὤλεσε θυμόν.

“他父亲试图让他远离战斗，因为他是所有孩子里最小的一个，最受宠爱；他腿脚迅捷，无人能及。可年轻人愚蠢地炫耀自己快捷的脚步，疾跑过战线最前端，直到他送掉性命。”此处罕见的名词，νηπιέη，“年少无知”，代替了更常见的 νήπιος ὅς，“那个……的愚人”，诗人常充满感情地说起后者，不管这种感情是怜悯还是嘲弄。普里阿摩斯是个重要人物，他的作用在于痛失自己的儿子们，并为他们哀哭。在 24.255，

ὤμοι ἐγὼ πανάποτμος, ἐπεὶ τέκον υἷας ἀρίστους
Τροίῃ ἐν εὐρείῃ, τῶν δ᾽ οὔ τινά φημι λελεῖφθαι,

“苦哇，我真是不幸；我曾有许多儿子，特洛伊最好的男儿，可我要说，他们没有一个留下来”。波吕多罗斯存在的意义，仅在于他的死给普里阿摩斯和赫克托耳的影响。

17.194 不太明显地提及了这个主题。赫克托耳穿上了阿喀琉斯的甲胄：

ἅ οἱ θεοὶ οὐρανίωνες
πατρὶ φίλῳ ἔπορον. ὁ δ᾽ ἄρα ᾧ παιδὶ ὄπασσε
γηράς· ἀλλ᾽ οὐχ υἱὸς ἐν ἔντεσι πατρὸς ἐγήρα.

“这铠甲是天上诸神赐给他父亲的。他年老后将铠甲送给了自己的

儿子；可这儿子却不会穿着父亲的铠甲活到老。”古代评论者谈到
127 这段时说“儿子竟还不如父亲幸运，真是心酸可哀”。冯德穆[40]则认为这几句“感伤过度，品味不佳”，并认为“写此诗句者在模仿荷马的悲剧口吻”。可是各人品味不同；我觉得这一段感人至深，效果卓著。至于说到“感伤过度”，上文谈到15.705处的段落，在我看来与此完全相类（船只带来了普罗特西拉奥斯，但没有把他带回家乡），而冯德穆认为“这一段肯定是旧有的”。[41]

《奥德赛》的风格则更为伤感，它喜欢带着怀旧的柔情回望过去的英雄遭遇，在iii.108，涅斯托尔说起特洛伊城时，很好地表现了这一点：

> ἔνθα δ᾽ ἔπειτα κατέκταθεν ὅσσοι ἄριστοι·
> ἔνθα μὲν Αἴας κεῖται ἀρήιος, ἔνθα δ᾽ Ἀχιλλεύς,
> ἔνθα δὲ Πάτροκλος, θεόφιν μήστωρ ἀτάλαντος,
> ἔνθα δ᾽ ἐμὸς φίλος υἱός...

“我们中的佼佼者都在那里倒下；在那里，善战的埃阿斯倒下了，阿喀琉斯倒下了，善谋如不朽神明的帕特罗克洛斯倒下了，还有我的爱子……”《伊利亚特》那简洁精当的风格变得柔和了：“我们中的佼佼者”都死在了那里（比较《奥德赛》iv.95 ff.，墨涅拉奥斯的哀叹），而说话人充满爱意、不厌其烦地列举他们的名字，最后以“我的爱子”结束。古代评论者说这“格外引人同情”——这是一种与《伊利亚特》迥然不同的怜悯。

---

[40] *Kritisches Hypomnema zur Ilias*, 258.

[41] 关于15.705，见上文第109页；Von der Mühll, 236, “Dies wird hier alt sein”。

关于史诗背景中痛失爱子的父亲，我们就说这么多。当我们去思考前景情节中那些不幸的父亲们时，会发现，《伊利亚特》中那些小的单元，似乎与那些大的单元本质相同。对另一主题——即“生命短暂”——的利用印证了这点，而这个主题，无法与前一种完全区分开来。有些时候，重点落在英雄短暂的生命上，而不是他家人的悲痛；阿喀琉斯就属于这种情况。自然，阿喀琉斯之早逝这样的主题，提及时也没法不带感情。

于是，在这个主题头一次出现的 1.352，阿喀琉斯独自一人流着泪，凝望大海，呼唤着：

μῆτερ, ἐπεί μ᾽ ἔτεκές γε μινυνθάδιόν περ ἐόντα...

“母亲，尽管我生命短暂，可你既然生下了我……”，而他的 128
母亲也流着泪回应，1.413：

ὤ μοι τέκνον ἐμόν, τί νύ σ᾽ ἔτρεφον αἰνὰ τεκοῦσα;
αἴθ᾽ ὄφελες παρὰ νηυσὶν ἀδάκρυτος καὶ ἀπήμων
ἧσθαι, ἐπεί νύ τοι αἶσα μίνυνθά περ οὔ τι μάλα δήν.
νῦν δ᾽ ἅμα τ᾽ ὠκύμορος καὶ ὀϊζυρὸς περὶ πάντων
ἔπλεο.

“我的孩子啊，我这不幸的母亲为何要生下你？但愿你能待在船边，没有眼泪，没有愁烦，因为你生命短促；可你现在不仅命不长久，还比世人都更烦恼……”阿喀琉斯时日无多，这一事实对于最末一卷也同样重要。在 24.540，佩琉斯也很不幸：

ἕνα παῖδα τέκεν παναώριον…

“他只有一个儿子，注定早死。”

关于阿喀琉斯的命运已无须赘言；但对其他人的描述也是同样的角度。在 15.610，宙斯帮助赫克托耳：

αὐτὸς γάρ οἱ ἀπ᾽ αἰθέρος ἦεν ἀμύντωρ
Ζεύς, ὅς μιν πλεόνεσσι μετ᾽ ἀνδράσι μοῦνον ἐόντα
τίμα καὶ κύδαινε· μινυνθάδιος γὰρ ἔμελλεν
ἔσσεσθ᾽· ἤδη γάρ οἱ ἐπόρνυε μόρσιμον ἦμαρ
Παλλὰς Ἀθηναίη ὑπὸ Πηλεΐδαο βίηφιν.[42]

“宙斯从天上对他施以援手，在那么多将士中，只给他尊宠和荣耀，因为他命不久长；帕拉斯雅典娜已使命定的时刻临近，让他死在强大的阿喀琉斯手下。”这是对事实的陈述：宙斯的确正在帮助赫克托耳，而他的死亡确实临近了。但它的作用，是让我们把赫克托耳看作一个将死之人，并通过宙斯的视角来看待他。我们为赫克托耳虚妄的胜利而心怀怜悯，一如我们为阿喀琉斯的早逝而感怀；沙德瓦尔特[43]强调说，宙斯“钟爱”赫克托耳，正因为他死亡临近；他说得对。

129 在以下的叙述中，宙斯本人恰恰表达了这一观点；从我们现今的角度来看，这很有意思。在 17.200，宙斯看到赫克托耳穿上阿

---

[42] 多数学者沿袭亚历山大学派的观点，认为这几行是伪作（参见里夫关于同一处的讨论）。此处确实有些争议；但我认为，它的情感效果，与本章所讨论的其他段落是一致的。

[43] *Iliasstudien*, 107 ff. 赐给他尸体实际的尊荣，是因为他的献祭（24.67 ff.），但是，对他死亡的描述表明，他已得到抬升，获得了神明的偏爱；而这与他的最终结局形成显著的对比。

喀琉斯的铠甲时：

κινήσας ῥα κάρη προτὶ ὃν μυθήσατο θυμόν·
'ἆ δείλ', οὐδέ τί τοι θάνατος καταθύμιός ἐστιν,
ὃς δή τοι σχεδὸν εἶσι, σὺ δ' ἄμβροτα τεύχεα δύνεις
ἀνδρὸς ἀριστῆος, τόν τε τρομέουσι καὶ ἄλλοι.
τοῦ δὴ ἑταῖρον ἔπεφνες ἐνηέα τε κρατερόν τε,
τεύχεα δ' οὐ κατὰ κόσμον ἀπὸ κρατός τε καὶ ὤμων
εἵλευ· ἀτάρ τοι νῦν γε μέγα κράτος ἐγγυαλίξω,
τῶν ποινὴν ὅ τοι οὔ τι μάχης ἐκ νοστήσαντι
δέξεται Ἀνδρομάχη κλυτὰ τεύχεα Πηλεΐωνος.'

"他摇着头，在心底暗暗对自己说：'可怜的人啊，你对自己迫近的死亡一无所知；你穿上的是一件不朽的铠甲，属于一位人人惧怕的英雄。你杀了他温和又勇敢的伙伴，从他头和肩上剥下了铠甲——可你不该那样做。但现在我要赐你巨大的力量，作为补偿，因为安德洛玛刻再不可能迎接你从战场凯旋，从你那里接过阿喀琉斯这件著名的铠甲。'"这番话令人印象深刻（对冯德穆来说，它也"感伤过度、品味不佳"），结合了"生命短暂""可悲的无知"和"无法返家"几个主题。它实际代表的情感可以被称作上天节制的同情；相比之下，地上的强烈哀悯则表现在安德洛玛刻的哀哭；在 24.723，她伏在赫克托耳的尸体上：[44]

[44] K. Deichgräber, *Der letzte Gesang der Ilias*, *SB Mainz*, 1972, 118 ff.，做了极好的讨论。

τῇσιν δ᾽ Ἀνδρομάχη λευκώλενος ἦρχε γόοιο
Ἕκτορος ἀνδροφόνοιο κάρη μετὰ χερσὶν ἔχουσα·
'ἆνερ, ἀπ᾽ αἰῶνος νέος ὤλεο, κὰδ δέ με χήρην
λείπεις ἐν μεγάροισι· πάϊς δ᾽ ἔτι νήπιος αὔτως
ὃν τέκομεν σύ τ᾽ ἐγώ τε δυσάμμοροι...'

130 “白臂膀的安德洛玛刻在她们当中领唱挽歌，双臂抱住那杀敌的赫克托耳的头：‘我的丈夫，你年纪轻轻就丧了性命，留下我在你家中守寡，我们的儿子还是个小娃娃，他是不幸的你我所生……’”

以上三个段落中的怜悯是逐级递增的。首先是诗人以客观的方式，在他自己的叙述中传递悲剧意味，接着是宙斯的视角，此时，凡人的遭遇令人同情，但不致令人崩溃；最后是凡人中受苦者的角度，他们的生活已被摧毁。

还有些重要的段落，通过“不带感情”的语气来传达神的视角，它们对整部史诗都很有意义。

在 15.361，阿波罗为得胜冲向阿开亚人营地的特洛伊人开路，帮他们踢垮壁垒——这壁垒是卷八中极费事营建起来的：

ἔρειπε δὲ τεῖχος Ἀχαιῶν
ῥεῖα μάλ᾽, ὡς ὅτε τις ψάμαθον πάϊς ἄγχι θαλάσσης,
ὅς τ᾽ ἐπεὶ οὖν ποιήσῃ ἀθύρματα νηπιέῃσιν
ἂψ αὖτις συνέχευε ποσὶν καὶ χερσὶν ἀθύρων,
ὥς ῥα σὺ, ἤϊε, Φοῖβε, πολὺν κάματον καὶ ὀϊζὺν
σύγχεας Ἀργείων, αὐτοῖσι δὲ φύζαν ἐνῶρσας.

“他不费吹灰之力，将阿开亚人的壁垒推到，就像海边玩沙子的孩童，在游戏中用沙子堆起城堡，然后又闹着玩，手脚并用把它毁掉。射手阿波罗，你也是这样毁掉了阿尔戈斯人长久的劳作和努力，并在他们中间激起恐惧。”我要特别指出 πολὺν κάματον καὶ ὀϊζὺν Ἀργείων 这个短语：阿尔戈斯人费了这么多功夫和气力的东西，却被阿波罗轻易毁掉，好像一个小孩子弄坏一座沙堡。这二者间的对比意味深长，它表明，诗人在怜悯徒劳无功的凡人，而在诸神那里，人类所成就或经受的一切都不值一提。[45]

另一个类似的段落在卷十三的开头。卷十二末尾，赫克托耳已猛力冲进阿开亚人的营地，双目闪着火光，

ὅμαδος δ᾽ ἀλίαστος ἐτύχθη. 131
Ζεὺς δ᾽ ἐπεὶ οὖν Τρῶάς τε καὶ Ἕκτορα νηυσὶ πέλασσε,
τοὺς μὲν ἔα παρὰ τῇσι πόνον τ᾽ ἐχέμεν καὶ ὀϊζὺν
νωλεμέως, αὐτὸς δὲ πάλιν τρέπεν ὄσσε φαεινώ,
νόσφιν ἐφ᾽ ἱπποπόλων Θρῃκῶν καθορώμενος αἶαν...
ἐς Τροίην δ᾽ οὐ πάμπαν ἔτι τρέπεν ὄσσε φαεινώ.

“喧嚣不止。现在宙斯已把特洛伊人和赫克托耳引向船只，让他们在那里经受无穷的苦难和争斗；他自己则把明亮的眼光移向远方，[46]遥遥观察好养马的色雷斯人的土地……他没有再把明亮的眼光投向特洛伊。”这里又是同样的对比：居高临下的诸神“生活安

---

[45] 参见 H. Fränkel, *Dichtung and Philosophie*², 60; W. F. Otto, *The Homeric Gods* (Eng. trans.), 241 ff.。

[46] 见下文第 197 页。

适”，不受侵扰，与地上的苦难形成对比。宙斯“移开他明亮的眼光”，将凡人留在无尽的苦难和争斗中。而词组“经受无穷的苦难和争斗”则是将写实词句感情化使用的出色例证。[47]

怜悯的程度不断递增，也出现在“死去的年轻丈夫”这一主题。我们已经注意到，荷马中的勇士通常都被看作年轻人，所以，他们死后留下的寡妇，就自然成为荷马诗歌中引人怜悯的人物。这两点的结合则产生了更为强烈的怜悯。

首先，在 13.381，“新郎”的概念被用于尖刻的嘲讽。吹牛皮的俄斯鲁俄纽斯曾主动请缨，要把阿开亚人从特洛伊赶走，条件是可以迎娶普里阿摩斯的一个女儿，却不必付聘礼。伊多墨纽斯杀死了他，并在他尸体上耀武扬威：

ἀλλ᾽ ἕπε᾽, ὄφρ᾽ ἐπὶ νηυσὶ συνώμεθα ποντοπόροισιν
ἀμφὶ γάμῳ（拖走了他的尸体）

“现在，跟我走吧，好让我们在海船上去商量婚约……”

132 接下来这个段落中的哀怜是隐晦的。在 13.428，阿尔卡托奥斯被杀死：

γαμβρὸς δ᾽ ἦν Ἀγχίσαο,
πρεσβυτάτην δ᾽ ὤπυιε θυγατρῶν Ἱπποδάμειαν,
τὴν περὶ κῆρι φίλησε πατὴρ καὶ πότνια μήτηρ.

[47] 有些学者注意到了这个段落，但并不为之打动。C. Michel, *Erläuterungen zum N der Ilias* (1971), 30，只满足于引用“前辈学者的认可”，并同意这段是“一种捏造出来的手法，这太明显了”，除了留出让波塞冬要手腕的自由，没有任何别的意义。Ameis-Hentze (*Anhang*, 10) 甚至认为，“再没有哪里比此处的笨拙编造更能暴露诗人缺乏技巧了……”

“他是安奇塞斯的女婿，娶了他的长女希波达墨亚，此女最受她父母的钟爱。”这里补充的后一行（她是最受钟爱的女儿）充分说明，她的丧夫之痛会令人感到悲伤；就像在 5.152 及以下诸行，提到两个“最小的”儿子，会增加父亲的痛苦。

更为明显的例子在 13.171，英布里奥斯之死：

ναῖε δὲ Πήδαιον πρὶν ἐλθεῖν υἷας Ἀχαιῶν,
κούρην δὲ Πριάμοιο νόθην ἔχε, Μηδεσικάστην.
αὐτὰρ ἐπεὶ Δαναῶν νέες ἤλυθον ἀμφιέλισσαι,
ἂψ ἐς Ἴλιον ἦλθε, μετέπρεπε δὲ Τρώεσσι,
ναῖε δὲ πὰρ Πριάμῳ· ὁ δέ μιν τίεν ἶσα τέκεσσι.

“阿开亚人的男儿到来之前，他住在佩代昂，娶了一个普里阿摩斯的私生女，梅德西卡斯特；可当达那奥斯人的翘尾船只一到，他就来到特洛伊，深受特洛伊人的敬重。他住在普里阿摩斯宫中，后者待他有如亲子。”他被埃阿斯杀死，如山上被砍伐的梣树那样倒下，这梣树

χαλκῷ ταμνομένη τέρενα χθονὶ φύλλα πελάσσῃ,

“被斧钺伐倒，柔嫩枝叶拂扫地面”。尤斯塔修斯引述了某些现已失传的前辈的话：“这个比喻充满感情色彩，诗人似乎同情那树：从前的评论者也是这样说的。”[48] 对英布里奥斯之死的整体构思，是

[48] Eustath.926.54.

先把重点放在他的家族关系上（他差不多也是普里阿摩斯的一个儿子），接下来再强调，他倒下时就像一棵有着“柔嫩枝叶”的大树被砍倒在地上。[49]

更高阶段的代表是“船录”中，2.698 及以下诸行对普罗特西拉奥斯的描述；对于费拉克人来说，

133 τῶν αὖ Πρωτεσίλαος ἀρήϊος ἡγεμόνευε
ζωὸς ἐών· τότε δ’ ἤδη ἔχεν κάτα γαῖα μέλαινα.
700 τοῦ δὲ καὶ ἀμφιδρυφὴς ἄλοχος Φυλάκῃ ἐλέλειπτο
καὶ δόμος ἡμιτελής· τὸν δ’ ἔκτανε Δάρδανος ἀνὴρ
νηὸς ἀποθρῴσκοντα πολὺ πρώτιστον Ἀχαιῶν.
οὐδὲ μὲν οὐδ’ οἳ ἄναρχοι ἔσαν, πόθεόν γε μὲν ἀρχόν...
708 ...οὐδέ τι λαοὶ
δεύονθ’ ἡγεμόνος, πόθεόν γε μὲν ἐσθλὸν ἐόντα.

“这些人曾由好战的普罗特西拉奥斯率领，在他还活着的时候；但现在，黑色的泥土已将他埋葬。他的妻子在哀丧中撕破脸颊，留在费拉克，他的房舍只造好了一半；他是阿开亚人中最先跳下船的，一位达尔达诺斯勇士杀死了他。士兵们怀念长官，虽然他们并非无人率领……士兵们怀念死去的高贵首领，却并不缺少人领兵。”他的房舍只造好了一半，所以他是刚刚成婚；他是头一个跳上岸的人，故此是真正的英雄。他的妻子撕扯自己的脸颊哀悼他，他的手下有了别的头领，却仍怀念他。最后一点被反复强调。古

[49] 对比 M.-L. von Franz, *Die aesthetischen Anschauungen der Iliasscholien*, 34。

代评论认为这段优美动人；而在解析派看来，这却是个缺陷（“只不过是拿来填补空缺的”，雅赫曼；[50]“第708—709行看上去像是个夹注…… 由之前的诗行补缀而成，以产生两个六步音格”，里夫），说明作者并非荷马。然而，这一段特别妥帖地融入了其他段落，[51]并且，总有人会像古代评注者那样，继续被它打动。特别值得注意的是，在这样一个描述详尽的段落中，处处皆是直接或含蓄的怜悯。

这个系列以伊菲达马斯结束。在 11.221 及以下诸行，有一个段落描述了他的成长和婚姻；在 11.241，他被阿伽门农杀死：

ὣς ὁ μὲν αὖθι πεσὼν κοιμήσατο χάλκεον ὕπνον
οἰκτρὸς, ἀπὸ μνηστῆς ἀλόχου, ἀστοῖσιν ἀρήγων,
κουριδίης, τῆς οὔ τι χάριν ἴδε, πολλὰ δ᾽ ἔδωκε...

“于是他倒地，沉入青铜的梦境，这可怜的人，为了民众远离妻 134
子——远离他的新娘，他尚未因她享受欢愉，尽管付过不少聘礼……”这个段落中特别引起人兴趣的是直截了当的特性修饰形容词οἰκτρός，“可怜的”；[52]诗人自己就在表达着对这个不幸年轻新郎的怜悯之情。

回顾上文讨论的最后一个系列，我们能否找到哪一处，不带

---

[50] “通过重复，他令怜悯之处更打动人心”，Σb。相反的观点，见 G. Jachmann, *Der homerische Schiffskatalog und die Ilias* (1958), 118 ff.，他根本不肯认同这个段落会是“某个诗人”的作品。

[51] Δάρδανος ἀνήρ 这个词组，用来描述杀死普罗特西拉奥斯的那个人，这很奇怪；一般说来，英雄们不会被无名之辈杀死。也许，神谕所预言的普罗特西拉奥斯命运的特别悲惨之处，正是被无名之辈杀死？

[52] “他说这话时满怀同情”，*ΣT* in 11.243。

感情的客观描写让位于对同情和怜悯的表达？即使是第一个例子，即关于阿尔卡托奥斯之死的叙述，其表达方式不也取得了某种怜悯的色彩吗？也许 23.222 的例子再次确认了这一点；阿喀琉斯在帕特罗克洛斯的葬礼上：

ὡς δὲ πατὴρ οὗ παιδὸς ὀδύρεται ὀστέα καίων
νυμφίου, ὅς τε θανὼν δειλοὺς ἀκάχησε τοκῆας,
ὣς Ἀχιλεὺς ἑτάροιο ὀδύρετο ὀστέα καίων

“就像父亲悲痛地焚化新婚儿子的遗骨，爱子的早逝令双亲心神摧折，阿喀琉斯也这样悲伤地焚化他同伴的尸骨。”这个明喻的存在只是为了传达强烈的哀恸之情，它强调，新婚儿子的死是最令人心碎的，从这个角度来描述勇士之死，就展现了它最令人悲哀的一面。

以下是结束本章论点的最后一系列例子。它们略微复杂些，但实质相同。这个主题是“美之凋零”。在我们讨论过的某些段落中，它们已经发挥了作用，参见 16.775、11.391、11.159。

第一个例子属于“不带感情”的风格。在 13.578，赫勒诺斯杀死得伊皮罗斯，后者的头盔滚落尘土：

ἣ μὲν ἀποπλαγχθεῖσα χαμαὶ πέσε, καί τις Ἀχαιῶν
μαρναμένων μετὰ ποσσὶ κυλινδομένην ἐκόμισσε·
τὸν δὲ κατ᾽ ὀφθαλμῶν ἐρεβεννὴ νὺξ ἐκάλυψεν.

“那头盔掉到地上，它滚过一个阿开亚人脚边，被他捡起。昏暗的黑夜笼罩了得伊皮罗斯的眼帘。”在一些可怖的段落中，会讲到一颗人头（13.202）或没有四肢的躯干（11.145）滚过战场，而这一段则去之不远；尽管可以感觉到这一段“带有感情”，这是种怎样的情感，却并不清楚。

15.537 则明确多了。墨革斯砍下多洛普斯头盔上的缨饰： 135

> ῥῆξε δ᾽ ἀφ᾽ ἵππειον λόφον αὐτοῦ, πᾶς δὲ χαμᾶζε
> κάππεσεν ἐν κονίῃσι νέον φοίνικι φαεινός.
> ἧος ὁ τῷ πολέμιζε μένων, ἔτι δ᾽ ἔλπετο νίκην. . .

“他劈下那马鬃缨饰，那支新染成、闪着紫红色的缨饰就落到了尘埃里。现在他仍在继续战斗，希求胜利……”（墨涅拉奥斯从背后杀死了他。）新染了颜色、光华灿烂的缨饰坠落土地，这一细节确实引人怜悯，接下来的数行强烈地说明了这点；“他仍满怀希望地继续战斗”，却马上被杀死。不过，这种怜悯，也由于对多洛普斯的反讽而增色。

17.51 处欧福尔玻斯之死则更为突出：

> αἵματί οἱ δεύοντο κόμαι Χαρίτεσσιν ὁμοῖαι
> πλοχμοί θ᾽, οἳ χρυσῷ τε καὶ ἀργύρῳ ἐσφήκωντο.

“他那美惠女神般秀丽的头发和用金银线紧紧扎起的发辫沾满了血污。”仿佛一棵被人珍爱的橄榄树，正在精心看护下花开满树，却被风暴连根拔起，躺倒在地；欧福尔玻斯也这样倒下了。这是个复杂而充满同情的明喻，跟忒提斯用来形容自己爱子的那个比喻（18.56）相类；幼树上的花朵令人想起欧福尔玻斯的头发，对树木倾注的关爱则令读者想起诗中已交代过的（17.36 ff.），欧福尔玻斯哀恸的双亲。尤斯塔修斯评论得很得当，“他躺在地上，诗人可怜他”，[53] 因为整个死亡的描述都带有强烈的怜悯色彩。

17.437 有着类似的描述，这里，阿喀琉斯的马匹哀悼帕特罗克洛斯的死。[54] 他们站着不动，像墓碑上的图像：

> οὔδει ἐνισκίμψαντε καρήατα· δάκρυα δέ σφι
> θερμὰ κατὰ βλεφάρων χαμάδις ῥέε μυρομένοισιν
> ἡνιόχοιο πόθῳ· θαλερὴ δ᾽ ἐμιαίνετο χαίτη
> ζεύγλης ἐξεριποῦσα παρὰ ζυγὸν ἀμφοτέρωθεν.
> μυρομένω δ᾽ ἄρα τώ γε ἰδὼν ἐλέησε Κρονίων,
> κινήσας δὲ κάρη προτὶ ὃν μυθήσατο θυμόν·
> ‘ἆ δειλώ…’

136 “……头低垂到地面，热泪涌出眼眶，滴到地上，悲悼自己御者的不幸，颈部美丽的长鬃被尘埃沾污，垂到车轭两侧的软垫下。克罗诺斯的儿子见它们如此悲伤，心生怜悯，他摇了摇头说，‘啊，可怜的马儿……’” 这些神骏的哀痛令宙斯心生同情，而这种哀痛表现在它们脏污的鬃毛上。我们还看到，另外一些段落也提到了美，不过都是在这种美遭到污损或亵渎的时候。布里塞伊丝在帕特罗克洛斯尸体旁哀哭时，撕扯“她的胸脯，她柔软的脖颈和可爱的脸蛋”。[55] 这些诗行都属于这个主题，之所以引用，是因为它

[53] Eustath.1904.38, οἰκτείρει χαμαὶ κείμενον.

[54] 比较 11.159.

[55] 19.285，比较 *ΣT* in 19.282–302，“说着最可怜的话，流着泪水，又在伤害自己身体最美的部分——有什么怜悯之情不能被她唤起呢？”

们明确了要在整个段落中才能体会到的怜悯之情。

接下来 16.793 这个段落，其中的绝妙之处又超越了以上例子。阿波罗徒手击打帕特罗克洛斯，[56] 于是他的铠甲从身上落下来：

τοῦ δ᾽ ἀπὸ μὲν κρατὸς κυνέην βάλε Φοῖβος Ἀπόλλων·
ἣ δὲ κυλινδομένη καναχὴν ἔχε ποσσὶν ὑφ᾽ ἵππων
αὐλῶπις τρυφάλεια, μιάνθησαν δὲ ἔθειραι
αἵματι καὶ κονίῃσι· πάρος γε μὲν οὐ θέμις ἦεν
ἱππόκομον πήληκα μιαίνεσθαι κονίῃσιν,
ἀλλ᾽ ἀνδρὸς θείοιο κάρη χαρίεν τε μέτωπον
ῥύετ᾽ Ἀχιλλῆος· τότε δὲ Ζεὺς Ἕκτορι δῶκεν
ἧ κεφαλῇ φορέειν, σχεδόθεν δέ οἱ ἦεν ὄλεθρος.

“福波斯阿波罗打掉了他头上戴着的头盔，带饰孔的头盔咣啷啷滚到马蹄下，鬃饰立刻沾满血污和尘土。那顶鬃饰的头盔在这之前从没让尘埃玷污过；它一直用来保护神样的阿喀琉斯那俊美的前额和面颊。可现在，宙斯把那顶头盔交给赫克托耳，让他戴在头上；而后者的末日也已临近。”这是段了不起的诗篇，它结合了许多主题。头盔之坠落尘埃，被描述得几乎比帕特罗克洛斯的死本身还要动人。它描述了**此刻**与**从前**的对比，从前它在杰出的英雄头上，现在则坠入尘埃；接着又继之以对赫克托耳的描述：他也 137
已时日无多，只是自己还蒙在鼓里。他将在凡人对命运的无知中

[56] 比较 15.361，其中对比了神明不费吹灰之力的行为及其给凡人带来的灾难。

迎来死亡。[57]

我们将以 22.401 来结束这个系列；但在那之前，还有两个段落值得注意，它们将这一主题进一步延伸到“死亡和伤残后面目难辨”。在 16.638，争夺萨尔佩冬尸体的战斗激烈地进行着：

οὐδ᾽ ἂν ἔτι φράδμων περ ἀνὴρ Σαρπηδόνα δῖον
ἔγνω, ἐπεὶ βελέεσσι καὶ αἵματι καὶ κονίῃσιν
ἐκ κεφαλῆς εἴλυτο διαμπερὲς ἐς πόδας ἄκρους.

“现在，即使是目光敏锐的人也认不出神样的萨尔佩冬了，因为他身上从头到脚，满是长枪、血污和尘土。”此处的描述让我们感到恐怖，尤其对于萨尔佩冬这样一个漂亮人物：只要看看卷二十四中，保存赫克托耳的尸体有多重要，我们就能确认，我们这种感受正确无误。

在 7.421 及以下诸行，人们收殓并焚化了死者。[58] 双方都在一大清早开始这惨苦的工作：

οἱ δ᾽ ἤντεον ἀλλήλοισιν.
ἔνθα διαγνῶναι χαλεπῶς ἦν ἄνδρα ἕκαστον,
ἀλλ᾽ ὕδατι νίζοντες ἄπο βρότον αἱματόεντα,
δάκρυα θερμὰ χέοντες, ἁμαξάων ἐπάειραν,
οὐδ᾽ εἴα κλαίειν Πρίαμος μέγας· οἱ δὲ σιωπῇ

---

[57] 关于这一段，解析派除了“Überdichtung”［添油加醋的描述］和“ein Zusatz von B”［诗人 B 的添加］就没有更好的话了（见冯德穆关于同一处的讨论）。

[58] 一处“后来的增补”，持此见者包括 Wilamowitz, *Glaube der Hellenen*[2] i, 299。

νεκροὺς πυρκαϊῆς ἐπενήεον ἀχνύμενοι κῆρ.

“两军相遇在一起。那时，很难将死者一一辨认，但他们仍洗去凝结的血块，流着热泪，把尸体装到车上。伟大的普里阿摩斯不准他们大声痛哭，于是他们沉默着将死者放在火葬堆上，悲痛满怀。”在古代批评中，这个段落得到的评价仍好过现代批评。尤斯塔修斯认为“这行动引人同情”。[59]令人同情之处在于，英勇的同伴并未夺回次要勇士的尸体，而是任凭它们无人照管地躺了整夜（8.491=10.199），被战车的车轮碾过（11.537, 20.501），被食腐者吃 138
掉（1 开头）。

以上两个例子表明，W.玛格那句名言所言不虚，[60]《伊利亚特》并非关于战斗，而是一部关于死亡的史诗。史诗的主题是生与死，二者之间形成可能允许的最鲜明的对比。活着，是为英雄；死了，则是无知无识的鬼魂，一具无法辨认的尸体，除非有诸神奇迹般的干预。

有关怜悯的这一系列，最后一个例子是 22.401。赫克托耳的尸体被拖在阿喀琉斯的战车后：

τοῦ δ' ἦν ἑλκομένοιο κονίσαλος, ἀμφὶ δὲ χαῖται
κυάνεαι πίτναντο, κάρη δ' ἅπαν ἐν κονίῃσι
κεῖτο πάρος χαρίεν· τότε δὲ Ζεὺς δυσμενέεσσι
δῶκεν ἀεικίσσασθαι ἑῇ ἐν πατρίδι γαίῃ.

---

[59] Eustath.688.65.

[60] *A und A* 18 (1973), 10.

"他被拖拽在后，扬起一片尘烟，黑色的头发散开来，曾经俊美的头颅落在尘埃里；如今宙斯已将他交付敌手，在他自己的家园，任凭他们将他凌辱。"荷马史诗中引人怜悯的因素，至此达到极限。宙斯曾经"钟爱"赫克托耳，并让他在胜利中获得荣耀，现在却已将他变得低微，低微到一个凡人所能堕落的极限。"美之凋零"的主题又与"在自己的家园遭难"的主题相结合。正因为敌人有本事在他自己的土地上、在他自己的人民眼前，凌虐赫克托耳"曾经俊美"的头颅，这种凌虐带来的痛苦于是加倍了。所有这些情感的力量都被包含在四行诗中，而且在某种层面上，这几行诗仍可被称作"客观"：这是荷马风格的胜利，也是这种风格之控制力的胜利。

这番研究有两个目的。一是要展示在《伊利亚特》中对怜悯之情的表达是多么普遍。史诗以克律塞斯的泪水开场，以整卷的哀哭结束。人生的悲剧展现在对各个年龄段的描述中。英雄们被杀死，尸体被凌虐；女子和孩童成为寡妇孤儿，被征服者奴役；老年人无助地哭泣，再无慰藉，别人只会告诉他们，"诸神向每个
139 凡人分派苦难，而他们自己则永无忧烦"。[61]那些"讣告"令诗人得以向我们描绘父母、妻子、孩子，若非如此，这些人本不可能出现在战场上，让人见到他们的遭遇和痛苦。是荷马的博大视野带来了这种极为例外的表达手法，它给死在主要英雄手下的人也赋予了重要性，而这些人在大多数战争史诗中都是不值一提的。《奥德赛》的意图和对意义的看法都很不同，那么，在这部史诗中没有类似的讣告描写，也就毫不意外了。史诗从未用这样的手法

[61] 24.525 ff.，阿喀琉斯对普里阿摩斯的话。

来描写被奥德修斯杀死的众求婚人；他们跟《伊利亚特》中的人物不同，是道德败坏的家伙；他们死去的重要性，不在于所有凡人——甚至包括英雄——都要面对的、从光明到黑暗的可怖转变，而在于昭示诸神及他们的天道。不再有一段犀利中肯的插叙，告诉我们某个人活着时的样子，以及他的死带给别人的情感代价，而只有宽慰释怀的呼喊："天父宙斯，既然求婚人们真的为他们的不义暴行付出了代价，崇伟的奥林波斯山上到底还是有汝等神明在啊。"（xxiv.351）这才是对他们的死亡的恰当评论。

其次，我们已经检验过人们常常宣称的、荷马的客观性。这是个至关重要的主题，因为它以另一种形式展现了我们所面临的、与性格塑造相关的问题：如果从荷马文本的字句中，读出它们还包含表面意思之外的东西，算不算原则上的错误？如果算错误，我们就会发现，很多我们最想说的东西都不能再讲；我们还得承认，比起其他诗歌的阅读经验，读荷马不够让人满意。我们的目标之一就是为听众的本能反应辩护，说明它们在智识层面上也值得重视。这也许会有一个后果，即赘述一些明显的事实，但我希望这个方面也已阐明：《伊利亚特》中确定无疑地含有富于深意的言语和场景，它们饱含情感的力量，即使没有明确地表达出来，也仍然存在。"客观"与"主观"之间的全部区别，其实已不再像人们常说的那样清晰。很多段落可以说产生了同样的情感效果，不管它们是通过诗人的叙事客观表述的，还是通过某一人物的言语主观表达的。

现在我们用对"讣告"的一番讨论作结。讣告是荷马风格的 140
一个典型特征，常常引起注意。从我们的讨论来看，某些对讣告的论述似乎是有欠缺的。博拉说：

> 诗人通过其叙述的真实性和一致性来吸引观众，为了保持这点，他采用的办法，常常是进行生动的虚构，尤其是虚构一些不会怎么影响主要故事的小段子……这些小段子的存在是为了让故事活泼起来，因为故事中的人物太多了，很容易就变得面目模糊或繁冗无趣。战争场景尤其如此，这时许多人负伤或被杀死，必须给予他们短暂的注意，而做到这点，正是通过那些充满信息的寥寥数笔……[62]

这种解释的缺陷，在于对这些段落的内容和语气没有任何严肃的考虑。于是，这些段落就被仅仅当作缺乏感情意义的装饰，就好像说，这跟史诗给我们讲死者的鞋子号码，或者他最喜欢的颜色，或者他的牙膏口味，也没什么区别。实际上，它们包括史诗中一些最引人注意的诗行，而且整体来讲，它们大大“影响了主要情节”，因为它们提供了一种途径，令我们以某种特定的方式来解读，而不另作他想。

沙德瓦尔特[63]说：“当某人在战场倒下后，荷马会继续讲一会儿他的为人和命运，从而展示出死亡的意义；这就带来一种温暖、人性的意味（einen warmen, menschlichen Klang）。”这种说法更加合理，但“一种温暖、人性的意味”似乎仍不足以描述记录这些死亡所带来的效果，也不足以描绘这些仅在死亡的阴影迫近时才有意义的人生。科克写到，[64]有两个“主要技巧，为战争场景带来真实感和生动性……用起来简直有着无限的丰富性和多样性……”

---

62 C. M. Bowra, *Homer* (1972), 56.

63 *von Homers Welt und Werk*[4], 326.

64 *The Songs of Homer*, 342.

其中之一“就是对次要死者的精简刻画——大多数死者都得是不重要的人物，几乎不会出现在史诗其他部分；这是个难题……成百上千的特洛伊和阿开亚勇士，在其他地方都默默无闻，但他们在死亡的时刻得到了精彩的描述”。同样，这一论述也略去了最关键的内容：这些死亡，是如何影响了我们对英雄主义之本质的认
识，以及对这个有英雄奋斗并死去的世界的认识。“描绘”它们是 141
出于某种非常特别的意义；没有什么比为了细节本身去铺陈逼真细节更不像荷马的风格了。[65] 若非为了说明英雄的行为、思想和死亡，《伊利亚特》的那位质朴的缪斯，对细节毫无兴趣。[66]

莱因哈特评论《伊利亚特》20.39 时说，它“几乎令人想起后来墓志铭的形式”[67]；科克用的形容词“精简”似乎也暗示了同样的类比，而古代评论者也偶有类似观点的表述。在一些古代碑铭中，我们确实发现了同样的节制的力量，这种力量在荷马史诗的这些段落中非常突出。同样，在埃雷特里亚出土的一个公元前六世纪的碑铭中（No. 862 Peek）：[68]

Πλειστίας.

Σπάρτα μὲν πατρίς ἐστιν, ἐν εὐρυχόροισι δὲ Ἀθάναις

ἐθράφθε, θανάτο δὲ ἐνθάδε μοῖρ᾽ ἔχιχε.

---

[65] 例如，*ΣT* in 1.366: μεγαλοφυῶς δὲ συντέμνει τὰ περισσὰ τῶν λόγων καὶ τῶν ἱστοριῶν。

[66] M. P. Nilsson, *Die Antike* 14 (1938), 31 指出，引入神话“插曲”也从不是仅仅为了神话本身（他把《伊利亚特》16.173–192 和《奥德赛》xv.223–256 看作例外），它们总是有所变化、被赋予了心理上的意义。

[67] *Die Ilias und ihr Dichter* (1961), 430: “erinnernd fast an eine Form des späteren Grabepigramms”. Σb*T* on 6.460: “它有着墓志铭的特点，是他满怀深情，为兄弟的墓地所作。”

[68] *Griechische Vers-Inschriften I: Grabepigramme*, ed. W. Peek (1955), 862.

“普雷斯提阿斯。斯巴达是他的故土，他在宽广的雅典长大：死亡的命运在这里降临到他身上。”这首诗利用了“远离家乡”的主题，而且觉得没有必要明确表达对普雷斯提阿斯身死异乡的哀怜。同样的节制也出现在公元前六世纪的克基拉岛（No. 73 Peek）：

σᾶμα τόδε Ἀρνιάδα· χαροπὸς τόνδ' ὤλεσεν Ἄρες
βαρνάμενον παρὰ ναυσὶν ἐπ' Ἀράθθοιο ῥοϝαῖσι,
πολλὸν ἀριστεύοντα κατὰ στονόεσσαν ἀϝυτάν.

“这里是阿尔尼阿达斯的墓地；当时他正在阿拉修斯激流上的船边奋战，暴怒的战神杀死了他，这残酷战斗中的出色首领。”

理查德·海因茨指出，“早期格律铭文中，若可以确认立碑者
142 的话，绝大多数都是某位父亲在向死去的儿子送上温情的礼赞”。[69]
这一评论也适用于《伊利亚特》中表现怜悯的一个突出的方面（见上文第123页及以下）；而且，正如海因茨所见，创作这样的墓志铭，一定是为了满足某种深切的茫然与失落。这种情感隐藏在朴拙的形式之下（这当然是受史诗的影响），可以说，这也印证了我们的观点：荷马中的类似风格，同样是表达深切哀悯的手段。

最后再看看著名的弗拉西克蕾雅的墓志铭（No. 68 Peek），公元前六世纪，出土于阿提卡。

σεμα Φρασικλείας·κόρε̄ κεκλέσομαι αἰεί,
ἀντὶ γάμο παρὰ θεôν τοῦτο λαχôσ' ὄνομα.

---

[69] *Von altgriechischen Kriegergräbern, NJbb.*18 (1915), 8=*Das Epigramm*, ed. G. Pfohl (1969), 47.

“弗拉西克蕾雅的坟墓。人们会永远把我称作少女；诸神没有赐我婚姻，但给了我这个名字。”这句话简洁而完美，让人觉得悲叹之辞毫无必要。未婚少女的死是“带有内在情感”的事情之一。常有人指出，阿提卡悲剧允许用剧烈的动作和狂野的呼喊来表达深切的哀恸，但史诗会避免这些东西。荷马中出现的只是 ὣς ἔφατο κλαίουσ’, ἐπὶ δὲ στενάχοντο γυναῖκες，“她这样说着，流着眼泪，女人们跟着她发出叹息”。无疑，在真实生活中，人们会在葬礼上听到这种尖叫，[70]但它们被排除在碑铭之外；同样被排除在外的还有那些来自死者之恶意的可怕力量，通灵巫师，[71]以及复仇女神。[72]可见，在这两种文体中，风格化的努力紧密相关。

不过，尽管墓志铭感情内敛，它显然期待过路人阅读后，心中会产生某种情感，而这种情感就是同情。皮克收集的那些墓志铭短诗（Nos. 1223 ff.）明确地说明了这一点。sτῆθι και οἴκτιρον，“请停下脚步，心怀怜悯”，是个常见的短语。第 1223 号（阿提卡，约公元前 550 年）：

παιδὸς ἀποφθιμένοιο Κλεοίτο τô Μενεσαίχμο

μνε̂μ’ ἐσορôν οἴκτιρ’, ὁς καλὸς ὂν ἔθανε.

“墨涅塞克慕斯之子克莱奥托斯死了；看到他的坟墓，请同情他。 143
他曾那么美，却已不在人世。”这里又出现了与史诗的进一步类

---

[70] 比较 Nilsson, *Geschichte der griechischen Religion*, i², 714 讨论了古风时期的葬礼和立法者抑制它们的努力。

[71] W. Burkert in *Rh. Mus.*105 (1962), 36.

[72] H. Lloyd-Jones, *The Justice of Zeus* (1971), 75.

比。弗兰克尔[73]说得好：在史诗中，故事的叙述者说他们讲述的是“苦难”，κήδεα，ἄλγεα。我们已经讨论过，《伊利亚特》的主题是苦难和死亡，必须带着对这一主题的兴趣来聆听它。海伦说，是苦难带来了歌吟；[74]忒勒马科斯在《奥德赛》i.353中对佩涅洛佩说，若是有关雅典娜之怒和阿开亚人苦难的歌吟听来令人愁苦，

σοὶ δ᾽ ἐπιτολμάτω κραδίη καὶ θυμὸς ἀκούειν

“那就让你的心灵和头脑忍耐着聆听”——别的人也曾遭受苦难。就是说，聆听歌吟，对悲歌进行思索，以此来理解世界是怎样的，人在其中的位置又是怎样的。[75]

令史诗如此伟大的，正是这种对人类生命一以贯之的悲剧式态度。对此至关重要的，则是那些“讣告”和其他表达怜悯的质朴段落。《伊利亚特》是一部关于死亡的史诗；其中真正的双人决斗都很短暂，大英雄通过杀死对手来展现自己更重要的身份，而他们的对手则常常被轻而易举地杀死，有时甚至毫无抵抗。[76]对比一下与之截然不同的决斗就很清楚了；例如，在马洛礼的《亚瑟王之死》中，骑士们一连几个钟头互相劈砍，中间还不时休息。[77]《伊利亚特》感兴趣的不是战斗的技巧，而是命运；光彩照人、精力充沛的英雄，逐步坠入死亡的经过。此类冲突构成的长诗很容易变得恐怖可厌、乏味无聊或是难以忍受；而正是看待勇士的态

73 *Dichtung und Philosophie*², 15 ff.

74 *Iliad* 6.357.

75 W. 玛格出色地论述了这一点。参见 *Homer über die Dichtung* (1957), 14。

76 比较 G. Strasburger, *Die kleinen Kämpfer*, 50。

77 比较 M. M. Willcock in *BICS* 17 (1970), 1 ff.。

度，避免了这一切。这种技巧，正如它所服务的观念，既不明显，也并不普遍。《伊利亚特》对次要英雄的展现，体现在对他们死亡的哀悯：他们从生命的光明坠入黑暗寂灭，他们的伙伴和亲人满怀悲痛。然而，史诗的风格既避免了过分感伤，又并非在施虐中取乐。如果去掉本章所讨论的这些段落，史诗失去的就不仅仅是一些装饰，而是一个对其本质而言不可或缺的部分。

第五章

男女诸神

我们真的几乎没法不严肃看待荷马史诗中的宗教。

——瓦尔特·玛格[1]

荷马史诗对神明有着清晰的描写，他们形态多样，但仍处处一致。崇高的精神和高尚的内涵表现在神明所有的形式中。

——奥托[2]

唉，你们同流合污，
丑陋与怪异为伍！[*]

——歌德

144 荷马史诗自始至终充满了复杂的多神崇拜。《伊利亚特》以阿波罗之怒开场，而终卷则是众神引导普里阿摩斯与阿喀琉斯会面，并命令阿喀琉斯归还赫克托耳的尸体。《奥德赛》开始于奥林波斯

1 *Gnomon* 28 (1956), 2: “Es ist eigentlich kaum zu umgehen, Homer religiös ernst zu nehmen.”
2 *The Homeric Gods* (Eng. trans., 1954), 16.
* 董问樵译文。——译者注

山，结束于雅典娜的干预；她的调停，令奥德修斯与被杀求婚人的亲族握手言和。天上的行动、决策和争论伴随着地上的事件，男女诸神都介入凡人的世界。在《伊利亚特》中，诸神的不断参与将故事整合在一起，[3]而奥德修斯则在女神雅典娜的帮助下重返家园，获得保护；没有她的襄助，奥德修斯一开始就无法离开卡吕普索，最后也不可能杀死一众求婚人。至少在某个层面上，两部史诗的主要人物都是通过神明，才领会了整个故事的真谛。“在苦难中生活，这就是神明为凡人设计的命运，而他们则免于愁烦”，阿喀琉斯对普里阿摩斯如是说；“杀死这些人的，是诸神指定的命运和他们自身的恶行”，奥德修斯在求婚者的尸体之上说。[4]如果要严肃看待这两部史诗，似乎也就必须严肃地看待掌控这个世界的 145
诸神。显然，如果认为诸神很有意思，但大体说来只是种文学手法，这就不算是严肃地看待他们；按照这种说法，诸神要么用来避免单调、转换气氛，要么用来为诗中的人类角色营造情境——这些情境并不特别神圣，也没有宗教意味，只是以引人入胜的方式展现了普通世俗生活中的冲突。

近年荷马研究的重要作品中有两种方法；在本章中，我将对它们进行讨论，并指出，这两种处理众神与神灵的方式，都不足以展现史诗的一个核心特征。我希望自己不会显得无趣或好辩；重要的不是互相批评，而是恰如其分地展现荷马独有的视角，况且，要是这些学术作品不够重要，批评它们岂不也就成了浪费时间。这些作品所代表的方法，普遍低估了神灵。荷马中的诸神必

---

[3] “Was die Ilias zur Einheit bildet, ist nicht nur das Motiv des Zornes, sondern vor allem diese Allengegenwart des Olymps［令《伊利亚特》形成一个整体的，不仅是愤怒的主题，更首要的是奥林波斯众神的无处不在］”，U. Hölscher, *Untersuchungen Form der Odyssee* (1939), 49。

[4] 阿喀琉斯，24.525；奥德修斯，xxii.413。

须被当作神来看待，然后，我们还必须想想能从中领会到什么。我想，我们会看到，如果不允许诸神在解读中占据重要地位，我们就没法理解这两部史诗；实际上，希腊人自己在阅读这两部史诗时，也曾给予他们这样的地位。作为生活在不同传统、不同信仰下的人，面对一个多神崇拜的古代宗教体系，我们怎样才能为它赋予这种重要意义——这就是另一个问题了，而且，我希望这并不是一个无法回答的问题。

雷德菲尔德教授在其《〈伊利亚特〉中的自然与教化》（*Nature and Culture in the Iliad*, 1975）一书中，对《伊利亚特》所采用的基本是社会学和人类学的方法。他集中关注的人物，是史诗所描绘的那种古代社会的英雄，他对这类角色的矛盾之处和两难处境进行了考察，尤其是赫克托耳。赫克托耳不得不冒着生命危险战斗，但特洛伊若要有未来，他就必须活下去；他若要想保护自己周围的人免于暴力的伤害，就只能自己先接受暴力。[5] 看待和理解人物，是通过他们对社会压力所做出的回应；在合理的人类社会中，价值观并不仅仅是任意设置的。这些观念所产生的后果，必须能存在于真实的世界中，必须考虑到自然中基本不变的客观事实，例
146 如两性的存在，子孙的繁衍以及死亡的普遍性。一部虚构的作品诠释了产生它的社会，因为只有按照那个社会的观念，它才符合情理，并且，它也展现了那些观点是如何运作的。像英雄史诗这样描绘特殊事件的故事，表现了社会习俗在特殊情况中、在重压之下的运作方式；故此，《伊利亚特》“接受了英雄式的行为准则，但仍探究其局限和自我矛盾之处”（第 85 页）。

---

[5] 关于赫克托耳，参见 H. Erbse, “Ettore nell’ Iliade”, in *Studi Classici e Orientali* 28 (1978), 13–34。

要简短地概述这样长的一部作品，是无法尽如人意的，而以上内容确实只能算概述。但我认为，这一概述展现了雷德菲尔德所遵循的方法，特别要补充的是，根据这种方法，他做出的论断相当出人意料。我们已经看到，雷德菲尔德认为，阿喀琉斯在卷九回绝阿开亚人来使的友好提议时，是“他自己道德标准的牺牲品”，他的所作所为“并未背离英雄式的行为规范，而是那个规范的一种体现”；他“囿于勇士的自我定义，这种自我定义令他既无法和解，也不能撤退”（104—105）。[6]我们现在读到，诗中的众神并非真正的神明。

> 最重要的是，《伊利亚特》中的诸神缺乏 *numen*［神性］，他们实际上是诗中喜剧成分的主要来源。我想，如果假定《伊利亚特》中的诸神属于史诗传统的那个世界，并且听众们也是这样理解的，这些神的不同之处就很容易解释了。正如史诗讲述的不是平常人，而是英雄，在它描绘的故事中，也并非人们眼中的真正神明，而只是文学化的诸神。（76）

此外，像雅典娜向阿喀琉斯现身，并说服他不杀阿伽门农的场景，实际也不是真的表现了“听众们通常所理解的那种人神关系”；这里发生的是我们在真实生活中十分熟稔的情形：某人被迫要采取反抗权威的行为，却被一个更高的权威阻止；更高的权威能够阻

[6] 比较第 74 页。雷德菲尔德认为，在这部史诗中，“英雄因他的教养而不得不犯错”。我已明确表达过我的观点：除了他自己的秉性，没有什么别的东西迫使阿喀琉斯犯错，这一点令其他英雄不满；而 Erbse 的评论很恰当（见上文注 5），赫克托耳所做出的错误决定，也不是因为他的“教养”，而是因为他是弱势一方的首领，故此必须冒险，也因为他是个凡人，故此没能理解宙斯的谋划。

止他的反叛，却无法消解他的愤懑。“所以，从根本上说，这个场
147 景是介于两个权威之间的人；其中之一是神的权威，但‘神的权威’仅仅是‘更高权威’的一种特别形式。”（78）

他还以同样的方式来分析阴间的神明以及英雄葬礼的重要性。荷马描写道，在被杀死的那一刻，勇士的 *psyche*［灵魂］“飞出身体，奔向哈得斯，同时为自己的命运哭泣着，将青春和力量抛掷在后”；[7] 但雷德菲尔德认为，*psyche* 的存在是为了别人，而并不是为了拥有它的人。一个无知无觉的人，当 *psyche* 已暂离肉身时，“只为其他人而存在。我要强调的是，*psyche* 是只为他者存在的自我，是群体灵魂的一个方面”（177 ff.）。死者并不真的继续存在：“*psyche* 在哈得斯的存在，并非个人生命的延续，而只是个体生命曾经存在过的某种标志。”（181）至于葬礼——赫克托耳为此在生命最后一息提出恳求，阿开亚人和特洛伊人为此像虎狼般争夺帕特罗克洛斯的尸体——雷德菲尔德说，葬礼“也许可以被当作某种仪式，借此为死者赋予某种特定的社会地位……他已竭尽所能，于是他的社群宣布对他已再无指望。既然无法继续做他们中的一员，他理应得到死者的地位。于是他们放过了他”（175）。至于说阴间的神明，“哈得斯的世界是个不存在的世界”（181）。

实际上，这种说法将史诗中的某些方面贬低到无足轻重的地位：那些特别有关神明的部分，死亡中公认为超自然的方面，以及这个方面得以留存的事实；行为及其意义都得在社会事实的层面加以理解，除此之外，别无其他。科克教授虽然方法不同，但差不多持同样的否定态度。关于荷马，他有许多著述，却对众神

---

7 16.856, 22.363.

兴趣寥寥。我们读到，当论及雅典娜制止阿喀琉斯冲动杀人的那个场景时，他说，“某些神明的举动（例如《伊利亚特》卷一中雅典娜拉住阿喀琉斯的头发，以阻止他对阿伽门农发脾气）也许只是 *façons de parler*［修辞手法］”。[8] 在关于神明场景最为详尽的讨论中，他整体概括了众神的作用：

> 诸神带来了其他转移注意力的方式：战斗的描写常常突然 148
> 中断，场景转换到奥林波斯山或艾达山，众神正在那里谋划襄助自己偏爱的凡人，或者是宙斯正用天平称量命运。这些有关神明的场景，成功地避免了可能产生的单调，因为它们让气氛和行动发生了彻底的变化——家庭生活、诙谐和各种不那么有英雄气概的东西，都得以进入诸神的世界。但这些场景并非毫不相关、令人反感，结构上也绝不粗劣笨拙……[9]

---

[8] G. S. Kirk, *The Nature of Greek Myths* (1974), 292. 这一段的文风，诙谐得有些欠妥了。这说明作者对这一传统缺乏耐心，而且，正如大多数情况那样，缺乏耐心无助于准确。雅典娜的到来并不是为了“阻止阿喀琉斯对阿伽门农发火”——她下令“尽管用言语羞辱之”——但不可杀人。此外如果雅典娜只是用来表达阿喀琉斯改变自己主意的修辞手法，她当然也不会说：“我此时说的这番话终将实现：以后会有两倍这么多的尊贵礼物，来补偿你的损失；克制住自己，听从我们的指引。”尤斯塔修斯 81.27 中的解释也是同样的贬抑：Ἀθηνᾶ δὲ οὐρανόθεν ἐλθοῦσα κωλύει, τουτέστιν ἡ παρ’ αὐτῷ ἀγχίνοια.［雅典娜从天而降阻止了他，也就是说，她是来自他自身的清明理智。］关于这种风格，可比较 *The Songs of Homer*, 379，“当帕特罗克洛斯被阿波罗打得发昏时……”同书第 76 页（在奥林波斯山上），“宙斯对自己征服的女性或抚慰，或申斥，或为之深思……”参见 *Myth: its Meaning and Functions*, 240，“阿芙洛狄忒催迫海伦进了卧房……”

[9] G. S. Kirk, *The Songs of Homer* (1962), 345. 例如 Gilbert Murray 就曾写道：“诸神总是被屈尊俯就，被寻常化，被当作装饰性的材料……”（*Rise of the Greek Epic*[3], 265）。我们知道，布瓦洛也相信，“Homère avoit crainte d’ennuyer par le tragique continu de son sujet［荷马担心其主题里持续的悲剧元素会令人感到厌倦］”，于是“il avoit voulu égayer le fond de sa matièreaux dépens des dieux mêmes... il les fait jouer la comédie dans les entr’actes de son action［他想牺牲这些神明本身，让内容在实质上显得轻松愉快起来……在情节的间歇，荷马让神明们上演喜剧］”。

的确，正因为神灵这个层面的存在，诗人的叙事才得以如此多样化；但我们也要提醒自己，佩涅洛佩和安德洛玛刻向我们展示了部分家庭生活，伊罗斯和特尔西特斯则展现了某种滑稽，这些都无须动用神明。神灵的存在还有更深的意义。要理解他们的作用有多大，就得先问一问：诸神是否真的缺少 *numen*，我们是否能把他们看作“文学性的诸神”，而不必当真？

我们立刻就注意到，荷马中的凡人都很虔诚。整部史诗充满了祈祷、立誓和祭祀，这类描写往往也标志着情节中的高潮。例如，我们还记得，赫克托耳曾为爱子祈祷，他离开后，这番话多多少少安慰了他的妻子；阿喀琉斯送帕特罗克洛斯上战场时做了祈祷；奥德修斯奋力从海上靠岸时，也对费埃克斯的河流祈祷。若要向强大的敌人放箭，就会先祈祷阿波罗；战车比赛中落败的选手则会被人说，“他早该向不死的众神祈祷；那样他就不会落到
149 最后”。如果将要踏上险途，向宙斯奠酒并恳求佳兆，则是再自然不过的。阿伽门农曾愤愤不平地说，来特洛伊的路上，只要经过宙斯的祭坛，他都曾献祭供奉。佩涅洛佩时常祈祷，儿子让她“许诺向众神献上丰盛的百牲祭，只求宙斯肯让恶行得到报应”；“所有的凡人都需要神明”，涅斯托尔的儿子，杰出的裴西斯特拉托斯如是说。[10] 还可以举出更多的例子，但问题的要点已经很明显。两部史诗中充满了大量宗教行为的场景：人们在克律赛恳求阿波罗的宽恕；为了议和立誓，交战双方都吁求神明，并献祭供奉；在《伊利亚特》卷六中，赫克托耳命令特洛伊城进行祈祷和

[10] 赫克托耳，6.476；阿喀琉斯，16.233；奥德修斯，v.445；向阿波罗祈祷，4.101；“你本该祈祷”，23.546；恳求兆示，24.287；阿伽门农 8.238；佩涅洛佩 xvii.5。裴西斯特拉托斯，iii.48。“Und fromm sind diese Menschen［凡人们到底是虔敬的］”, H. Schrade , *Götter und Menschen Homers*, 153。

祭拜仪式；忒勒马科斯抵达皮洛斯时，正好看到祭祀波塞冬的仪式，而他们离开时，涅斯托尔则主持仪式，向雅典娜献祭。[11] 特洛伊战场双方都有常设的专职人员，来解读诸神的意旨。在《奥德赛》中，流浪的特奥克吕墨诺斯来自一个著名的卜者家族，他也证明了自己确实拥有这种家传的技艺。[12] 每个家庭的炉灶都是神圣的，能够以此见证誓言。我们还知道，众神乔装行走于凡人中间，检验他们的恶行或美德，故此人人都该十分小心地对待陌生人。[13]

这还不是全部。祭拜行为还被用作表达心理与情感的手段。于是，阿喀琉斯在送帕特罗克洛斯上战场时，取出一只特别的酒杯，这杯子在凡人中只供他自己使用，在众神中只向宙斯酹酒。他用这个杯子向宙斯祭洒酒浆，并恳切地祈求帕特罗克洛斯平安归来。在帕特罗克洛斯死后，阿喀琉斯的悲恸也表现在具有仪式意味的举动中：禁断饮食，停止沐浴，剪下曾许诺还乡时献给斯佩尔赫奥斯河的一缕头发，在帕特罗克洛斯火葬堆上进行人祭，最后还表达了要与他的骨灰同瓮入葬的愿望。[14] 仪式和祭拜主导史 150
诗人物的心念，是多么深入、多么普遍，再没有什么能表达得更清楚了。

如果我们从凡人转向诸神，就会发现，他们绝不总是缺少尊严和境界。我们在《伊利亚特》中见到的第一位神明是阿波罗，

---

[11] 克律赛 1.430–487；和议，3.264–354；特洛伊城内的祈祷，6.263–312；波塞冬，iii.31–67；雅典娜，iii.418–463。

[12] XV.223–255, xvii.152, xx.345–357. 针对 Page 对特奥克吕墨诺斯的尖锐批评（Page, *The Homeric Odyssey*, 83 ff.），Erbse 进行了辩护，见 H. Erbse, *Beiträge zum Verständnis der Odyssee*, 42 ff.。

[13] 炉灶，xiv.159, xvii.156, xix.304, xx.231；众神在凡人中间，xvii.484。

[14] 禁食，19.154 ff.；沐浴，23.40；头发，23.141；人祭，23.175；埋葬，23.83。关于这一点，参见 E. Samter, *Homer* (1923), 165 ff.。

他接受祈求，重创阿开亚人，为他受辱的祭司复仇。

ὣς ἔφατ᾽ εὐχόμενος, τοῦ δ᾽ ἔκλυε Φοῖβος Ἀπόλλων,
βῆ δὲ κατ᾽ Οὐλύμποιο καρήνων χωόμενος κῆρ,
τόξ᾽ ὤμοισιν ἔχων ἀμφηρεφέα τε φαρέτρην.
ἔκλαγξαν δ᾽ ἄρ᾽ ὀιστοὶ ἐπ᾽ ὤμων χωομένοιο,
αὐτοῦ κινηθέντος· ὁ δ᾽ ἤιε νυκτὶ ἐοικώς.
ἕζετ᾽ ἔπειτ᾽ ἀπάνευθε νεῶν, μετὰ δ᾽ ἰὸν ἕηκε·
δεινὴ δὲ κλαγγὴ γένετ᾽ ἀργυρέοιο βιοῖο·
οὐρῆας μὲν πρῶτον ἐπῴχετο καὶ κύνας ἀργούς,
αὐτὰρ ἔπειτ᾽ αὐτοῖσι βέλος ἐχεπευκὲς ἐφιεὶς
βάλλ᾽· αἰεὶ δὲ πυραὶ νεκύων καίοντο θαμειαί (1.43–52).

“他这样向神祈祷，福波斯阿波罗听见了，他心怀愤怒，从奥林波斯山顶降临，肩上挂着弯弓和盖着的箭袋。神明愤愤前行，箭矢在肩头唧唧作响；他如黑夜一般降临。他随即坐在远离船舶的地方朝他们射箭，银弓发出令人胆战的声音。他先击中了骡子和矫健的狗群；接着又把利箭对准人群，将他们击倒。焚化尸体的火堆燃烧不断。”显然，这番描述所展现的神明，是决不能等闲视之的。这里的文风结合了精妙的重复和重要词汇的变化（“怒火”“唧唧作响”“弯弓”“箭矢”“利箭”），此外还有令人叹为观止的简洁：“他如黑夜一般降临。”这样的一位神明，遭到了典型的人身伤害，就只有祭仪的正统程序，才能平息其怒火。被伤害的神明实施报复——这样的模式还出现在有关太阳神牛群的情节中；此外，阿尔忒弥斯派出凶猛的野猪劫掠卡吕冬，因为俄纽斯向所有神明敬献百牲祭，独独忘记了她；埃涅阿斯则疑心在战场上大肆屠戮特洛伊人的狄奥墨得斯会不会是个神明，“生了特洛伊 151
的气，因祭品牺牲而动怒”。[15]

神明带来瘟疫，这是个通俗观念；[16] 以阿波罗的现身来如此忠实地展现这一点，在高雅的诗体中确实不常见。但确实有不少段落，刻画了真正令人难忘的神明。神明现身时，速度超人，场面壮观：雅典娜冲向大地，有如流星，“见者为之震撼”；忒提斯从海上升起，“恍若轻雾”；雅典娜“如彩虹般”下降到阿开亚人中间。[17] 他们也可以超凡的方式离开；雅典娜离开皮洛斯时

> 幻化成海鹰的样子，见者皆为之震撼。老人家见到这情景，也吃了一惊；他握住忒勒马科斯的手对他说：“朋友，既然你这么年轻，就有天神给你引路，我看你不会成为庸碌怯懦之人。刚才不会是奥林波斯山上居住的什么别的神祇，一定是宙斯的女儿、尊神特里托革涅亚；她在阿尔戈斯人中最宠爱你那高贵的父亲。女神啊，请广施恩惠，恩赐令名给我、我的儿子和我的妻子；我会给您献上一头小牛犊”……[18]

雅典娜化作一名女子，来到欧迈奥斯的农舍；忒勒马科斯看不到

---

[15] 太阳神的牛群，xii.260 ff.；阿尔忒弥斯，9.536；狄奥墨得斯，5.177。

[16] 比较《申命记》32 ：23，“我要将祸患堆在他们身上，把我的箭向他们射尽。他们必因饥饿消瘦，被炎热苦毒吞灭”，以及《以西结书》5 ：16。

[17] 雅典娜，4.75；忒提斯，1.359；彩虹，17.547。关于这些明喻，参见 T. Krischer, *Formale Konventionen der hom. Epik* (1971), 19 ff.。

[18] iii.371 ff. 化作飞鸟，见 iii.371, xxii.239，尽管 F. Dirlmeier, “Die Vogelgestalt homerischer Götter”, *SB Heidelberg*, 1967, 2 有不同意见。对我来说，Dirlmeier 自己在 20.224 一例（p. 24）不得不承认的东西，似乎削弱了他关于 iii.371 的论点。

她，“因为诸神决不会向所有人现身”，但奥德修斯看到了她；群犬也看到了，他们并不吠叫，却呜咽着溜走。当奥德修斯父子从大厅移走武器和甲胄时，

> 帕拉斯雅典娜擎着金灯盏，在他们前面带来明亮的光。忒勒马科斯立即对父亲说：“父亲，我亲眼见到一件非常神奇的事情；在我眼中，至少这墙壁、屋梁、横梁和堂柱都熠熠生辉，好像有明亮的火光照耀一样。肯定有某位执掌广天的神祇在这里。”足智多谋的奥德修斯回答道：“噤声吧，把想法藏在肚里，不要发问。高居奥林波斯山的诸神自有道理。”[19]

152 也许值得强调的是，在以上三个片段中，不仅神明的举止如真正的神明那样神秘莫测，他们现身时，在场人物的反应，也只能说是宗教式的：崇敬或带有敬意的沉默。就连动物也感到神明在场的特别之处。

我们已经见到，诸神使用骇人的帝盾或超凡的呐喊时，会对凡人产生震慑效果；在《伊利亚特》中，阿波罗肩裹云朵，无人可见；他在阿开亚人面前挥舞帝盾，并发出巨大的嘶吼，“他们被他扰乱了心性，于是忘却了战斗的勇气”；他们夺路而逃，像一群被两只雄狮吓坏的牛羊。当雅典娜向求婚人举起帝盾时，“他们神智尽丧”；这些人像被牛虻惊散的牛群那样奔逃，毫无抵抗地被杀死。[20]其他一些神灵的出现，虽然方式更简单，却绝不是不吓人的。阿波罗在帕特罗克洛斯英雄伟业的巅峰时刻击中了他：

---

19 雅典娜和群犬，xvi.157–163；灯盏，xix.33–42，比较 R. Pfeiffer, *Ausgewählte Schriften*, 1–7。

20 阿波罗，15.328 ff.；雅典娜，xxii.297 ff.。

ἀλλ᾽ ὅτε δὴ τὸ τέταρτον ἐπέσσυτο δαίμονι ἶσος,
ἔνθ᾽ ἄρα τοι, Πάτροκλε, φάνη βιότοιο τελευτή·
ἤντετο γάρ τοι Φοῖβος ἐνὶ κρατερῇ ὑσμίνῃ
δεινός·[21] ὃ μὲν γαρ ἰόντα κατὰ κλόνον οὐκ ἐνόησεν·
ἠέρι γὰρ πολλῇ κεκαλυμμένος ἀντεβόλησε,
στῆ δ᾽ ὄπιθεν, πλῆξεν δὲ μετάφρενον εὐρέε τ᾽ ὤμω
χειρὶ καταπρηνεῖ, στρεφεδίνηθεν δέ οἱ ὄσσε.
τοῦ δ᾽ ἀπὸ μὲν κρατὸς κυνέην βάλε Φοῖβος Ἀπόλλων. . .
τὸν δ᾽ ἄτη φρένας εἷλε, λύθεν δ᾽ ὑπὸ φαίδιμα γυῖα,
στῆ δὲ ταφών. (16.786 ff.)

“当他第四次像个神明一样冲上去时，帕特罗克洛斯啊，你生命
的极限来临，可怕的福波斯在激战中与你会面。此时帕特罗克洛
斯还没有看见神明向他走来，因为他裹在一团黑雾中来到他身旁，153
站在他身后，用手掌击打他的后背和宽肩；这一击打得他两眼乱
转。福波斯阿波罗从他头上打落了头盔……”（击碎了他的长枪，
解除了他的胸甲，扔掉他的盾牌），“他的理智模糊了，轻捷的四
肢失去了力量，他糊里糊涂地站着……”这个段落的有力之处，
首先在于神明的悄然而至；凡人的眼睛看不到他，但他的到来意
味着英雄的死亡，尽管这英雄“有若神明”。其次是因为阿波罗仅

[21] 我要评论一下此处对跨行连续的出色运用：让一个很有分量的词独立存在，受到极大强调。1.52 处的情况也很类似，βάλλε 是个有力的动词，其意义得到了延拓。参见 M. W. Edwards, *TAPA* 97 (1966), 139 ff. 的评论，这些评论或许过于谨慎了：“在这个例子以及其他例子中，人们可能感受到的文学效果，很可能是诗人本人的意图——在我看来，这种看法是明智的。”至于这些词语中是否承载了特别的强调，相关讨论文献参见 M. N. Nagler, *Spontaneity and Tradition* (1974), 92 n. 29。

以手掌相击，这举动不费吹灰之力，却给帕特罗克洛斯带来了毁灭性的后果。我们清楚地看到，哪怕是勇力超群的凡人，也与神明的力量有天渊之别。神秘、力量再加上轻而易举，标志着这是一次神明的干预；在这里，认为“‘神明’只是‘更高’的一种特殊形式”，是绝无可能的。[22]

正如欧迈奥斯的狗群认出了雅典娜的神性并为之胆怯，当神使伊里斯带着宙斯的命令来到普里阿摩斯身边时，正在哀悼爱子的老人也有同样的反应。伊里斯见到普里阿摩斯正躺在地上，紧裹着外衣，因极度悲哀而在牛粪中打滚，满身污秽：

> στῆ δὲ παρὰ Πρίαμον Διὸς ἄγγελος, ἠδὲ προσηύδα
> τυτθὸν φθεγξαμένη· τὸν δὲ τρόμος ἔλλαβε γυῖα·
> ‘θάρσει, Δαρδανίδη Πρίαμε, φρεσί, μὴ δέ τι τάρβει·
> οὐ μὲν γάρ τοι ἐγὼ κακὸν ὀσσομένη τόδ’ ἱκάνω
> ἀλλ’ ἀγαθὰ φρονέουσα...’ (24.169 ff.)

“宙斯的使者站在普里阿摩斯身旁，轻声对他讲话。后者四肢战栗。‘达尔达诺斯之子普里阿摩斯，请你放下心来，不要害怕。我到你这里来，不是预兆灾害，而是怀着好意。’”**请你放下心来，不要害怕**；这是不同凡响的来客说给受惊的人类的话，谁会认不
154 出这样的语言？谁还要被提醒，《圣经》中多么频繁地讲到，那些人直面神灵时经受的震颤？

---

[22] 但是，我并不认同 H. Schrade, *Götter und Menschen Homers*, 145 的看法；他认为诗人想让我们想象帕特罗克洛斯被云朵中浮现的一只手击倒，这种对神灵的描述方式常见于以色列及其他东方作品中（参见他的 *Der verborgene Gott*, 132 ff.）。

宙斯能够展现至高神明的全部尊严。例如，当他向忒提斯保证要遏止阿开亚人，赐荣光给她的儿子时，宙斯垂头颔首，以示自己的承诺无可撼动；我们看到，巍峨的奥林波斯山为之震动，神明不朽的发绺在不死的头颅上摆动不休。我们定会注意到，在这个场景中，诗人结合了两种神：一种是彻底拟人化的传说中的神明，回报从前欠下忒提斯的人情，干预凡人的事务；另一种是天上的自然力神，行雷，聚散云气，居于遥远的高山之巅，一有举动就令大山根基震撼。二者之间的联系构建得极为优美又完全可信；更完美的是，其中有关神明的意象，是所有希腊人的创作中最强有力的形象之一。[23]

还有一个同样宏大的场景，出现在宙斯摆出天平，用以裁判阿喀琉斯与赫克托耳之决斗的时刻：

ἀλλ᾽ ὅτε δὴ τὸ τέταρτον ἐπὶ κρουνοὺς ἀφίκοντο,
καὶ τότε δὴ χρύσεια πατὴρ ἐτίταινε τάλαντα,
ἐν δὲ τίθει δύο κῆρε τανηλεγέος θανάτοιο,
τὴν μὲν Ἀχιλλῆος, τὴν δ᾽Ἕκτορος ἱπποδάμοιο,
ἕλκε δὲ μέσσα λαβών· ῥέπε δ᾽Ἕκτορος αἴσιμον ἦμαρ,
ᾤχετο δ᾽ εἰς Ἀΐδαο· λίπεν δέ ἑ Φοῖβος Ἀπόλλων. (22.208 ff.)

“当他们第四次来到泉水边时，天父取出了他的黄金天秤，把两个令人长悲不已的死亡命运放在上面，一个属于阿喀琉斯，另一

[23] 宙斯颔首，1.528–530。通过忒提斯，愤怒的主题与神意的运作发生关联，令《伊利亚特》得以成为一部有着宇宙视野的史诗。比较 R. Friedrich, *Stilwandel im homerischen Epos* (1975), 104。

个属于驯马的赫克托耳；他提起秤杆的中央，悬着不动。落下去的是赫克托耳的那一边，滑向哈得斯；于是福波斯阿波罗离弃了他。”宙斯此举决定了二人的命运，而对此的描述之简洁，同样令人难忘；阿波罗是唯一赐予赫克托耳力量、令他逃离阿喀琉斯的神明，但正如卷一中的他“如暗夜一般降临”，这里有半行诗，沉重而蕴意深长地，描绘了同一位神明：“福波斯阿波罗离弃了他。”
155 这样的场景，这样的描述，才配来决断伟大英雄的命运；而如果认可这一点，那么，这些神明一定也称得上是真正的神明。

当阿波罗在战斗中遭到一位英雄的攻击时，他讲出了希腊智慧的经典陈述，“了解你自己”：

> ἀλλ᾽ ὅ γ᾽ ἄρ᾽ οὐδὲ θεὸν μέγαν ἅζετο, ἵετο δ᾽ αἰεὶ
> Αἰνείαν κτεῖναι καὶ ἀπὸ κλυτὰ τεύχεα δῦσαι.
> τρὶς μὲν ἔπειτ᾽ ἐπόρουσε κατακτάμεναι μενεαίνων,
> τρὶς δέ οἱ ἐστυφέλιξε φαεινὴν ἀσπίδ᾽ Ἀπόλλων.
> ἀλλ᾽ ὅτε δὴ τὸ τέταρτον ἐπέσσυτο δαίμονι ἶσος,
> δεινὰ δ᾽ ὁμοκλήσας προσέφη ἑκάεργος Ἀπόλλων·
> ‘φράζεο, Τυδείδη, καὶ χάζεο, μηδὲ θεοῖσιν
> ἶσ᾽ ἔθελε φρονέειν, ἐπεὶ οὔ ποτε φῦλον ὁμοῖον
> ἀθανάτων τε θεῶν χαμαὶ ἐρχομένων τ᾽ ἀνθρώπων.’ (5.434 ff.)[24]

“但狄奥墨得斯并不敬畏那伟大天神，仍想要杀死埃涅阿斯，剥夺他那著名的盔甲。他三次猛扑上去，想要杀死他，而阿波罗三次

[24] 亦比较 16.705 和 F. Dirlmeier in *ARW* 36 (1939), 280。

都把他发亮的盾牌打回去。当狄奥墨得斯第四次像神明般扑向埃涅阿斯时，远射的阿波罗发出恐怖的呐喊，对他说：‘提丢斯的儿子，你仔细想想，向后退却吧；别指望你的斗志能像天神，因为永生的天神一族，永远不会等同于地上行走的凡人。’”神明告诉他，仔细想想；想想你是什么，我是什么，就会明白你跟我较量是多么徒劳。他没有使用任何武器，只是把狄奥墨得斯推开，接着向那英雄声明，自己的耐心已经耗尽。他声音“恐怖”，而同一个特性形容修饰语也曾用来形容击杀帕特罗克洛斯时的这位神明，以及他射出瘟疫之箭时，银弓的鸣响。跟这样一位神明，是没有什么争论的余地的，狄奥墨得斯于是向后退却，放弃了杀死埃涅阿斯的努力。

在《奥德赛》中，忒勒马科斯不相信仅靠自己和父亲就能对付所有的求婚人，于是敦促奥德修斯说出他能想到的、所有可供召唤的帮手。奥德修斯答道：“好，我会说出来：你好好听着，告诉我，对我们来说，雅典娜和天父宙斯是不是已经足够？还是说我还得另想别的帮手？”“您说的确实是好帮手，”忒勒马科斯答道，“尽管他们高坐云端；他们统领凡人和不死的神明。”[25]忒勒马 156
科斯刚刚算过，求婚人的总数是一百零八；即使处于如此不利的境地，奥德修斯也深信自己会得到两位神明的帮助，而在他们的襄助下，自己定能取胜。

当然，不能就此断言说，荷马史诗中所有出现或提及神明的地方，都是这样描绘他们的。接下来，我们将尽量恰如其分地展现荷马诸神整体的多样性与复杂性。其中，已有过充分阐述，但

[25] xvi.256 ff.

仍可进一步探讨的要点是，我们确实见到了可怕且“令人敬畏”的神明，而作品中凡人应对他们的方式，也符合他们严肃的神性。还原论者（reductionist）的论述试图否定荷马史诗中的这一成分，他们否定的，其实是对史诗的性质和意义都至关重要的东西。即使像阿芙洛狄忒这样绝没得到偏爱、在两部史诗中都遭到人身侮辱的女神，有时也会展现出骇人的一面。她从墨涅拉奥斯手中救下受她保护的帕里斯后，把他送回卧室，自己则乔装成老仆妇，去把海伦带回到他身边。海伦看穿了她的伪装，忿然指责女神，因为正是她将自己从希腊的家园和夫婿身边带到这里；她又宣布自己不愿去上帕里斯的床：这让她没脸面对特洛伊的女人，而且她自己也很不乐意。

τὴν δὲ χολωσαμένη προσεφώνεε δῖ᾽ Ἀφροδίτη·
‘μή μ᾽ ἔρεθε, σχετλίη, μὴ χωσαμένη σε μεθείω,
τὼς δέ σ᾽ ἀπεχθήρω ὡς νῦν ἔκπαγλα φίλησα,
μέσσῳ δ᾽ ἀμφοτέρων μητίσομαι ἔχθεα λυγρὰ
Τρώων καὶ Δαναῶν, σὺ δέ κεν κακὸν οἶτον ὄληαι.’
ὣς ἔφατ᾽, ἔδεισεν δ᾽ Ἑλένη Διὸς ἐκγεγαυῖα,
βῆ δὲ κατασχομένη ἑανῷ ἀργῆτι φαεινῷ
σιγῇ, πάσας δὲ Τρῳὰς λάθεν· ἦρχε δὲ δαίμων. (3.413 ff.)

“神圣的阿芙洛狄忒怒道：‘你这执拗的贱人，小心别惹火了我，免得我一怒之下将你抛弃，像我一直以来那么钟爱你一般去恨你；免得我在特洛伊人和阿开亚人之间激起深切的仇恨，使你落得个悲惨的下场。’她这么说着，宙斯的女儿海伦害了怕，她把自己裹在闪亮的袍服里，默默地离开了；特洛伊的女人们没有留意到她。女神在前引路。”海伦是宙斯的女儿，[26]她对女神的违拗，是一个力 157
求找回自尊的凡人不顾一切的心声。阿芙洛狄忒的威胁让她闭口无言，于是，这受了恐吓的女子除了照做，别无选择。结束这个场景的句子，在简洁和力量方面都无法超越：“女神在前引路”，[27]于是，我们不仅看到了这两者前行的戏剧场面，也明白了所发生事情的意义。海伦试图违拗，但阿芙洛狄忒是位女神，所以她的抗拒是徒劳的。幸运的是，我们可以把这个片段与另一个例子比较，那里的权威真的是“更高”，但并无“神性”。与阿伽门农争吵之后，阿喀琉斯回到自己的战船，而阿伽门农则派两名传令官来带走女俘布里塞伊丝。二人“不情愿”地来了；他们沉默地站在阿喀琉斯面前，满怀敬畏，不愿说出自己可厌的差事，“而阿喀琉斯见到他们，并无欢欣”。他让帕特罗克洛斯把姑娘带出来，声明自己怪的不是他们，而是他们傲慢的主公。他要传令官在众神和众人面前，也在那严酷的王者面前做个见证：总有一天，灾祸中的人们会需要阿喀琉斯的拯救。他还说，阿伽门农发了疯，没有高瞻远瞩、庇佑民众的本事。说完这些话，他给布里塞伊丝放行，然后流着泪召唤女神母亲，请她从大海深处聆听。

我们看到，阿喀琉斯不仅对阿伽门农的行为提出正式的抗议，还威胁了他，并尽自己所能地惩罚他，给他找麻烦；而阿伽门农

---

[26] 亦比较 iv.569，以及 K. J. Reckford in *GRBSt*.5 (1954), 19。

[27] 另见 1.530，“他令巍峨的奥林波斯山震动”；2.41，阿伽门农醒来，“神明的声音仍散布在他周围”。在另一个传统中，我们会想到类似如下的段落：《创世记》5：24，“以诺与神同行，神将他取去，他就不在世了”。《以赛亚书》9：7，“他的政权与平安必加增无穷…… 万军之耶和华的热心必成就此事”。《马太福音》4：11，对耶稣的诱惑结束，“于是魔鬼离了耶稣，有天使来伺候他”。关于“福波斯阿波罗离弃了他”这一句，B. C. Fenik 评论道，“《伊利亚特》中罕有比这半行更有分量的诗句了”（*Homer: Tradition and Invention* [1978], 81）。

作为民众的王者，是凡人中的最高权威。对比之下，凡人面对神明时是无助的，除了服从别无选择。阿喀琉斯发觉上了阿波罗的
158 当，也不得不愤然承认：“你夺走了我一场好大的胜利，轻而易举地救下了特洛伊人，因为你是不必担心今后有报复的。要是我有那个本事，可真要跟你算算这笔账。”（21.15–20）最伟大的英雄，即使在力量和事业的巅峰，也无从奢望对神明复仇，绝无可能像他对付凡人的王者那样，马上筹划报复。最重要的是，气氛也不一样。一边是一场长长的争吵，人物的活动，使者的派遣，正式的谴责，一切都清晰可见。另一边则是阿芙洛狄忒的森然威胁和立竿见影的无声服从，或是隐身暗处的阿波罗给出的超凡一击；又或是暗夜一般降临的神明，不受抵抗的屠戮，直至他怒火平息；再或者，是众神之父宙斯，远离诸神和凡人，做出超人的举动，震撼高山，决定未来。

结束这个讨论之际，最好还是回到雅典娜向阿喀琉斯现身的那个场景——雷德菲尔德和科克二人讨论的方式不同，但都认为它并不真的超凡：此刻，愤怒的英雄宝剑脱鞘，正犹豫是否要砍杀阿伽门农。

ἧος ὁ ταῦθ᾽ ὥρμαινε κατὰ φρένα καὶ κατὰ θυμόν,
ἕλκετο δ᾽ ἐκ κολεοῖο μέγα ξίφος, ἦλθε δ᾽ Ἀθήνη
οὐρανόθεν· πρὸ γὰρ ἧκε θεὰ λευκώλενος Ἥρη,
ἄμφω ὁμῶς θυμῷ φιλέουσά τε κηδομένη τε.
στῆ δ᾽ ὄπιθεν, ξανθῆς δὲ κόμης ἕλε Πηλεΐωνα
οἴῳ φαινομένη· τῶν δ᾽ ἄλλων οὔ τις ὁρᾶτο·
θάμβησεν δ᾽ Ἀχιλεύς, μετὰ δ᾽ ἐτράπετ᾽, αὐτίκα δ᾽ ἔγνω

Παλλάδ' Ἀθηναίην· δεινὼ δέ οἱ ὄσσε φάανθεν. (1.193 ff.)

“当时他满心满怀都在考虑这事，同时将巨剑从鞘中拔出；正在此刻，雅典娜从天上降下。派她前来的是白臂膀的赫拉，这位天后心中，对两位凡人同样喜爱和关心。雅典娜站在佩琉斯之子身后，按住他的金发，只对他现身；别的凡人都看不到她。阿喀琉斯吃了一惊，他回过头来，马上认出了帕拉斯雅典娜：她眼眸发亮，十足可畏。”

这一段“只不过是阿喀琉斯改变主意的修辞手法”——我们
已经分析了对这种解读感到不满的部分原因。[28] 认为它是更高的、 159
但不一定是神的权威的干涉，是否有充分的理由？要决断这个问题，我们不仅要查看所说的“内容”，还要考虑文风。我们看到，女神的干预来得突然；这行诗描述阿喀琉斯开始拔剑——这行为一旦得逞就无法挽回——却因为女神的干涉，在结束之时出人意料地转了个弯。[29] 描述女神之干预和英雄之反应的四行诗中，有一系列的短小词组，至少有七个动词。看到雅典娜如流星般冲向地面的人吃了一惊，而此处的英雄也感到同样的震惊；他转过身来，认出了女神，此时无一字冗余——他看到雅典娜特有的闪亮双眸，

[28] 见前注 8。

[29] ἦλθε δ' Ἀθήνη，“雅典娜降临”带来一个很不寻常的突兀格律。很令人意外的是，史诗中唯一与这一行完全相类的，是伪造为《伊利亚特》末行的一句：ὣς οἵ γ' ἀμφίεπον τάφον Ἕκτορος· ἦλθε δ' Ἀμαζών ——编造这一句是为了让《埃提俄庇斯》(*Aethiopis*) 能直接与史诗相关联。更多格律正常的例子：22.131 (比较 21.64)，ὣς ὥρμαινε μένων, ὁ δέ οἱ σχεδὸν ἦλθεν Ἀχιλλεύς; ii.267, ὣς ἔφατ' εὐχομένη, σχεδόθεν δέ οἱ ἦλθεν Ἀθήνη，亦比较 xiii.221，xx.30。 在 iii.435，雅典娜的到来是被期待的，因为这个场景正是为她准备献祭：. . . οἶσίν τε χρυσόν εἰργάζετο· ἦλθε δ' Ἀθήνη | ἱρῶν ἀντιόωσα。所以，与我们这个例子最相近的段落，有一个重要方面不同于此处：女神的到来并不是突然而富于戏剧性的；也没有任何人看到她。

她是 γλαυκῶπις，闪亮蓝眼睛的女神。[30] 她双目闪耀，十足可畏，就像对付帕特罗克洛斯的阿波罗一样骇人；而描述双目的文风也是一样的简短有力，一如阿波罗之离弃赫克托耳，或阿芙洛狄忒之引领海伦。除了被选定的英雄，没人能看到她；她的到来阻止了阿喀琉斯。鉴于其他学者曾对这一场景做出过如此不同的论述，对它的解读显然是主观的。对我来说，我们此处见到的是一个超自然事件，是一位神明的出现和举动，如果将其简化为任何一种纯属凡人的方式，就会剥夺它原有的性质。如果我们比较一下有关巴尔神的乌加里特文本（*ANET*^{3}, 130），就既可以看出这种场景
160 中的神灵背景，也可以见到荷马史诗是通过怎样的典型方式，对材料进行润色并使之雅炼。

雅典娜拉住阿喀琉斯的头发跟他说理："我来遏止你的怒气，如果你肯听命于我。"当凶暴的雅姆遣使要求众神交出巴尔时，愤怒的巴尔神抓起一根短棒，要打带信来的"小伙子"；二位女神拦住了他："巴尔王子大为愤怒。他抓起短棒——右手里一只大头短棒，想要打那些小伙子。阿娜特抓住了他的右手，[31] 阿斯塔罗特抓住他左手"，接着她们规劝他，指出传信人不过是跑腿的，并非主使人，不该受到攻击。比起这个生动的片段，《伊利亚特》让阿喀琉斯的怒火更具英雄气概。他激愤之下拔剑对付阿伽门农本人；我们也记得，当这位君王派传令官强制执行自己的意愿时，阿喀

---

30 该词是个著名的谜题。我给出的定义是根据 P. Chantraine, *Dictionnaire étymologique de la langue grecque* (1968–)。也偶有人认为，1.200 这处的用法，是指阿喀琉斯而不是雅典娜的眼睛；参见 H.-W. Norenberg in *Hermes*, 100 (1972), 251–254。代词的创造是歧义的开始，但此处的要点不是英雄的双眼，而是女神的双眸。参见 W. Burkett, *Griechische Religion* (1977), 289: "Achilles erkennt Athena sofort danach, dass ihre Augen schrecklich leuchten［正因为她眼中的可怕光芒，阿喀琉斯立刻认出了雅典娜］"。

31 G. H. Gordon, *Ugaritic Literature* (1949), 14.

琉斯对他们彬彬有礼。我们也看到，雅典娜的干预不那么有强制性，却更为平和。她并没有抓住他的手，从肢体阻止他的行为，只是客气地诉诸他的理智。我们仍身处一个拥有真正神明的世界，但是，在保持真实性的同时，他们的风格得到改变和升华。[32]

我们将视线从天上的诸神转向死后的世界。当我们直面文本本身时，就会再次发现，认为死者的灵魂是“仅为他人而存在”的东西，是“群体灵魂的一部分”，而哈得斯的界域是“不存在的世界”[33]——这样的态度其实是浅陋的。我们早已读到，[34]从某种意义上说，死者的尸体仍还是那个人自己：他的敌人强烈地仇视它，想要羞辱它，剥夺它的葬礼；而他的伙伴则强烈地想要夺取它，他们为之战斗，为之冒生命的危险，甚至在深夜独自一人来到可憎的杀人者面前，以求得到尸体，妥善安葬。这些强烈的情感，在卷十六和卷十七造就了《伊利亚特》中最骇人、最拼命 161
的战斗。认为死者的灵魂只是“个体生命曾经确实存在的一种纪念”，葬礼则只是标志着“他已竭尽所能，他的族群宣布对他不再有期许”，这样的观点与以上强烈的感情相悖。如果他们所能做到的不过是阻止那样一场陶冶情操却无足轻重的仪式，特洛伊人们为什么会宣布，要在帕特罗克洛斯的尸体之上继续奋战，“哪怕所有的人都注定要在他身旁死去”（17.421）？死者的亡灵在哀叹中降到另一个世界；如果他未得掩埋，那么，“鬼魂们会让他远离哈得斯的大门，那些古老的人类幽魂，也决不容许他渡过冥河，加

---

[32] 比较雅典娜的战斗和阿娜特在战场上的怒火。后者在*ANET*^{3}引述的乌加里特文本中有生动的描绘，在第 136 页，“她把人头系在身后，人手捆在腰带。她一下子跳入齐膝深的勇士之血和齐臀深的英雄之血”，以及其后那个相当怪异的场景。

[33] J. M. Redfield, *Nature and Culture in the Iliad*, 177, 181. 参见上文第 147 页。

[34] 参见上文第 44 页及以后。

入他们的行列；于是他只好徒劳地在哈得斯居所的宽广大门外游荡”。帕特罗克洛斯的鬼魂也是这样说的，他恳求阿喀琉斯“即刻将我埋葬，好让我通过哈得斯的大门”。此外，以尊荣告别死者，用以标志某位公民生命历程的完满结束，也并不仅限于他自己的族群。我们听说，阿喀琉斯杀死安德洛玛刻的父亲后，敬意阻止了他，所以阿喀琉斯“并没有剥下他的甲胄，却让他穿着嵌花的甲胄下葬，并在其上垒起石堆”。帕特罗克洛斯死后，阿喀琉斯对此事的处理，也像他在其他方面一样，发生了变化；我们匆匆瞥见他往日的做法，这与他拒绝埋葬赫克托耳的行为形成了更为鲜明的对比。[35]

死去的人并不仅仅是些“无力的头脑”，ἀμενηνὰ κάρηνα，他们也是“著名的亡者一族”，κλυτὰ ἔθνεα νεκρῶν。下界的神明称作哈得斯，死者之王，闻名的驭马者，强有力的守门人，与自己的猎犬和妻子珀耳塞福涅一起，统领这众神厌憎的腐朽之境。[36]它旁边，流淌着烈火之河与叹息之河，皮里佛勒革同和科库托斯。死
162 者并无实体，无法与生者交谈，除非喝到新鲜的血液；而他们一有机会，就渴望听到那些活着的亲人的命运。[37]生者召唤死者的神明，以此立誓，而冥界之神会在地下惩罚背誓者。阿尔泰娅诅咒自己的儿子时，跪在地上，以手拍击大地，“召唤哈得斯和骇人的

[35] 未获埋葬者的命运，23.71–74。与此一致的是，厄尔皮诺因尚未埋葬，不在其他鬼魂之列，故此他恳求下葬；见 xi.52 及以下诸行。阿喀琉斯埋葬伊厄泰翁，6.416；对比亚述人向战败国王所施加的骇人行径（剥皮、钉刺等），参见 Luckenbill, *Records*, 290, 292, 298，等等。阿伽门农希望彻底毁掉特洛伊人：“愿他们被摧毁，无人照管，无人知晓”，6.60，也就是说，死后无人埋葬。

[36] 死者之王，20.61；πυλάρταο κρατεροῖο，13.415；κλυτόπωλος，5.654；可憎的哈得斯的猎犬，8.368；众神厌憎，20.65。

[37] “其他亡灵站在那里哀伤不已，个个都问起亲近之人的消息”，xi.541。

珀耳塞福涅，将死亡带给她的儿子”；菲尼克斯的父亲诅咒了他，“召唤可憎的复仇女神”，而众神实现了他的祈求，“下界的宙斯和可畏的珀耳塞福涅”。奥德修斯来到世界的边缘征询死去的亡灵，当他完成这可怕的任务离开那里时，突然感到恐惧：“无数亡灵高声尖叫着向我涌来。我被恐惧攫住，面色苍白，生怕王后珀耳塞福涅会从哈得斯派来那可怕的怪物，戈尔工的头颅。”下界并不是个不存在的世界，它充满了恐怖，诸神之战有可能令大地开裂，从而暴露冥界，令众神和凡人厌憎；而冥界的王后掌控恐怖之物，正如海洋之后掌控深海的怪兽。[38]

这番讨论的重要意义如下。荷马史诗讲述的是英雄的行为和命定的不幸，但是，如果不在诸神和死者的背景中解读，我们就会误读其中的一切。诸神身处璀璨明亮的奥林波斯山，而死者居于永恒的黑暗；凡人则活在二者之间，在他们的世界中，光明与黑暗交替存在。诸神永享青春和力量，死者既无力气也无活动；凡人能够成就英雄伟业，或许也会“有若神明”，但衰老和死亡是所有凡人的最终命运。神明们可以不必为自己的行为负责，无须担心灾难性的后果；而凡人的处境则是，所有行动的最终结果都是灵魂的离去，悲叹着，丢下青春和力量。

在故事方面，若没有神明，诱拐海伦一事就会是希罗多德已 163
经说过，奥芬巴赫后来要说的东西：一个本质轻浮的故事，涉及

---

[38] “下界中那些惩罚伪誓者的神明啊”，3.278，19.259；阿尔泰娅，9.569；菲尼克斯，9.454；奥德修斯，xi.632，比较 v.421，他担心安菲特里忒会派一只海中怪兽对付自己。哈得斯之王国会被暴露在外，20.61ff.。比较阿卡德神话中，伊丝塔下降到阴间时（*ANET*^{3}, 107），死者之王后埃列什吉伽尔对女神伊丝塔到来的恐惧。她担心自己会失去力量和特权；而《伊利亚特》中，亡魂之王的恐惧似乎只是“审美”上的，因为所有人都会见到并厌恶他那可畏的所在。

一个热情的妻子，一个好色的情人，以及一个戴绿帽的丈夫。而阿芙洛狄忒的作用，她保护这个“有着阿芙洛狄忒恩赐”的男子，她逼迫海伦，这些就带来了一个有悲剧性和深层意义的故事。阿喀琉斯和赫克托耳的对比也依赖神明的背景。阿喀琉斯确实预知自己的命运，史诗展现了这一预言，逐步增加其细节和精确性；[39]他知道自己将会死去，也接受自己的死亡。对比之下，赫克托耳在接连几次言谈中，从对未来的绝望转向希望，又误解了从宙斯那里得来的预言，他的自大是灾难性的。当将死的赫克托耳警告阿喀琉斯死亡将近时，阿喀琉斯答道，“我将接受自己的命运，不管宙斯和其他不朽的神明何时要它实现”。而当将死的帕特罗克洛斯预言赫克托耳的死时，后者答道：“帕特罗克洛斯，你为什么预言我的死？谁知道美发忒提斯的儿子阿喀琉斯会不会先被我的长枪击中，丢了性命？”阿喀琉斯之所以知道，因为他是女神之子，从她那里得知；赫克托耳之所以无知，因为他仅仅是个凡人。[40]

阿喀琉斯对命运的自知，改变了最后几卷中他愤怒和痛苦的本质。同时，正因为他能够闻达于神明的世界，能够在与阿伽门农的矛盾中取得宙斯的帮助，才最终陷入悲剧的境地：他的祈求得以实现，但他明白，他毁了自己，也毁了伙伴。正如他对母亲说的，“奥林波斯神实现了我的请求；但我又能有何欢愉？我亲爱的伙伴帕特罗克洛斯死了，他是我最钦敬的朋友，待他一如待我

---

[39] 阿喀琉斯将会“生命短暂”，1.352, 416, 505；两种命运的选择，9.411；“在赫克托耳之后”，18.95；“杀死你的将是一位神明和一个凡人”，19.417；“在城墙附近，死在阿波罗手下”21.275；“被帕里斯和阿波罗杀死在斯开埃城门前”，22.359。

[40] 绝望的赫克托耳，6.464；充满希望，6.476；无视宙斯许诺的局限，18.292；过度自信，8.538, 13.53, 13.825, 17.201 ff.；阿喀琉斯对赫克托耳预言，22.365，又在18.115向母亲重复他的话；赫克托耳对帕特罗克洛斯，16.859；“我不会从阿喀琉斯那里逃走”，18.305–309。

自己。我失去了他……”[41] 没有这个背景，阿喀琉斯的处境就会大 164
为不同；他在卷二十和卷二十一中迸发的杀意，也就会失掉其回肠荡气的悲剧意味；而有关他怒火的故事，也不会是现在这个样子：一个凡人凭着过人的才望，将凡夫俗子的愤怒延伸到神意的层面，却最终领悟到，没有哪个凡人能领会和控制神意的运作。[42]

《奥德赛》中的神明正义虽体现方式不同，但同样无处不在、意义重大。在这部史诗中，正如宙斯在首卷的发言中所说，人类的苦难是他们无视神明指令的结果。众神曾警告埃癸斯托斯，不要谋害阿伽门农；他无视众神的劝告，所以“现在他完全得到了报应”。奥德修斯的伙伴曾被警告不要碰太阳神的牛群，但他们到底没有听从，于是“因他们自己鲁莽的蠢行而死去”。阿开亚人从特洛伊返航，灾难重重，许多人丢了性命，因为他们在城陷后犯下了罪行：“宙斯为阿尔戈斯人筹划了惨酷的归程，因为他们并非个个都行为审慎，践行正义。”求婚人被反复警告说，他们的行为是错误的，而神示的兆迹也突出了这一信息；雅典娜毁灭了他们，他们的命运被看作神明正义的实施。[43] 这部史诗的用意并不止于冒

---

[41] “奥林波斯神实现了我的请求”，18.79。18.82，τὸν ἀπώλεσα。有人将它译作“我已毁掉了他”，如 Bowra, *Tradition and Design*, 17, C. Moulton, *Similes in the Homeric Poems*, 104。多数学者倾向译作“失去”。按前一种译法，如果阿喀琉斯宣称他对帕特罗克洛斯之死负有罪责，这就对全诗的情节有所暗示。我认为，类似的段落，如 ii.46，忒勒马科斯失去父亲，以及 iv.724，佩涅洛佩失去丈夫，都说明为什么此处的动词必须这样译。但像 22.107 这样的段落，Ἕκτωρ ἧφι βίηφι πιθήσας ὤλεσε λαόν，我们也许应该说“失去”（赫克托耳并没有像敌人所做的那样“毁掉”他的民众，5.758），但很明显，这里有“难辞其咎的失去”的意味。最好不过于强调 18.82 中的译法，也不要在这个困难的词汇上构建太多的东西。

[42] 正是出于对史诗这个方面的忽略，雷德菲尔德才会评论说，阿喀琉斯“完全没有幻想的能力”（p. 28）。实际上，正如阿喀琉斯在结尾处不得不承认的，他曾误解了宙斯谋划的涵义，也误会了自己的意愿。亦比较 16.61, 17.401, 18.9。

[43] 埃癸斯托斯，i.35；奥德修斯的伙伴，i.6，xii.320ff.；阿开亚人的返航，iii.32；毁灭他们体现的神明正义，xx.393, xxii.39, xxii.39, xxii.413, xxiii.63, xxiv.351。

险故事。英雄在一位女神的襄助下历经苦难；他行为公正，于是得到神明的偏爱，最终取得成功。故此，并不能仅靠史诗的惯例来解释，为什么整部诗的故事始于众神的干预——一方面将奥德
165 修斯从卡吕普索的羁留中解放出来，另一方面让忒勒马科斯踏上男子汉的旅程；为什么雅典娜再次干预，令忒勒马科斯离开斯巴达，启程返乡，并在他到达伊萨卡后，先不回家，而是到欧迈奥斯的小屋去，从而在那里遇见自己的父亲。

在《奥德赛》中，对人物来说是偶然发生的事，在听众看来却是神意的安排，比如瑙西卡临时起意，要去洗衣、野餐。就连惊醒沉睡的英雄，让他被及时发现并获救的时间，也是出于女神的策划：瑙西卡向女仆扔球失了准头，球落进大海，“她们全部尖叫起来”，于是奥德修斯醒了。[44] 诗人说，即使这事也由雅典娜设计，亦如奥德修斯在浮筏上得了顺风，佩涅洛佩得享酣眠、恢复体力，求婚人羞辱乔装的奥德修斯，其中有一个想到要及时离开奥德修斯家却没有这样做，或是求婚人投向奥德修斯的长矛失了准头。《奥德赛》的世界是一个没有偶然性的世界，如果不重视这一点，就没法理解这部史诗；而神明一直在发挥作用，引领凡人并决定他们的命运——不管凡人是否意识到这一点。[45]

神明在荷马史诗中无处不在。他们也有着鲜明的特征，在许多至为重要的方面，他们既不同于其他早期民族的想象，也有别

---

[44] vi.113–117.

[45] 风，v.382；佩涅洛佩入睡，xviii.187；求婚人羞辱奥德修斯，xviii.346；求婚人想到要离开，xviii.155；求婚人的武器失了准头，xxii.256。“整部《奥德赛》……充满了同样的用意——证明神对待人的方式是正确的”，W. Jaeger, *Paideia*, i.54。关于《奥德赛》中神明之引导所表达出的“新形式的宗教信仰”，参考 U. Hölscher, *Untersuchungen*, 85；我倾向于不这么有把握地将这种区别归结为外在于史诗的宗教上的变化，因为那样性质就不一样了；比较 H. Lloyd-Jones, *The Justice of Zeus*, Ch.2。

于我们所了解到的其他希腊史诗。这里，对魔幻、奇迹、怪异内容的限制，比我们所知的其他任何地方都更为严格。《伊利亚特》中的宙斯告诉赫拉，自己对她的欲望，比对欧罗巴或达纳埃都要强烈；但并没有任何暗示表明，他曾化作公牛去找这一个，又化身金雨去找那一个。本来阿喀琉斯的铠甲是神明所制，刀枪不入；这解释了为什么要先把铠甲打掉，才能将他杀死。《伊利亚特》避开了这一点，更愿意饱含反讽地说，凡人想要击穿神明的作品， 166
“并不容易”。[46] 阿喀琉斯铠甲的独特之处，仅仅在于它的美。没有哪个武士能拥有击不穿的甲胄，也不能刀枪不入；老者不能重返青春，逝者也不能重活。希腊神话中有凯涅厄斯那样刀枪不入的英雄，早期史诗还说，埃阿斯可以刀枪不入；美狄亚知道如何令老人重返青春，而在荷马之外的史诗中，阿喀琉斯重获生命，幸福地安居在白岛。在普通希腊观念中，赫拉克勒斯是神，而狄俄斯库里——卡斯托尔和波吕丢克斯则永生不死，活跃在世间。但《伊利亚特》却严厉地教导说，“就连勇武的赫拉克勒斯，宙斯最亲近的人，也无法逃避死亡”，而狄俄斯库里则早已死去，葬在家乡斯巴达。[47] 至于阿喀琉斯，《奥德赛》说他确已身亡，并且悲苦地哀叹自己的命运。超人的能力，如林叩斯那种一眼望去就能把整个伯罗奔尼撒尽收眼底的神奇目力，或是珀尔修斯带翅的鞋子，柏勒洛丰有翼的飞马，又或者卡拉伊斯和仄忒斯的真翅膀，在荷马中都是难以想象的。只有在奥德修斯讲述的故事中，才能见到怪兽和魔法；但正如亚里士多德指出的，诗人自己并不愿担保它

[46] 宙斯的情事，14.319 ff.；阿喀琉斯的铠甲，参见 P. J. Kakridis, “Achilles’ Rüstung”, *Hermes* 89 (1961), 288–297, *Iliad* 20.265。

[47] 埃阿斯刀枪不入，比较 A. Severyns, *Le Cycle épique*, 328；赫拉克勒斯，18.117；狄俄斯库里，3.243。

们的真实性。[48] 即使在这些故事中，英雄本人的能力和成就也没有超过人性的限制。捷足的阿喀琉斯仍以人类奔跑的步伐追赶赫克托耳，尽管有位后来的诗人说，他的脚步是如此有力，当他初次跳上岸时，竟然形成一方水泉。[49] 当众神插手时他们的做法也完全是人类的方式。即使英雄最志得意满的时候，做出了超越凡人正
167 常力量的功绩，它也不会太离谱；英雄并不会屠杀无数，一如龙塞斯瓦列斯的罗兰或诺努斯笔下的狄奥尼索斯。[50]

许多这样夸张且不太符合人性的故事，确实在其他希腊史诗中起着突出的作用。在阿耳戈船英雄的故事中有显著地位的，包括一艘会说话的船，俄耳甫斯非凡的音乐（对比在《伊利亚特》中，阿喀琉斯用一架攻城掠获的竖琴吟唱人类的伟业），北风的几个有翅膀的儿子，喷火的公牛，守卫金羊毛的龙，等等。即使在《忒拜纪》这部阴郁的作品中，雅典娜还打算赐永生给她的宠儿、受伤的提丢斯（相反，她准备给同是宠儿的奥德修斯"温柔的死亡"），只是他的行为令她改了主意。在其他特洛伊主题的史诗中，曼农在被阿喀琉斯杀死后获得了永生，而阿喀琉斯本人则被母亲带到白岛；宙斯赐狄俄斯库里"每日交替的永生"——这是个古怪的想法；阿尔忒弥斯令伊菲革涅亚永生不死；而《泰列格尼》中，所有的主要人物，包括佩涅洛佩和忒勒马科斯，都被刻尔克

[48] 亚里士多德，残篇 163R。国王阿尔喀诺俄斯对奥德修斯的赞美颇有双关意味，他说，"我们不认为你在撒谎，就像世间许多骗子那样……你讲起故事来，像个吟游诗人"，也就是说，像个职业歌手。在荷马史诗中，阿玛宗人和客迈拉也仅仅在人物对话中提及，同样，普洛透斯的变形、尼俄柏之石化、潘达瑞俄斯女儿们的奇异故事，都是如此。

[49] Antimachus *fr.*84 Wyss.

[50] 关于这些，参看 W. R. Paton in *CR* 1912, 3, H. Fränkel, *Dichtung und Philosophie*, 79, A. Lesky, *Gesammelte Schriften*, 428 ff., J. Griffin, "The Epic Cycle and the Uniqueness of Homer", in *JHS* 97 (1977), 39–53。

弄成长生不死之身。[51]

这肯定是一个核心特征。在《伊利亚特》中，若有个杀不死的勇士，简直匪夷所思；每一个人都要面临死亡，不允许存在有魔力的铠甲，让他免于这可怕的未来。而死亡必须是真正的死亡，并不会由于英雄得以获得永生而被弱化或逃避掉。总体说来，最伟大的英雄们真的死去，对希腊人来说是个难以接受的概念。即使《奥德赛》，也从《伊利亚特》的严苛观念中退缩了，甚至到了容许墨涅拉奥斯宣布自己注定永生的地步。[52]但整体来讲，荷马史诗坚持让所有的凡人都一样屈从自然的规律。

荷马诸神是为了展示荷马史诗中凡人的本质而设计的。这些“有福的神明”，“从容生活的众神”，面对的是“悲惨的凡人”，“可怜的有死之人”。他们“不死也不老”，旁观着注定会衰老死去的凡人。神明通过对人类的思考得以理解他们自己的本质，[53]他们 168
的居所在辉煌的奥林波斯山上，若要描述它，只能通过那些与这个世界截然相反的特点：

ἡ μὲν ἄρ᾽ ὣς εἰποῦσ᾽ ἀπέβη γλαυκῶπις Ἀθήνη
Οὔλυμπόνδ᾽, ὅθι φασὶ θεῶν ἕδος ἀσφαλὲς αἰεὶ
ἔμμεναι· οὔτ᾽ ἀνέμοισι τινάσσεται οὔτε ποτ᾽ ὄμβρῳ
δεύεται οὔτε χιὼν ἐπιπίλναται, ἀλλὰ μάλ᾽ αἴθρη
πέπταται ἀννέφελος, λευκὴ δ᾽ ἐπιδέδρομεν αἴγλη·

---

[51] 文献参见 *JHS* 97 (1977), 42。

[52] iv.561 ff.

[53] μάκαρες θεοί, θεοὶ ῥεῖα ζώοντες 以及 δειλοῖσι βροτοῖσι, ὀϊζυροῖσι βροτοῖσι。神明 ἀθάνατος καὶ ἀγήρω。众神需要通过人类来理解自身：W. F. Otto, *The Homeric Gods*, 129，“只有通过与人类的对比，神明才能充分知晓自身的伟大和完整”。

τῷ ἔνι τέρπονται μάκαρες θεοὶ ἤματα πάντα (vi.41 ff.).

“说完，目光炯炯的雅典娜转身返回奥林波斯山，传说那地方永存不朽，是神明的居所。它永不会被大风撼动、雨水淋湿，雪花也不会到达那里，无云的清明之气延展在它周围，其上有白光笼罩。有福的神明居于此处，永日享乐。”[54] 同时，凡人得以理解自己，也正是通过对诸神的思考和认识：他们与凡人有相似的性质，却摆脱了困扰和束缚凡人的局限。

“记住，你并不是神明”——这是对希腊智慧最常见、最典型的表达；如果希腊人从来都不曾想过要忘记这一点，并认为自己也是或者可以是神，它就不会成为智慧的表达方式了。神明拥有力量和声望，免于死亡，无惧后果，凡人也希望拥有这一切。我们将在最后一章中提到，神明之存在和对人类的观察，还有更多特别的后果；但现在我们所关心的是，一个既有人类、又有神明的世界，其整体情况是怎样的。我们已经看到，凡人渴望有如神明，并从这样的头衔中获得荣誉；这并非不令人哀伤。凡人甚至试图与众神战斗，在极为特殊的场合下，凭借另一位神明的直接襄助，凡人也许会一时得逞，就像狄奥墨得斯战胜了阿芙洛狄忒和阿瑞斯；但接下来的一卷里，他马上解释说，没有这种神助，他根本不会想到去攻击神明。从容自在的诸神弄瞎并杀死了攻击
169 狄奥尼索斯的吕库尔戈斯。挑战阿波罗箭术的欧律托斯和挑战缪斯歌唱的塔米里斯都陷入不幸；尼俄柏声称自己与勒托相当，于是亲见阿尔忒弥斯和阿波罗将她所有的子女屠杀殆尽，最后化为

[54] 参阅 R. Spieker in *Hermes*, 97 (1969), 136–161。

石头，也仍为自己在众神手中遭遇的不幸耿耿于怀。俄托斯和厄菲阿尔特斯试图攻打奥林波斯山，于是两个年轻人被阿波罗杀死，尽管他们曾是“著名的俄里翁之后最俊美、最高大的凡人”。“与神明为敌的凡人是活不长的，等他从残酷厮杀的战场回了家，也不会有小儿女在他膝前咿呀闲话”，天界中的狄俄涅如是安慰自己的女儿阿芙洛狄忒。[55] 有两个事实界定了凡人的才能：他们大可向往与诸神争锋——但这种向往注定以失败收场。诸神重归他们的福乐之中，而凡人则已被毁灭。

神明无惧后果，故此能够随意允许或拒绝凡人的祈求。阿伽门农祈求宙斯让他战胜特洛伊，但神明“接受了他的礼物，却增添了他的苦痛和辛劳”。阿喀琉斯祈求宙斯让帕特罗克洛斯将特洛伊人从战船边赶走，然后就平安返回：“他这样祈祷着，远谋的宙斯听到了他。他准许了其中一部分，却拒绝了另一部分。”特洛伊的女人向雅典娜祈求解救，“但帕拉斯雅典娜拒绝了这个恳求”。当双方都为帕里斯和墨涅拉奥斯间的决斗祈求一个公平的结果时，神明更为无情：“他们这样说着，但宙斯没有允诺他们的祈求。”[56] 如此，诸神的计划和目的真是不可思议。《奥德赛》中的雅典娜不时乔装，神秘莫测。甚至宙斯也没法让赫拉讲出她为什么决心毁灭特洛伊。尽管雅典娜在特洛伊的卫城上拥有神坛，受到供奉，接受祈祷，她却仍决心毁掉这座城池。宙斯的谋划是神秘的：首先，对阿伽门农来说是如此，他本以为神明想要给自己荣光，让特洛伊陷落；其次，对赫克托耳来说也是如此，他以为神明在帮

[55] “我不会去攻击神明”，6.127 ff.；吕库尔戈斯，6.134；欧律托斯，viii.227；塔米里斯，2.595；尼俄柏，24.602 ff.；俄托斯和厄菲阿尔特斯，xi.307 ff.；狄俄涅，5.407。

[56] 阿伽门农，2.420；阿喀琉斯，16.249；雅典娜，6.311；决斗之前，3.302。亦比较 7.477–481, 12.173。

他一举击败阿开亚人；最后，甚至连阿喀琉斯都理解错了。神明还会行骗，从给阿伽门农送去的虚伪梦境和雅典娜对潘达洛斯的诱
170 惑，到女神为赫克托耳设下的致命骗局。《伊利亚特》中的阿波罗对阿开亚人有双重敌意；他们在卷一引起又平息了他的怒火，但怒火过后，他仍是他们的敌人，尽管他们在仪式中“整日和着乐声崇拜这位神明，为射手歌唱悦耳的赞歌，让他听后心中悦乐”。

宙斯的谋划包括对特洛伊的帮助，但并不会真的击溃阿开亚人，故此会带来误解。涅斯托尔向宙斯祈求援助，宙斯听到后让雷声大作；但特洛伊人以为这是给他们的征兆，大受鼓舞，进攻愈急。宙斯在帕特罗克洛斯的尸体上方投下暗影，这标志着对他的疼爱，但这片暗影阻碍了想要抢回尸体的阿开亚人，令他们感到恐惧，以至于埃阿斯做了一番感人至深的祈祷：“天父宙斯，求您至少把阿开亚人的子孙从黑暗中拯救出来，赐我们清明的天空，让我们能看得见；既然这是您的意愿，就请在光明中杀死我们。”[57] 从更广的层面说，为什么曾经存在的英雄，现在没有了，只余下今天更弱的凡人？诗人没有给出任何解释。赫西俄德试图将他们的出现和消失纳入人类历史的整体蓝图，但对荷马来说，这只是一个未曾解释的事实。我们只知道，出于对特洛伊未曾明言的仇恨，赫拉慨然允诺宙斯，让他今后可以随意摧毁她所钟爱的城市：阿尔戈斯、斯巴达，还有广衢的迈锡尼。无疑，到了荷马所处的时代，这些城市早已在外族入侵的年代被摧毁；这种不可知的神意，就是我们所能找到的、对这种灾难的全部解释。我们能为凡

---

[57] 赫拉，4.30 ff.；雅典娜，6.286–311, 20.314；阿伽门农的梦，2.6 ff.；潘达洛斯，4.71 ff.；赫克托耳，22.214–299。比较 K. Deichgräber, *Der listensinnende Trug des Gottes* (1952)。崇拜阿波罗的仪式，1.472–474；含义不明的雷声，15.372–380；帕特罗克洛斯上方的暗影，17.268, 375, 643 ff.，比较 Schadewaldt, *Iliasstudien*, 117。

人的苦难找到的解释就更少了。宙斯随其所欲分派好与恶，对任何人都不会只给好事；诸神正是这样设计了人类的生命——充满苦难的一生；而他们自己却免于忧烦。[58]他们无忧的存在是必要的，这令我们看到人类生活的真实面貌，并将它格外凸显出来。

神明的神秘性，本身也是个令人敬畏的特征。宙斯既是明亮 171
天空之神，也是暗云与雷震之神。两种称呼可以同时用在他身上，比如在 22.178，ὦ πάτερ ἀγρικέραυνε κελαινεφές，“众神之父啊，闪电之神，暗云之主”；我们看到，同一个对比在以下的段落中得以充分展开，而且更为有力。这个段落描述了赫克托耳如何去为一个同伴的死复仇，并在宙斯的帮助下令阿开亚人溃逃。

> ὣς φάτο, τὸν δ᾽ ἄχεος νεφέλη ἐκάλυψε μέλαινα,
> βῆ δὲ διὰ προμάχων κεκορυθμένος αἴθοπι χαλκῷ.
> καὶ τότ᾽ ἄρα Κρονίδης ἕλετ᾽ αἰγίδα θυσσανόεσσαν
> μαρμαρέην,῎Ιδην δὲ κατὰ νεφέεσσι κάλυψεν,
> ἀστράψας δὲ μάλα μεγάλ᾽ ἔκτυπε, τὴν δ᾽ ἐτίναξε,
> νίκην δὲ Τρώεσσι δίδου, ἐφόβησε δ᾽ Ἀχαιούς. (17.591 ff.)

“阿波罗言罢，悲伤的黑云笼罩赫克托耳，他迅速冲到阵前，穿着闪亮的铜装。克罗诺斯之子此时也拿起了带金穗子的闪亮帝盾，用云彩罩住艾达山，放出闪电和巨大的雷声，于是山峦撼动；他把胜利给了特洛伊人，却令阿开亚人溃退。”神明的法宝熠熠生

---

[58] 赫西俄德，《工作与时日》156 ff.，比较 F. Codino, *Introduzione a Omero* (1965), 64–67。赫拉的城池，4.50–54；人类的苦难，24.524–533，以及 T. B. L. Webster, *From Mycenae to Homer*, 164。荷马未曾明确的赫拉的动机，是帕里斯的裁判，参见第 195 页。

辉，但他却用云朵遮住了高山；从黑暗中迸发出闪电。甚至凡人英雄被神明激发和敦促时，也会同样结合黑暗与辉煌。[59] 此时想起旧约中的上帝并非不合时宜，上帝出现在他的选民面前时，有时是云柱，有时是火柱，也可同时身兼二者。《出埃及记》14：19—20："云柱也从他们前边转到他们后边立住。在埃及营和以色列营中间有云柱，一边黑暗，一边发光，终夜两下不得相近。"[60] 这个比
172 较再次阐明，这样一个段落既有其独特的风格，又包含了对神明的真实描绘。

至此，本章的重点在于荷马诸神中令人敬畏、庄严宏伟的方面。这种讨论是片面的；每一位荷马的读者都知道，我们所见的诸神常常表现得完全不同，他们轻率、自私，而且跟凡人特别相像。需要强调的正是他们严肃的方面，因为这个方面似乎常常遭到忽视。在最后一章中，我们将更多地讨论另一个方面，但首先，我们该考察一下另一个在荷马学者中广泛流传、有待回应的观点。我们已经说过，荷马中的神明以人类或超人的形象现身，不丑恶可怕，也不像野兽般残忍，而且没有怪异或非理性的特征。他们以人类的个性行事，摒弃了特别神奇的特性，与凡人交谈，并化身人类男女出现在他们面前。这种看待世界的观念，对整个希腊文明、对于有关神明与凡人的看法，都至关重要，不仅在文学作

---

59 此处启发我的是 D. Bremer, *Licht und Dunkel in der frühgriechischen Dichtung* (1976), 67。

60 亦比较《申命记》4：11，"那时你们近前来，站在山下，山上有火焰冲天，并有昏黑、密云、幽暗"。《诗篇》18：11，"他以黑暗为藏身之处，以水为黑暗、天空的厚云为他四围的行宫……因他面前的光辉，他的厚云行过，便有冰雹火炭"。《以赛亚书》45：7，"我造光，又造暗；我施平安，又降灾祸；造作这一切的是我耶和华。"《诗篇》97：2—4，《以赛亚书》4：5，《以西结书》1：4，"一朵包括闪烁火的大云，周围有光辉"。

品中如此，[61] 也适用于宗教和艺术。比如，我们会想到古典雕塑，它几乎把人抬高到神的地位，并且用美化了的人来表现神；此外还会想到这一观念在文艺复兴及以后的持久影响力。

不过，这种观念对于某些人的口味来说，不够狂野。奥托于1929年写道：[62]

> 既然认为神性的真实体现在清晰明确的自然形态，那么神明就必须表现为自然形态最为卓越的形式——人类。但当代宗教哲学家拒不认可此类有关神明的观点……他们甚至还非得要偏爱那些丑恶可怕的形象——我们在许多民族的宗教中见到了这类形象——理由是它们冲破了自然形态的局限和窠臼，故此令人联想到前所未有、不可名状、难以理解、无法抗拒的东西……

自从他写下这番话后，学者们就开始认真对待原始人类那 173
些充满“丑恶可怕的形象”的古怪神话。与古典风格的背离，似乎令它们显得比囿于人类规模、有着连贯逻辑的荷马神话更为真实、深刻。科克教授可算作一个代表性人物。他有许多有关荷马的重要著作，我们应当满怀敬意地听取他的意见。他写道，“希腊神话极其缺少非理性的想象成分”，他还说它“罕有极富想象力的

[61] “Gar nicht hoch genug kann der quasi-geschichtsschöpfende Impuls veranschlagt werden, der von der Ilias auf die Ordnung und die Neuschöpfung der griechischen Götter-und Heldensage ausging [《伊利亚特》中准创作历史的动力绝不能被低估，这种动力指向希腊诸神以及英雄传说的秩序和再造]”, H. Strasburger, “Homer und die Geschichtschreibung”, *SB Heidelberg* 1972, 1.15。

[62] *Die Götter Griechenlands*, 213. 我的引文出自 Moses Hadas 的英译本，第 165 页。

空想”，所以在他看来，这只能说明，神话不可能一直都是这样。“我非常严肃地认为，希腊神话并不总是如此寡淡无味，如此缺乏真正让人意外的东西。它们不可能一直这样缺乏那种原始的力量，缺乏那种对日常生活的狂野偏离，因为这些也许是形成某个真正有创造力的文化的基本成分。”[63] 希腊神话的独特之处，在于动物在其中扮演的角色微乎其微；这样说，是考虑到确有一些扮演了突出角色的生灵，它们的身份介于动物和人类之间，不甚明确——例如温内贝戈骗子故事集中的郊狼，或是许多非洲故事中的蜘蛛。在希腊人的观念里，这种角色更接近于寓言这种“低等”文体，而不是神话。根据前面提到的观点，这也成了批评的对象：“希腊人有严重的拟人化倾向。我认为，他们因此缺失了某些东西。”[64] 这些论点绝非无足轻重：“我们再怎么反复强调这一点也不过分：希腊神话中的想象很有限”，而且“多数希腊神话……主题简单，几近浅陋”。[65]

荷马的爱慕者无法对这样的评价无动于衷；如果他赞成本章所论述的观点，认为荷马史诗中的宗教是严肃的，并能够深刻地描绘人类的本质和他在世上所处的位置，就更是如此。首先，确实是荷马史诗为后来的希腊带来了有关英雄和凡人的神话，这些神话眼下正遭批评。那些内容光怪陆离的神话流传下来——比如有关珀尔修斯的故事，或者乌拉诺斯—克罗诺斯—宙斯的传承，
174 但它们往往只是背景，让位于那些完全人性化的英雄故事；而且，

[63] G. S. Kirk, *Myth: its Meaning and Functions* (1970), 241, 240; idem, *The Nature of Greek Myths* (1974), 91.

[64] *The Nature of Greek Myths*, 51. 该书第 50 页有个相关的奇特句子：“这些都是半人的生物；温内贝戈骗子故事集中的郊狼有着巨大的阴茎，他不得不把它装在盒子里，挂在肩上。”

[65] Ibid., 215; *Myth: its Meaning and Functions*, 187.

与伊索这个名字相联系的动物寓言故事，往往也是 *déclassé*［失去地位］。荷马神话中如此严重缺乏的东西，这种充满非理性的想象成分、狂野的偏离、深刻而富于想象力的幻想，到底是什么？幸运的是，荷马中缺失的东西并非无例可循。以下这个巴西博洛洛族神话就包含了“怪异，且几近诗意的特质”：

很久以前，一个名叫格瑞圭亚圭亚图戈的青年；他的母亲要到森林里采集特别的树叶，以筹备青年们的成人仪式。年轻人跟母亲一同进了森林，强奸了她。他的父亲靠一个小花招，了解到是儿子干的好事，于是给他派了个要命的差使——从亡魂之湖取来各种仪式上使用的响尾蛇。这青年在祖母的建议下，求助于一只蜂鸟，后者为他取来所需之物。其他几项使命也得到了各种鸟儿的帮助，圆满完成。最后，他的父亲带他远行去捕捉鹦鹉，使他半悬在悬崖上，仅靠祖母给他的一根魔法棒吊在那里。父亲离开了，儿子则设法爬上悬崖。崖上的高原荒无人烟，他杀蜥蜴吃，还把一些挂在腰间，作为储粮。可蜥蜴烂掉了，腐臭熏晕了年轻人，接着又招来秃鹫，它们吃掉了生蛆的蜥蜴，也吞掉了青年的屁股。吃饱肚子的秃鹫变得友好起来，把年轻人送到山脚下。现在青年又饿了，可是，由于他已经没了“底儿”，吃下的野果一下子就会漏出去。他记起祖母的故事，于是用一种土豆泥给自己做了一个新臀。他回到自己的村庄，却发现那里已空无一人；他化作蜥蜴（据主要版本的说法），终于找到了家人。他向祖母现出原形。夜间，一场大风暴熄灭了所有的火种，只有祖母的还燃烧着；于是，第二天，所有的女人都来取那余烬，包括青年的父亲新娶的妻子。父亲假装父子之间什么也不曾发生，但儿子却变作一只雄鹿，用鹿角将父亲抛入湖中，被食人的比拉鱼吞噬。他的肺部

175 浮上水面，成为一种特别的浮叶的起源。年轻人接着又杀死了他的母亲和父亲的第二个妻子。[66]

还有：

在另一个博洛洛神话中，有个年轻人不肯离开自己母亲的棚屋，而他在成人之前本该常去男人们的棚屋。趁他熟睡时，祖母蹲在他身上，用她的肠液惩罚了他。年轻人于是生了病，但他到底发现了问题所在，于是把一支箭插入祖母的肛门，杀死了她。在四种犰狳的帮助下，他悄悄地将祖母埋在她的吊床下。此时有个外出捕鱼的任务——他们用的是印第安人的法子，把鱼闷死——所以第二天，村里的女子要回到河边，收集中招的死鱼。年轻人的姐姐想把孩子留给祖母，以便与其他妇人同行；可她找不到祖母，于是把孩子放在一棵树上。孩子在那儿变成了一只食蚁兽。姐姐饱食死鱼，痛苦难当，呼出的邪气带来各种疾病；她被自己的兄弟们杀死，肢体被一块块丢在两个特定的湖中。

最后一个例子来自古代美索不达米亚神话——“现存最有意思的苏美尔神话故事，‘恩奇和宁荷莎’”：

故事发生在创造人类之先的天堂之境迪尔蒙。在人们的想象中，它位于苏美尔以南，要么在大河的河口，要么位于波斯湾。迪尔蒙“清洁”又“明亮”，在某种程度上，恩奇与妻子同眠与之相关；他的妻子是尼斯科拉，“纯洁的女子”——这很可能是宁荷莎的特性形容修饰语，它也许能解释迪尔蒙对洁净的强调。尽管迪尔蒙既洁净又无衰老和死亡，它仍缺少水源。尼斯科拉请甜水之神恩奇为此地供水。后者吁请日月之神相助，令水从地下涌出，

[66] 我所引述的两个故事都来自 Kirk, *Myth: its Meaning and Functions*, 64–65，而他引自 C. Lévi-Strauss, *Mythologiques*。

并“以勃起的阴茎浇灌水沟”。其后（或许这是统一供水程序的一部分），恩奇令宁图有孕，作为“大地之母”，她当然就是宁荷莎；九天之后，她生下一个女儿。恩奇一直禁止任何人走进沼泽， 176
但这个年轻的女儿宁慕却走了进去；恩奇望见了她，于是乘船涉水而过，令她有孕。她也生了个女儿叫宁古拉，后者也在沼泽地里出没，于是有了无可避免的后果；她生下的女儿叫乌杜。但此时宁图-宁荷莎决定插手；她让乌杜要求恩奇从沙漠外给她带来黄瓜、葡萄和其他一些水果。恩奇灌溉未开垦的地方，取悦了一位无名的园丁，于是获赠水果。乌杜收到水果，终于怀了恩奇的孩子。但宁荷莎来了，她从乌杜体内取走了恩奇的种子——文本残缺，大致如此；接着我们得知，有八种作物生长，宁荷莎很可能把恩奇的种子放在自己身上——大地之中，令其生长。恩奇见后，将它们轮番吃下，似乎这样做，他就可以知道它们的名字和本质，并安排它们的命运。宁荷莎大怒；她诅咒恩奇，并从他那里撤回“生命之眼”，于是他生了病。她也失了踪；再加上水神生病，于是旱灾顿起。大神们束手无策，但狐狸说它能把宁荷莎带回来，并且真的做到了。此时宁荷莎将濒死的恩奇放入她的阴道。恩奇病在八个不同的部位，大约对应着被他破坏吃掉的八种作物；宁荷莎令八位神明诞生，每一位治愈了恩奇的一个部分。这几位神明是个大杂烩，选择他们，只因为乍看上去，他们的名字恰好类似那八个生病的部位。就这样，神话以宁荷莎为这些神明分派功能结束。[67]

这些内容与荷马大相径庭，当然是很明显的。连贯性与合理

---

[67] 引自 Kirk, *Myth: its Meaning and Functions* 91–93。苏美尔原文译者为 S. N. Kramer，出自 *ANET*³, 38 ff.。

性被明确放弃，代之以变形、乱伦、友好的动物，以及一系列显得随意且没有相关性的事件。缜密的结构主义分析将博洛洛故事解读为对“家庭关系之不当理解”的关切，将粪便和腐烂的主题解读为试图展示“腐败是怎样作为自然与文明之间的媒介”。而苏
177 美尔故事其实关心的是扩张因灌溉而肥沃的地域，以及不当性事导致灾难的主题，并暗示说，人类的生殖力与自然的丰饶紧密相关。这些可能都没错，不过我没法言不由衷地说，自己觉得这些故事，作为故事，在哪种程度上有“诗意”。

我们在荷马及其后的作品中看到的希腊神话，都严重缺少以上观点所希求的那种特质；尽管如此，希腊人并不觉得这些故事有何不妥，这一事实无可否认。从荷马到悲剧，他们的文学作品表现出对这些神话故事不倦的兴趣，他们的视觉艺术和音乐也是一样。正如科克本人所指出的，“再没有哪个重要的西方文明，如此受一个发达的神话传统支配”。[68] 所以，迟至今日，我们来批判它们不够有创造力和想象力，是件荒谬的事情——除非我们也愿意批判希腊文化缺少这些特质。如果我们不愿那样的话，也许值得问一问：既然不是这种对想象力天马行空、离奇夸张的运用，希腊人到底在这些神话中寻求什么，又找到了什么。

答案并不难找。希腊神话之与众不同，首先在于其中占主导地位的是有关英雄的神话故事。[69] 总体说来，英雄不会变成食蚁兽，不会用土豆泥给自己做屁股，不会让自己一连三代的女性后裔怀孕；他们更不会是半人半兽。通过他们的行为和本性展示出来的，

---

[68] Kirk, *Myth: its Meaning and Functions*, 250.

[69] Kirk, *op. cit.*, 179：“希腊人情况特殊。在大多数其他民族的神话中，英雄……要么不显眼，要么完全不出现。”

并不是列维–斯特劳斯式的、自然与文化间关系的问题，而是人在这世上的位置、潜力和局限。从某个萨尔佩冬、某个赫克托耳、某个阿喀琉斯的高贵言辞和悲剧领悟中，我们既可以见到生与死那个可怕而不可逆的法则，又可以看到人类直面它们时的伟大建树。佩涅洛佩的忠诚，奥德修斯的忍耐与决心，帕特罗克洛斯的自我牺牲，甚至负疚的海伦那悲剧式的自尊：这些都告诉我们，在痛苦与灾难之中，人类的本性仍然可以是高贵的，甚至几乎是神样的。甚至阿伽门农的蠢行和阿喀琉斯的强烈怒火，也因为这 178
个视角而产生了意义和某种荣光。

正是通过神明与英雄的相互对比和相互作用，荷马史诗创造并保持了这种意义。希腊人是如此满意于这种效果，故此他们倾向于淡化自然神话中不合理的内容。像他们一样，我们也许会感到，在趣味和重要性上，有关生与死的问题、行为与苦难的意义、人类所能达到的高度有什么意义和局限，并不比有关文明与自然状态之对比的话题要差。如果我们真的这样认为，就或许会理解，为什么希腊人觉得，他们人性化的神话故事，能够得到一个具有高度创造力的民族持久的热情关注，并为它提供营养。

第六章

旁观的诸神与《伊利亚特》的宗教

永恒恋慕时间的产物。

——布莱克

179 我们之前讨论了荷马史诗中诸神的重要意义。很明显，在凸显行为之意义的手法中，再没有什么能比一众尊神的存在涵盖更广、蕴意更深了——这些神明对英雄的行为和遭遇深为关切，也常常亲身干预其间。我们已经看到，如果不把神明当真，任何有关这两部史诗的论述都是有所欠缺的。在最后这一章中，我们将更为仔细地关注神明的一个重要方面：神明作为旁观者的角色。[1] 我将再次论述，神明的作用远不止于“作为工具的神明”，这些神明与真实的宗教之间有着独特而可界定的联系，而且不论对《伊利亚特》还是对其后的希腊诗歌，都有重大的意义。

神明俯视并见证人类的行为，这显然是个古老的观念，极其普遍。贝塔佐尼那部极为博学的作品《全知的上帝》（*The All-Knowing God*，H. J. Rose 英译本，1956 年），收录了全世界各种文化的大量

[1] 关于这一主题更长的讨论，参见 *CQ* 28 (1978), 1–22。

材料；基于如此数量的材料所做出的整体解读，似乎很难不予考虑。我们发现，在印欧、闪米特、含米特、芬兰－乌戈尔、乌拉－阿尔泰以及其他民族中，都有无所不知的天空之神的观念。这一观念有着惊人的稳定性，故此，贝塔佐尼将他的发现概括为以下内容：

> 现在，我们对神明之全知的原始概念体系有了清楚的了解。它的主体，起初并不是总体的神灵，而是某种特定类型的神明。它的对象并非整个知识领域，而是凡人及其行为。神明全知的实现方式也相当明确，它的基础是一种无所不至 180
> 的视觉力量，有时辅以类似的听觉力量，以及无处不在等类似的能力。神明的全知并不仅仅是被动的、沉思的，而是会带来某种约束力——多数是惩罚性的。（第22页）

“某种特定类型的神明”被描述为：“它多数情况下是指天空之神和星辰之神，或者在某些方面与天界之光明相联系的神明——人们认为他们拥有全知”；而最关键的感知能力则是视力：“神明的全知是一种视觉上的全知。”

宙斯正是一位远视的天空之神，是符合贝塔佐尼描述的杰出神明；而印度的类似例证说明，宙斯的这种职能很可能是某种古代印欧信仰的延续。[2]不过，我们发现，二者有一个重大区别。宙斯有时确实被描述为一个实施惩罚的公正神明，但更多情况下，

---

[2] εὐρύοπα 仅用于宙斯：这一古体形式证明，它的年代极为久远。有个可以类比的阿维斯陀例子，参见 Durante in *Indogermanische Dichtersprache*, ed. R. Schmitt (1967), 298，亦参考 M. L. West 对赫西俄德《工作与时日》第 267 行的评注。

宙斯和其他神明都仅仅“从旁观望”，仿佛人类的行为是一场供神明消遣的表演秀。[3]有时，它也会是一场令天界洒泪观看的悲剧。我将分别给出三个例子。帕里斯与墨涅拉奥斯之间决斗不成后，地上的双方都试图找到消失的帕里斯，结束战争；阿伽门农还要求交出海伦。但在天上：

οἱ δὲ θεοὶ πὰρ Ζηνὶ καθήμενοι ἠγορόωντο
χρυσέῳ ἐν δαπέδῳ, μετὰ δέ σφισι πότνια Ἥβη
νέκταρ ἐῳνοχόει· τοὶ δὲ χρυσέοις δεπάεσσι
δειδέχατ' ἀλλήλους, Τρώων πόλιν εἰσορόωντες (4.1–4).

“众神坐在宙斯身边，在黄金的地面上集会。尊贵的赫柏穿梭其间，给他们斟满琼浆；他们凝望着特洛伊城，高举金杯，彼此问候。”在 7.61，阿波罗和雅典娜安排好赫克托耳与一位阿开亚首领的决斗后，坐在树上观望，“怡然望着那些勇士”。最后，在 8.51，宙斯禁止任何神明干预战斗后，便坐下来观赏战局，不胜快乐：

αὐτὸς δ' ἐν κορυφῇσι καθέζετο κύδεϊ γαίων,
εἰσορόων Τρώων τε πόλιν καὶ νῆας Ἀχαιῶν.

181 “他自己坐在顶峰上，凝望着特洛伊城和阿开亚人的船只，自觉有无上光荣，不胜快乐。”

[3] “Es Lässt sich m. E. zeigen, wie in der Ilias bisweilen die irdischen Ereignisse als ein Schauspiel für die Götter empfunden werden［在我看来，这里表明，在《伊利亚特》中，尘世的事件有时会被诸神视为一场戏剧］”, H. Fränkel, *Die hom. Gleichnisse* (1921), 32 n.1。亦参见 P. Vivante, *The Homeric Imagination* (1970), 28–32。

另一方面，在 16.430,：当萨尔佩冬与帕特罗克洛斯二人行将开始那场令萨尔佩冬战死的决斗时，

τοὺς δὲ ἰδὼν ἐλέησε Κρόνου πάϊς ἀγκυλομήτεω,
Ἥρην δὲ προσέειπε κασιγνήτην ἄλοχόν τε·
'ὤ μοι ἐγών, ὅ τέ μοι Σαρπηδόνα, φίλτατον ἀνδρῶν,
μοῖρ' ὑπὸ Πατρόκλοιο Μενοιτιάδαο δαμῆναι...'

"看着他们，克罗诺斯之子心生怜悯，他对自己的姐姐和妻子赫拉说：'我真不幸啊，凡人中我最宠爱的萨尔佩冬，命里注定就要被墨诺提奥斯之子帕特罗克洛斯杀死了。'" 而在阿开亚人被赫克托耳击溃时，"白臂膀的赫拉女神望见他们，心怀同情"（8.350）。最后，当赫克托耳被阿喀琉斯追击，奔跑逃生时，

θεοὶ δ' ἐς πάντες ὁρῶντο·
τοῖσι δὲ μύθων ἦρχε πατὴρ ἀνδρῶν τε θεῶν τε·
'ὢ πόποι, ἦ φίλον ἄνδρα διωκόμενον περὶ τεῖχος
ὀφθαλμοῖσιν ὁρῶμαι· ἐμὸν δ' ὀλοφύρεται ἦτορ
Ἕκτορος...' (22.166–170).

"诸神皆在观望。天神和凡人之父宙斯对他们说：'啊，我亲眼看着自己宠爱的那个人被追赶着绕城奔逃，我心中为赫克托耳悲恸。'"

这些段落足以说明，诸神确实像看演出一般观看人类的行为。当然，在其他地方，他们的观望也继续发挥古老而普遍的功能，以

干涉、保护和惩罚为目的。当双方缔结和约时，召唤“统治着艾达山的，最光辉、最伟大的天父宙斯，还有您，目视万物、耳听一切的太阳”（3.276, xiv.393）；神明们乔装行走各处，“凝视凡人的罪孽与正义”（xvii.481）；赫库芭则敦促普里阿摩斯向他的保护神宙斯祈祷，“艾达山上的宙斯，俯瞰特洛伊的所有土地”（24.290）。

在希腊文学作品中，很容易搜寻到同样的内容，即将神明的观察，与神明的保护或惩罚相关联。[4]神明们的“眼”，ὄπις，[5]往往
182 有这种意思，指对惩罚的关注，比如宙斯给某国施以风暴和洪水，因为他们的统治者不义，“在集会中凭借暴力做出不正当的判断，罔顾神明的惩报”。[6]

这一点确凿无疑，故此，对一个神明正当而犀利的指责，是说他“看不到”——意指发生了不好的事情时，既没有阻止，也没有事后报复；或是质问他“有没有看到？”在《伊利亚特》中，阿瑞斯对宙斯如是说：“天父宙斯，看到这样的冒犯之举，您不生气吗？”

对凡人来说也是如此：可耻或可怜的景象，理所应当地要带来行动。阿伽门农责备雅典人的头领和奥德修斯退缩不前，听凭别人在自己鼻子底下战斗：“哪怕有十个纵队的阿开亚人在你们面前战斗，挥舞无情的刀剑，你们也会高高兴兴地旁观。”雅典娜说，见到佩涅洛佩求婚人的丑恶行径，任何一个正直的人都会

---

4 比较 *CQ* 28 (1978), 3。

5 在荷马史诗中，ὄπις“往往意指因违反神律而遭受的神遣的报复”，LSJ 此条目；比较 Frisk, *Griech. etym. Wörterbuch* 此条目，关于从“Aufsicht”到“animadversio, Strafe”的衍变。神明的注视和惩罚，见 Plutarch, *Adv. Colotem* 30=*Moralia* 1124 ff.。

6 16.384. 关于这个段落，参见 H. Lloyd-Jones, *The Justice of Zeus* (1971), 6 n.27 及其书目；补充 W. Elliger, *Landschaft in gr. Dichtung* (1975), 78。

怒发冲冠，而阿喀琉斯则担心，普里阿摩斯一见赫克托耳的尸体，就无法再忍住自己的悲伤和怒火。[7]

以上内容似乎清楚地表明，宙斯观察人类的行为，以保护自己人，惩罚作恶者，这样的观念已为荷马熟知，也常见于古代印欧传统和许多其他类似的早期文明。然而，在《伊利亚特》中，它往往被一个不同的观念所取代：天空之神和其他神明从旁观望，不一定有行动的意思；实际上，众神观望凡人，恰如戏剧或体育比赛的观众。

当然，在实际情况中，这两种观念并不像我在这里描述的那样对比鲜明。那个在 8.51“自觉有无上荣光”，坐着观望战局的宙斯，之前刚刚长篇大论地禁止任何男女神明出手干涉，违拗他对未来战局的总体规划；而在 15.12，当他俯瞰并“怜悯”赫拉与波塞冬给特洛伊人和赫克托耳带来的困境时——“见到他，天神与凡人之父心生怜惜”——他马上概述了今后的计划，并强制别人服从自己的意志。在众神“对英雄和城池的照顾和对其苦难的旁 183
观”之间，也许会有某种交集；但第二种概念清楚地凸显在一些重要段落中。

其中一些段落显然是冷酷无情的，令古代评论者也感到震惊。我们已经引述过《伊利亚特》卷四的开头：众神一边高举金杯相互祝酒，一边凝望特洛伊城。对此，有条古代评注说[8]：“人们觉得，战争场面能取悦神明，是不合宜的。”令人感动的是，做出这一评论的人提出了解决这一难题的办法：“是勇武的行为取悦了众神。”类似的解释还出现在 21.389 那个鲜活而又令人难忘的段落。当众

7　5.872; 4.347; i.228; 24.585.

8　*ΣT* in 4.4.

神聚在一处、相互较量时，宙斯满意地大笑：

> σὺν δ᾽ ἔπεσον μεγάλῳ πατάγῳ, βράχε δ᾽ εὐρεῖα χθών,
> ἀμφὶ δὲ σάλπιγξεν μέγας οὐρανός. ἄιε δὲ Ζεὺς
> ἥμενος Οὐλύμπῳ· ἐγέλασσε δέ οἱ φίλον ἦτορ
> γηθοσύνῃ, ὅθ᾽ ὁρᾶτο θεοὺς ἔριδι ξυνιόντας.

"他们大喊着扑向对手；宽广的大地在脚下呻吟，整个天空如号角般回荡着声响。宙斯端坐在奥林波斯山上听见这声音，他心中满意地大笑，因为他望见神明们正相互搏击。""宙斯之所以高兴，是因为他见到众神较量的勇武之德"，一位评注者信心满满地说。这个说法很有教化意义，但若与类似段落相比较，就站不住脚了：特尔西特斯挨打时，阿开亚人开怀大笑，阿伽门农因奥德修斯与阿喀琉斯的争执而"内心欢畅"，还有求婚人在奥德修斯申斥伊罗斯时的大笑（"他们举手挥舞，乐得要命"）。[9] 当赫菲斯托斯接替赫柏或伽尼墨德，四下奔走，忙起跟他极不相称的差事时，当阿芙洛狄忒与阿瑞斯被 *in flagrante*［当场］拿获时，众神"笑不可遏"，也要归入此类；同样还有埃阿斯跌入牛粪堆时引起的"欢笑"。[10] 这种欢乐来自对自身优越感的喜悦；自身安适的人乐于见到别人奋力挣扎或忍
184 受羞辱，以此取乐。只要再进一小步，就是那种为悲剧男女主人公所畏惧的、充满恨意的笑声，而且我们一定记得，阿提卡律令在某

---

[9] 2.270; viii.78; xviii.100.

[10] 1.599, viii.326, 23.786. P. Friedländer, *Lachende Götter*, in *Die Antike* 10 (1934), 209–226= *Studien zur ant. Lit. und Kunst*, 3–18.

些情况下允许这种笑声，对象是接受极刑时的罪犯。[11]

这就令我们面对如下的问题：《伊利亚特》中的诸神，对凡人是怎样的态度？我认为，本章所讨论的观念将为这个问题提供一个重要的线索。这是个至关重要的问题，因为只有从众神的本性与众神的角度来看，才能理解人的生活。而《伊利亚特》中特有的关于生与死的观念，是这部史诗及其伟大之处的关键所在。

佩涅洛佩说，英雄之歌的主题是“诗人所歌颂的凡人与神明的事迹”（i.338）。神明与凡人都有可以成就史诗的伟大功业；[12]《伊利亚特》中提到许多故事，讲到了久远年代里诸神的争斗与痛苦，例如赫拉曾被赫拉克勒斯所伤，赫菲斯托斯曾被从天上抛下，而克罗诺斯和提坦巨神则曾遭到驱逐，并被监禁在塔尔塔罗斯深处。[13]常常有人指出，[14]《伊利亚特》中诸神的这种痛苦遭遇属于过去，不会再真的发生。宙斯曾一度将赫拉吊在天地之间，还在她足上悬以铁砧；现在他提醒她那件事，并在她道歉后露出微笑。宙斯还曾把众神从天上扔到地下；[15]不过现在，赫拉的屈服退让，或是赫菲斯托斯讨巧地扮扮小丑，都会让宙斯心情大好。同样的诗行——天空、大地和海洋尽皆震撼，哈得斯大吃一惊，从宝座上跃起——在赫西俄德的《神谱》中是宙斯与堤福俄斯激烈争斗

---

[11] Aeschines 2.181, cf. Dem.23.69. 观望他人的不幸、以此为乐的主题，“suave mari magno［观望大海，令人愉悦］”，卢克莱修在《物性论》卷二开头处加以利用，但又弱化了它。

[12] W. Kullman, *Das Wirken der Götter* 中试图论证，原本曾有两种歌，一种纯粹关于神明，另一种纯粹有关凡人。在我看来，这一讨论似乎仍悬而未决。另见 W. Burkert, *Gnomon* 29 (1957), 166 的评论。他指出，《吉尔伽美什史诗》及其他类似作品进一步证明了之前的假设，即不太可能曾有过这种英雄之歌，诸神在其中不起任何作用。也许托尔金的《指环王》是第一部完全没有神明，也没有宗教的英雄史诗。

[13] 5.392; 1.590, 18.395; 15.187 ff., 5.898, 8.478.

[14] K. Reinhardt, *Tradition und Geist*, 24 ff. 有清晰的论述。

[15] 15.18; 15.47; 1.590, 15.23, 18.395.

185 的一部分（847 ff.），但在《伊利亚特》中（20.56 ff.）仅仅引出了未遂的诸神之战，最后也没有哪位尊神被颠覆，只有阿波罗言简意赅地拒绝交战，赫尔墨斯用机智的赞美婉拒打斗，以及被扇了耳光的阿尔忒弥斯挂着眼泪回家。[16]

《伊利亚特》的诗人甚至会虚构一些听上去年代古远的神话故事，讲述往昔神明间的纷争：比如阿喀琉斯"常听忒提斯说起"的故事——赫拉、波塞冬和帕拉斯雅典娜合谋反抗宙斯。这个故事别无旁证，作为严肃神话费解难懂，故此阿里斯塔克斯认为是荷马的虚构[17]——这三位被撮合到一起的神明，除了在《伊利亚特》中都支持阿开亚人，别无共通之处；而忒提斯正是从他们三人的邪恶谋划下救出了宙斯，现在，宙斯正该打压他们对特洛伊的敌意，应允忒提斯的请求，让特洛伊一方大胜，以此作为感谢。《神谱》让我们了解了有关天神战争极为严肃的诗歌，而色诺芬尼的残篇（Xenophanes, 1.21 ff.）令我们确信，这样的诗不计其数，是有关"提坦、巨人和马人之战斗"的歌吟。在诗人看来，它们都与节宴餐桌格格不入。在那个年代，众神相互攻击，战败者可能会被阉割或抛入塔尔塔罗斯，再不能上来；但现在，宙斯稳固地统治着奥林波斯山，不朽神明间的争斗被迅速、轻易地化解。

所以，尽管阿瑞斯初闻儿子的死讯时，高呼要为他复仇，连宙斯的雷劈也不顾（15.115），但一番陈词滥调（"在他之前许多

---

16 21.462, 498, 492. 参见 Reinhardt, *Die Ilias und ihr Dichter*, 446 讨论了卷二十一中由提坦之战向轻浮无聊，即 *Unernst* 的转变。

17 *ΣA* in Il.1,400, ἐπίτηδες τοὺς τοῖς Ἕλλησι βοηθοῦντας: cf. *Σ* in 1.399–406, τί ποτε βουλόμενος ταῦτα ἔπλασε; W. Bachmann, *Die ästhetischen Anschauungen Aristarchs* (1901), 18: M.-L. von Franz, *Die ästhetischen Anschauungen der Iliasscholien* (Diss. Zürich, 1943), 17 ff.: M. M. Willcock in *CQ*, N.S.14 (1964), 144. 相反，W. Kullmann 则认为这真的是个古老的故事（*Das Wirken*, 14）。

更优秀的凡人曾经死去，今后也还会再有”，15.139–141）就能将他安抚，令他回桌边就座。在震怒的一刻，宙斯会威胁阿瑞斯说，“你要不是我的儿子，早就堕落到比塔尔塔罗斯中的提坦更低的位置了”（5.898）——可既然他的确是宙斯的儿子，他的伤口就一定会痊愈，他也一定会衣着华美地坐在众神之间——

τὸν δ᾽Ἥβη λοῦσεν χαρίεντα δὲ εἵματα ἕσσεν·
πὰρ δὲ Διὶ Κρονίωνι καθέζετο κύδεϊ γαίων,

“赫柏为他沐浴，给他穿上华美的衣衫，于是他重又在克罗诺斯之 186
子宙斯身边坐下，得意洋洋，尽享荣光。”

《伊利亚特》花了很大力气，描述众神与天父宙斯共同生活在奥林波斯山的情景；但许多地方都显示，众神其实在各地各有居所。更确切地说，它们实际上对应着现实中的地方崇拜：波塞冬在埃迦伊，阿芙洛狄忒在帕福斯，雅典娜在雅典，而赫拉最偏爱的三座城池是阿尔戈斯、斯巴达和广衢宽街的迈锡尼。[18] 神明聚集一起的概念不见于较晚的希腊宗教，它似乎是史诗中的一种创造，[19] 说到底，是受公元前第二个千年后半期流行于爱琴海和近东的宗教观念的影响。从克里特到美索不达米亚，我们在那个时期相当大的地域中找到惊人的相似之处，以至于学者们可以有“共

[18] 13 init., viii.363, vii.81, 4.52.

[19] M. P. Nilsson, *The Mycenaean Origins of Greek Mythology* (1932), 221 ff., W. K. C. Guthrie in *CAH*^{3}, 2^2, 905：“史诗传统把有着形形色色起源和性质的一群奇奇怪怪的神明，整合为一个有着清晰人类特点的神明家族。”亦参见 B. C. Dietrich, *Origins of Greek Religion* (1974), 43; G. S. Kirk, *Songs of Homer*, 328; L. A. Stella, *Tradizione micenea e poesia dell' Iliade* (1978), 83 ff.，认为，其后有一个真正的“有关神圣君权的迈锡尼神话”。

同宗教语言”的提法。例如，瓦尔特·布尔克特就写道，“这一系列人格化的众神，显然隶属于爱琴海和近东的共同语言，他们之间以人类的方式说话做事，会爱、会痛、会生气，他们之间有丈夫妻子、父母子女的关系。众神的集会也是如此……”[20] 这种手法的结果，是将神明结合成一个整体，用来对比整个人类世界；不再只是天父宙斯独自从天空俯视我们的罪恶，而是所有的神明一齐将目光投向凡人的作为。至于与奥林波斯山这个群体格格不入
187 的神明——丰产的德墨忒尔和狂暴的狄奥尼索斯——则按照传统被尽可能地置于这部史诗与这个世界之外。集于天界的神明十分了解他们与凡人间的区别，而后者反复被抬高到几近神明的高度，旋即又被决定性地推回他们的区区凡人之境。涅斯托尔那位周全审慎的儿子说，所有的凡人都需要神明；[21] 诗人避免描述众神进食（他们仅在《奥德赛》中服食仙馐），神明们似乎也不像古老的观念中那样，享用人类敬献的牺牲上的香烟，[22] 尽管他们仍索求这样的供奉。从某种意义上说，神明似乎也需要凡人。在彼此的映照中，凡人与神明不仅理解了对方，也理解了自身。[23]

正是衰老和死亡的存在，使二者形成巨大的差别。神明们“永远不死且不老”。他们所拥有的一切也都优于凡人之所有，因

---

[20] *Griechische Religion der archaishcen und klassischen Epoche* (1977), 282. 亦参见 C. H. Gordon, *Ugaritic Textbook* (1965), 2, L. R. Palmer, *Interpretation of Mycenaean Texts* (1963), 256, M. C. Astour in *AOAT* 22 = *Essays C. H. Gordon* (1973), 19 ff., E. B. Smick, ibid., 178，以及上文第 xv（译按：原文误作 xvii）页注 4 中的文献。众神的集会：*ANET*[3], 85, 99, 111, 114, 128, 130, 458。也有些人否认荷马史诗中有东方的影响，参见 C. G. Starr, *Origins of Greek Civilisation* (1961), 165–169, J. Muhly in *Berytos* 19 (1970), 44 ff.，他认同赫西俄德《神谱》中展现的东方影响，但认为这种影响“简直实在太晚了”，不能解释荷马中的任何东西——这对论点很难同时成立。

[21] iii.48.

[22] 9.535，“众神尽享俄纽斯敬献的百牲祭”，是菲尼克斯口中讲述的、发生在过去的事情。诗人更偏好诸如此类的表达：“女神接纳了供奉”，ἱρῶν ἀντιόωσα，iii.436。

[23] 比较 H. Schrade, *Götter und Menschen Homers* (1952), 58。

为它们也是不朽的。阿喀琉斯的马匹是绝佳的，“因为它们是不死的神驹”。凡人伤害不了神明造出的铠甲；赫菲斯托斯的杰作正是这种神明才有的手段，凡人是做不出来的。阿喀琉斯有一位不死的母亲，故此他能控制其他凡人无法驾驭的马匹。神明们比凡人更美，而伽尼墨德被宙斯从凡间掠走，“正因他的美貌，令其生活在不死的神明中间”。[24]

普里阿摩斯曾可悲地夸口说，自己的儿子赫克托耳曾是那样值得称赞，好像是凡人中的神明，抑或是天神的孩子，不是凡人生养（24.258）。这正是凡间的看法：“神样的”赫克托耳，在战斗中“与屠戮凡人的阿瑞斯匹敌”，在特洛伊如神明般享有尊荣——但天界对他的看法完全不同。就连要将他尸体掩埋的提议，在赫拉看来也冒犯了天界的权威：

εἴη κεν καὶ τοῦτο τεὸν ἔπος, ἀργυρότοξε,
εἰ δὴ ὁμὴν Ἀχιλῆι καὶ Ἕκτορι θήσετε τιμήν.
Ἕκτωρ μὲν θνητός τε γυναῖκά τε θήσατο μαζόν·
αὐτὰρ Ἀχιλλεύς ἐστι θεᾶς γόνος. (24.56)

“倘若你赐予阿喀琉斯和赫克托耳同样的尊荣，银弓之神，你的话 188
或许还在理。但赫克托耳只是个凡人，吃凡女的奶水长大；而阿喀琉斯是女神的儿子。”接着，宙斯答道，二人之间绝不会有同样的尊荣。神明们厌憎死亡、与之无涉；他们衣食不朽，铠甲不朽，

[24] 阿喀琉斯的马，23.277；铠甲，20.265；赫菲斯托斯的杰作，19.22；阿喀琉斯，10.403=17.76；伽尼墨德，20.235。

日常拥有的一切都由不坏的黄金制成。[25]他们进餐时，享用的也是“不朽”，即仙馐；他们饮用琼浆，这个词的词源可能有同样的意思；女神们还给自己涂抹“不朽仙液”和“不朽之美”。墨涅拉奥斯总结说，没有哪个凡人的钱财比得上宙斯，“因为他的宫殿和财宝永存不朽”。[26]

神明与凡人之间的区别还在于力量。他们才能更高、尊荣更盛、力量更强，这一点通常表现为轻而易举完成所有事情的能力。阿芙洛狄忒救下帕里斯，“作为女神，轻而易举”；阿波罗也同样救下赫克托耳。如果宙斯愿意，他的意旨可以“轻而易举”地让一个勇武之士落荒而逃，剥夺他的胜利。雅典娜轻吐一口气，就把赫克托耳投向阿喀琉斯的枪吹了回去；阿波罗踢翻阿开亚人的壁垒，就像一个嬉戏的孩子踢翻一座沙堡。[27]比轻而易举更甚的是，他们不必为自己的行为负责；神明无须惧怕后果。故此，忒提斯对缄默聆听她祈祷的宙斯说，

νημερτὲς μὲν δή μοι ὑπόσχεο καὶ κατάνευσον,
ἢ ἀπόειπ᾽, ἐπεὶ οὔ τοι ἔπι δέος. (1.515)

“现在求你点头同意，真心诚意地许诺我：不然就干脆拒绝，因为

---

[25] 众神厌憎死亡，20.65；阿波罗离弃赫克托耳，22.213；不朽的服饰，16.670 等；铠甲，17.194 等；黄金，8.41–44=13.23–26。仙馐，14.170；不朽之美，xviii.193；宙斯的宫殿，iv.77。

[26] Frisk, *Griechisches etymologisches Wörterbuch s.v.* νέκταρ, Chantraine, *Dict. étymologiue de la langue grecque, s.v.*, 列出了其古老的词源，但并不能肯定；该词源会给这个词带来“摆脱死亡之人”的意思。

[27] 阿芙洛狄忒，3.381；阿波罗，20.444；宙斯的意愿，16.689=17.178；赫克托耳的长枪，20.440；沙堡，15.362。另见 10.556, 13.90, 14.245, 16.846; iii.231, x.573, xiv.348, xvi.197, 211, xxiii.185。

你并没什么可惧怕。”同样，阿喀琉斯对阿波罗大发脾气：

> νῦν δ᾽ ἐμὲ μὲν μέγα κῦδος ἀφείλεο, τοὺς δὲ σάωσας
> ῥηιδίως, ἐπεὶ οὔ τι τίσιν γ᾽ ἔδεισας ὀπίσσω.
> ἦ σ᾽ ἂν τισαίμην, εἴ μοι δύναμίς γε παρείη (22.18).

“现在你夺走了我一场好大的胜利，轻而易举救下了他们的性命，189
因为你是不必担心今后有报复的。要是我有这个本事，可真要跟你算算这笔账。”

这种“轻而易举”在受害者口中就成了抱怨和批评；[28] 神明无须证明自己行为的正当性，这种轻而易举，部分地是对神明力量的赞美，但若受害的一方感到不公，它就有了另一层意思。在欧里庇得斯对诸神的批评中，二者之间界限分明。将死的希波吕托斯，在自己的庇护女神离他而去时说：

> χαίρουσα καὶ σὺ στεῖχε, παρθέν᾽ ὀλβία·
> μακρὰν δὲ λείπεις ῥᾳδίως ὁμιλίαν.（《希波吕托斯》1441）[29]

“别了，有福的处女；你轻易地撇开了我们长久的交情。”人类的苦难对比神明显而易见的漠然，就像克瑞乌萨在《伊翁》中的悲

---

[28] 比较 H. L. Ahrens, *'Pa. Beitrag zur gr. Etymologie und Lexikographie* (1873), 11。

[29] “其中无一字谴责：只有他对她的渴望和对自己必死命运的顺从接受”，这是 W. S. Barrett 关于此处的评论。然而，这样一句客观的陈述——她是位女神，故此，这个行为正如其他所有的行为，对她而言都是轻而易举的——难免带有情感的分量；对他来说是生与死，对她来说却是“轻易”的东西。这里所批评的并非“清教徒的理想”。“再没有哪个场景是在神圣与爱恋的外衣下做出如此的谴责”，这是莱因哈特的犀利评论，参见 Reinhardt, *Tradition und Geist*, 234。

苦咏叹。她先指责日神强暴了自己，又将孩子抛弃，任其死去，接着又说，“可你仍弹着竖琴，唱着你的派安赞歌”（905）。[30]但欧里庇得斯用以攻击神明的东西，在荷马史诗中却是另一种样子：它是对世界和人类生命之本质的陈述，令人敬畏却不动感情。

神明的所有行为都是轻而易举的；他们的生活也是如此。他们是“有福的神明”，也是“生活安适的神明”。[31]他们的物质条件给人以快乐的享受；在奥林波斯山上，“有福的神明在那里永享欢愉”，vi.46。他们在那里宴饮，阿波罗和缪斯们的音乐在一旁助兴（1.603）。只差一样东西，他们的福乐就圆满了：一个令他们感兴趣的对象。他们不愿看到哈得斯及亡者的国度；正是凡人及其苦
190 难的存在，才为他们提供了兴趣的对象。凡人与诸神的本质，完全适于相互衬托、相互界定。故此，神明的生活充满福祉，凡人的生活就要饱含苦难；这正是荷马中形容“凡人”的典型词句。[32]

宙斯宣称，“大地上所有呼吸行走的生灵中，没有哪一样比人类更哀苦”（17.446），而他说这话的场景则为其更添几分蕴意；当时，阿喀琉斯不死的神驹正为帕特罗克洛斯哀悼；宙斯心生怜悯，是被它们的悲伤所打动。神驹属于天界，它们的哀恸似乎比帕特罗克洛斯之死更深地触动了宙斯。

死亡的唯一安慰在于，所有的人都有一死，而在人间还是在天界说起这一事实，也会带来不同的效果。宙斯在众神中哀叹赫克托耳死亡将至，因为他是“一个我所喜爱的凡人”，也是个慷慨的献祭者：“众神都在凝目观望。神和人的父亲对他们说：‘哎，

---

30 亦比较 *H.F.*1115, 1127。

31 参见 Wilamowitz, *Glaube der Hellenen*, 1,332 ff.; W. Burkert in *Rh. Mus.*103 (1960), 140; R. Spieker in *Hermes*, 97 (1969), 149 ff.; W. Burkert, *Griechische Religionder arch. und klass. Epoche* (1977), 195。

32 奥林波斯山，vi.46；音乐，1.603。μάκαρες θεοί: δειλοῖσι βροτοῖσι, ὀϊζυροῖσι βροτοῖσι.

眼见那个我所喜爱的凡人绕着城墙被追逐，我心中为赫克托耳难过。他曾给我烧祭过许多犍牛的腿肉……我们该不该去救下他的性命？’”（22.166）雅典娜立刻答道，赫克托耳是个凡人，注定会死；而宙斯也马上说：“我并没真的要那么做，我亲爱的孩子，我对你也并无恶意。你想要怎样，就怎么办吧。”神明对自己后裔的关切会多上一点点儿。我们已经看到，安抚阿瑞斯的丧子之痛是多么容易；宙斯之子萨尔佩冬之死当然更为悲情，宙斯落下一阵超凡的血雨来礼敬他。但在奥林波斯山上，萨尔佩冬再未被提起，对比赫克托耳之死对他亲人的毁灭性打击，或是帕特罗克洛斯之死对阿喀琉斯的影响，反差巨大。众神之中，只有忒提斯像凡人那样举哀，[33]她因婚姻而进入人类的生活，理所当然并不熟悉奥林波斯山。史诗中仅有一次描述她来到这一煊赫的群体中，尽可能清楚地说明了问题：受到宙斯召唤时，她正在哀悼自己的儿子，不愿到永生的诸神中去——“为什么这位尊神要召我前去？我不愿与不死的神明们交往；我心中有数不尽的哀愁。”她穿上最黑的 191
衣服，“没有比它再黑的衣服了”，她来到众神中间，他们递给她一只金杯表示迎接，并致以宽慰之辞。“赫拉将一只美丽的金杯递到她手中，对她好言相慰，忒提斯饮了酒，仍交还了金杯。”[34]在这群神明之间，就连悲伤者也得饮酒，不能懊丧。

我们从忒提斯转到凡人及他们对必死的接纳。当阿喀琉斯告诉吕卡昂“所有人都得死”时，这话就有了深刻的悲剧意味；“帕特罗克洛斯已经死了，他远比你更出色；就连我也会战死，尽管我十足英武，母亲还是个女神；所以，我的朋友，你也非死不可。

---

[33] 18.51–96, 24.83–102, xxiv.47–64.

[34] 萨尔佩冬，16.459；忒提斯，24.83–102。

这些哀告又有什么用?”神明说“所有人都会死”是一回事;一个伟大的英雄说“我必然会死”,心知此事很快就会实现,又是另一回事。这个段落的力量,正源于阿喀琉斯对死亡的接纳。[35]同样,当阿喀琉斯与普里阿摩斯对谈时,他也一样把这可怕的结论应用到个人身上:“众神将一生的不幸分派给可悲的凡人,而他们自己则免于愁烦”(24.525)——“神明也一样给了佩琉斯许多苦难,我作为他的儿子将不会活得久长,而是坐在特洛伊城边,远离父亲,令你和你的儿女不得安宁。”阿喀琉斯对死亡的接受,将一句老生常谈变成真正的悲剧洞察,而最后几卷中,这种对死亡的接受也升华了阿喀琉斯对特洛伊人的屠戮,令其变得可以容忍。[36]

但神明们生活安适,不知死亡。所以,他们不曾拥有凡人在接受命运的过程中习得的英雄特质,[37]而且他们“安适的生活”也有恶意的一面。这个词组出现了三次,其中两次都是描写“生活安适”的众神杀死跨越自身局限、侵犯神明世界的凡人。[38]《奥德
192 赛》中的诸神不像他们在《伊利亚特》中那样,他们会在道德上自我辩护,而且宙斯开场的那番话则辩明了天界对待凡人的方式。值得注意的是,在所有凡人中,生活方式最接近神明的,是作恶的求婚人,

---

[35] 比较 W. Marg in *Die Antike*, 18 (1942), 177; W. Schadewaldt, *Von Homers Welt und Werk*[4] (1965), 260 ff.; *CQ* N.S. 26 (1976), 186。

[36] 否则的话,我想,这些屠戮只会是令人厌憎、毫无意义的,就像诺努斯笔下刀枪不入的狄奥尼索斯对印度人的屠杀。维吉尔颇有见地地意识到,既然埃涅阿斯不能被杀死于《埃涅阿斯纪》的战斗中,必须通过其他手段将命运悲剧化。

[37] 这一点在 H. Erbse, *A und A* 16 (1970), 110 有很好的论述。

[38] 6.138,吕库尔戈斯;v.122,俄里翁。

τούτοισιν μὲν ταῦτα μέλει, κίθαρις καὶ ἀοιδή,
ῥεῖ', ἐπεὶ ἀλλότριον βίοτον νήποινον ἔδουσιν (i.159).

“竖琴与歌唱，就是这些人所在意的东西，无忧无虑，因为他们侵吞别人的家产，却分文不付。”闲适、音乐、不付代价的安适生活：所有这些被描述为恶行的，却正是神明的生活。而当我们听说阿尔喀诺俄斯“坐在他的王座上饮酒，如一个不死的神明”（vi.309）时，这个段落之后似乎也隐藏着对天界之极乐的某种嘲讽。我们似乎已经相当接近荷马颂诗《阿波罗颂》中对神明福乐概念的典雅描述：神明们翩翩起舞，同时缪斯女神吟唱着众神永生的幸福和凡人的哀苦。

Μοῦσαι μέν θ' ἅμα πᾶσαι ἀμειβόμεναι ὀπὶ καλῇ
ὑμνεῦσίν ῥα θεῶν δῶρ' ἄμβροτα ἠδ' ἀνθρώπων
τλημοσύνας, ὅσ' ἔχοντες ὑπ' ἀθανάτοισι θεοῖσι
ζώουσ' ἀφραδέες καὶ ἀμήχανοι, οὐδὲ δύνανται
εὑρέμεναι θανάτοιό τ' ἄκος καὶ γήραος ἄλκαρ.
（《阿波罗颂》182 ff.）

“缪斯女神们以美妙的歌喉，依次吟唱神明的不朽天赋和凡人的苦难，那些他们在不死的神明手中所遭受的一切；他们活得弱小无助，没有克服死亡和抵御衰老的能力”；而男女诸神则跳着舞，阿波罗在其间奏响竖琴，高高举步，周围光芒环绕；宙斯和勒托喜悦地望着他们的儿子在不死的神明中舞蹈。神明的欢乐已经完全成为自身的目的，而凡人的不幸则成为神明歌唱的内容（对比

《伊利亚特》1.604），[39] 这样一个段落所指向的则是伊壁鸠鲁那种宁静而专注于自我的诸神。[40]

193 《伊利亚特》中神明的福乐从未完全真的堕落为这种纯粹的自我放纵。[41] 神明们在旁观望并以此为乐，但他们跟角斗场上观看无节制杀戮的嗜血观众并不相类，而是被描绘得更为复杂。人们期待作为观众的神明拥有公正与义愤，这种观念有时的确会体现在神明们身上，但有时候，他们就像运动赛事的观众，有时候又像是悲剧的观众。我们在《伊利亚特》卷二十三中看到，阿开亚勇士们自己也是体育竞技的热切观众，而荷马的听众应该也有这种贵族式的普遍爱好。史诗生动地描述了帕特罗克洛斯葬礼竞技中观众的兴奋，驾车比赛时关于谁能获胜的争论，以及其他事情上的派别之争，这些都与旁观之诸神的这个方面形成对照。神明们本身形成一个贵族群体，它反映了，也美化了那个作为史诗创作对象的人类群体，此处的对照正是一种表现方式。[42] 这一点特别清楚地体现在史诗的高潮部分，即诸神和凡人看着阿喀琉斯追逐赫

---

[39] 《伊利亚特》中的段落并没有告诉我们缪斯之歌的主题。那个在卷一开始的部分，从空中屠戮阿开亚人的神弓手阿波罗，在天界则是非凡的乐师，表现了秩序与美。比较 W. Marg, *Homer über die Dichtung*, 10。

[40] *Comprehende igitur et propone ante oculos deum nihil aliud in omni aeternitate nisi Mihi pulchre est, et Ego beatus sum, cogitantem*——西塞罗在 *de Nat. Deorum* 1.114 中对伊壁鸠鲁之神明的挖苦话。（“在脑海中想见这样一位神明吧：在他的永生之涯中，除了‘我走运’和‘我幸福’外，再无他念。”）

[41] 不过，也有以下这种看法，见 Rachel Bespaloff, *On the Iliad*, trans. Mary McCarthy (1947), 68：“一个遭到荷马谴责和直言批评的过失：不死诸神无忧无虑的幸福。”这里说到的“直言”似乎应该意指“含蓄”。对比之下，Mary McCarthy 翻译的另一部较短的作品，Simone Weil, *The Iliad: or, The Poem of Force*（年代不详），在我看来深刻而真实地论述了这部史诗，以及一些别的东西（重印的另一译本，收入 *Intimations of Christianity among the Ancient Greeks*, ed. E. C. Geissbuhler [1957, 1976]）。

[42] “可以说，神明是一个不死的贵族群体”，W. Jaeger, *Paideia*, i, 32。参见 W. Kullmann, *Das Wirken der Götter*, 84–86; P. Cauer, *Grundfragen der Homerkritik*, 358。

克托耳。“这可不是一场寻常的赛跑，拿来做奖品的可不是普通的礼物；他们争夺的是驯马的赫克托耳的性命。就像在某些葬礼竞技中，赛跑的壮马争夺奖品——一只三脚鼎或是一个女人：他们就这样绕着普里阿摩斯的城池跑了三圈；所有的神都看着他们。”也就是说，这差不多**就是**一场常见的体育竞技场景——区别仅在于观众中有神明，而争夺的则是赫克托耳的性命。诗人必须清楚地告诉我们不同之处是什么。

不同寻常的是，在帕特罗克洛斯的葬礼竞技中，想象了一场真正的决斗，由阿喀琉斯宣布，他的话意味着打斗至死：“双方谁 194
先刺中对方的美丽身体，穿过铠甲和黑色的血液触及内脏，我就送给他……”（23.805）。从古到今的学者都被这不计后果的计划所震骇，公平地说，阿开亚人也是一样，他们在流血之前中止了比赛。但是，有些段落用“舞蹈”和“踏出阿瑞斯的舞步”来形容打斗，例如，赫克托耳对埃阿斯说，“我知道如何在短兵相接时向狂暴的战神踏出舞步”，[43]这令人想到有关战斗的非理性观念，即这是一场竞技游戏，[44]有人带着热切而批评的眼光，饶有兴味地观赏。的确，在神明们从旁观望，“为武士们感到愉悦”时，我们看到，神明“不会批评”某个时刻中凡人打斗的残暴。当人们因帕特罗克洛斯的尸体而激烈战斗时，“在他周围，争斗愈烈；哪怕是好战的阿瑞斯，或是雅典娜，在他们最想打仗的时候见到了，也不会

---

[43] 7.241，比较 H. Usener, *Kleine Schriften*, iv, 186; Schrade, *Götter und Menschen Homers*, 110; E. K. Borthwick in *Hermes*, 96 (1968), 64 and 97 (1969), 388。Σ in 7.241：“战争是勇敢者的舞蹈和运动。”比较 Eustath.926.3, 939.65。冯德穆认为帕特罗克洛斯葬礼竞技中的单打独斗“十分古老”。

[44] J. Huizinga, *Homo Ludens*. Ch.5: “Play and War”. A. Severyns, *Homére*, III: *L'Artiste* (1948), 106–115, “Jeux meurtriers［致命游戏］”这一章则与这个方面无关。关于另一个方面，见 K. Meuli, *Der griechische Agon*, and W. Burkert, *Homo Necans* (1972), 65。

不满意的”。[45] 凡人的口味也是如此：

ἔνθά κεν οὐκέτι ἔργον ἀνὴρ ὀνόσαιτο μετελθών,
ὅς τις ἔτ᾽ ἄβλητος καὶ ἀνούτατος ὀξέϊ χαλκῷ
δινεύοι κατὰ μέσσον,[46] ἄγοι δέ ἑ Παλλὰς Ἀθήνη
χειρὸς ἑλοῦσα...

“没有哪个参与过这场战斗的人会轻看它，哪怕他能在雅典娜引领下，穿过战场，没有被击中，也没有受伤”，因为那一天，无数特洛伊人和阿开亚人都丢了性命。

195 那么，说到对人类战斗的思考，神明们不过是跟英雄们自己和诗人当时的听众有着同样的品味。但还有最后一个方面：悲剧性。在卷二十二中，神明们旁观着对赫克托耳的追逐，那情景跟运动赛事很像，但宙斯所表现的情感却是不同的。诗人反复告诉我们，赫克托耳“为宙斯钟爱”（例如，6.318, 8.493, 10.49, 13.674），但宙斯筹划了他的死亡，[47] 还定要亲眼看着他死去；萨尔佩冬是宙斯自己的儿子，但他也必须死在帕特罗克洛斯手下，尽管他是父亲“在凡人中最珍爱”的，宙斯也只是哀怜地看着他，

---

45 17.397; 4.539.

46 比较 18.604 中所描绘的盾牌上的舞蹈：

δοιὼ δὲ κυβιστητῆρε κατ᾽αὐτοὺς
μολπῆς ἐξάρχοντες ἐδίνευον κατὰ μέσσους,

“两个优伶从舞蹈者中走到场中央，领头舞蹈”。这又是舞蹈和战斗的类似之处；这里也有一群观众站在一旁，欣赏舞蹈，“感到愉悦”（604）。

47 特别是 15.68; 15.596 ff., 610–614; 17.207。宙斯还激起了导致帕特罗克洛斯之死的不计后果的冲动，16.688 ff.，而他将帕特罗克洛斯描述为（17.204）“阿喀琉斯那温和勇敢的伙伴”。比较上文第 86 页及以下。

并不出手营救。[48] 萨尔佩冬确实得到了尊荣，宙斯的哀痛表现为超凡的征兆——一阵血雨，而且他死后会在吕底亚享受尊荣；但这只是冷酷的慰安，故此英雄的朋友格劳科斯悲愤地呼喊道：“最杰出的人萨尔佩冬死了，他是宙斯的儿子，可他连自己的亲生儿子也不肯帮。”（16.521）神明，即使是“生活安适”的神明，当看到自己宠爱的人在地上获胜或失败时，都会感到强烈的情感。我们已经看到，他们会为凡人的苦难而感到“哀怜”；愤怒也同样常见。而在帕里斯的裁判[49]中失败的两个女神，则对特洛伊怀有不可平息的仇恨，唯有该城的灭亡才能将其消解。[50] *Tantaene animis caelestibus irae*［天神心念中会生出如此恨怒吗］？布莱克说，“永恒恋慕时间的产物”；永生的诸神因为他们与凡人的纠葛而痛苦或欢乐，而凡人凋零死去，有如树叶。这样强烈的情感，是神明和凡人之间血脉联系所带来的无可避免的后果。

故此，神明的观望可以是悲剧性的，所有的神明，甚至宙斯 196
也不例外，在旁观时都有遭受痛苦的时刻；他们的在场和关注有助于向我们凸显这些可怕事件的情感意义。[51] 但史诗中的凡人并不了解这种痛苦。“他连自己的亲生儿子也不肯帮”，格劳科斯如此

---

[48] “最珍爱的”，16.433；哀怜，16.431。

[49] 众所周知，亚历山大城学派的学者致力于否定荷马“知悉”这个故事，比较 ΣA in 24.25, ΣT in 24.31。卡尔·莱因哈特证明这个故事确实存在于《伊利亚特》的背景中（*Das Parisurteil* [1938] = *Tradition und Geist*, 16–36），这一论述是，或者说应该成为，荷马研究的一个里程碑。在某些人士看来，这是当然的事（“此事久已得到公认”, Erbse in *A und A*, 16 [1970], 106: 亦分别参考 J. A. Scott in *CJ* 14 [1919], 226–230, E. Drerup, *Das Homerproblem* [1921], 360 n.1; V. Magnien in *REG* 37 [1924], 145, and G. M. Calhoun in *AJP* 60 [1939], 10 n. 23），但有些人仍否定这一点（F. Focke in *Hermes*, 82 [1954], 274: G. Jachmann, *Homerische Einzellieder* [1949], 16 ff.）。参见 T. C. W. Stinton, *Euripides and the Judgement of Paris* (1965), 1–4。

[50] 特别是 4.28; 7.31 ff.; 18.367; 20.313。

[51] ΣA in 22.201, “为了在当下产生更为强烈的情感，就像剧场里那样”；比较 ΣT in 1.541, “他为自己的战斗场面创造了一个观众”。

评论宙斯，甚至连神明最偏爱的人也得经历挣扎和死亡。难怪凡人会像墨涅拉奥斯那样，谴责上天的冷漠。[52] 同样的呼声也出现在《奥德赛》：

Ζεῦ πάτερ, οὔ τις σεῖο θεῶν ὀλοώτερος ἄλλος·
οὐκ ἐλεαίρεις ἄνδρας, ἐπὴν δὴ γείνεαι αὐτός,
μισγέμεναι κακότητι καὶ ἄλγεσι λευγαλέοισιν (xx.201).

“天父宙斯，没有哪个神明比你更残忍，你亲自生下了凡人，却对他们毫无怜惜，令他们陷入苦难和悲痛。”[53]

《伊利亚特》中的凡人比我们更伟大，他们也确实牵动神明的心。波塞冬询问宙斯，他召集诸神，是否因为特洛伊人和阿开亚人的缘故。宙斯答道：“你猜到了我的意图；凡人虽在毁灭中，却仍令我挂怀。但我自己将留在奥林波斯山的谷地中，观赏战局，以悦我怀。”（20.19–23）凡人令他挂怀，但观看他们的苦难仍给他带来愉悦；他们并不像他的儿子赫拉克勒斯那样深深地牵动着他，就像赫拉对睡眠神说的那样：“你以为远视的宙斯帮助特洛伊人，会像当年为了儿子赫拉克勒斯那样生气？”（14.265）。而即便是赫拉克勒斯，也经历了劳苦而屈辱的一生，他在死者之境悲苦地对奥德修斯说：“不幸的人啊，你也遭到了可悲的命运，就像我曾在阳光下所经受的那样吗？我乃是宙斯之子，但我曾遭受无尽的苦难……”（xi.618）难怪宙斯愿意放弃特洛伊，“虽不情愿，但

---

52 3.365, 13.631.

53 希腊悲剧，特别是《特拉基斯少女》（*Trachiniae*）和《赫拉克勒斯》（*Heracles*）中，那些批评宙斯对自己后裔的苦难冷漠无情的段落，我们可以在这里看到源头。

仍随你的心愿”，尽管他承认“在所有凡人居住的城池中，我对它
最为钟爱”。作为交换，他要求有权毁灭任何一座赫拉所钟爱的城
市；而她也同意了，让他可以随意毁掉阿尔戈斯、斯巴达和迈锡 197
尼。赫拉说，“我和你一样，也是位神明”，故此她的意愿理应得
到尊重：特洛伊必要沦陷。“那么，咱们在这件事上互相让步吧；
我让让你，你也让让我。”宙斯同意了：“随你高兴吧；咱们两个
不要再为特洛伊的命运而争吵。”这场对话恰好在《伊利亚特》中
的战斗开始之前，[54] 对凡人来说简直是噩梦般的情景。小心谨慎地
侍奉神明，甚至神明的偏爱，都不能带来保障；另一位神明的意
愿（“我也是位神明”）可以否决任何人类的要求。“特洛伊对你做
了什么？”宙斯这样问赫拉，而她甚至无须作答。关键并不在于理
由的正当，而且诸神观望人类的苦难时，态度也并不仅只是悲剧
性的：他们总可以变换角度，欣赏这样的场景。最后，他们可以
将自己的注意力完全移开。

在卷十三开头，宙斯将赫克托耳和特洛伊人引到阿开亚人的船边。接着，他移开了自己闪耀的双目，

> Ζεὺς δ᾽ ἐπεὶ οὖν Τρῶάς τε καὶ Ἕκτορα νηυσὶ πέλασσε,
> τοὺς μὲν ἔα παρὰ τῇσι πόνον τ᾽ ἐχέμεν καὶ ὀϊζὺν
> νωλεμέως, αὐτὸς δὲ πάλιν τρέπεν ὄσσε φαεινὼ,
> νόσφιν ἐφ᾽ ἱπποπόλων Θρῃκῶν καθορώμενος αἶαν...
> ἐς Τροίην δ᾽ οὐ πάμπαν ἔτι τρέπεν ὄσσε φαεινώ (13.1).

[54] 与此对应的大概是这样的事实：在诗人生活的年代，这些城市确实已被攻陷。它们的守护女神与宙斯进行了一场令人毛骨悚然的交易，并允许这种情况发生。比较 F. Codino, *Introduzione a Omero* (1965), 66。相反，女神宁伽尔恳求诸神阻止她的乌尔城的毁灭，在城毁后也为之哀叹：*ANET*[3], 458–463。荷马史诗中的概念绝不是“自然的”。

“宙斯把特洛伊人和赫克托耳引到船边，让他们在那里奋勇战斗，经受无尽的苦难。他自己则移开明亮的目光，望向养马的色雷斯人的土地……而不再把明亮的眼光投向特洛伊……”情节需要宙斯不再继续守望；但这个段落[55]绝不仅仅是行动所必需的转折点。如果宙斯愿意，他可以将闪亮的目光移到特洛伊城中发生的事情上，也可以望向远方，将凡人留在苦难之中，与他的平静形成鲜明的对比。

198 此外，在卷十一激战正酣之时，只有厄里斯在场观赏战局；所有其他诸神都在奥林波斯山上，闲适自在地待在他们美好的家中。

οἳ δὲ λύκοι ὣς
θῦνον·Ἔρις δ᾽ ἄρα χαῖρε πολύστονος εἰσορόωσα·
οἴη γάρ ῥα θεῶν παρετύγχανε μαρναμένοισιν,
οἳ δ᾽ ἄλλοι οὔ σφιν πάρεσαν θεοί, ἀλλὰ ἕκηλοι
σφοῖσιν ἐνὶ μεγάροισι καθήατο, ἧχι ἑκάστῳ
δώματα καλὰ τέτυκτο κατὰ πτύχας Οὐλύμποιο. (11.72)

“双方如狼群般激战；残酷的不和之神在旁观望，心满意足。天神中只有她出现在厮杀现场；别的不朽神明都不在那里，而是静坐在自己家中，他们在奥林波斯山的山谷中各自建造了一处精美的居所。”还有些时候，神明们一齐离开，去享受埃塞俄比亚人的款待，而没有他们，整个世界也得继续运转。

---

[55] 比较上文第 131 页，以及 H. Fränkel, *Dichtung und Philosophie*, 61。

于是，从全知的神明旁观者，我们又谈到了*不在*旁观的神明，而神明的不旁观，则更为决定性地界定了凡人的位置。除了观望凡人，乃至大英雄的挣扎，神明们似乎还有别的事情可做；而当他们想要观望凡人的时候，则会满怀热情地投身其间，以至于《奥德赛》中的涅斯托尔说，从未见到神明们像雅典娜在特洛伊襄助奥德修斯那样，明显地“关爱”凡人。[56] 神明参与人类的生活，钟爱凡人，怜悯凡人；他们喜爱凡人上演的剧目，也能随心所欲地调转视线。这里并没有自相矛盾之处，同样，我们也得接受，在荷马中，从头到尾，神明的各个方面虽看似互不相关、无可调和，其实都是不可分割的。对我们来说，很难想见，那位颔首震动奥林波斯山、高踞巅峰的可怕宙斯，与那个统领一群欢快神明的惧内的家伙，竟是同一个人。但对荷马来说，他正是二者的统一。[57]

忒提斯发现宙斯远离众神，独自坐在奥林波斯山顶，身形威 199
严；面对她的恳求，宙斯答道，他担心自己不免要跟夫人起冲突，只希望她不会注意到眼下发生的事情——这答复令人失望，幸好他继之以颔首：这骇人的点头，标志着他对忒提斯的承诺无可更改。据传，正是这一场景为菲迪亚斯的奥林波斯宙斯像提供了灵感，那是希腊人刻画神明的最伟大的作品。当他回到其他神明那

[56] iii.221。《伊利亚特》通过人类旁观者的在场与缺席，产生了鲜明的艺术效果；毫无疑问，这不是偶然的。海伦被带去旁观帕里斯和墨涅拉奥斯之间的决斗；帕特罗克洛斯无法容忍自己旁观阿开亚人的灾难；普里阿摩斯和赫库芭目睹了赫克托耳之死——而安德洛玛刻更为可悲，因为她对此一无所知。别的阿开亚人则想象阿喀琉斯在满意地旁观他们的苦难，14.140。

[57] 比较 H. Schrade, *Götter und Menschen Homers*, 70。G. M. Calhoun 说，荷马诸神令人困惑之处，在于他们“普罗透斯般的多变特性”，那种“崇高与低俗的奇异混合”，参见 *TAPA* 68 (1937), 11；在他看来，要解决这个难题，一方面要辨别出原始的旧神话，另一方面要分清诗人的先进观念。这种办法不仅注定要失败，而且有着深刻的谬误；荷马之诸神之所以是现在的样子，正因为他们两个方面共存。并不是每个复合体都适合被分解成单纯的成分——哪怕我们可以认同这样做的手段。

里时，他们都起身迎接他；然而，正如他所预料的，他与赫拉立刻爆发了口角，宙斯威胁要动用武力，天界最后恢复和谐，全靠赫菲斯托斯巧妙地赞美父亲勇力无敌，又恳求他们不要为凡人而争吵，因为这会破坏宴饮的欢乐，“让坏事情占了上风”。赫拉露出微笑，其他神明看到赫菲斯托斯四处奔走，忙起伽尼墨德和赫柏的差事，也都开怀大笑。[58] 这番直白的概述，在一定程度上说明，要把《伊利亚特》中关于神明“崇高”和“低俗”的观念分开，或者把严肃的和轻浮的观念分开，是完全不可能的。人类有足够的重要性，让宙斯因他们的争执而起冲突；同时，他们又不够引起神明的严肃关注，神明们用在凡人身上的言语，正是那群傲慢的求婚人，在乞丐的争吵搅扰了他们的豪宴时所说的。[59] 神明们从庄严到轻浮的转变，突然得简直超乎想象；这两方面，哪一个也不比另一个更真实、更不可或缺，但没有另一方面，哪一个都不能成立。莱因哈特为《伊利亚特》的众神创造了一个短语，“崇高的轻浮”，ein erhabener Unernst，他无疑是正确的。[60]

《伊利亚特》的其他部分表明，与神明们最屈辱、最丢脸的时刻紧密相连的，往往是他们对自己力量和荣耀最为得意的时刻。在卷五，作为凡人的狄奥墨得斯攻击并打伤了两位神明，在这些令人吃惊的场景中，我们从阿波罗口中听到了一番最令人难忘的
200 话，明确了神明和凡人之间不可逾越的鸿沟：“仔细想想，提丢斯之子，歇手了吧；别指望你的精神能与神明匹敌。不死的神明和地上行走的凡人从来就不相同。”同样是阿波罗，在卷二十一拒绝

[58] 1.498–600.

[59] xviii.404.

[60] K. Reinhardt, *Das Parisurteil*, 25.

参与神明之间的有损尊严的争斗，他如此回应波塞冬的挑战：[61]“地震之神，如果我为了那些可怜的凡人跟你交手，你定会认为我不够明智……”[62]这里是同样冷静而不容置疑的尊严和优越感，置于最有损尊严的场景中；而众神之战开始前的数行诗，则因其崇高风格而被“朗基努斯”引用（《论崇高》9.6）。卷十四讲述了对宙斯的引诱和愚弄，可我们发现，这对狡猾与轻信的神明的结合，正是令整个自然勃发生机的神圣婚姻；当宙斯醒来后，他重申了自己不可战胜的力量，并且宣布了他对特洛伊战争和特洛伊最终沦陷的整盘筹划——这也是诗中篇幅最长、最为明确的一次。[63]宙斯羞辱自己的儿子阿瑞斯，说他是奥林波斯山上最可恨的神明，要不是一家骨肉，早就要他堕落到比塔尔塔罗斯更低的位置了（5.889–898）；可紧接着这段话，阿瑞斯的伤口被治好，他洗过澡，穿上精美的衣裳：“又荣光得意地坐到宙斯身边去了。”同样，在《奥德赛》中，阿瑞斯和阿芙洛狄忒被赫菲斯托斯当众羞辱，遭到众神的嘲笑，可是，阿芙洛狄忒接着就前往帕福斯，在那里她尽显女神的全部荣光：

ἡ δ᾽ ἄρα Κύπρον ἵκανε φιλομμειδὴς Ἀφροδίτη,
ἐς Πάφον, ἔνθα τέ οἱ τέμενος βωμός τε θυήεις.

---

[61] 5.440; 21.46。关于这里的阿波罗，参见 W. F. Otto, *The Homeric Gods*, 66–67。

[62] “为了凡人”，βροτῶν ἕνεκα，比较 1.574，ἕνεκα θνητῶν, 8.428。

[63] 14.346–361；15.33；104–109；15.56–71。近东有关神明间爱恋与引诱的描写，特点非常不同。在有关 Hebamma 的赫梯神话中，伊丝塔裸体现身，以引诱巨人，见 *Studien zu den Bogazköy-Texten*, 14 (1971), 55 ff.。乌加里特神话讲到巴尔神与阿娜特的结合，“他抓住并握持着她的子宫”（或者“阴道”；C. H. Gordon, *Ugaritic Literature* [1949], 53），“她抓住并握持着他的睾丸”，*ANET*³, 142。参考这些故事后，《伊利亚特》卷十四值得再读。阿娜特与伊勒神交谈前，也让自己梳妆打扮、遍体生香，但她说给他的只是一系列直白的威胁——要击碎他的头骨、让他的血顺着胡子流淌，等等：*ANET*³，137。

ἔνθα δέ μιν Χάριτες λοῦσαν καὶ χρῖσαν ἐλαίῳ
ἀμβρότῳ, οἷα θεοὺς ἐπενήνοθεν αἰὲν ἐόντας,
ἀμφὶ δὲ εἵματα ἕσσαν ἐπήρατα, θαῦμα ἰδέσθαι (viii.362).

201 “爱欢笑的阿芙洛狄忒前往塞浦路斯，来到帕福斯，那里有她的领地和芳香的祭坛。那里，美惠女神为她沐浴，给她抹上永生天神们常用的神膏，再给她穿上精美的衣服，令她光彩照人。”[64]

神明们总是能够重申他们的神性，展现他们超越凡人的地方，并从苦难与怒火的世界中抽身而去，回归天界的福乐。既然他们在天界不会再真的交战，若不是人类的历史吸引他们的注意，神明们的精力恐怕会没了用武之地。他们的态度可能会给他们带来痛苦，有时候，旁观的他们更像是悲剧而非喜剧的观众，尽管他们当然不会感到恐惧，却也感受着怜悯和悲哀；但他们的关切程度，远不及像普里阿摩斯和阿喀琉斯这样的人类旁观者。作为观者的神明，既抬高人类的行为，也令其显得卑微。它被抬高，是因为神明将它作为热切关注的对象；与此同时，在天界的崇高视角下，人类的行为又显得微不足道。[65]

所有这些与其说是真正的宗教，更像是文学作品——这也许看似是很自然的看法；然而，古代人将荷马看作他们信仰体系的构建者之一。故此，帕斯卡尔这样有着狂热信仰的思想家，用以形容自己宗教的话，可以拿来形容《伊利亚特》中的这个方面——这样做也许并不像乍看上去那么怪异：

---

[64] 参见 W. Burkert, in *Rh. Mus.*103 (1960), 130–144。

[65] “Das tief Ergreifende erscheint, aus dem Abstand des Göttlichen gesehen, auch wieder als gleichgültig［从神明的距离来看，即便深深震动人心的事件，也显得无关紧要］”, Schadewaldt, *Von Homers Welt and Werk*[4], 393.

> 如果让人类过于清楚地认识到他与动物之间有多么大的共性，同时又不让他看到自己的伟大，是很危险的。同样，让他过于清楚地认识到自己的伟大之处，却意识不到自己的卑下，也是危险的。如果让他两者都不明白，那就更危险了。然而，若能让他两方面都意识到，则是大有裨益的。[66]

凡人的卑微和伟大，对《伊利亚特》来说都是至关重要的，史诗在展示这两方面时，给予了同样的力度和强调。诗人可以像帕斯卡尔形容他的作品那样形容自己的史诗：“如果人自鸣得意，我就 202
贬低他；如果他贬低自己，我就抬升他。”帕斯卡尔的意思是，由于原罪和堕落，人类就像动物一样，而荷马的意思是，人类就像树叶，因为他们无足轻重，缺乏神性；淡化他们二者之间的区别是轻率的。但我认为，二者的对比有助于说明，与《伊利亚特》中的描写一致的，是这样一种看待世界和人类生活的观念，它既有悲剧性，又有真正的宗教性。史诗如果不是建立在这样一种既普遍又严肃的观念上，就很难成为它现在这样伟大而深刻的作品。

诸神（特别是宙斯）观察人类的举动，是一个自然而普遍的观念。然而，诸神对人类的行动进行思考，将其看作一个不断变幻且很有意思的场景，这就不是普遍且自然的了；这种场景在文学层面上对史诗大有助益，而神明则不得不为此付出某种代价。有时，神明们“旁观”不义和苦难，正是在他们要成为被指责对

---

[66] Blaise Pascal, *Pensées*, ed. Pléiade, 1170: “Il est dangereux de trop faire voir à l’homme combien il est égal aux bêtes, sans lui montrer sa grandeur. Il est encore dangereux de lui trop faire voir sa grandeur sans sa bassesse. Il est encore plus dangereux de lui hisser ignorer l’un et l’autre. Mais il est très avantageux de lui représenter l’un et l’autre.” 英译者 M. Turnell（1962）。下一页引述的句子：“Si l’homme se vante, je l’abaisse; s’il s’abaisse, je le vante.”

象的时刻，荷马中就已有这样的段落；不过那又是另一回事了。这里所要讨论的是那种因为《伊利亚特》中的概念才可能产生的效果。它们有时候是戏剧化的，有时则细微而不明显，对整部史诗来说却非常重要。

我们已经讨论过《伊利亚特》卷十三的开头，宙斯移开他明亮的双眸，将凡人留在那里经受无尽的苦难。同样，有一个类似的段落对比了宙斯和波塞冬对交战双方的偏袒，由于未作强调，效果反而更强烈：

> τὼ δ᾽ ἀμφὶς φρονέοντε δύω Κρόνου υἷε κραταιὼ
> ἀνδράσιν ἡρώεσσιν ἐτεύχετον ἄλγεα λυγρά. (13.345)

“克罗诺斯的两个强大的儿子，意见相左，就这样给英勇的将士筹划痛苦和灾难。”

卷十一中，宙斯“使战线保持均衡，他从艾达山顶俯瞰战场，而双方互相杀戮”（11.336）。阿波罗毁坏阿开亚人建造的壁垒，就像一个孩子毁掉一座沙堡：

> ὥς ῥα σὺ, ἤιε Φοῖβε, πολὺν κάματον καὶ ὀιζὺν
> σύγχεας Ἀργείων... (15.365)[67]

203 “福波斯，你也这样毁掉了阿尔戈斯人曾花费的辛劳和汗水……”
同样，宙斯自己独坐，无视其他神明的敌意，

---

[67] 比较 12.29，神明们最终完全毁掉了壁垒，τὰ θέσαν μογέοντες Ἀχαιοί，“那是阿开亚人辛辛苦苦砌起来的”。

εἰσορόων Τρώων τε πόλιν καὶ νῆας Ἀχαιῶν
χαλκοῦ τε στεροπήν, ὀλλυντάς τ᾽ ὀλλυμένους τε. (11.82)

“凝视着特洛伊城和阿开亚人的船只，以及青铜的闪光，杀人的人和被杀的人。”这些细节充分表现了凡人和神明在行为和苦难上的复杂性：神明们有着无限的优越性，他们的干涉会对凡人产生可怕的影响。对于凡人来说，是苦难、辛劳和死亡；对神明们来说，则是平静的观望和轻而易举的行动。这一点也已体现在那些描述“神样的”凡人和真正神明之区别的段落中。[68]

这些段落的力量，来自旁观之诸神的存在。神明们在旁观，他们用明亮的目光，以某种独特的方式，来看待人类的成就和苦难。我们得以分享他们的视角，像他们那样看待凡人的生命，看到它伟大和渺小的两个方面。神明们本身尤其通过观者的角色获得了自己复杂的本质：既是崇高的天界证人与法官，同时也是十分人性化的观众和派系。从真实、朴素的宗教观念，发展出了复杂的文学手法，这对于其后的古代文学和古代宗教来说意义重大。

他们是一直在场的观众，有时平静深思，有时则情绪激烈：这种有关神明的观念其实是很难维持的。在《伊利亚特》之外，如果旁观的神明没有为正义而进行干预，他要么会因不道德而遭到批评，要么就成了伊壁鸠鲁式的无为，完全从人类生活中脱离出来。在《奥德赛》中，神明们已经可以兼具这两种倾向。总的说来，他们探查人类的恶行与正义（xvii.487），乔装改扮，行走在凡人中间，无疑体现了道德观念；或者像德摩多科斯那首颇具

---

[68] 见上文第 83 页及以下。

讽刺意味的歌谣所描述的那样，旁观不道德的场景，并哄然大笑（viii.321 ff.），赫尔墨斯甚至说，他很愿意跟金色的阿芙洛狄忒同
204 眠，“哪怕所有的男女诸神都在旁边看着”。但在《伊利亚特》中，
这种手法也像我们已经讨论过的许多其他手法一样复杂，它被用来展现并凸显人类生与死的本质和意义。

参考书目

Abert, H., *Mozart*, 2 vols., Leipzig, 1919–21.

Ahrens, H. L., '*Pa. Ein Beitrag zur griechischen Etymologie und Lexikographie*, Hanover, 1873.

Ameis, K. F., and Hentze, C., *Anhang zu Homers Ilias*, Leipzig, 1882.

Ancient Near Eastern Texts related to the Old Testament, ed. J. R. Pritchard, Princeton, 3rd edn., 1969.

Astour, M. C., 'Ugarit and the Aegean', *AOAT* 22 = *Essays C. H. Gordon* (1973), 17–27.

Auerbach, E., *Mimesis*, trans. W. R. Trask, Princeton, 1953.

Austin, N., 'The Function of Digressions in the Iliad', *GRBSt*.7 (1966), 295–312.

Bachmann, W., *Die aesthetischen Anschauungen Aristarchs*, Diss. Nürnberg, 1901.

Bassett, S. E., 'The Pursuit of Hector', *TAPA* 61 (1930) 130–149.

Bassett, S. E., *The Poetry of Homer*, Berkeley, 1938.

Battle of Maldon, The, in *Anglo-Saxon Poetry*, trans. R. K. Gordon, London, 1926, 329–334.

Beck, G., 'Beobachtungen zur Kirke-Episode', *Philologus* 109 (1965), 1–30.

Beowulf, A translation into modern English Prose, by J. R. Clark Hall, rev. edn., London, 1940.

Bespaloff, R., *On the Iliad*, trans. M. McCarthy, New York, 1947.

Bethe, E., *Thebanische Heldenlieder*, Leipzig, 1891.

Bethe, E., *Homer*, I, Leipzig, 1914.

Beye, C. R., *The Iliad, the Odyssey, and the Epic Tradition*, London, 1966.

Bonner, Campbell, 'The κεστὸς ἱμάς and the Saltire of Aphrodite', *AJP* 70 (1949), 1–6.

Bowra, C. M., *Tradition and Design in the Iliad*, Oxford, 1930.

Bremer, D., *Licht und Dunkel in der frühgriechischen Dichtung*, Bonn, 1976.

Bricriu's Feast, ed. G. Henderson, *Irish Text Society*, 2 (1899).

Bruck, E. F., *Totenteil und Seelgerät im griechischen Recht*, Munich, 1926.

Buffière, F., *Les Mythes d'Homère et la pensée grecque*, Paris, 1956.

Burkert, W., 'Das Lied von Ares und Aphrodite', *Rh. Mus.*103 (1960), 130–144.

—— '*Γόης*. Zum griechischen Schamanismus', *Rh. Mus.*105 (1962), 36–55.

—— *Homo Necans*, Berlin, 1972.

— 'Von Amenophis II zur Bogenprobe des Odysseus', *Grazer Beiträge*, 1 (1973), 69–78.

—— 'Rešep-Figuren', ibid., 4 (1976), 51–80.

—— *Die griechische Religion der archaischen und klassischen Epoche*, Stuttgart, 1977.

—— 'Das hunderttorige Theben und die Datierung der Ilias', *WS* 10 (1978), 5–21.

Caithe Maige Turedh, ed. W. Stokes, in *Revue Celtique* 12 (1891).

Cambridge History of the Bible, I, ed. P. R. Ackroyd and C. F. Evans, Cambridge, 1970.

Campanile, E., 'Indo-European Metaphors and non-Indo-European Metaphors', *Indo-European* Studies 2 (1974), 247–258.

Cauer, F., 'Homer als Charakteristiker', *NJbb.* (1900), 597–610.

Cauer, F., *Grundfragen der Homerkritik*, 3rd edn., Leipzig, 1923.

Cid, Song of My, trans. W. S. Merwin, London, 1969.

Clarke, W. M., 'Achilles and Patroclus in Love', *Hermes* 106 (1978), 381–395.

Codino, F., *Introduzione a Omero*, Rome, 1965.

Deichgräber, K., *Der listensinnende Trug des Gottes*, Göttingen, 1952.

——'Der letzte Gesang der Ilias', *SB Mainz*, 1972.

Dihle, A., *Homerprobleme*, Opladen, 1970.

Dirlmeier, F., 'Θεοφιλία und φιλοθεία', *Philologus* 90 (1935), 57–77, 176–193.

——'Apollon, Gott und Erzieher des hellenischen Adels', *ARW* 37 (1939), 277–299.

——'Die Vogelgestalt homerischer Götter', *SB Heidelberg*, 1967.

——'Die schreckliche Calypso', *Festschrift R. Sühnel*, 1967, 20–26.

——'Das serbokroatische Heldenlied und Homer', *SB Heidelberg*, 1971.

Drerup, E., *Das Homerproblem*, Würzburg, 1921.

Edda: L. M. Hollander, *The Poetic Edda*, 2nd edn., Austin, 1962.

Edwards, W. M., 'Some Features of Homeric Craftsmanship', *TAPA* 97 (1966), 115–179.

Elliger, W., *Die Darstellung der Landschaft in der griechischen Dichtung*, Berlin, 1975.

Erbse, H., 'Betrachtungen über das 5. Buch der Ilias', *Rh.M.*104 (1961), 156–189.

—— 'Zeus und Hera auf dem Idagebirge', *Antike und Abendland* 16 (1970), 93–112.

——*Beiträge zum Verständnis der Odyssee*, Berlin, 1972.

——'Ettore nell' Iliade', *Studi classici e orientali* 28 (1978), 13–34.

Faust, M., 'Die künstlerische Verwendung von κύων "Hund" in den homerischen Epen', *Glotta* 48 (1970), 9–31.

Fenik, B. C., *Typical Battle Scenes in the Iliad*, 1968 = *Hermes*, Einzelschriften, 21.

——*Studies in the Odyssey*, 1974, = *Hermes*, Einzelschriften, 30.

——ed., *Homer, Tradition and Invention*, Leiden, 1978.

Fianagecht, ed. K. Meyer, *Royal Irish Academy*, Todd Lecture Series, Vol. XVI, 1910.

Finnegan, R., *Oral Poetry*, Cambridge, 1977.

Finley, Sir Moses, *The World of Odysseus*, London, 1956.

Finsler, G., *Homer*, 3rd edn., Leipzig 1924.

Fränkel, *Die homerischen Gleichnisse*, Göttingen 1921.

——*Dichtung und Philosophie des frühen Griechentums*, New York, 1951.

——*Wege und Formen frühgriechischen Denkens*, 2nd edn., Munich, 1970.

Franz, M.-L. von, *Die aesthetischen Anschauungen der Iliasscholien*, Diss. Zurich, 1943.

Friedländer, P., *Studien zur antiken Literatur und Kunst*, Berlin, 1969.

Friedrich, R., *Stilwandel im homerischen Epos*, Heidelberg, 1975.

Friedrich, W. H., *Verwundung und Tod in der Ilias*, Göttingen, 1956.

Gernet, L., *Anthropologie de la Grèce antique*, Paris, 1968.

Gordon, C. H. *Ugaritic Literature*, Rome, 1949.

——Ugaritic Textbook, Rome, 1965.

——'Homer and Bible', *Hebrew Union College Annual*, 26 (1955), 43–108.

Görgemanns, H., and Schmidt, E. A., *Studien zum antiken Epos*, Meisenheim, 1976.

Gould, J., 'Hiketeia', *JHS* 93 (1973), 74–103.

Griffin, J., 'Homeric Pathos and Objectivity', *CQ* 26 (1976), 161–185.

——'The Epic Cycle and the Uniqueness of Homer', *JHS* 97 (1977), 39–53.

——'The divine Audience and the Religion of the Iliad', *CQ* 28 (1978), 1–22.

Gundert, H., 'Charakter und Schicksal homerischer Helden', *NJbb.* (1940), 225–237.

Hainsworth, J. B., 'The Criticism of an oral Homer', *JHS* 90 (1970), 90–98.

Harder, R., *Kleine Schriften*, Munich, 1960.

Ḫedammu, myth of, J. Siegelova, *Studien zu den Boğazköy-Texten* 14 (1971), 35–84.

Heinze, R., 'Von altgriechischen Kriegergräbern', *NJbb.*18 (1915), 1–7, reprinted in: *Das Epigramm*, ed. G. Pfohl, 1969.

Herter, H., 'Der weinende Astyanax', *Grazer Beiträge*, 1 (1973), 157–164.

Heubeck, A., *Die homerische Frage*, Darmstadt, 1974.

Hirzel, R., *Der Eid*, Leipzig, 1902.

Hölscher, U., *Untersuchungen zur Form der Odyssee*, 1939 = *Hermes*, Einzelschriften, 6.

——'Das Schweigen der Arete', *Hermes* 88 (1960), 257–265.

——'Penelope vor den Freiern', *Festschrift R. Sühnel*, 1967, 27–33.

Huizinga, J., *Homo Ludens*, Eng. trans., London, 1949.

Jachmann, G., *Homerische Einzellieder*, Cologne, 1949.

——*Der homerische Schiffskatalog und die Ilias*, Cologne, 1958.

Jacoby, F., *Kleine philologische Schriften*, 2 vols., Berlin, 1961.

Jaeger, W., *Paideia*, trans. G. Highet, 3 vols., Oxford, 1945.

Kakridis, J. T., *Homeric Researches*, Lund, 1949.

——'Dichterische Gestalten und wirkliche Menschen bei Homer', Festschrift W. Schadewaldt (1970), 51–64.

——*Homer Revisited*, Lund, 1971.

——'Neugriechische Scholien zu Homer', *Gymnasium* 78 (1971), 505–524.

——'Poseidons Wunderfahrt', *WS Beiheft* 5 (1972) = *Festschrift W. Kraus*, 188–197.

Kakridis, P. J., 'Achilles' Rüstung', *Hermes* 89 (1961), 288–297.

Kirchhoff, A., *Die homerische Odyssee*, 2nd edn., Berlin, 1879.

Kirk, G. S., *The Songs of Homer*, Cambridge, 1962.

——ed., *Language and Background of Homer*, Cambridge, 1964.

——*Myth, its Meaning and Functions*, Berkeley, 1970.

——*The Nature of Greek Myths*, Harmondsworth, 1974.

——*Kirk, G. S., Homer and the Oral Tradition*, Cambridge, 1978.

Klingner, F., *Studien zur griechischen und römischen Literatur*, Zurich, 1964.

Knott, E., and Murphy, G., *Early Irish Literature*, London, 1967.

Köhnken, A., 'Die Narbe des Odysseus', *Antike und Abendland* 22 (1976), 101–114.

Krischer, T., *Formale Konventionen der homerischen Epik=Zetemata* 56, Munich, 1971.

Kullmann, W., *Das Wirken der Götter in der Ilias*, Berlin, 1956.

Latte, K., *Kleine Schriften*, Munich, 1968.

Lesky, A., *Gesammelte Schriften*, Bern, 1966.

——*Homeros*, RE Supplement XI, 1967.

Lewis, D. M., *Sparta and Persia*, Leiden, 1977.

Lloyd–Jones, H., *The Justice of Zeus*, Berkeley, 1971.

Lohmann, D., *Die Komposition der Reden in der Ilias*, Berlin, 1970.

Luckenbill, D. D., *Ancient Records of Assyria and Babylonia*, 2 vols., Chicago, 1926–7.

Magnien, V., 'La discrétion homérique', *REG* 37 (1924), 147–63.

Maniet, A., 'Pseudo-interpolations et scène de ménage dans l'Odyssée', *Ant. Class.*10 (1947), 37–46.

Marg, W., 'Kampf und Tod in der Ilias', *Die Antike* 18 (1942): revised, *Würzburger Jahrbücher* 2 (1976), 7–19.

——'Das erste Lied des Demodokos', *Navicula Chiloniensis*, 1956, 16–29.

——*Homer über die Dichtung*, 2nd edn., Münster 1971.

——'Zur Eigenart der Odyssee', *Antike und Abendland* 18 (1973), 1–14.

Meister, K., *Die homerische Kunstsprache*, Leipzig, 1921.

Michel, C., *Erläuterungen zum N der Ilias*, Diss. Heidelberg, 1971.

Moulton, C., *Similes in the Homeric Poems = Hypomnemata* 49, Göttingen, 1977.

Mühlestein, H., 'Jung Nestor jung David', *Antike und Abendland* 17 (1971), 173–190.

Mühll, P. Von der, *Kritisches Hypomnema zur Ilias*, Basel, 1952.

Muhly, J. D., 'Homer and the Phoenicians', *Berytos* 19 (1970), 19–64.

Murray, G., *The Rise of the Greek Epic*, 3rd edn., Oxford, 1924.

Nägelsbach, C. F. von, *Homerische Theologie*, 2nd edn., Nuremberg, 1861.

Nagler, M. N., *Spontaneity and Tradition*, Berkeley, 1974.

Neumann, G., *Gesten und Gebärden in der griechischen Kunst*, Berlin, 1965.

Nibelungenlied, Penguin translation by A. T. Hatto, 1965.

Nilsson, M. P., *The Mycenaean Origins of Greek Mythology*, Berkeley, 1932.

Njal, Saga of, Penguin translation by M. Magnusson and H. Pálsson, 1960.

Norden, E., *Kleine Schriften*, Berlin, 1966.

Notopoulos, J. A., 'Parataxis in Homer: a new Approach to Homeric literary Criticism', *TAPA* 80 (1949), 1–23.

Otto, W. F., *The Homeric Gods*, trans. M. Hadas, London, 1954.

Page, D. L., *The Homeric Odyssey*, Oxford, 1955.

——*History and the Homeric Iliad*, Berkeley, 1959.

Parry, A., 'The Language of Achilles', *TAPA* 87 (1956), 1–7, reprinted in *The Language and Background of Homer*, ed. G. S. Kirk, 1964.

——'Have we Homer's Iliad?', *YCS* 20 (1966), 175–216.

——'Parry, A., "'Language and Characterization in Homer', *HSCP* 76 (1972), 1–22.

Parry, A. A., 'Blameless Aegisthus' = *Mnemosyne*, Suppl.26, Leiden, 1973.

Parry, M., *The Making of Homeric Verse*, ed. A. Parry, Oxford, 1971.

Patzer, H., 'Dichterische Kunst und poetisches Handwerk im homerischen Epos', *SB Frankfurt*, 1971.

Peek, W., ed., *Griechische Vers-Inschriften I: Grabepigramme*, Berlin, 1955.

Petersmann, G., 'Die monologische Totenklage der Ilias', *Rh. Mus.*116 (1973), 3–16.

——'Die Entscheidungsmonologe', *Grazer Beiträge* 2 (1974), 147–169.

Pfeiffer, R., *Ausgewählte Schriften*, Munich, 1960.

——*History of Classical Scholarship* I, Oxford, 1968.

Redfield, J. M., *Nature and Culture in the Iliad*, Chicago, 1975.

Reeve, M. D., 'The Language of Achilles', *CQ* 23 (1973), 193–195.

Reinhardt, K., *Das Parisurteil*, Frankfurt, 1938.

——*Tradition und Geist*, Göttingen, 1960.

——*Die Ilias und ihr Dichter*, ed. U. Hölscher, Göttingen, 1961.

Robertson, D. S., 'The Food of Achilles', *CR* 54 (1940), 177–180.

Roemer, A., *Homerische Aufsätze*, Leipzig, 1914.

Rohde, E., *Psyche*, trans. Hillis, London, 1925.

Samter, E., *Homer = Volkskunde im altsprachlichen Unterricht*, I, Berlin, 1923.

Schadewaldt, W., *Ilias-studien*, Leipzig, 1938.

——*Von Homers Welt und Werk*, 4th edn., Leipzig, 1965.

Scheliha, R. von, *Patroklos*, Bern, 1943.

Schmiel, R., 'Telemachus in Sparta', *TAPA* 103 (1972), 463–472.

Schmitt, R., *Dichtung und Dichtersprache in indogermanischer Zeit*, Wiesbaden, 1967.

——ed., *Indogermanische Dichtersprache*, Darmstadt, 1968.

Schrade, H., *Der verborgene Gott*, Stuttgart, 1949.

——*Götter und Menschen Homers*, Stuttgart, 1952.

Schwabl, H., 'Zur Selbständigkeit des Menschen bei Homer', *WS* 67 (1954), 45–64.

Scott, J. A., *The Unity of Homer*, Berkeley, 1921.

Segal, C., 'The Theme of the Mutilation of the Corpse in the Iliad' = *Mnemosyne*, Suppl.17, Leiden, 1971.

Severyns, A., *Le Cycle épique dans l'école d'Aristarque*, Liège, 1928.

Shannon, R. S., 'The Arms of Achilles and Homeric Compositional Technique' = *Mnemosyne*, Suppl.36, Leiden, 1975.

Silva Gadelica, trans. S. H. O'Grady, 2 vols., London, 1892.

Sittl, C., *Die Gebärden der Griechen und Römer*, Leipzig, 1892.

Smick, E. B., 'The Jordan of Jericho', *AOAT* 22 (1973) = *Essays C. H. Gordon*, 177–80.

Snell, B., *The Discovery of the Mind*, trans. Rosenmeyer, Berkeley, 1953.

Snodgrass, A. M., *The Dark Age of Greece*, Edinburgh, 1971.

Solmsen, F., *Kleine Schriften*, 2 vols., Hildesheim, 1968.

Spieker, R., 'Die Beschreibung des Olympus', *Hermes* 97 (1969), 136–161.

Spiess, H., *Menschenart und Heldentum in Homers Ilias*, Paderborn, 1913.

Starr, C. G., *The Origins of Greek Civilization*, New York, 1961.

Stella, L. A., *Tradizione micenea e poesia dell' Iliade*, Roma, 1978.

Stinton, T. C. W., *Euripides and the Judgement of Paris*, London, 1965.

Strasburger, G., *Die kleinen Kämpfer der Ilias*, Diss. Frankfurt, 1954.

Strasburger, H., 'Homer und die Geschichtsschreibung', *SB Heidelberg*, 1972.

Táin Bó Cuailnge, Translated as *The Tain* by T. Kinsella, Oxford, 1969.

Thackeray, W. M., *The Letters and Private Papers of W. M. T.*, ed. G. N. Ray , London,

1945.

Theiler, W., *Untersuchungen zur antiken Literatur*, Berlin, 1970.

Trumpf, J., *Studien zur griechischen Lyrik*, Diss. Cologne, 1958.

Trypanis, C. A., *The Homeric Epics*, Warminster, 1977.

Tsagarakis, O., *The Nature and Background of Major Concepts of Divine Power in Homer*, Amsterdam, 1977.

Usener, H., *Kleine Schriften*, 4 vols., Leipzig, 1912–13.

Valk, M. H. A. L. H. van der, *Textual Criticism of the Odyssey*, Leiden, 1949.

Varley, H. P., I. and N. Morris, *The Samurai*, London, 1970.

Vidal-Naquet, P., 'Temps des dieux et temps des hommes', *Revue de l'histoire des religions* 157 (1960), 60–75.

Vivante, P., *The Homeric Imagination*, Indiana, 1970.

Völsunga Saga, ed. and trans. R. G. Finch, London, 1956.

Waele, F. J. M. de, *The Magic Staff or Rod*, Nijmegen, 1927.

Walcot, P., *Hesiod and the Near East*, Cardiff, 1966.

Webster, T. B. L., *From Mycenae to Homer*, 2nd edn., London, 1964.

Weil, S., *The Iliad: or, The Poem of Force*, trans. M. McCarthy, New York, n.d.

Whitman, C. H., *Homer and the Heroic Tradition*, Harvard, 1958.

Widsith, in *Anglo-Saxon Poetry*, trans. R. K. Gordon, London, 1926, 67–70.

Wilamowitz-Moellendorff, U. von, *Homerische Untersuchungen*, Berlin, 1884.

——*Die Ilias und Homer*, Berlin, 1920.

——*Der Glaube der Hellenen*, 2nd edn., Basel, 1955.

——*Kleine Schriften*, IV, Berlin, 1962.

——*Kleine Schriften*, V.2, Berlin, 1937.

Willcock, M. M., 'Mythological Paradeigma in the Iliad', *CQ* 14 (1964), 141–154.

——'Some Aspects of the Gods in the Iliad', *BICS* 17 (1970), 1–10.

综合索引

（本索引中的页码为原书页码，即本书边码）

荷马作品索引

（本索引中的页码为原书页码，即本书边码）

译名对照表

A

阿伯道尔（Aberdour）

阿达德（Adad）

阿道夫・基希霍夫（Adolf Kirchhoff）

阿德拉斯托斯（Adrestus）

阿多尼斯（Adonis）

阿耳戈船英雄（Argonaut）

阿尔戈斯（Argos）

阿尔戈斯（Argus）

阿尔戈斯人（Argives）

阿尔卡托奥斯（Alcathous）

阿尔克洛科斯（Archelochus）

阿尔喀诺俄斯（Alcinous）

阿尔尼阿达斯（Arniadas）

阿尔斯特故事（Ulster Cycle）

阿尔泰娅（Althea）

阿尔忒弥斯（Artemis）

阿芙洛狄忒（Aphrodite）

《阿芙洛狄忒颂歌》（*Homeric Hymn to Aphrodite*）

阿格哈特（Aqhat）

阿革诺尔（Agenor）

阿伽门农（Agamemnon）

阿开亚人（Achaeans）

阿喀琉斯（Achilles）

阿拉斯托尔（Alastor）

阿拉修斯（Arathus）

阿里斯塔克斯（Aristarchus）

阿玛宗人（Amazoms）

阿蒙霍特普二世（Amenhotep II）

阿蒙–拉神（Amon-Re）

阿娜特（Anath）

阿瑞斯（Ares）

阿瑞忒（Arete）

阿萨尔哈东（Esarhaddon）

阿舒尔（Assur, Ashur）

阿舒尔纳西尔帕（Assur-Nâsir-Pal）

阿斯塔尔特（Astarte）

阿斯特罗帕奥斯（Asteropaeus）

阿斯蒂阿纳克斯（Astyanax）

阿斯塔罗特（Ashtoreth）

阿忒纳乌斯（Athenaeus）

阿特柔斯（Atreus）
阿提卡（Attic）
阿维斯陀（Avesta）
阿西奥斯（Asius）
埃阿斯（Ajax）
埃俄罗斯（Aeolus）
埃策尔（Etzel）
艾达山（Ida）
埃癸斯托斯（Aegisthus）
埃迦伊（Aegae）
埃列什吉伽尔（Ereshkigal）
埃雷特里亚（Eretria）
爱米莉亚（Amelia）
埃尼奥（Enyo）
埃涅阿斯（Aeneas）
爱若斯（Eros）
《埃达》（*Eddas*）
埃塞俄比亚人（Aethiopians）
埃斯库罗斯（Aeschylus）
《埃提俄庇斯》（*Aethiopis*）
安德洛玛刻（Andromache）
安菲阿拉俄斯（Amphiaraus）
安菲马科斯（Amphimachus）
安菲诺摩斯（Amphinomus）
安奇塞斯（Anchises）
安菲特里忒（Amphitrite）
安特诺尔（Antenor）
安提戈涅（Antigone）
安提科洛斯（Anticlus）
安提洛科斯（Antilochus）
安提马科斯（Antimachus）
盎格鲁–撒克逊（Anglo-Saxon）
《奥德赛》（*Odyssey*）
奥德修斯（Odysseus）
奥丁（Odin）
奥芬巴赫（Offenbach）
奥利弗・莱恩（Oliver Lyne）
奥林波斯山（Olympus）
奥特伦透斯（Otryntes）
奥托（W. F. Otto）
奥维德（Ovid）
奥伊琉斯（Oileus）

B

巴赛特（S. E. Bassett）
巴尔（Baal）
芭丝特（Bastet）
白岛（White Island）
柏勒洛丰（Bellerophon）
包萨尼亚斯（Pausanias）
《贝奥武甫》（*Beowulf*）
贝菲尔德（Bayfield）
贝利奥尔（Balliol）
贝塔佐尼（R. Pettazzoni）
贝特（E. Bethe）
比埃诺尔（Bianor）
勃艮第人（Burgandians）
博拉（Bowra）
伯罗奔尼撒（Peloponnese）
博洛洛（Bororo）
波吕达马斯（Polydamas）
波吕达姆娜（Polydamna）

波吕丢克斯（Polydeuces）
波吕多罗斯（Polydorus）
波塞冬（Poseidon）
波塞多尼乌斯（Posidonius）
《波斯人》（*Persians*）
布彻（Butcher）
布莱克（Blake）
《布立克立乌的宴席》（*Feis Tige Bricrenn* 或 *Bricriu Feast*）
布里塞伊丝（Briseis）
布瓦洛（Boileau）

C

“程式化用语”理论（formulaic theory）

D

达尔达诺斯（Dardanus）
达纳埃（Danae）
达那奥斯人（Danaans）
大卫（David）
丹尼斯・佩吉（Denys Page）
德摩多科斯（Demodocus）
狄奥克勒斯（Diocles）
得伊福玻斯（Deiphobus）
得伊皮罗斯（Deipyrus）
狄奥尼索斯（Dionysus）
狄多（Dido）
狄俄斯库里（Dioscuri）
狄奥墨得斯（Diomede）
狄俄涅（Dione）
迪尔迈尔（F. Dirlmeier）
迪尔蒙（Dilmen）
堤福俄斯（Typhoeus）
德墨忒尔（Demeter）
多隆（Dolon）
多隆之诗（*Doloneia*）
多洛普斯（Dolops）
《夺牛记》（*The Tain*）

E

俄狄浦斯（Oedipus）
《俄狄浦斯在科罗诺斯》（*Oedipus at Colonus*）
俄耳甫斯（Orpheus）
俄尔科墨诺斯（Orchomenus）
厄尔皮诺（Elpenor）
厄菲阿尔特斯（Ephialtes）
俄刻阿诺斯（Oceanus）
厄俄斯（Eos）
厄里斯（Eris）
俄里翁（Orion）
厄鲁萨利昂（Ereuthalion）
俄纽斯（Oeneus）
厄帕奥斯人（Epeians）
厄帕俄斯（Epeius）
俄瑞斯忒斯（Orestes）
俄斯鲁俄纽斯（Othryoneus）
俄托斯（Otus）
恩奇（Enki）
恩奇都（Enkidu）

F

法夫纳（Fafnir）
费埃克斯（Phaeacia）
菲迪亚斯（Phidias）
费拉克（Phylace）
菲洛克忒忒斯（Philoctetes）
菲弥乌斯（Phemius）
腓尼基人（Phoenicians）
菲尼克斯（Phoenix）
费诺普斯（Phaenops）
斐瑞克洛斯（Phereclus）
芬兰–乌戈尔（Ugro-Finns）
冯德穆（P. Von der Mühll）
福玻斯阿波罗（Phoebus Apollo）
伏尔松格（Volsung）
弗拉西克蕾雅（Phrasiclea）
弗兰克尔（H. Fränkel）
佛瑞尼科斯（Phrynichus）
佛提亚（Phthia）

G

戈尔工（Gorgon）
戈尔工头像（Gorgoneion）
格劳科斯（Glaucus）
歌利亚（Goliath）
格瑞圭亚圭亚图戈（Geriguiaguiatugo）
《工作与时日》（*Works and Days*）
古盖亚（Gygaean）

H

哈得斯（Hades，Aidoneus）
哈尔摩尼德斯（Harmonides）
哈尔帕利昂（Harpalion）
哈根（Hagen）
哈罗德（Harold）
海伦（Helen）
含米特（Hamites）
汉谟拉比（Hammurabi）
赫柏（Hebe）
赫尔墨斯（Hermes）
赫尔摩斯（Hermus）
赫菲斯托斯（Hephaestus）
赫勒诺斯（Helenus）
赫克托耳（Hector）
赫库芭（Hecuba）
赫拉（Hera）
赫拉克勒斯（Heracles）
《赫拉克勒斯之盾》（*Aspis*）
赫勒斯滂托斯（Hellespont）
赫梯（Hittite）
赫西俄德（Hesiod）
胡里安（Hurrian）
胡瓦瓦（Huwawa）

J

吉尔伽美什（Gilgamesh）
《吉尔伽美什史诗》（*Song of Gilgamesh*）
基抹（Chemosh）
基希霍夫（A. Kirchkoff）
吉赛尔海（Giselher）
加里亚（Carian）
伽尼墨德（Ganymede）

《酒神的伴侣》(*Bacchae*)

《旧约相关古代近东文本》(*Ancient Near Eastern Texts related to the Old Testament*)

居鲁士(Cyrus)

克罗诺斯(Cronos)

克洛伊索斯(Croesus)

客迈拉(Chimaera)

克珊托斯(Xanthus)

库丘林(Cúchulainn)

跨行连续(enjambement)

K

卡尔·莱因哈特(Karl Reinhardt)

卡尔克斯(Calchas)

卡拉伊斯(Calais)

卡利科罗涅(Callicolone)

卡吕冬(Calydon)

卡吕普索(Calypso)

卡克里蒂斯(Kakridis)

卡斯托尔(Castor)

凯涅厄斯(Caeneus)

凯斯巴(Cathbad)

克布里奥涅斯(Cebriones)

刻尔克(Circe)

克基拉岛(Corcyra)

克莱奥托斯(Cleoetus)

克瑞乌萨(Creusa)

科克(G. S. Kirk)

科库托斯(Cocytus)

柯勒律治(Coleridge)

克里姆希尔特(Kriemhild)

克吕泰墨涅斯特拉(Clytemnestra)

克隆塔夫(Clontarf)

克律赛(Chryse)

克律塞斯(Chryses)

克律塞伊丝(Chryseis)

L

拉埃尔特斯(Laertes)

拉－哈拉克赫提(Re-Har-Akhti)

拉里萨(Larisa)

拉美西斯二世(Rameses II)

拉蒙伯爵(Count Ramon)

莱斯忒吕戈涅斯人(Laestrygons)

莱因哈特(Reinhardt)

朗格(Lang)

朗基努斯(Longinus)

勒托(Leto)

雷金(Regin)

雷德菲尔德(J. M. Redfield)

理查德·海因茨(Richard Heinze)

里德尔和斯科特词典(Liddell and Scott)

黎凡特(Levant)

里夫(Leaf)

利兰丁战争(the Lelantine War)

利姆诺斯(Lemnos)

列奥尼达(Leonidas)

列维－斯特劳斯(Levi-Strauss)

林叩斯(Lynceus)

龙塞斯瓦列斯(Roncesvalles)

露丝·芬尼根(Ruth Finnegan)

欧吕马科斯（Eurymachus）
欧律皮洛斯（Eurypylus）
欧律托斯（Eurytus）
欧迈奥斯（Eumaeus）

P

帕福斯 (Paphos)
帕里-洛德假说（Parry-Lord hypothesis）
帕斯卡（Pascal）
帕特罗克洛斯（Patroclus）
《帕特里克·斯本士歌谣》(*Ballad of Sir Patrick Spens*)
派安赞歌（Paean）
潘达洛斯（Pandarus）
潘达瑞俄斯（Pandareus）
佩代昂（Pedaeum）
佩利安多洛斯（Periander）
佩里斐特斯（Periphetes）
佩琉斯（Peleus）
佩洛普斯（Pelops）
佩涅勒奥斯（Peneleos）
裴西斯特拉托斯（Pisistratus）
皮克（W. Peek）
皮里佛勒革同（Pyriphlegethon）
皮洛斯（Pylos）
品达（Pindar）
珀耳伽摩斯（Pergamus）
珀尔科忒（Percote）
珀耳塞福涅（Persephone）
佩涅洛佩（Penelope）
珀尔修斯（Perseus）
普拉提亚（Plataea）
普雷斯提阿斯（Pleistias）
普里阿摩斯（Priam）
普里查德（J. R. Pritchard）
普洛克路斯（Proclus）
普罗特西拉奥斯（Protesilaus）
普洛透斯（Proteus）

Q

齐格鲁德（Sigurth）
齐格弗里德（Siegfried）
乔治（George）
《全知的上帝》(*The All-Knowing God*)

R

《日耳曼尼亚志》(*Germania*)

S

萨克雷（W. M. Thackeray）
萨尔贡（Sargon）
萨尔佩冬（Sarpedon）
塞壬（Sirens）
塞斯普罗提亚（Thesprotia）
塞特（Seth）
塞提一世（Seti I）
扫罗（Saul）
色雷斯人（Tracians）
色诺芬尼（Xenophanes）
沙德瓦尔特（Schadewaldt）

X
希波吕托斯（Hippolytus）
希波达墨亚（Hipodameia）
希波托奥斯（Hippothous）
《熙德之歌》（*Poem of the Cid*）
《熙德之歌》（*Song of My Cid*）
西珥（Séir）
西格德（Sigurd）
西格蒙德（Sigmund）
西摩伊斯（Simoeis）
谢里曼（Schliemann）
休·劳埃德-琼斯（Hugh Lloyd-Jones）
许洛斯（Hyllus）
许珀瑞诺耳（Hyperenor）
薛西斯（Xerxes）

Y
亚当·帕里（Adam Parry）
雅典娜（Athena）
雅赫曼（Jachmann）
亚哈（Ahab）
亚历山大·蒲柏（Alexander Pope）
雅姆（Yamm）
《亚瑟王之死》（*Morte Darthur*）
亚述巴尼拔（Assurbanipal）
伊阿宋（Jason）
伊壁鸠鲁（Epicurus）
伊达斯（Idas）
以东（Edom）
伊多墨纽斯（Idomeneus）
伊厄泰翁（Eetion）
伊菲达马斯（Iphidamas）
伊菲革涅亚（Iphigenia）
伊库尔（Ekur）
以拦（Elam）
伊勒（El）
伊利奥纽斯（Ilioneus）
伊利昂（Ilium）
《伊利亚特》（*Iliad*）
伊里斯（Iris）
伊洛斯（Ilus）
伊罗斯（Irus）
伊南娜（Inanna）
伊诺（Ino）
伊萨卡（Ithaca）
伊斯玛鲁斯（Ismarus）
伊丝塔（Ishtar）
伊索（Aesop）
英布里奥斯（Imbrius）
英雄诗系（the Cycle, the Epic Cycle）
尤斯塔修斯（Eustathius）
约拿单（Johnathan）

Z
仄忒斯（Zetes）
札芭芭（Zababa）
《指环王》（*Lord of the Rings*）
宙斯（Zeus）
祖神（Zu）
《桌边杂谈》（*Table Talk*）
最经典章节（*locus classicus*）

重版后记

2010年春，北京大学出版社决定出版一套西方古典与中世纪的丛书，编委之一的高峰枫老师邮件询问我是否有兴趣参与，是否有推荐书目。当时我正在博士论文的最后阶段，考虑之后推荐了尚无中译本的芬利的《奥德修斯的世界》。2012年，我已入职北大英语系教书。芬利著作的版权尚未谈妥，丛书编委便提议我来翻译张巍老师推荐的、格里芬教授关于荷马的著作。因为我也很喜欢这本书，便愉快地答应下来。正式的翻译工作是从2013年春天开始的。坦白说，那是我第一次翻译学术著作，学力不足且经验全无。自己阅读时平易好懂的英文，提笔中译时忽然显得困难重重。我不得不拿出许多耐心和谨慎，并多次求助于师友（见“译者说明”），才勉强完成这份工作。

现在想来，还有两件事值得一提。其一，我的博士导师听说我接受这份工作后很不认可，认为我应该尽快将博士论文改写出版，或者多写写论文，而不是将大把时间花在翻译。不过，那时候我所处的小环境并不以生产论文和学术著作为要务，同事们往往把跟多时间投入教学和阅读；所以，此书是在相对轻松，甚至今天看来可谓“懒散”的氛围下译完的。又因作品中有大量对荷马史诗的文本细读，翻译的过程对我来说可算是愉悦的享受。其二，当时外院教师还没有办公室，我的宿舍也不适合工作，而我去图书馆和教学楼自习时又常懒于背上并不轻薄的笔记本电脑。于是，当时的我做了一个今天看来不可思议的决定：手写译稿。在一年左右的时间里，我断断续续译完此书，稿纸堆了厚厚一摞。2014 年春，我开始将手写稿敲进电脑；但本来简单的录入工作很快变成了重译，因为我发现初稿中有太多不通顺、不准确的地方。可以说，手写初稿再录入电子版的过程，虽笨拙且缺乏效率，却也让我更缓慢、更仔细地推敲了译文。经过一个学期左右的校对、重译，又经过出版流程中的修改，才有了 2015 年底出版时的面貌。

尽管如此，《荷马史诗中的生与死》初版时仍有许多翻译和编校的错误，拿到新书后，我几乎马上开始（惭愧地）列勘误表了。在接下来的数年中，许多读者朋友也持续而敏锐地指出许多错误。我要感谢第一时间帮我“捉虫”的王班班、王晨、柳博赟、张泽懿，以及许多我不知道名字的豆瓣网友。特别要感谢的是豆友马群老师，他对照原书，为第一版做了极为详尽的校对和勘误，帮助我完成了最后一轮修订。2022 年，上海文艺出版社决定重版此书，编辑余静双为此做了大量细致的工作，不仅在排版、字体、封面、纸张等方面颇费心思，还录入了希腊文引文（初版时的引文是影印原书的），并翻译了索引。我也要感谢张巍老师授权将 2016 年发表的书评用作修订版的导读。

格里芬教授的著作已出版四十余年，一些观点虽已不新鲜，但仍颇具意义。更重要的是，格里芬的写作直面史诗文本，他深入而细致的释读，不仅给此书持久的生命力，也引导着一代又一代的读者去阅读（和反复阅读）史诗本身。在写下后记的这天，2015 年的初版早已在京东、当当等网站的自营平台售罄，而一些图书专营店虽有现货，价格却从北大社的定价（三十五元）提高到一百三四十元，甚至更高。希望这本中译第二版的出版，能便利更多的读者，更好地向中文世界展示荷马史诗的魅力。

刘淳

二〇二四年二月二十九日

图书在版编目（CIP）数据

荷马史诗中的生与死 / (英) 加斯帕 · 格里芬著 ;刘淳译 . -- 上海 : 上海文艺出版社, 2024
(艺文志. 古典)
ISBN 978-7-5321-8967-0
Ⅰ.①荷… Ⅱ.①加… ②刘… Ⅲ.①《荷马史诗》—诗歌研究 Ⅳ.①I545.072
中国国家版本馆CIP数据核字(2024)第011358号

著作权合同登记图字：09-2022-0783

发 行 人：毕　胜
策划编辑：肖海鸥　　装帧设计：彭振威设计事务所
责任编辑：余静双　　内文制作：常　亭
营销编辑：叶梦瑶

书　　名：荷马史诗中的生与死
作　　者：[英] 加斯帕 · 格里芬
译　　者：刘　淳
出　　版：上海世纪出版集团　上海文艺出版社
地　　址：上海市闵行区号景路159弄A座2楼　201101
发　　行：上海文艺出版社发行中心
上海市闵行区号景路159弄A座2楼206室　201101　www.ewen.co
印　　刷：苏州市越洋印刷有限公司
开　　本：1240×890　1/32
印　　张：9.75
插　　页：2
字　　数：218,000
印　　次：2024年4月第1版　2024年4月第1次印刷
I S B N：978-7-5321-8967-0/I.7062
定　　价：62.00元
告 读 者：如发现本书有质量问题请与印刷厂质量科联系　T: 0512-68180628